Mark Haddon

Mark Haddon est écrivain, illustrateur et auteur de scénarios. Il a écrit de nombreux livres pour enfants avant de connaître le succès avec *Le bizarre incident du chien pendant la nuit*, best-seller mondial, récompensé par plus de dix-sept prix, dont le Whitbread, le Booktrust Teenage Prize, le prix du livre de jeunesse du *Guardian*. Les droits de ce livre ont été acquis par Brad Pitt en vue d'une adaptation cinématographique. Son deuxième roman, *Une situation légèrement délicate*, a paru en 2007 chez NiL Éditions. Mark Haddon vit à Oxford avec sa femme et leurs deux enfants.

UNE SITUATION LÉGÈREMENT DÉLICATE

DU MÊME AUTEUR
CHEZ POCKET

LE BIZARRE INCIDENT DU CHIEN PENDANT LA NUIT

MARK HADDON

UNE SITUATION LÉGÈREMENT DÉLICATE

Traduit de l'anglais
par Odile Demange

NIL ÉDITIONS

Titre original :
A SPOT OF BOTHER

ISBN 978-2-266-18183-9

À ma script-girl

Merci à Sos Eltis,
Clare Alexander, Dan Franklin
et Bill Thomas

1.

Cela commença au moment où George essayait un costume noir chez Allders, la semaine précédant l'enterrement de Bob Green.

Ce n'était pas la perspective de la cérémonie qui l'avait perturbé. Ni la mort de Bob. Pour tout avouer, il avait toujours trouvé sa franche et virile camaraderie un peu exaspérante et était secrètement soulagé de ne plus avoir à jouer au squash avec lui. En plus, la façon dont Bob était mort (une crise cardiaque en regardant la course d'aviron Oxford-Cambridge à la télévision) était curieusement rassurante. En rentrant de chez sa sœur, Susan l'avait trouvé couché sur le dos au milieu de la pièce, une main sur les yeux, l'air si paisible qu'elle avait d'abord cru qu'il faisait la sieste.

Il avait dû souffrir, évidemment. Mais on peut supporter la souffrance. Et puis les endorphines avaient sans doute agi assez vite, suivies par cette impression de voir sa vie défiler sous ses yeux que George avait lui-même éprouvée quelques années auparavant quand il était tombé d'un escabeau, s'était cassé le coude sur la rocaille et s'était évanoui, une sensation dont il ne gardait pas un souvenir déplaisant (une vision du Tamar

Bridge de Plymouth y occupait, Dieu sait pourquoi, une place dominante). C'était sans doute la même chose pour ce tunnel de lumière vive à l'instant où les yeux mouraient, vu le nombre de gens qui ont entendu les anges leur souhaiter la bienvenue et se sont réveillés pour découvrir au-dessus d'eux un interne en train d'actionner un défibrillateur.

Ensuite… rien. La fin.

C'était trop tôt, bien sûr. Bob avait soixante et un ans. Et les choses n'allaient pas être faciles pour Susan et les garçons, même si Susan était bien plus épanouie maintenant qu'elle était enfin libre de terminer ses phrases. Mais tout bien pesé, c'était sans doute une bonne façon de s'en aller.

Non, c'était la lésion qui l'avait glacé d'effroi.

Il avait retiré son pantalon et était en train d'enfiler le bas du costume quand il remarqua un petit ovale de chair boursouflée sur sa hanche, plus sombre que la peau qui l'entourait et qui avait vaguement tendance à desquamer. Son estomac se retourna et il dut ravaler un peu de vomi qui lui était remonté dans le fond de la gorge.

Le cancer.

Il ne s'était pas senti aussi mal depuis le jour où le *Fireball* de John Zinewski s'était renversé et où il s'était trouvé coincé sous l'eau, sa cheville prisonnière d'une boucle de corde. Mais cela n'avait duré que trois ou quatre secondes, pas plus. Et, cette fois, personne n'était là pour l'aider à redresser le bateau.

Il allait devoir se tuer.

Ce n'était pas une pensée réconfortante, mais c'était quelque chose qu'il pouvait faire et il eut l'impression de mieux contrôler la situation.

Restait à savoir comment.

L'idée de sauter du haut d'un immeuble était terrifiante : transférer progressivement son centre de gravité de l'autre côté du garde-fou, risquer de changer d'avis en cours de route. Et un surcroît de peur était bien la dernière chose dont il eût besoin.

Pour se pendre, il fallait du matériel ; et il n'avait pas d'arme à feu.

S'il buvait suffisamment de whisky, il arriverait peut-être à prendre son courage à deux mains et à aller fracasser sa voiture contre un obstacle. Il y avait une grande arche de pierre à l'entrée de l'A16, de ce côté-ci de Stamford. Il n'aurait aucun mal à s'y écraser à 140.

Et s'il flanchait ? S'il était trop saoul pour garder le contrôle de son véhicule ? Si quelqu'un déboîtait ? S'il tuait les occupants de cette voiture, si lui-même était paralysé et mourait du cancer en prison, dans un fauteuil roulant ?

« Monsieur… ? Auriez-vous l'amabilité de me suivre à l'intérieur du magasin ? »

Un jeune homme qui devait avoir dans les dix-huit ans regardait George, le dominant de toute sa hauteur. Il avait des favoris roux et un uniforme bleu marine trop grand pour lui de plusieurs tailles.

George se rendit compte qu'il était accroupi sur le seuil carrelé, à l'extérieur du magasin.

« Monsieur… »

George se redressa.

« Je suis absolument désolé.

— Auriez-vous l'amabilité de… ? »

George baissa les yeux et constata qu'il portait toujours le pantalon du costume, braguette ouverte. Il la boutonna rapidement.

« Bien sûr. »

Il rentra dans le magasin, traversa le secteur des sacs à main et des parfums pour rejoindre la confection hommes, flanqué de l'agent de sécurité.

« Je crois que j'ai eu un malaise.

— Vous verrez cela avec le directeur, monsieur, je suis navré. »

Les idées noires qui lui avaient envahi l'esprit quelques secondes plus tôt seulement semblaient remonter à une éternité. Bien sûr, il avait les jambes en coton, un peu comme quand on s'est entaillé le pouce avec un ciseau à bois, par exemple, mais il se sentait étonnamment bien, vu les circonstances.

Le responsable de la confection hommes se tenait à côté d'un casier de pantoufles, les mains croisées sur son bas-ventre.

« Merci, John. »

L'agent de sécurité esquissa un petit signe de tête respectueux, tourna les talons et s'éloigna.

« Eh bien, monsieur…

— Hall. George Hall. Je vous présente toutes mes excuses. Je…

— Peut-être pourrions-nous aller discuter dans mon bureau », suggéra le directeur.

Une dame surgit, portant le pantalon de George.

« Il a laissé ça dans la cabine. Son portefeuille est dans la poche. »

George s'engouffra dans la brèche.

« Je crois que j'ai eu une sorte d'absence. Je n'avais pas la moindre intention d'occasionner des désagréments. »

Qu'il était bon de parler à d'autres gens. Qu'ils disent quelque chose. Que lui-même leur réponde. Le tic-tac régulier de la conversation. Il aurait pu continuer ainsi toute l'après-midi.

« Vous vous sentez bien, monsieur ? »

La dame le prit par le coude et il se laissa glisser de biais sur une chaise qui lui parut plus solide, plus confortable et plus secourable que toutes les chaises qu'il gardait en mémoire.

Pendant quelques instants, tout devint légèrement flou.

Puis on lui glissa une tasse de thé entre les mains.

« Merci. »

Il en avala une gorgée. Le thé n'était pas très bon, mais il était chaud, il était servi dans une vraie tasse en porcelaine, dont le contact était réconfortant.

« Voulez-vous que nous appelions un taxi ? »

Il serait sans doute préférable, se dit-il, de rentrer au village et d'acheter le costume un autre jour.

2.

Il décida de ne pas raconter à Jean ce qui s'était passé. Elle voudrait absolument en parler, et cette perspective ne lui disait rien.

De l'avis de George, on avait tendance à surévaluer la parole. De nos jours, on ne pouvait plus allumer la télévision sans voir quelqu'un commenter son adoption ou une femme expliquer pourquoi elle avait poignardé son mari. Il n'était pas contre le fait de parler. C'était un des agréments de la vie. Et tout le monde avait besoin de rouspéter de temps en temps devant une pinte de Ruddles à propos des collègues qui ne se douchaient pas assez souvent, ou d'adolescents qui étaient rentrés bourrés au petit jour et avaient vomi dans le panier du chien. Mais cela ne changeait rien.

Le secret du contentement, estimait George, était d'ignorer complètement un certain nombre de choses. Qu'on puisse travailler dans le même bureau pendant dix ans ou élever des enfants sans reléguer de façon permanente certaines pensées tout au fond de son esprit, franchement, cela le dépassait. Quant à ce dernier tour de piste sinistre avec un cathéter et sans dents, la perte de mémoire avait tout d'une bénédiction.

Il expliqua à Jean qu'il n'avait rien trouvé chez Allders et qu'il retournerait en ville lundi, quand il ne serait pas obligé de partager Peterborough avec quarante mille autres personnes. Puis il monta à la salle de bains et fit disparaître la lésion sous un grand sparadrap.

Il dormit sur ses deux oreilles pendant la plus grande partie de la nuit et ne se réveilla que lorsque Ronald Burrows, son professeur de géographie décédé de longue date, lui colla un morceau de toile adhésive sur la bouche et lui perça un trou dans la cage thoracique avec une longue pointe de métal. Curieusement, ce fut l'odeur qui le dérangea le plus, une odeur entêtante et épicée, qui évoquait celle de toilettes publiques mal nettoyées et utilisées récemment par quelqu'un de très malade. Pire que tout, elle semblait provenir de la plaie de son corps.

Sans quitter des yeux l'abat-jour à glands au-dessus de sa tête, il attendit que ses battements de cœur ralentissent, comme un homme qu'on vient d'extraire d'un bâtiment en flammes et qui a encore du mal à croire qu'il est sain et sauf.

Six heures.

George sortit du lit en catimini et descendit au rez-de-chaussée. Il enfonça deux tranches de pain dans le grille-pain et descendit la cafetière italienne que Jamie leur avait offerte pour Noël. C'était un ustensile ridicule qu'ils gardaient à portée de main pour des raisons diplomatiques. Il éprouva pourtant un certain plaisir à remplir le réservoir d'eau, à verser le café dans le porte-filtre, à mettre en place le joint de caoutchouc et à visser les deux parties d'aluminium. Cela lui rappelait étrangement la machine à vapeur de Gareth avec laquelle il avait eu le droit de jouer pendant cet affreux séjour à Poole en 1953. Et c'était beaucoup mieux que de rester assis à regarder les arbres au fond du jardin se balancer comme des monstres marins pendant que l'eau chauffait dans la bouilloire.

La flamme bleue soupira sous la base métallique de la cafetière. Camping domestique. Un peu d'aventure.

Les toasts remontèrent avec un bruit métallique.

C'était ce fameux week-end où Gareth avait brûlé la grenouille. Qu'il était curieux, rétrospectivement, que le cours de toute une existence ait été énoncé aussi clairement en l'espace de cinq minutes, par une après-midi d'août.

Il étala du beurre et de la confiture sur le pain pendant que le café passait en gargouillant. Il versa le café dans une tasse et en but une gorgée. Il était fort à vous faire dresser les cheveux sur la tête. Il ajouta du lait jusqu'à ce que la couleur se rapproche de celle du chocolat noir, puis s'assit et prit la revue du Royal Institute of British Architects que Jamie avait laissée la dernière fois qu'il était venu.

La maison d'Azman Owen.

Coffrage en madriers, portes vitrées coulissantes, chaises de salle à manger Bauhaus, l'unique vase de lys blancs sur la table. Seigneur. Il lui prenait parfois l'envie de voir un slip kangourou traîner par terre sur une de ces photographies d'intérieurs.

« Des vibrateurs électriques internes à haute fréquence et à amplitude constante ont été spécifiquement élaborés pour la compression, afin de réduire au maximum les soufflures et de produire un effort de compression uniforme… »

La maison ressemblait à un bunker. Qu'est-ce qu'ils avaient tous avec le béton ? Est-ce que dans cinq cents ans des gens se bousculeraient sous les ponts d'autoroutes pour admirer les taches ?

Il reposa la revue et commença les mots croisés du *Telegraph.*

Nanoseconde. Byzance. Épi.

Jean apparut à sept heures et demie dans son peignoir de bain violet.

« Tu n'as pas bien dormi ?

— Je me suis réveillé à six heures. Impossible de me rendormir.

— Tu t'es servi du machin de Jamie, à ce que je vois.

— Il n'est pas si mal, après tout », répondit George, bien qu'en vérité la caféine lui eût fichu la tremblote et donné l'impression désagréable qu'on éprouve quand on attend une mauvaise nouvelle.

« Tu veux quelque chose ? Tu as eu assez de toasts ?

— Je prendrais bien du jus de pomme. Merci. »

Il y avait des matins où, en la regardant, il lui venait un vague dégoût pour cette femme empâtée et vieillissante avec des cheveux de sorcière et des fanons. Puis, d'autres matins comme celui-ci… Le terme d'« amour » n'était peut-être pas pertinent, encore que quelques mois plus tôt ils s'étaient surpris à se réveiller en même temps dans cet hôtel de Blakeney et à avoir un rapport sans même s'être brossé les dents.

Il lui passa le bras autour des hanches et elle lui caressa négligemment la tête, comme on flatterait un chien.

Il y avait des jours où être un chien paraissait plutôt enviable.

« J'ai oublié de te dire. » Elle s'écarta. « Katie a appelé hier soir. Ils viennent déjeuner.

— Qui ça, ils ?

— Ray, Jacob et elle. Katie avait envie de passer une journée hors de Londres. »

Merde alors. C'était le bouquet.

Jean se pencha à l'intérieur du frigo.

« Essaie simplement d'être aimable. »

3.

Jean rinça les tasses et les posa sur l'égouttoir.

Quelques minutes plus tard, George réapparut en tenue de travail et se dirigea vers le jardin pour aller poser des briques sous le crachin.

Dans le fond, elle était plutôt fière de lui. Le mari de Pauline avait commencé à dégringoler dès qu'ils lui avaient offert la carafe gravée pour son départ à la retraite. Huit semaines plus tard, on le retrouvait au milieu de la pelouse à trois heures du matin, une bouteille de scotch dans le ventre, à aboyer comme un chien.

Quand George lui avait montré les plans de l'atelier, ils lui avaient rappelé ceux de la machine à attraper le Père Noël qu'avait dessinés Jamie. Pourtant l'atelier était là, à l'autre bout de la pelouse, les fondations posées, cinq rangées de briques, les cadres des fenêtres empilés sous une bâche de plastique bleu.

Qu'ils aient sept ou cinquante-sept ans, il leur fallait des projets. Rapporter un truc mort à la grotte. Ouvrir une franchise à Wellingborough. Un bon déjeuner, vingt minutes de récré et des médailles pour montrer que quelqu'un les avait remarqués.

Elle dévissa la cafetière italienne et une plaquette de marc détrempé s'effondra sur le plan de travail, où elle se désagrégea.

« Merde. »

Elle sortit une lavette du placard.

À entendre certains parler de la retraite, on pourrait croire qu'ils rentrent du Vietnam. Pas une pensée pour leurs femmes. On a beau aimer quelqu'un. La maison toute à vous pendant trente-cinq ans, et voilà qu'un beau jour, il faut la partager avec… pas exactement un étranger…

Elle pourrait continuer à voir David. Avec ses matinées à l'école primaire et son emploi à temps partiel à la librairie Ottakar's, elle n'avait pas beaucoup de mal à s'absenter quelques heures de plus sans que George le remarque. Mais elle avait moins l'impression de le tromper quand il travaillait. Maintenant, il était à la maison pour déjeuner sept jours sur sept, et il y avait trop de proximité entre certaines choses.

Heureusement, il aimait bien être seul et ne s'intéressait pas trop à ce qu'elle faisait quand elle n'était pas là. Ce qui rendait les choses plus faciles. La culpabilité. Ou son absence.

Elle rinça la lavette pour en retirer le marc, l'essora et l'accrocha au-dessus du robinet.

Elle n'était pas gentille. La perspective de la venue de Katie pour déjeuner, sans doute. George et Ray faisant assaut de politesse alors qu'ils n'avaient qu'une envie, se prendre à la gorge.

George était un chic type. Il ne s'était jamais enivré. Ne les avait jamais frappés, ni les enfants ni elle. N'élevait presque jamais la voix. La semaine dernière encore, elle l'avait vu laisser tomber une clé anglaise. Il se l'était prise sur le pied. Il avait simplement fermé les yeux, s'était redressé et concentré comme s'il essayait d'entendre quelqu'un qui l'appelait de très loin. Et une seule contravention pour excès de vitesse.

C'était peut-être ça le problème.

Elle se rappelait avoir été jalouse de Katie quand elle était avec Graham. Leur amitié. Leur égalité. La tête de George, au dîner, quand ils avaient parlé de l'accouchement. Graham prononçant le mot « clitoris », et George avec sa fourchette pleine de jambon fumé en arrêt devant sa bouche ouverte.

Être amis n'était pourtant pas sans inconvénients. Un beau jour, Graham s'était tiré en la laissant en plan avec Jacob. Ce qu'un homme comme George ne ferait jamais.

Il avait raison pour Ray, quand même. Elle ne se réjouissait pas plus que lui à l'idée de ce déjeuner. Heureusement que Jamie ne venait pas. Un de ces jours, il allait appeler Ray *Monsieur Patate* à portée d'oreille de Katie. Ou de Ray. Et elle devrait conduire quelqu'un à l'hôpital.

La moitié du QI de Katie, et ça n'empêchait pas Ray de dire que c'était « une petite femme super ». Mais cette fois-ci, il avait réparé la Flymo. Ce qui n'avait pas remonté sa cote auprès de George. Au moins, il était sérieux. Et c'était de ça que Katie avait besoin pour le moment. De quelqu'un qui savait qu'elle n'était pas n'importe qui. De quelqu'un qui avait un bon salaire et le cuir épais.

Tant que Katie ne l'épousait pas.

4.

George versa du mortier sur le carré d'isorel et vérifia l'absence de grumeaux avec la lame de sa truelle.

C'était comme la peur de l'avion.

Il ramassa une brique, étala du mortier sur la face inférieure, la posa et la fit doucement glisser de côté pour la caler verticalement avec le niveau à bulle.

Au début, être chahuté dans ces avions à hélice pour Palma et Lisbonne ne l'avait pas dérangé. Il se souvenait surtout de fromage préemballé qui suait, et du grondement au moment où la lunette des toilettes s'ouvrait sur la stratosphère. Mais ensuite, l'avion qui les ramenait de Lyon en 1979 avait dû être dégivré trois fois. D'abord, il avait simplement remarqué que, dans la salle d'embarquement, tout le monde le rendait fou (Katie qui faisait le poirier, Jean qui filait à la boutique duty free alors qu'on les avait déjà appelés à leur porte d'embarquement, le jeune homme en face de lui qui caressait ses cheveux excessivement longs comme une sorte de créature apprivoisée...). Et quand ils avaient embarqué, quelque chose dans l'atmosphère confinée et chimique de la cabine l'avait oppressé. Mais ce ne fut qu'au moment où ils roulaient pour rejoindre la piste qu'il avait compris que l'avion allait avoir une défaillance mécanique catastrophique en plein vol et qu'il allait lui-même tourbillonner vers la terre pendant plusieurs minutes dans ce grand tube d'acier avec deux cents étrangers en larmes qui faisaient sous eux, avant de mourir dans une boule de feu orange d'acier tordu.

Il se rappelait que Katie avait dit : « Maman, je crois que Papa ne se sent pas bien », il avait eu l'impression qu'elle parlait de très loin, depuis le minuscule disque de soleil qui brillait en haut du puits très profond dans lequel il était tombé.

Il avait gardé les yeux obstinément rivés sur le dossier du siège situé devant lui, essayant désespérément de se convaincre qu'il était chez lui, au salon. Toutes les cinq minutes, pourtant, il entendait une sonnerie de mauvais augure et voyait une petite lumière rouge clignoter sur la cloison de droite, informant secrètement le personnel de cabine que dans le cockpit le pilote se débattait avec un dysfonctionnement fatal.

Il n'était pas incapable de parler, non, simplement la parole faisait partie d'un autre monde, dont il n'avait plus qu'un souvenir des plus vagues.

À un moment, Jamie avait regardé par le hublot et avait dit : « Je crois que l'aile est en train de se détacher. » Jean avait sifflé entre ses dents : « Je t'en prie, tu ne grandiras donc jamais ? », et George avait vraiment senti les rivets lâcher et le fuselage dégringoler comme une tonne de ballast.

Après cela, pendant plusieurs semaines il n'avait pas pu voir un avion dans le ciel sans se mettre en colère.

C'était une réaction naturelle. Les êtres humains n'étaient pas faits pour être enfermés dans des boîtes de conserve et expédiés dans le ciel par des fusées à ventilateur.

Il posa une brique à l'angle opposé puis tendit une corde entre le sommet des deux briques pour aligner son tracé.

Évidemment, il s'était senti atrocement mal. L'angoisse a cet effet, elle vous incite à vous sortir le plus rapidement possible des situations dangereuses. À fuir les léopards, les araignées géantes, les hommes bizarres qui traversent la rivière armés de lances. Si quelqu'un ne réagissait pas normalement, c'étaient les autres, qui restaient assis tranquillement à lire le *Daily Express*, à sucer des bonbons acidulés ou à grignoter des biscuits comme s'ils étaient dans un grand autocar.

Mais Jean aimait le soleil. Et aller en voiture dans le sud de la France suffisait à gâcher les vacances avant même qu'elles aient commencé. Il avait dû mettre au point une stratégie pour empêcher l'horreur de s'installer en mai et de monter en vrille jusqu'à une crise de panique à Heathrow en juillet. Du squash, de longues balades, le cinéma, Tony Bennett à plein volume, le premier verre de rouge à six heures, un nouveau *Flashman* à lire.

Il entendit des voix et leva les yeux. Jean, Katie et Ray étaient alignés sur la terrasse tels des dignitaires attendant qu'il aborde à un quai étranger.

« George… ?

— J'arrive. »

Il nettoya l'excès de mortier qui avait débordé autour de la brique qu'il venait de poser, gratta sa truelle contre le bord du seau pour faire tomber le reste à l'intérieur et remit le couvercle en place. Il se redressa et traversa la pelouse, en s'essuyant les mains à un chiffon.

« Katie a quelque chose à nous dire, annonça Jean de la voix qu'elle prenait quand elle avait décidé d'ignorer son arthrose du genou. Mais elle a voulu attendre que tu sois là.

— On va se marier, Ray et moi », dit Katie.

George fit une brève expérience de désincarnation. Il contemplait la terrasse à cinq mètres d'altitude, se vit embrasser Katie et serrer la main à Ray. Ça lui rappelait le jour où il était tombé de l'escabeau. Le temps qui ralentissait. Le corps qui savait instinctivement tendre les bras pour protéger la tête.

« Je vais mettre du champagne au frais », fit Jean en rentrant dans la maison à petits pas.

George réintégra son corps.

« Fin septembre, précisa Ray. On pensait faire un truc tout simple. Pour éviter de vous donner trop de boulot.

— Bien, dit George. Bien. »

Il faudrait qu'il prononce un discours à la réception, un discours plein de choses gentilles sur Ray. Jamie refuserait d'assister au mariage. Jean refuserait que Jamie refuse d'assister au mariage. Ray ferait partie de la famille. Ils le verraient tout le temps. Jusqu'à ce qu'ils meurent. Ou qu'ils émigrent.

Dans quoi Katie était-elle en train de se fourrer ? Les enfants échappaient à tout contrôle, il en savait quelque chose. C'était déjà assez difficile de leur faire manger des légumes. De là à épouser Ray ! Elle avait obtenu une mention « très bien » en philosophie. Et ce type qui était monté dans sa voiture à Leeds. Elle avait remis à la police un morceau de son oreille.

Jacob apparut dans l'embrasure de la porte en brandissant un couteau à pain.

« Moi, je suis un mammouth et je vais prendre le train et… et… et… et ça, c'est mes défenses. »

Katie leva les sourcils.

« Je ne suis pas sûre que ce soit une excellente idée. »

Jacob fila vers la cuisine avec des cris de joie. Katie lui emboîta le pas.

« Viens ici, petit singe. »

Et George se retrouva seul avec Ray.

Le frère de Ray était en prison.

Ray travaillait pour une boîte de construction mécanique qui fabriquait des fraiseuses à came de haute spécification. George n'avait aucune idée de ce que cela pouvait être.

« Bien.

— Bien. »

Ray croisa les bras.

« Et cet atelier, ça avance ?

— Il ne s'est pas encore écroulé. » George croisa les bras, se rendit compte qu'il imitait Ray et les décroisa. « Il est vrai qu'il n'est pas tout à fait assez haut pour s'écrouler. »

Ils restèrent silencieux pendant un très, très long moment. Ray déplaça trois petits galets sur les dalles du bout de sa chaussure droite. L'estomac de George émit un bruit audible.

Ray reprit :

« Je sais ce que vous pensez. »

Pendant un bref instant d'horreur, George pensa que Ray disait peut-être vrai.

« Le fait que je sois divorcé et tout ça. » Il pinça les lèvres et hocha lentement la tête. « Je suis un sacré veinard, George. Je le sais, croyez-moi. Je m'occuperai bien de votre fille. Vous n'avez pas à vous en faire.

— Bon, dit George.

— On voudrait se charger de la facture, poursuivit Ray, si vous n'y voyez pas d'inconvénient. C'est que… vous avez déjà dû payer une fois.

— Non, non, pas question, protesta George, heureux de pouvoir lui tenir tête. Katie est notre fille. Nous tenons à ce qu'elle lève l'ancre dans les règles. »

Lever l'ancre ? On aurait cru que Katie était un bateau.

« Sympa de votre part », observa Ray.

Ce n'était pas tellement le côté prolétaire de Ray, ni son accent du Nord plutôt prononcé. George n'était pas snob, et quelles que fussent ses origines Ray s'en était manifestement bien sorti, à en juger par sa voiture et les descriptions que Katie leur avait faites de leur maison.

Le vrai problème, pour George, c'était la taille de Ray. On aurait dit quelqu'un de normal qu'on aurait agrandi. Il se déplaçait plus lentement que les autres, comme les grands animaux au zoo. Les girafes. Le buffle. Il baissait la tête pour passer les portes et avait ce que Jamie avait qualifié avec malveillance mais non sans justesse de *mains d'étrangleur*.

Pendant les trente-cinq ans qu'il avait passés en marge de l'industrie de fabrication, George avait côtoyé toutes sortes d'hommes. Des costauds qui ouvraient les bouteilles de bière avec leurs dents, d'autres qui avaient tué des gens pendant qu'ils étaient à l'armée, d'autres encore qui, pour reprendre la charmante expression de Ted Monk, baisaient tout ce qui restait immobile assez longtemps. Et sans s'être jamais senti très à l'aise en leur compagnie, il avait rarement été intimidé. Il y avait pourtant quelque chose chez Ray qui lui rappelait ses quatorze ans, les moments qu'il passait avec les amis de son grand frère et où il soupçonnait l'existence d'un code secret de virilité dont personne n'avait jugé bon de l'informer.

« Voyage de noces ? demanda George.

— Barcelone, répondit Ray.

— Sympa, commenta George, momentanément incapable de se rappeler dans quel pays se trouvait Barcelone. Très sympa.

— Espérons, dit Ray. Il devrait faire un peu plus frais à cette période de l'année. »

George demanda à Ray comment marchaient les affaires et Ray expliqua qu'ils avaient repris une société de Cardiff qui fabriquait des centres d'usinage horizontaux.

Sauvé. En cas de nécessité absolue, George pouvait répliquer du tac au tac sur l'appareillage électrique. Mais c'était comme de jouer le mouton dans la crèche. Les applaudissements les plus enthousiastes eux-mêmes ne suffiraient pas à donner à ce rôle un semblant de dignité ni à l'empêcher d'avoir envie de courir à la maison se plonger dans un bouquin sur les fossiles.

« Ils ont une grosse clientèle en Allemagne. La boîte voulait que je fasse la navette avec Munich. J'ai refusé. Pour des raisons évidentes. »

La première fois que Katie l'avait amené chez eux, Ray avait fait glisser son doigt sur la rangée de CD posée au-dessus de la télé et avait dit : « Alors comme ça, vous êtes amateur de jazz, monsieur Hall », et George avait eu l'impression que Ray avait déniché une pile de revues pornographiques.

Jean passa la tête par la porte.

« Tu as l'intention de faire un brin de toilette et de te changer avant le déjeuner ? »

George se tourna vers Ray.

« Je vous rejoins tout de suite. »

Enfin. Il traversa la cuisine, gravit l'escalier et se réfugia dans le calme carrelé de la salle de bains munie d'un verrou.

5.

Ce projet leur faisait horreur. Comme prévu. Katie le savait.

Tant pis. Il faudrait bien qu'ils s'y fassent. Fini le temps où elle se serait mise dans tous ses états. Quand même, elle regrettait un peu de ne plus être la fille qui se mettait dans tous ses états. Comme si ses principes s'effritaient. Mais on arrive à une étape où on se rend compte qu'essayer de faire changer ses parents d'avis sur quoi que ce soit est une perte d'énergie, encore et toujours.

Ray n'était pas un intello. Ce n'était pas non plus l'homme le plus beau qu'elle ait jamais rencontré. Mais l'homme le plus beau qu'elle ait jamais rencontré lui avait chié dessus, et de très haut. Et quand Ray la prenait dans ses bras, elle se sentait plus en sécurité que ça ne lui était arrivé depuis bien longtemps.

Elle se rappela ce déjeuner atroce chez Lucy. Le goulasch toxique que Barry avait préparé. Son copain ivre qui lui avait peloté le cul à la cuisine, et Lucy qui s'était tapé une crise d'asthme. Elle avait regardé par la fenêtre et avait vu Ray, avec Jacob sur ses épaules, en train de jouer au cheval, de courir autour de la pelouse et de sauter par-dessus la brouette renversée. Alors elle avait pleuré à l'idée de retourner dans leur minuscule appartement qui puait le hamster.

Et puis il s'était pointé à sa porte avec un bouquet d'œillets et ça lui en avait bouché un coin. Il n'avait pas voulu entrer. Elle avait insisté. Parce qu'elle était gênée, surtout. Elle ne voulait pas prendre les fleurs et lui refermer la porte au nez. Elle lui avait servi un café et il avait dit que la conversation n'était pas son fort, alors elle lui avait demandé s'il préférait passer au lit tout de suite. Ça avait l'air plus drôle dans sa tête qu'en vrai. En réalité, s'il avait dit « d'accord » elle aurait peut-être accepté, simplement parce que c'était flatteur d'être désirée malgré ses valises sous les yeux et son T-shirt du Cotswold Wildlife Park maculé de taches de banane. Mais il n'avait pas menti, pour la conversation. Il était impeccable dès qu'il s'agissait de réparer le lecteur de cassettes, de préparer le petit déjeuner ou d'organiser des expéditions dans des musées du chemin de fer, et il préférait encore faire tout ça plutôt que de bavarder.

Il était soupe au lait. Vers la fin de son premier mariage, il avait passé la main à travers une porte et s'était sectionné deux tendons du poignet. C'était pourtant un des hommes les plus doux qu'elle connaissait.

Un mois plus tard, il les avait emmenés à Hartlepool pour rendre visite à son père et à sa belle-mère. Ils habitaient un pavillon avec un jardin et Jacob avait trouvé que c'était le paradis à cause des trois nains autour du bassin d'ornement et du kiosque dans lequel on pouvait se cacher.

Alan et Barbara l'avaient traitée comme une princesse, ce qui l'avait troublée jusqu'à ce qu'elle se rende compte qu'ils se conduisaient sans doute de la même manière avec tous les étrangers. Alan avait travaillé presque toute sa vie dans une fabrique de bonbons. Lorsque la mère de Ray était morte d'un cancer, il s'était mis à fréquenter l'église où il allait quand il était petit. Il avait rencontré Barbara, qui avait divorcé de son mari quand il était devenu alcoolique (*s'était mis à la boisson*, disait-elle, ce qui faisait plutôt penser aux danses folkloriques ou à la plantation de haies).

Aux yeux de Katie, ils ressemblaient assez à des grands-parents (encore qu'aucun de ses grands-pères à elle n'ait eu de tatouages). Ils faisaient partie d'un monde plus ancien, un monde de respect et de devoir. Le mur du salon était couvert de photos de Ray et de Martin, le même nombre pour chacun, malgré le gâchis sans nom que Martin avait fait de sa vie. Il y avait une petite vitrine de figurines de porcelaine dans la salle à manger et un tapis en peluche en forme de U autour du socle des cabinets.

Barbara avait préparé un ragoût, puis avait fait griller des bâtonnets de poisson pour Jacob quand il s'était plaint qu'il y avait « du gras ». Ils lui avaient demandé ce qu'elle faisait à Londres et elle avait expliqué qu'elle participait à l'organisation d'un festival d'art, mais elle avait trouvé que ça faisait nunuche et crapuleux. Alors elle avait raconté l'histoire du présentateur ivrogne qu'ils avaient embauché l'année précédente et s'était rappelé, juste un peu trop tard, la raison pour laquelle Barbara avait divorcé. Elle n'avait même pas su changer habilement de sujet et s'était interrompue brutalement dans un silence gêné. Tout de suite, Barbara avait embrayé sur autre chose en lui demandant ce que faisaient ses parents et Katie avait dit que Papa venait de prendre sa retraite de la direction d'une petite société.

Elle avait l'intention d'en rester là, mais Jacob avait ajouté « Papy, il fait des balançoires » et elle avait dû expliquer que Shepherds fabriquait des équipements pour les aires de jeux, ce qui avait quand même meilleure allure que le festival d'art, sans avoir l'air tout à fait aussi sérieux qu'elle l'aurait souhaité.

Peut-être que quelques années auparavant elle se serait sentie affreusement mal à l'aise et aurait eu envie de rentrer à Londres le plus vite possible. Mais beaucoup de ses copines londoniennes sans enfants commençaient à avoir l'air nunuches et crapuleuses elles aussi, et ça faisait du bien de passer un moment avec des gens qui avaient élevé des gosses à eux, qui écoutaient plus qu'ils ne parlaient et pensaient que le jardinage était plus important que d'aller chez le coiffeur.

Ils étaient vieux jeu, d'accord. Ray était vieux jeu, d'accord. Il n'aimait pas passer l'aspirateur, d'accord. Il rangeait toujours le paquet de tampons dans le placard de la salle de bains, d'accord. Mais Graham faisait du taï chi, ce qui ne l'empêchait pas d'être un branleur.

Elle s'en foutait pas mal de ce que ses parents pensaient. Maman couchait avec un ancien collègue de Papa, et Papa faisait semblant de croire que les écharpes en soie et la petite lueur dans les yeux venaient simplement de ce qu'elle avait repris du boulot après avoir passé trente ans à tenir son ménage et à élever ses enfants. Franchement, ils étaient mal placés pour donner des leçons à qui que ce soit.

Et puis elle n'avait même pas envie d'y penser.

La seule chose qu'elle voulait, c'était arriver au bout de ce déjeuner sans drame et éviter les atroces conversations entre femmes en faisant la vaisselle.

6.

Le déjeuner se passa plutôt bien, jusqu'au dessert.

Il y eut un petit raté au moment où George se changea. Il était sur le point de retirer sa chemise et son pantalon de travail quand il se rappela ce qu'il y avait dessous. Il éprouva ce léger vacillement qui vous saisit dans les films d'horreur au moment où la porte de l'armoire à glace se referme brutalement, révélant le zombie armé d'une faux qui se tient debout derrière le héros.

Il éteignit les lampes, baissa les stores et prit sa douche dans le noir en chantant « Jérusalem ».

En conséquence de quoi, lorsqu'il redescendit, il se sentait non seulement propre, mais fier d'avoir pris des mesures aussi rapides et aussi efficaces. Quand il arriva à la salle à manger, les autres buvaient du vin et bavardaient, Jacob faisait semblant d'être un hélicoptère et George parvint enfin à se détendre un peu.

Sa crainte que Jean, fidèle à elle-même, ne lâche quelque commentaire bien intentionné mais inapproprié, que Katie, fidèle à elle-même, ne prenne la mouche et qu'elles ne commencent à se crêper le chignon se révéla infondée. Katie parla de Barcelone (c'était en Espagne, bien sûr, cela lui revenait), Ray ne tarit pas de compliments sur la nourriture (« Vachement bonne, la soupe, madame Hall ») et Jacob fit une piste avec les couverts pour que son bus puisse décoller et s'énerva quand George lui fit remarquer que les bus ne volaient pas.

Ils en étaient à la moitié du crumble aux mûres quand sa lésion commença à le démanger comme un pied d'athlète. Le mot de *tumeur* lui vint à l'esprit. C'était un vilain mot auquel il ne voulait pas penser, pourtant il était incapable de se le sortir de la tête.

Il la sentait grossir alors même qu'il était assis à table, trop lentement peut-être pour que cela se voie à l'œil nu, mais aussi sûrement que la levure de boulanger qu'il avait gardée dans un pot de confiture sur le rebord de la fenêtre de sa chambre quand il était petit.

Ils discutaient de l'organisation du mariage : traiteurs, photographe, invitations… Jusque-là, George arriva à suivre. Puis ils commencèrent à se demander s'il fallait réserver un hôtel (la solution préférée de Katie et de Ray) ou louer un chapiteau qu'on installerait au jardin (la solution préférée de Jacob que toute cette idée de tente excitait beaucoup). À ce moment-là, George commença à perdre pied.

Katie se tourna vers lui et lui dit quelque chose comme « Quand auras-tu fini l'atelier ? », mais elle aurait aussi bien pu parler hongrois. Il voyait ses lèvres remuer, sans être capable de déchiffrer le bruit qui en sortait.

Dans sa tête, l'accélérateur était au plancher. Le moteur hurlait, les roues tournaient à toute allure et les pneus fumaient, mais il n'allait nulle part.

Il ne savait pas très bien ce qui s'était passé ensuite, en tout cas la scène manquait d'élégance, comportait de la vaisselle brisée et s'acheva par sa fuite précipitée par la porte de derrière.

7.

Il y eut un fracas d'assiettes et Jean se retourna pour constater que George avait disparu.

Au bout d'environ cinq secondes de silence stupéfait, Jacob leva les yeux de son bus et demanda :

« Où est Papy ?

— Au jardin, répondit Ray.

— C'est ça », fit Katie, mâchoire serrée.

Jean essaya de l'en dissuader.

« Katie… »

Trop tard. Katie se leva et sortit de la pièce pour aller débusquer son père. Nouvelle seconde de silence.

« Elle est au jardin aussi, Maman ? » demanda Jacob.

Jean regarda Ray.

« Je suis désolée. »

Ray regarda Jacob.

« Un peu emportée, ta maman, dis-moi.

— Qu'est-ce que ça veut dire *emportée* ? demanda Jacob.

— Elle se met en colère, pas vrai ? » dit Ray.

Jacob réfléchit quelques instants.

« On peut sortir le sous-marin ?

— Allons-y, capitaine. »

Quand Ray et Jacob eurent atteint le palier, Jean passa à la cuisine et se posta près du frigo, d'où elle pouvait voir Katie sans être vue.

« Et il y a de l'eau qui sort du pulvérisateur », hurla Jacob d'en haut.

« Je me fiche pas mal de ce que tu penses, Papa. » Katie faisait les cent pas sur la terrasse, agitant les bras comme une folle dans un film. « C'est ma vie. J'épouserai Ray, que ça te plaise ou non. »

Il était difficile de dire où George se trouvait exactement, ou ce qu'il faisait.

« Tu ne peux pas savoir. Tu n'y comprends rien. Ray est gentil. Ray est adorable. Tu es libre de tes opinions. Mais si tu essaies de nous en empêcher, on se débrouillera tout seuls, tu comprends ? »

Elle avait l'air de regarder le sol. George n'était quand même pas couché par terre ?

Quand il était sorti en trombe de la pièce, Jean avait cru qu'il avait renversé de la crème anglaise sur son pantalon ou senti une odeur de gaz. Katie, elle, en avait immédiatement tiré des conclusions hâtives. C'était tout elle. Mais, manifestement, les choses étaient plus graves, et elle commençait à s'inquiéter

« Alors ? » demanda Katie de l'autre côté de la vitre.

Jean n'entendit pas de réponse.

« Putain. J'en ai marre. »

Katie disparut de la fenêtre et il y eut un bruit de pas sur le côté de la maison. Jean ouvrit la porte du frigo d'un geste brusque et attrapa une brique de lait. Katie fit irruption dans la cuisine, siffla entre ses dents « Bon sang, qu'est-ce qu'il a, ce type ? » et se dirigea vers l'entrée.

Jean rangea le lait et attendit que George réapparaisse. Au bout d'un moment, elle brancha la bouilloire et sortit.

Il était assis sur la terrasse, adossé au mur, les doigts appuyés sur les yeux, ressemblant à s'y méprendre à cet Écossais qui buvait du cidre et dormait dans l'herbe devant le tribunal. C'était légèrement effrayant.

« George ? »

Elle se pencha vers lui.

Il écarta les mains de son visage.

« Ah, c'est toi.

— Quelque chose ne va pas ?

— C'est juste… c'est juste que j'avais du mal à parler, dit George. Et Katie n'arrêtait pas de crier.

— Tu vas bien ?

— Pas trop, pour tout t'avouer, répondit George.

— Comment ça ? » Elle se demanda s'il avait pleuré, mais ça paraissait ridicule.

« J'avais du mal à respirer. Besoin d'air frais. Désolé.

— Ce n'était pas à cause de Ray, alors ?

— Ray ? » demanda George.

Il semblait avoir oublié qui était Ray, ce qui était inquiétant aussi.

« Non, reprit George. Ce n'était pas à cause de Ray. »

Elle posa la main sur son genou. C'était bizarre. George n'aimait pas la compassion. Ce qu'il aimait, c'était un comprimé de Solutricine, une couverture à carreaux et la chambre pour lui tout seul.

« Comment tu te sens, maintenant ?

— Un peu mieux. Ça fait du bien de te parler.

— Je vais appeler le médecin et te prendre un rendez-vous pour demain, proposa Jean.

— Non, non, pas le médecin, protesta George avec une certaine véhémence.

— Ne sois pas bête, voyons. »

Elle lui tendit la main. Il la saisit et se remit lentement sur ses pieds. Il tremblait.

« On va rentrer, viens. »

Elle était embêtée. Ils arrivaient à un âge où les ennuis commençaient et où ça ne s'arrangeait pas forcément. La crise cardiaque de Bob Green. Le rein de Moira Palmer. Au moins, George acceptait qu'elle s'occupe de lui, c'était toujours ça. Elle ne se rappelait pas quand ils avaient marché bras dessus bras dessous pour la dernière fois.

Ils franchirent le seuil et trouvèrent Katie debout au milieu de la cuisine, en train de manger du crumble dans un bol.

Jean dit :

« Ton père ne se sent pas très bien. »

Katie plissa les yeux.

Jean poursuivit :

« Ça n'a rien à voir avec ton mariage avec Ray. »

Katie regarda George et demanda, la bouche pleine de crumble :

« Bordel, pourquoi est-ce que tu n'as rien dit, alors ? »

Jean poussa George dans le couloir.

Il lui lâcha la main.

« Je crois que je vais aller m'allonger un peu là-haut. »

Les deux femmes restèrent immobiles, attendant le cliquetis sourd de la porte de la chambre à coucher qui se refermait au-dessus de leurs têtes. Puis Katie posa son bol vide dans l'évier.

« Merci de m'avoir laissée me conduire comme une conne.

— Tu crois vraiment que tu as besoin de mon aide pour ça ? »

8.

La solitude de la chambre obscure n'était pas aussi réconfortante que George l'avait espéré. Allongé sur le lit, il observa une mouche tourner au hasard dans l'air gris moucheté de poussière. À son grand étonnement, il regrettait que Katie ne crie plus contre lui. Dans l'idéal, il aurait bien aimé avoir crié un peu lui-même. C'était sans doute une bonne thérapie. Malheureusement il n'avait jamais été très fort dans ce domaine. Sans doute était-il destiné à jouer éternellement le rôle de cible.

La mouche se posa sur les glands de l'abat-jour.

Tout allait s'arranger. Jean ne l'obligerait pas à aller chez le médecin. Personne ne pouvait l'obliger à quoi que ce soit.

Il suffisait qu'il prononce mentalement le mot *médecin* pour sentir l'odeur des tuyaux de caoutchouc et voir la lueur spectrale des radios sur l'écran lumineux, la masse sombre, les médecins dans des pièces latérales aux murs beiges, tenant des écritoires à pinces sur les genoux et faisant assaut de diplomatie.

Il fallait qu'il se change les idées.

Les huit États américains commençant par la lettre *M*.

Maine. Missouri. Mississippi. Maryland. Celui que tout le monde oubliait. Montana. Missouri. Est-ce que ce n'était pas seulement un fleuve, après tout ?

La porte s'ouvrit.

« Je peux venir dans ta grotte, Papy ? »

Sans attendre la réponse, Jacob traversa la chambre comme une flèche, grimpa sur le lit et fourra ses jambes sous la couette.

« Comme ça, le gros… le gros… le gros monstre jaune dévoreur de monstres ne pourra pas nous attraper.

— Je crois que tu es parfaitement en sécurité, affirma George. Nous n'avons pas beaucoup de monstres jaunes par ici.

— C'est le monstre jaune *dévoreur de monstres*, reprit Jacob fermement.

— Le monstre jaune dévoreur de monstres, répéta George.

— C'est quoi, un éfélant ? demanda Jacob.

— En fait, un éfélant, ça n'existe pas.

— Est-ce que ça a de la fourrure ? demanda Jacob.

— Ça n'existe pas, alors… non, ça n'a pas de fourrure.

— Et ça a des ailes ? »

George ne s'était jamais senti très à l'aise avec les petits enfants. Il savait qu'ils n'étaient pas particulièrement intelligents. Le problème était là. C'est pour cela qu'on les envoyait à l'école. Mais ils pouvaient sentir la peur. Ils vous regardaient droit dans les yeux et vous demandaient d'être un chauffeur de bus, et il était difficile de ne pas soupçonner qu'on vous faisait passer une sorte d'épreuve infernale.

Cela n'avait pas d'importance quand Jamie et Katie étaient petits. Un père n'était pas censé jouer à cache-cache ni fourrer sa main dans une chaussette pour faire

Monsieur S le Serpent (Jacob et Jean éprouvaient une prédilection particulière pour Monsieur S le Serpent). Un père, c'était fait pour construire des cabanes dans les arbres, pour rendre la justice et prendre le contrôle du cerf-volant quand il y avait beaucoup de vent. Un point c'est tout.

« Il a une hélice ou un moteur à raction ? demanda Jacob.

— Qu'est-ce qui a une hélice ou un moteur à réaction ?

— Cet avion, il a une hélice ou un moteur à raction ?

— Ma foi, je pense qu'il va falloir que tu me le dises.

— Mais qu'est-ce que tu crois qu'il a ? insista Jacob.

— À mon avis, il doit avoir une hélice.

— Non. Il a un moteur à raction. »

Ils étaient couchés sur le dos, côte à côte, les yeux au plafond. La mouche était partie. Une faible odeur de couche mouillée planait dans l'air. Entre bouillon de volaille et lait chaud.

« On va dormir, maintenant ? demanda Jacob.

— Pour tout t'avouer, Jacob, je crois que je préférerais qu'on continue à parler.

— Tu aimes bien parler, Papy ?

— Cela dépend, répondit George. La plupart du temps, j'aime bien me taire. Mais en cet instant précis, je crois que je préfère parler.

— C'est quoi cet *instant pricis* ?

— Cet instant précis, c'est maintenant. Juste après le déjeuner. L'après-midi. Un dimanche.

— Tu es rigolo ? demanda Jacob.

— Je crois que l'avis général serait que non, je ne suis pas rigolo. »

La porte se rouvrit et la tête de Ray apparut.

« Navré, George. Le mioche s'est détaché.

— Aucune importance. Nous bavardions, n'est-ce pas, Jacob ? »

Que c'était bon de damer le pion à son futur gendre dans un de ses domaines de compétence notoires.

Ce qui était un peu moins bon, c'était de voir Ray entrer dans la chambre et s'asseoir au pied du lit. De leur lit, à Jean et à lui.

« Ce n'est pas une mauvaise idée que vous avez eue là, les gars. Rester à couvert. »

Ray se coucha sur le lit.

À cet instant, le problème enfants et le problème Ray se recoupèrent. C'était à croire qu'il manquait des bouts de cervelle à ce garçon-là. Il aurait été parfaitement capable d'entrer dans la salle de bains pour y chercher une serviette de toilette pendant que vous étiez sur le trône, sans voir en quoi c'était déplacé.

Jacob se mit laborieusement debout.

« Et si on faisait “Dansons la capucine” ! »

Et voilà. L'épreuve. On engage une conversation inoffensive sur les éfélants et avant d'avoir eu le temps de dire ouf on se trouve coincé à faire une ronde ridicule.

« D'accord », dit Ray en se mettant à genoux.

Sainte mère de Dieu, songea George. Il n'était quand même pas censé participer à cela ?

« George ? »

Si.

Il se redressa et se mit à genoux. Jacob prit sa main gauche, Ray sa main droite. Il pria le ciel que Jean ou Katie n'entrent pas avant que ce soit fini

Jacob commença à rebondir sur le lit. « Dansons la capucine… »

Ray l'imita. « Y'a pas de pain chez nous. »

George remua les épaules de haut en bas au rythme de la chanson.

« Mais ce n'est pas pour nous. You les petits cailloux. »

Jacob sauta en l'air et retomba sur la couette avec Ray en poussant des cris perçants. Ayant renoncé à tout espoir de s'en sortir dignement, George s'effondra sur son oreiller.

Jacob riait. Ray riait. Et George songea que, s'il arrivait à trouver la poignée, il réussirait peut-être à ouvrir la porte secrète et à dévaler la pente reconduisant à l'enfance, et que là quelqu'un s'occuperait de lui et qu'il serait de nouveau sain et sauf.

« Encore, cria Jacob en se relevant. Encore, encore, encore, encore, encore… »

9.

Jamie balança sa veste sur le dossier d'une chaise, défit son nœud de cravate et, puisque personne ne pouvait le voir, esquissa une petite pirouette sur le sol de la cuisine, aboutissant juste devant le frigo. « Oh yeah. »

Il sortit une bouteille de Corona, referma le réfrigérateur, prit le paquet de Silk Cut dans le tiroir sous le grille-pain, franchit la porte-fenêtre, s'assit sur le banc et alluma une cigarette.

La journée avait été bonne. Les contrats signés pour la maison Miller. Quant aux Owen, ils n'allaient pas tarder à mordre à l'hameçon. Ça se voyait à leur regard. Enfin, au sien, à elle. Mais c'était elle qui portait la culotte, c'était clair. En plus, Carl était encore en congé à cause de sa cheville cassée, alors Jamie s'était occupé des Cohen et tout le monde avait pu constater qu'il n'avait pas foutu l'affaire en l'air. Loin de là. Contrairement à Carl.

Le jardin était impec. Pas de merdes de chat, pour commencer. Après tout, peut-être que les granulés de crotte de lion marchaient. Il avait plu pendant qu'il rentrait et les galets étaient propres, sombres et brillants.

Les grosses traverses de chemin de fer autour des massifs surélevés. Forsythia, laurier, hosta. On se demande pourquoi les gens plantent du gazon. À quoi bon avoir un jardin si ce n'est pas pour s'y asseoir sans rien faire ?

De faibles accents de reggae s'élevaient à quelques jardins de distance. Suffisamment forts pour cette atmosphère d'été nonchalante. Pas assez forts pour qu'on ait envie de les faire taire.

Il but une gorgée de bière à la bouteille.

Une étrange bulle orange surgit sur le pignon de la maison d'en face. Elle se transforma lentement en montgolfière et flotta vers l'ouest derrière les branches du cerisier. Un deuxième ballon apparut, rouge celui-là, en forme d'extincteur géant. L'un après l'autre, des ballons remplirent le ciel.

Il exhala un petit nuage de fumée de cigarette et le regarda s'éloigner latéralement, intact jusqu'à ce qu'il s'effiloche au sommet du barbecue.

La vie était presque parfaite. La maison était à lui. Le jardin était à lui. Une vieille dame dotée d'une santé de fer sur la gauche. Des chrétiens à droite (on pouvait dire ce qu'on voulait des chrétiens, mais au moins ils ne iodlaient pas pendant qu'ils baisaient comme les Allemands qui habitaient là avant). Gym le mardi et le jeudi. Tony à la maison trois nuits par semaine.

Il tira une nouvelle taffe.

Il y avait un chant d'oiseau aussi, avec le reggae. À sept ans, il aurait su identifier l'espèce. Il en était bien incapable aujourd'hui. Aucune importance. C'était un bruit sympa. Naturel. Apaisant.

Tony serait là dans une demi-heure. Ils iraient manger un morceau au Carpenter. Louer un DVD au Blockbusters en rentrant. Si Tony n'était pas trop crevé, il pourrait peut-être tirer un coup.

Dans un jardin voisin, un enfant envoyait une balle de foot contre un mur. *Boing. Boing. Boing.*

Tout semblait suspendu dans une sorte d'équilibre. Quelqu'un allait forcément venir foutre sa merde, ça ne rate jamais. Mais pour le moment…

Il avait un petit creux et se demanda s'il restait des Pringles. Il se leva et rentra.

10.

Il y avait des jours où Katie se demandait si les opinions de Maman n'avaient pas pour seul objectif de la pousser à bout.

De toute évidence, elle aurait préféré qu'il n'y ait pas de mariage. Mais s'il y en avait un, elle voulait une cérémonie grandiose et publique. Katie fit remarquer qu'il s'agissait d'un second mariage. Maman rétorqua qu'ils n'avaient pas envie de passer pour des minables. Katie fit observer que certains restaurants coûtaient la peau des fesses. Sa mère suggéra une bénédiction à l'église. Katie demanda pourquoi. Sa mère répondit que ça serait sympathique. Katie lui rappela que la religion n'était pas censée être sympathique. Sa mère dit qu'il fallait qu'elle se fasse faire une robe. Katie lui signala qu'elle ne mettait jamais de robe. Sa mère la pria de ne pas être ridicule. Et Katie commença à se dire qu'ils auraient mieux fait d'aller se marier à Las Vegas et de prévenir tout le monde après.

Le lendemain, Katie regardait *Brookside* pendant que Ray et Jacob fabriquaient une sorte d'abri rudimentaire avec deux chaises et la couverture de pique-nique écossaise. Elle leur demanda ce qu'ils fabriquaient et Jacob répondit qu'ils faisaient une tente. « Pour le mariage. » Et Katie pensa « Oh ! Et puis merde ! » Elle épousait Ray. Ses parents organisaient une réception. Il se trouvait que les deux choses coïncidaient dans le temps, voilà tout.

Elle appela sa mère et proposa un compromis. Sa mère obtint le chapiteau, les fleurs et le gâteau. Katie la cérémonie civile, pas de bénédiction et une robe de prêt-à-porter.

Le samedi suivant, Ray et Jacob partirent faire changer le pot d'échappement pendant que Katie retrouvait Mona en ville pour acheter quelque chose à se mettre sur le dos avant que Maman ne change d'avis.

Elle choisit une longue robe bustier en soie bleu ciel de chez Whistles. Impossible de courir avec (Katie refusait systématiquement d'acheter des vêtements dans lesquels on ne pouvait pas courir), mais après tout, si la mairie prenait feu, Ray arriverait sûrement à la balancer sur son épaule. Elle acheta dans Oxford Street une paire de chaussures en daim d'un bleu un peu plus soutenu avec des talons pas trop hauts et trouva plutôt sympa de faire la gamine pendant quelques heures avec Mona, qui était capable de faire la gamine jusqu'à la saint-glinglin.

En rentrant à la maison, elle parada pour les garçons et Jacob dit :

« On dirait que tu es une dame », ce qui était bizarre mais mignon.

Elle se baissa et l'embrassa (ce qui n'était pas tellement facile non plus).

« Il faudrait qu'on te trouve un costume marin pour aller avec.

— Ne sois pas dure avec ce petit gars », dit Ray.

Jacob lui jeta un regard sérieux :

« Je veux mettre mon T-shirt de Bob le Bricoleur.

— Je ne sais pas trop ce que Mamie en pensera, objecta Katie.

— Mais moi je veux mettre mon T-shirt de Bob le Bricoleur », répéta Jacob.

On réglerait ça le moment venu.

11.

George était assis dans sa voiture, devant le cabinet médical, cramponné au volant comme s'il descendait une route de montagne.

La lésion lui faisait l'effet d'une plaque d'égout de chair en putréfaction sous sa chemise.

Il pouvait consulter le médecin ou s'en aller. Présenter les choses sous cet angle était un peu apaisant. Option A ou option B.

S'il consultait le médecin, il saurait la vérité. Il n'avait pas envie de la savoir, mais elle n'était peut-être pas aussi terrible qu'il le croyait. La lésion pouvait être bénigne, ou de dimensions opérables. Évidemment, le docteur Barghoutian n'était qu'un généraliste. Il enverrait peut-être George chez un spécialiste, ce qui l'obligerait à endurer la perspective de ce rendez-vous pendant une semaine, deux semaines, un mois (il était parfaitement possible qu'au bout de sept jours sans manger ni dormir, on devienne complètement cinglé, auquel cas il serait déchargé de l'affaire).

S'il repartait, Jean voudrait savoir où il était allé. Le cabinet appellerait à la maison pour demander pourquoi il n'était pas venu. Il risquait de ne pas décrocher le premier. Il mourrait du cancer. Jean découvrirait qu'il n'était pas allé chez le médecin et serait furieuse qu'il meure du cancer sans avoir essayé de faire quelque chose.

D'un autre côté, s'il s'en allait alors que la lésion était bénigne ou curable, elle pouvait fort bien se transformer en cancer malin et prendre une telle extension qu'on ne pourrait plus le soigner et on le lui dirait, et il serait condamné à vivre, même pour très peu de temps, en sachant qu'il était en train de mourir des suites directes de sa lâcheté.

Quand il sortit enfin de la voiture, c'était parce qu'il ne supportait plus sa propre compagnie dans un espace aussi confiné.

La présence d'autres gens dans le cabinet le calma légèrement. Il se présenta à la secrétaire et trouva une place.

Qu'est-ce qu'il pourrait bien dire à propos de Ray dans son discours de mariage ? Voilà au moins un problème auquel il pouvait s'atteler.

Ray était épatant avec les enfants. Enfin, avec Jacob en tout cas. C'était un bon bricoleur. Du moins, c'est ce qu'il pensait. La tondeuse avait rendu l'âme une semaine après son intervention. De toute façon, ce n'était pas une recommandation suffisante pour un futur époux. Il avait de l'argent. Une recommandation suffisante, sans doute, mais qu'on ne pouvait mentionner que sous forme d'aparté humoristique après avoir bien fait comprendre à quel point on appréciait ce type.

Il en avait la tête farcie.

Ray était amoureux de Katie et Katie était amoureuse de lui.

Vraiment ? Ce que sa fille avait dans le crâne avait toujours été un mystère pour lui. Elle n'était pourtant pas du genre à dissimuler ce qu'elle pensait. Du papier peint de sa chambre. Des hommes au dos velu. De l'utilisation de bois tropical pour fabriquer des meubles. Mais ses opinons étaient tellement brutales (comment pouvait-on accorder autant d'importance à du papier peint ?), si changeantes et si détachées de toute vision cohérente du monde qu'il lui était arrivé de se demander, surtout pendant son adolescence, si elle n'avait pas quelque chose qui clochait médicalement.

Non. Il n'avait pas pris les choses par le bon bout. Le père de la mariée n'avait pas à apprécier son futur gendre (rien qu'à cette idée, il se sentit tout ragaillardi). C'était le boulot du témoin. Et sur ce point, si celui de Ray marquait un progrès par rapport au pitre du premier mariage de Katie, le soulagement de George l'emporterait peut-être sur ses doutes à propos de cette union. (« Alors j'ai téléphoné à toutes les ex de Graham pour essayer de savoir ce qui attendait Katie. Et voilà ce qu'elles m'ont dit… »)

Il leva les yeux et aperçut une affiche sur le mur du fond. Elle juxtaposait deux grandes photographies. Celle de gauche montrait un morceau de peau bronzée surmontant cette légende : *Vous aimez mon bronzage ?* Celle de droite était accompagnée du texte suivant : *Vous aimez mon cancer de la peau ?* et exhibait ce qui ressemblait à un gros furoncle bourré de cendre de cigarette.

Il faillit vomir et se rendit compte que, pour garder l'équilibre, il s'était agrippé à l'épaule d'une toute petite Indienne assise à sa droite.

« Excusez-moi. »

Il se leva.

Pour l'amour du ciel, quelle idée de mettre une affiche pareille, et ici, en plus ! Il se dirigea vers la sortie.

« Monsieur Hall ? »

Il était à mi-chemin de la porte quand il entendit la secrétaire le rappeler, d'un ton plus sévère cette fois. Il se retourna.

« Le docteur Barghoutian va vous recevoir. »

Il était trop faible pour désobéir et se retrouva dans le couloir, se dirigeant vers le docteur Barghoutian qui se tenait dans l'embrasure de sa porte ouverte, radieux.

« George », s'écria le docteur Barghoutian.

Ils échangèrent une poignée de main.

Le docteur Barghoutian fit entrer George, referma la porte derrière lui, s'assit et se renversa contre le dossier de son siège, le bout d'un crayon coincé comme un cigare entre l'index et le majeur de sa main droite.

« Alors, quel bon vent vous amène ? »

Il y avait une petite tour Eiffel en plastique bon marché sur une étagère derrière la tête du docteur Barghoutian, et une photographie encadrée de sa fille sur une balançoire.

Cette fois, ça y était.

« J'ai fait un malaise, dit George.

— Quel genre de malaise ?

— Au déjeuner. Tout d'un coup, j'ai eu l'impression d'étouffer. J'ai renversé des trucs. En me précipitant dehors. »

Un malaise. Rien de plus. Pourquoi s'était-il mis dans un état pareil ?

« Une douleur dans la poitrine ? demanda le docteur Barghoutian.

— Non.

— Vous êtes tombé ?

— Non. »

Le docteur Barghoutian le dévisagea et hocha la tête avec componction. George ne se sentait pas bien. C'était comme cette scène vers la fin du film, après l'assassin russe, l'incendie inexpliqué dans le bureau et le député qui avait un faible pour les prostituées. Et toute l'affaire se réduisait à cela, un ancien d'Eton, dans la bibliothèque d'un cercle londonien, qui savait tout et pouvait faire supprimer des gens d'un seul coup de fil.

« À quoi cherchiez-vous à échapper ? » demanda le docteur Barghoutian.

George était incapable de répondre à cette question.

« Vous aviez peur de quelque chose ? »

George hocha la tête. Il avait l'impression d'avoir cinq ans.

« Et de quoi aviez-vous peur ? »

Tout allait bien. C'était bon d'être un petit garçon de cinq ans. On s'occupe des petits garçons de cinq ans. Le docteur Barghoutian allait s'occuper de lui. Il n'avait qu'une chose à faire, retenir ses larmes.

George souleva sa chemise et défit la fermeture Éclair de son pantalon.

Avec une infinie lenteur, le docteur Barghoutian prit ses lunettes sur son bureau, les posa sur son nez et s'inclina vers la lésion.

« Très intéressant. »

Intéressant ? Seigneur. Il allait mourir d'un cancer, entouré par des étudiants en médecine et des professeurs associés de dermatologie.

Une année sembla s'écouler.

Le docteur Barghoutian retira ses lunettes et se recula dans son fauteuil. « Eczéma discoïde, à moins que je ne me trompe grossièrement. Une semaine de pommade à la cortisone et on n'en parlera plus. » Il s'arrêta et tapota une cendre imaginaire de son crayon sur le tapis. « Vous pouvez vous rajuster. »

George remit sa chemise dans son pantalon, qu'il reboutonna.

« Je vais vous faire une ordonnance. »

En traversant la réception, il passa dans une colonne de soleil qui tombait du haut d'une fenêtre sur la moquette verte mouchetée. Une mère allaitait un bébé. À côté d'elle, un homme d'un certain âge, rougeaud et chaussé de bottes en caoutchouc, s'appuyait sur une canne et paraissait contempler, par-delà la poussette et les magazines cornés, les champs moutonnants dans lesquels il avait indubitablement passé la majeure partie de sa vie active. Un téléphone sonna comme un carillon d'église.

Il poussa la double porte vitrée et retrouva le jour.

Un oiseau chantait. En fait, il n'y avait pas d'oiseau qui chantait, mais une matinée pareille méritait certainement des chants d'oiseau. Au-dessus de sa tête, un avion à réaction ouvrait une fermeture à glissière blanche au milieu d'un ciel bleu, transportant des hommes et des femmes vers Chicago et Sydney, vers des conférences et des universités, des réunions de famille et des chambres d'hôtel aux serviettes de toilette moelleuses, avec vue sur la mer.

Il s'arrêta sur le pas de la porte et inspira les bonnes odeurs de feu de bois et de pluie récente.

À quinze mètres, tout au bout d'une haie de troènes impeccablement taillée à hauteur de buste, la Polo Volkswagen l'attendait tel un chien fidèle.

Il rentrait à la maison.

12.

Jamie grignota un septième Pringle, rangea le tube dans le placard, passa au salon, s'effondra sur le canapé et appuya sur le bouton du répondeur.

« Jamie, bonjour, c'est Maman. J'espérais que tu serais chez toi. Tant pis, ça ne fait rien. Tu es certainement déjà au courant. Katie et Ray sont passés dimanche. Ils se marient. On a été un peu surpris, tu peux t'en douter. Ton père a du mal à s'en remettre. Enfin. Troisième week-end de septembre. On va organiser une réception ici. Au jardin. Katie pense que ça serait sympa que tu amènes quelqu'un. De toute façon, on enverra des invitations en bonne et due forme le moment venu. Quoi qu'il en soit, je serai contente de te parler quand tu auras un moment. Je t'embrasse. »

Ils se marient ? Jamie était vaguement ahuri. Il repassa le message pour être sûr d'avoir bien entendu. Oui.

Bon sang, sa sœur avait déjà fait un certain nombre de conneries, mais alors là, c'était le bouquet. Ray devait être un bouche-trou, rien de plus. Katie parlait français. Ray lisait des biographies de personnalités sportives. Il devait suffire de lui payer quelques pintes pour qu'il commence à la ramener à propos de *nos frères de couleur*.

Ça faisait combien de temps qu'ils vivaient ensemble… ? Six mois ?

Il écouta le message une troisième fois, puis alla à la cuisine et sortit un cône au chocolat du congélateur.

Ça n'aurait pas dû le faire chier comme ça. Il ne voyait presque plus Katie ces derniers temps. Et quand il la voyait, elle avait Ray pendu à ses basques. Qu'est-ce que ça changerait qu'ils soient mariés ? Un bout de papier, rien de plus.

Mais alors, pourquoi est-ce que ça le retournait comme ça ?

Il y avait une de ces saletés de chats dans le jardin. Il ramassa un gravier sur la marche, visa et le manqua.

Merde. À cause du recul, il s'était fait une tache de glace sur sa chemise.

Il la tamponna avec une éponge mouillée.

Apprendre la nouvelle par personne interposée. C'était ça qui le faisait chier. Katie n'avait même pas eu le cran de le lui annoncer. Elle savait bien ce qu'il allait dire. Ou penser. Alors elle avait préféré refiler le bébé à Maman.

C'était bien ça. Toujours quelqu'un pour venir foutre sa merde. Tu traverses tranquillement Streaham au volant de ta bagnole en ne demandant rien à personne et un con te rentre dedans en discutant sur son portable. Tu vas passer un week-end prolongé à Édimbourg et on te fauche ton ordinateur en te laissant un étron eÉn prime sur le canapé.

Il regarda dehors. Ce foutu chat était revenu. Il posa sa glace au chocolat et jeta un autre caillou, plus fort, cette fois. Il ricocha sur une traverse, passa au-dessus du mur du fond, pénétra dans le jardin du voisin et toucha un objet invisible avec un grand *crac*.

Il referma la porte-fenêtre, attrapa la glace au chocolat et se mit à l'abri des regards.

Il y a deux ans, Katie n'aurait même pas adressé la parole à Ray.

Elle était crevée. C'était ça le problème. Elle n'arrivait plus à réfléchir. S'occuper de Jacob avec six heures de sommeil par nuit dans ce trou à rats merdique pendant deux ans. Et puis Ray qui se pointe avec son fric, sa baraque et sa bagnole de frime.

Il fallait qu'il l'appelle. Il posa la glace sur le rebord de la fenêtre.

C'était peut-être Ray qui avait annoncé la nouvelle à leurs parents. Tout à fait possible. Du Ray craché. Le genre à mettre les pieds dans le plat avec ses grosses bottes. Et à se prendre une engueulade de Katie sur le chemin du retour pour lui avoir coupé l'herbe sous le pied.

Il composa le numéro. Le téléphone sonna à l'autre bout de la ligne.

Quelqu'un décrocha. Jamie se dit que c'était peut-être Ray et faillit lâcher le combiné.

« Merde. »

« Allô ? »

C'était Katie.

« Ouf, c'est toi, dit Jamie. Pardon. Je ne voulais pas dire ça. Enfin, ici Jamie.

— Salut, Jamie.

— Maman vient de m'apprendre la nouvelle. »

Il essayait d'avoir l'air enjoué et insouciant, mais il était encore crispé à cause de la panique qui l'avait pris en croyant que c'était Ray.

« Ouais, c'est seulement en allant à Peterborough qu'on a décidé de l'annoncer. Ensuite on est rentrés, et

Jacob a été plutôt casse-pieds. Je voulais t'appeler ce soir.

— Bien, bien… félicitations.

— Merci », dit Katie.

Suivit un silence inconfortable. Il aurait voulu que Katie lui crie : *Aide-moi, Jamie, je suis en train de commettre une terrible erreur*, ce qu'elle n'avait manifestement pas l'intention de faire. Et il avait envie de lui crier, lui : *Bordel, qu'est-ce que tu fous ?* Mais s'il faisait ça, elle ne lui adresserait plus la parole de sa vie.

Il lui demanda ce que devenait Jacob, et Katie lui raconta qu'il avait dessiné un rhinocéros à l'école maternelle et qu'il avait fait caca dans son bain, alors il préféra changer de sujet et demanda :

« Alors comme ça, Tony est invité ?

— Bien sûr. »

Il comprit soudain ce que ça signifiait. La double invitation. Pas question d'emmener Tony à Peterborough.

Après avoir raccroché, il ramassa la glace au chocolat, nettoya les gouttelettes marron sur le rebord de la fenêtre et retourna à la cuisine faire du thé.

Tony à Peterborough. Putain. Il se demanda ce qui serait le pire. Son père et sa mère faisant comme si Tony était un collègue de Jamie, au cas où les voisins se poseraient des questions. Ou se montrant ouverts et sympas au point d'en être pénibles.

La solution la plus probable était évidemment que sa mère se montre ouverte et sympa au point d'en être pénible et que son père fasse comme si Tony était un collègue de Jamie. Et que sa mère soit fâchée contre son père parce qu'il faisait comme si Tony était un collègue de Jamie. Et que son père soit fâché contre sa mère parce qu'elle se montrait ouverte et sympa au point d'en être pénible.

Quant aux copains de Ray, il préférait ne pas y penser. Il avait connu assez de Ray à la fac. Huit bières et ils étaient prêts à lyncher le premier homosexuel venu, juste pour rigoler. Sans parler du honteux de service. Il y en avait toujours un. Tôt ou tard, il était immanquablement ivre mort et venait se coller à toi au bar pour tout te raconter, avant de se foutre en rogne parce que tu refusais de le faire monter dans ta chambre pour lui faire une branlette.

Il se demanda ce qu'était devenu Jeff Weller. Sans doute un mariage sans rapports sexuels à Saffron Walden, avec des vieux numéros de *Têtu* planqués derrière le cumulus.

Jamie avait consacré beaucoup de temps et d'énergie à organiser sa vie exactement comme il le voulait. Travail. Maison. Famille. Amis. Tony. Gym. Relaxation. Quelques passerelles entre certains compartiments. Katie et Tony. Amis et gym. Mais s'il existait des compartiments, ce n'était pas pour rien. C'était comme au zoo. On pouvait mélanger chimpanzés et perroquets. Mais si on retirait toutes les cages, c'était le bain de sang assuré.

Il ne parlerait pas de l'invitation à Tony. Voilà tout. Rien de plus simple.

Il baissa les yeux vers le bout de cône au chocolat. Qu'est-ce qu'il fabriquait ? Il les avait achetés pour se consoler après la dispute à propos des jumelles. Il aurait mieux fait de les balancer dès le lendemain.

Il fourra la glace dans la poubelle, sortit les quatre autres du congélateur et leur fit suivre le même chemin.

Il enfonça *Born to Run* dans le lecteur de CD et remplit la théière. Il fit la vaisselle et nettoya le plan de travail. Il versa une tasse de thé, ajouta du lait demi-écrémé et prépara le chèque de la facture de gaz.

Bruce Springsteen était particulièrement prétentieux ce soir. Jamie l'éjecta et lut le *Telegraph*.

Tony arriva juste avant huit heures, d'humeur joviale. Il gambada dans le couloir, mordit Jamie à la nuque, se jeta de tout son long sur le canapé et commença à se rouler une cigarette.

Jamie se demandait, parfois, si Tony avait été un chien dans une vie antérieure et si, peut-être, la transition ne s'était pas parfaitement opérée. L'appétit. L'énergie. Le manque de savoir-vivre. L'obsession des odeurs. (Tony fourrait son nez dans les cheveux de Jamie, inspirait et disait : « Ho ho, où est-ce que tu es allé, toi ? »)

Jamie fit glisser un cendrier sur la table basse du côté de Tony et s'assit. Il souleva les jambes de Tony, les posa sur ses genoux et entreprit de défaire ses lacets.

Il y avait des jours où il l'aurait étranglé. Sa mauvaise éducation surtout. Et puis il l'apercevait à l'autre bout de la pièce, il voyait ces longues jambes et cette démarche musculeuse de garçon fermier et éprouvait exactement la même chose que la première fois. Un machin au creux de l'estomac, presque douloureux, l'envie impérieuse que ce type le prenne dans ses bras. Tony était le seul à lui inspirer ça.

« Bonne journée, au bureau ? demanda Tony.

— Oui, plutôt.

— Alors pourquoi est-ce que Monsieur Ronchon est de sortie ?

— Comment ça ? demanda Jamie.

— Bouche pincée, front plissé. »

Jamie se laissa tomber contre le dossier du canapé et ferma les yeux.

« Tu te souviens de Ray…

— Ray… ?

— Le mec de Katie, Ray.

— Mmm.

— Eh bien, ils vont se marier.

— D'accord. » Tony alluma sa cigarette. Un petit brin de tabac embrasé tomba sur son jean et s'éteignit. « On va la fourrer dans une bagnole et la conduire en lieu sûr, quelque part au fin fond du Gloucestershire…

— Tony…

— Quoi ?

— On recommence, tu veux ? »

Tony leva les mains comme s'il se rendait.

« Pardon.

— Katie épouse Ray.

— Ce qui n'est pas bien.

— Exactement.

— Alors, tu vas essayer de l'en empêcher, dit Tony.

— Elle ne l'aime pas. Tout ce qu'elle veut, c'est un type qui ait un emploi stable et une grande baraque et qui puisse l'aider à s'occuper de Jacob.

— On peut trouver de plus mauvaises raisons de se marier.

— Tu le détesterais, j'en suis certain.

— Et alors ? demanda Tony.

— C'est ma sœur.

— Et tu vas… qu'est-ce que tu vas faire ?

— Aucune idée.

— C'est sa vie, Jamie. Tu ne peux pas repousser Anne Bancroft en brandissant un crucifix et la traîner jusqu'au bus le plus proche.

— Je n'ai pas l'intention de l'en empêcher. » Jamie commençait à regretter d'en avoir parlé. Tony ne connaissait pas Katie. Il n'avait jamais vu Ray. En réalité, tout ce que Jamie voulait, c'était qu'il lui dise : *Tu as absolument raison.* Mais c'était un truc que Tony n'avait jamais dit, à personne, à aucun sujet. Même pas quand il avait bu. Surtout pas quand il avait bu. « C'est son problème. Bien sûr. Mais…

— Elle est adulte, reprit Tony. Elle a le droit de foutre sa vie en l'air. »

Ils ne dirent plus rien, ni l'un ni l'autre, pendant quelques instants.

« Bon, alors, je suis invité ? »

Tony souffla un petit panache de fumée vers le plafond.

Jamie mit une fraction de seconde de trop à répondre, et Tony fronça les sourcils d'un air soupçonneux. Ce qui obligea Jamie à changer de tactique au pied levé.

« Sincèrement, j'espère que non.

— Et si jamais ? »

Inutile de se disputer pour ça. Pas maintenant. Quand les témoins de Jéhovah frappaient à la porte, Tony les invitait à venir prendre le thé. Il inspira profondément.

« Ma mère a plus ou moins dit que je pouvais amener quelqu'un.

— Quelqu'un ? Charmant.

— Tu n'as pas envie de venir, si ?

— Pourquoi pas ?

— Les collègues de Ray, ma mère aux petits soins pour toi…

— Tu n'écoutes pas ce que je te dis, si ? » Tony prit Jamie par le menton et le pinça comme font les tantes quand on est petit. « J'ai envie. De venir. Au mariage. De ta sœur. Avec toi. »

Une voiture de police passa en trombe de l'autre côté de l'impasse, sirène hurlante. Tony tenait toujours le menton de Jamie. Jamie dit :

« On en reparlera plus tard, tu veux ? »

Tony resserra sa prise, attira Jamie vers lui et renifla.

« Qu'est-ce que tu as mangé ?

— Un cône au chocolat.

— Hou là ! Ça t'a vraiment fichu un coup cette affaire-là.

— J'ai balancé le reste », dit Jamie.

Tony écrasa son mégot.

« Va m'en chercher un. Je n'ai pas mangé de cône au chocolat depuis… Bon sang, ça devait être à Brighton, vers 1987. »

Jamie alla à la cuisine, sortit un des cônes de la poubelle, rinça le ketchup de l'emballage et le rapporta au salon.

Avec un peu de bol, Katie balancerait le grille-pain à la tête de Ray avant septembre, et le mariage serait à l'eau.

13.

George étala une bonne couche de pommade à la cortisone sur l'eczéma, enfila ses vêtements de travail et descendit l'escalier, se heurtant à Jean qui revenait de Sainsbury's, chargée de sachets.

« Comment ça s'est passé, chez le médecin ?

— Bien.

— Alors ? »

George jugea plus simple de mentir.

« Un coup de chaleur, sans doute. Déshydratation. À travailler au soleil sans chapeau. Sans boire assez d'eau.

— Bon, voilà qui est rassurant.

— Plutôt, dit George.

— J'ai appelé Jamie.

— Et ?

— Il n'était pas là. J'ai laissé un message. Je lui ai dit qu'on allait lui envoyer une invitation. Qu'il pouvait amener quelqu'un s'il en avait envie.

— Parfait. »

Jean s'interrompit.

« Ça va, George ?

— Mais oui, très bien. »

Il l'embrassa et fila au jardin.

Il gratta le contenu du seau dans la minibenne, le lava au jet, prépara du nouveau mortier et commença à poser des briques. Encore deux ou trois assises et il pourrait envisager d'installer le châssis de la porte.

En soi, l'homosexualité ne lui posait pas de problème. Des hommes qui couchent avec d'autres hommes. On pouvait imaginer, pour peu qu'on soit du genre à imaginer ce genre de choses, qu'il existait des situations où cela pouvait arriver, des situations où des types étaient privés de leurs exutoires naturels. Camps militaires. Longues traversées en mer. Sans vouloir s'appesantir sur les questions de tuyauterie, on pouvait presque considérer cela comme une activité sportive. Se défouler. Bonne humeur. Une poignée de main et une bonne douche ensuite.

C'était l'idée de deux hommes allant acheter des meubles ensemble qu'il trouvait dérangeante. Deux hommes se blottissant l'un contre l'autre. Plus troublant, en un sens, que des tripotages dans les toilettes publiques. Cela lui donnait l'impression désagréable d'une fragilité dans le tissu du monde. Comme de voir un homme frapper une femme dans la rue. Ou de ne plus arriver tout d'un coup à se rappeler la chambre qu'on avait quand on était petit.

Enfin tout de même, le monde avait changé. Les téléphones portables. Les restaurants thaïlandais. Il fallait rester souple si on ne voulait pas se transformer en fossile rassis qui rouspète à cause des papiers gras. En plus, Jamie était un jeune homme raisonnable et s'il amenait quelqu'un, ce serait forcément un autre jeune homme très raisonnable.

Comment Ray réagirait, c'était une autre histoire.

Intéressant. Ce serait intéressant.

Il posa une autre brique.

« À moins que je ne me trompe grossièrement », avait dit le docteur Barghoutian.

Il voulait simplement se couvrir, sûrement.

14.

Jean se déshabilla pendant que David prenait une douche et elle enfila le peignoir qu'il lui avait préparé. Elle se dirigea vers la fenêtre en saillie et s'assit sur l'accoudoir du fauteuil.

Elle se sentait séduisante. Le simple fait d'être dans cette pièce. Les murs crème. Le parquet. La grande gravure de poisson dans son cadre métallique. C'était comme une de ces chambres qu'on voit dans les revues et qui vous font envisager une autre vie.

Elle contempla la pelouse ovale. Trois arbustes dans des pots de terre d'un côté. Trois de l'autre. Une chaise longue en bois.

Elle aimait bien faire l'amour, mais ça aussi, elle l'aimait bien. Penser, comme elle pouvait le faire ici, sans que le reste de sa vie se jette sur elle pour l'étouffer.

Jean parlait rarement de ses parents. Les gens ne comprenaient pas, voilà tout. Ils étaient adolescents quand ils s'étaient rendu compte que Tante Mary, d'à côté, était la petite amie de leur père. Tout le monde imaginait une sorte de vaudeville torride. Pourtant il n'y avait pas eu d'intrigue, pas de scènes de ménage.

Son père avait travaillé quarante ans dans la même banque et fabriquait des mangeoires à oiseaux à la cave. Et quels qu'aient pu être les sentiments de sa mère à propos de ce curieux arrangement domestique, elle n'en avait jamais parlé, même après la mort du père de Jean.

Elle supposait qu'elle n'en avait jamais parlé non plus de son vivant. C'étaient des choses qui arrivaient. Les apparences étaient sauves. Point final.

Jean avait honte. Comme toute personne sensée, forcément. Ne rien dire, c'était avoir l'impression de mentir. En parler, c'était se faire regarder comme une bête de cirque.

Pas étonnant que tous les enfants soient partis aussi vite dans des directions aussi différentes. Eileen vers la religion. Douglas vers ses semi-remorques. Et Jean vers George.

Ils s'étaient rencontrés au mariage de Betty.

Il avait quelque chose de cérémonieux, de militaire, presque. Séduisant d'une manière qui n'existait plus chez les jeunes actuels.

Ils faisaient tous les idiots (le frère de Maureen, celui qui allait mourir dans cet horrible accident du travail, s'était fait un chapeau avec une serviette de table et chantait « *I've got a lovely bunch of coconuts* » à l'hilarité générale). Jean voyait bien qu'il s'ennuyait. Elle aurait voulu lui dire qu'elle s'ennuyait aussi, mais il n'avait pas l'air de quelqu'un à qui on pouvait adresser la parole, comme ça, de but en blanc.

Dix minutes plus tard, il était à côté d'elle, il lui proposait un autre verre et elle se ridiculisait à demander de la limonade, pour avoir l'air sobre et raisonnable, puis du vin parce qu'elle ne voulait pas qu'il la prenne pour une gamine, avant de changer d'avis encore une fois parce qu'il était vraiment très séduisant et qu'elle était troublée.

Il l'avait invitée à dîner la semaine suivante et elle avait hésité. Elle savait ce qui allait se passer. Il était honnête et parfaitement sérieux, elle allait tomber amoureuse de lui, et quand il saurait, pour sa famille, il disparaîtrait dans un nuage de fumée. Comme Roger Hamilton. Comme Pat Lloyd.

Et puis il lui avait parlé de son père, qui dormait ivre mort, face contre terre, sur la pelouse. De sa mère qui pleurait dans la salle de bains. Et de son oncle qui était devenu fou et s'était retrouvé dans cet asile abominable. Alors elle avait simplement pris son visage entre ses mains et l'avait embrassé, ce qu'elle n'avait encore jamais fait à aucun homme.

En fait, il n'avait pas changé. Il était toujours honnête. Il était toujours sérieux. C'était le monde qui avait changé. Et elle aussi.

C'était peut-être ces cassettes françaises (était-ce un cadeau de Katie ? Elle ne savait plus). Ils partaient en vacances en Dordogne et elle avait du temps de reste.

Quelques mois plus tard, elle se trouvait dans une boutique de Bergerac en train d'acheter du pain, du fromage et des quiches aux épinards, la vendeuse était désolée qu'il fasse un temps pareil et Jean s'était surprise à engager une vraie conversation pendant que George était assis de l'autre côté de la rue sur un banc à compter ses piqûres de moustique. Il ne s'était rien passé sur le moment, mais de retour chez eux tout lui avait paru un peu froid, un peu étriqué, un peu anglais.

À travers le mur, elle entendit le faible bruit de la porte de la douche qui s'ouvrait.

Que ce soit David ! Elle n'en était pas encore revenue. Un jour, elle lui avait préparé des spaghettis à la bolognaise. Ils avaient échangé quelques phrases à propos du nouveau conservatoire et elle avait eu l'impression d'être quelconque, mais miséricordieusement invisible. Il portait des vestes de lin et des cols roulés pêche et bleu ciel, et fumait des cigarillos. Il avait vécu trois ans à Stockholm et, quand Mina et lui s'étaient séparés par consentement mutuel, cela n'avait fait qu'accentuer l'impression qu'il était un peu trop moderne pour Peterborough.

Il avait pris une retraite anticipée, George avait perdu contact avec lui et elle n'avait plus pensé à David jusqu'au jour où, levant les yeux de son tiroir-caisse chez Ottakar's, elle l'avait vu tendre un exemplaire de *The Naked Chef* et une boîte de crayons Maisie Mouse.

Ils étaient allés prendre un café en face, et quand elle avait parlé d'aller à Paris avec Ursula il ne s'était pas moqué d'elle comme Bob Green. Et ne s'était pas demandé comment deux dames d'âge mûr pourraient survivre à un week-end prolongé dans une ville étrangère sans se faire agresser, étrangler ou vendre pour la traite des Blanches, comme George.

En réalité, elle n'avait pas été physiquement attirée par lui (il était plus petit qu'elle et avait des touffes de poils noirs qui sortaient de ses manchettes). Simplement c'était la première fois qu'elle rencontrait un homme de plus de cinquante ans qui s'intéressait encore au monde qui l'entourait, à des gens nouveaux, de nouveaux livres, de nouveaux pays.

C'était comme de bavarder avec une amie. Sauf que c'était un homme. Et qu'ils ne se connaissaient que depuis un quart d'heure. Ce qui était très déroutant.

La semaine suivante, ils se tenaient sur une passerelle au-dessus de la route à quatre voies et cette sensation l'avait envahie. Celle qu'elle éprouvait à la mer parfois. Les navires qui déchargeaient, les mouettes qui se chamaillaient au-dessus des flots, les cornes mélancoliques. Se rendre compte qu'on pourrait partir à l'aventure et tout recommencer ailleurs.

Il lui avait pris la main et elle avait été déçue. Elle avait trouvé l'âme sœur et il allait tout gâcher par des avances maladroites. Mais il lui avait serré la main, l'avait lâchée et avait dit : « Allons-y. Tu vas être en retard chez toi », et elle avait eu envie de lui reprendre la main.

Plus tard, elle avait eu peur. De dire oui. De dire non. De dire oui puis de comprendre qu'elle aurait dû dire non. De dire non puis de comprendre qu'elle aurait dû dire oui. D'être nue devant un autre homme alors que, parfois, son corps lui donnait envie de pleurer.

Alors elle avait parlé à George. Elle lui avait dit qu'elle avait rencontré David à la librairie et qu'ils avaient pris un café en face. Mais elle ne lui avait pas parlé des mains ni de la passerelle. Elle voulait qu'il soit fâché. Elle voulait qu'il redonne à sa vie toute sa simplicité. Il n'en avait rien fait. Elle avait lâché le nom de David dans la conversation deux ou trois fois encore, sans plus de réaction. L'absence d'inquiétude de George commençait à ressembler à un encouragement.

David avait eu d'autres liaisons. Elle le savait. Avant qu'il ne le lui ait dit. La façon dont il avait mis ses mains autour de sa nuque la première fois. Elle en avait été soulagée. Elle n'avait pas envie de faire ça avec quelqu'un qui serait en terrain inconnu, surtout après l'histoire atroce de Gloria qui avait trouvé ce type de Derby garé devant chez elle un matin.

Jean ne s'était pas trompée. Il était vraiment très poilu. Comme un singe, presque. Ce qui était plutôt mieux, en un sens. Parce que cela montrait que ce n'était pas tellement pour le sexe. Tout de même, au cours des derniers mois, elle en était venue à apprécier cette sensation soyeuse sous ses doigts quand elle lui caressait le dos.

La porte de la salle de bains s'ouvrit et elle ferma les yeux. David traversa la moquette et glissa ses bras autour d'elle. Une odeur de savon au coaltar et de peau propre envahit ses narines. Elle sentait son souffle dans sa nuque.

« Mais que fait cette belle femme dans ma chambre ? » dit-il.

Elle rit devant cet enfantillage. Elle était très loin d'être belle. Mais c'était bon de faire semblant. Presque meilleur que si c'était vrai. Comme d'être redevenue enfant. Être tellement proche d'un autre être humain. Grimper aux arbres et boire l'eau du bain. Connaître le toucher et le goût de tout.

Il la fit pivoter et l'embrassa.

Il avait envie qu'elle se sente bien. Elle ne savait plus quand quelqu'un avait fait ça pour la dernière fois.

Il ferma les rideaux, la conduisit jusqu'au lit, l'allongea, l'embrassa encore, repoussa le peignoir de ses épaules et elle se sentit fondre dans l'obscurité derrière ses paupières, comme du beurre dans une poêle chaude, comme on sombre dans le sommeil après s'être réveillé en pleine nuit, le laissant s'emparer de vous, sans résistance.

Elle mit ses mains autour de son cou et sentit les muscles sous la peau et les tout petits poils, là où le coiffeur avait passé le rasoir. Ses mains à lui descendaient lentement le long de son corps et elle les voyait tous les deux depuis l'autre bout de la chambre, en train de faire ce qu'on ne voit faire qu'à de beaux acteurs, au cinéma. Et peut-être qu'elle y croyait maintenant, qu'elle était belle, qu'ils étaient beaux tous les deux.

C'était comme si son corps tanguait en accompagnant le mouvement de ses doigts, un tour de manège qui l'emportait plus haut et plus vite à chaque oscillation, la mettant en apesanteur chaque fois qu'elle arrivait au sommet, si haut qu'elle pouvait voir les jardins d'agrément et les ferries dans la baie et les collines vertes de l'autre côté de l'eau.

Il dit : « Je t'aime tellement, bon sang », et elle l'aima aussi, parce qu'il faisait cela, parce qu'il comprenait une partie d'elle-même dont elle avait toujours ignoré l'existence. Mais elle ne pouvait pas le dire. Pas maintenant. Elle ne pouvait rien dire. Elle se contenta de lui serrer l'épaule, ce qui signifiait : *Continue.*

Elle entoura son pénis de la main et la fit aller et venir, et ça ne paraissait plus bizarre, même pas une partie de son corps à lui, plutôt du sien à elle, les sensations affluant en un cercle ininterrompu. Elle s'entendait haleter, comme un chien, et ça lui était égal.

Elle sentit que c'était tout proche et s'entendit dire « Oui, oui, oui », et le son de sa voix ne suffit pas à rompre le sortilège. Elle se laissa emporter comme par une déferlante sur le sable, retombant sur la plage et remontant vers la mer, puis retombant encore.

Des images explosaient dans sa tête comme des petits feux d'artifice. Une odeur de noix de coco. Des chenets de laiton. Le traversin amidonné du lit de ses parents. Un cône tout chaud de tontes de gazon. Elle se brisait en mille morceaux minuscules, comme de la neige, comme des étincelles de feu de bois, jaillissant dans l'air puis commençant à retomber, si lentement que ça ne ressemblait pas du tout à une chute.

Elle lui prit le poignet pour arrêter sa main et resta couchée là, les yeux fermés, étourdie et essoufflée.

Elle pleurait.

C'était comme de retrouver son corps au bout de cinquante ans et de se rendre compte que c'était un bon copain et de comprendre soudain pourquoi on s'était senti aussi seule pendant tout ce temps.

Elle ouvrit les yeux. David la regardait et elle savait qu'elle n'avait rien à lui expliquer.

Il attendit quelques minutes. « Et maintenant, dit-il, je pense que c'est à mon tour. »

Il se mit à genoux et se glissa entre ses jambes. Il l'ouvrit doucement du bout des doigts et s'introduisit en elle. Et cette fois, elle l'observa rouler en avant sur ses bras jusqu'à ce qu'elle soit pleine de lui.

Parfois, elle était heureuse qu'il lui fasse cela. Parfois, elle était heureuse qu'elle lui fasse cela. Aujourd'hui, la distinction n'existait plus.

Il commença à bouger plus rapidement, ses yeux se plissèrent de plaisir avant de se fermer complètement. Alors elle ferma les siens, elle aussi, s'accrocha à ses bras et se laissa balancer d'avant en arrière, et finalement il jouit et resta en elle avec ce petit frisson animal. Quand il rouvrit les yeux, il respirait fort et souriait.

Elle lui rendit son sourire.

Katie avait raison. On passe sa vie à tout donner aux autres pour qu'ils puissent s'en aller, partir à l'école, à la fac, au bureau, à Hornsey, à Ealing. Si peu de cet amour vous revient.

Elle avait gagné cela. Elle avait mérité de se sentir comme un personnage de film.

Il s'allongea doucement à côté d'elle, l'entoura de son bras et attira sa tête contre son épaule, si près qu'elle voyait de petites perles de sueur qui dessinaient une ligne au milieu de son torse et qu'elle entendait son cœur battre.

Elle referma les yeux et, dans le noir, elle sentit le monde entier qui tournait.

15.

« Seigneur, fais-moi connaître ma fin et quelle est la mesure de mes jours ; que je sache combien courte est ma durée. »

Bob était couché juste sous les marches de l'autel dans un cercueil noir vernis qui, sous cet angle, ressemblait à un piano à queue.

« Oui, l'homme se promène comme une ombre ! Oui, c'est en vain qu'on s'agite. »

En certaines occasions (les quarante-huit heures entre l'essayage du pantalon chez Allders et la visite chez le docteur Barghoutian par exemple), il arrivait à George d'envier ces gens. Pas ces gens-là, précisément, mais les pratiquants, ceux qu'on voit au premier rang, aux messes de l'Avent.

Mais la foi, on l'avait ou on ne l'avait pas. Pas de retour possible, pas de remboursement. C'était comme quand l'Oncle Ronnie lui avait expliqué la façon dont les magiciens sciaient les dames en deux. Une fois qu'on savait, impossible de revenir en arrière, malgré tous ses efforts.

Il regarda autour de lui, les agneaux des vitraux et le modèle réduit du Christ en croix, et songea à quel point c'était ridicule, cette religion du désert transportée en bloc dans les comtés d'Angleterre. Des directeurs de banque et des profs de gym écoutant des histoires de cithares, de châtiments et de pain d'orge, comme si c'était la chose la plus naturelle du monde.

« Détourne de moi ton regard, que je reprenne mes forces, avant que je m'en aille et que je ne sois plus. »

Le pasteur se dirigea vers la chaire et prononça l'éloge funèbre.

« Un homme d'affaires, un sportif, un bon père de famille. *Travaille dur, amuse-toi bien.* Telle était sa devise. »

Manifestement, il ne savait rien de Bob.

D'un autre côté, si on ne mettait jamais les pieds à l'église de son vivant, on pouvait difficilement leur demander de remuer ciel et terre une fois qu'on était mort. D'ailleurs, personne n'avait envie d'entendre la vérité. (« C'était un type incapable de voir une femme à grosse poitrine sans lancer des remarques puériles. À la fin de sa vie, il avait l'haleine chargée. »)

« Robert et Susan auraient dû fêter leurs quarante ans de mariage en septembre prochain. Ils s'étaient connus à l'école secondaire de St Botolph et s'aimaient depuis leur enfance… »

Il se rappelait son propre anniversaire de trente ans de mariage. Bob traversant la pelouse en titubant, lui balançant un bras enivré sur l'épaule en disant : « Ce qu'il y a de marrant, c'est que si tu l'avais flinguée, tu serais déjà sorti à l'heure qu'il est. »

« Voici un mystère que je vous dis : c'est que nous ne serons pas tous morts, mais nous serons tous changés, en un moment, en un clin d'œil… »

L'office s'acheva et on transporta Bob à l'extérieur de l'église. George et Jean sortirent avec lcs autres, et tout le monde se réunit autour de la tombe dans une lumière moite gris acier, qui promettait un orage avant cinq heures. Susan se tenait à l'extrémité de la fosse, le visage bouffi, l'air brisé, encadrée par ses deux fils. Jack avait posé un bras autour des épaules de sa mère, mais il n'était pas assez grand pour exécuter le geste avec aplomb. Ben avait l'air de s'ennuyer singulièrement.

« L'homme né de femme a la vie courte et est rassasié de trouble. »

Bob fut mis en terre au bout de quatre solides sangles de jute. Susan, Jack et Ben jetèrent chacun une rose blanche sur le cercueil, et la paix fut rompue par un bouffon qui passa en voiture devant le cimetière, autoradio à plein volume.

« … le Seigneur Jésus-Christ, qui transformera notre corps vil pour le rendre conforme à son corps glorieux… »

George regarda les hommes qui avaient porté le cercueil et songea qu'il n'en avait jamais vu de barbu. Il se demanda si c'était une règle, comme pour les pilotes, pour assurer l'étanchéité quand les masques à oxygène tombaient. Une question d'hygiène, peut-être.

Et quand leur heure serait venue ? Est-ce que travailler avec tous ces cadavres les portait à l'optimisme ? Bien sûr, ils ne voyaient les gens qu'après. Devenir un cadavre, c'était cela, l'étape difficile. La sœur de Tim avait bossé dans un établissement de soins palliatifs pendant quinze ans, ce qui ne l'avait pas empêchée de s'endormir dans le garage, moteur allumé, quand on lui avait trouvé une tumeur au cerveau.

Le pasteur leur demanda de réciter le Notre Père tous ensemble. George prononça à haute et intelligible voix les passages qu'il approuvait (« Donne-nous aujourd'hui notre pain de ce jour... ne nous soumets pas à la tentation ») et marmonna les allusions à Dieu.

« La grâce du Seigneur Jésus-Christ, l'amour de Dieu, et la communion du Saint-Esprit, soient avec vous tous. Amen... Et maintenant, mesdames et messieurs. » La voix du pasteur avait pris un petit ton guilleret de chef de patrouille scoute. « J'aimerais, au nom de Susan et du reste de la famille Green, vous inviter à venir boire et manger quelque chose à la salle des fêtes située de l'autre côté de la rue, juste à côté du parking. »

Jean frissonna théâtralement.

« Je déteste ces machins-là. »

Ils suivirent la marée de gens vêtus de sombre, qui bavardaient tranquillement maintenant, sur la courbe du sentier de gravier, franchissaient la grille du cimetière et traversaient la rue.

Jean lui toucha le coude et dit :

« Je te rejoins tout de suite. »

Il se retourna pour lui demander où elle allait, mais elle était déjà repartie vers l'église.

Refaisant demi-tour, il vit David Symmonds qui se dirigeait vers lui, tout sourire, main tendue.

« George.

— David. »

David avait quitté Shepherds quatre ou cinq ans plus tôt. Jean l'avait rencontré par hasard deux ou trois fois, mais George ne l'avait pour ainsi dire plus revu. Ce n'était pas de l'antipathie. En fait, si tout le monde au bureau avait été comme David, la vie aurait été plus facile. Pas du genre à magouiller pour obtenir de l'avancement. Ni à refiler toutes les responsabilités aux autres. Un type intelligent, en plus. Un cerveau derrière tous ces machins d'exploitation durable de forêt, qui leur avait permis de s'imposer en Cornouailles et dans l'Essex.

Il s'habillait un peu trop bien. C'était sans doute la meilleure façon de présenter les choses. Un après-rasage coûteux. Des cassettes d'opéra dans sa voiture.

Quand il avait annoncé qu'il prenait une retraite anticipée, tout le monde s'était écarté de lui. La bête malade au milieu du troupeau. Ils s'étaient tous sentis un peu insultés. Comme si ça n'avait été qu'un passe-temps pour lui alors qu'eux y avaient consacré leurs vies. Pas de vrais projets non plus. Photographie. Vacances en France. Insigne d'or au vol à voile.

Les choses étaient un peu différentes maintenant que George avait suivi, lui aussi, la même voie, et quand il se rappelait John McLintock déclarant que David n'avait jamais été « vraiment intégré », il entendait les raisins trop verts craquer sous la dent.

« C'est sympa de te voir. » David serra la main de George. « Même en des circonstances aussi peu joyeuses.

— Susan n'avait pas l'air bien du tout.

— Oh, elle se remettra. »

Aujourd'hui, par exemple, David portait un costume noir et un col roulé gris. D'autres auraient pu juger cela irrespectueux, mais George comprenait que c'était simplement une autre façon d'être. Ne plus faire partie de la foule.

« Tu t'occupes ? » demanda George.

David rit.

« Je croyais que le but de la retraite, c'était de ne plus être obligé d'être occupé. »

George rit aussi.

« Tu dois avoir raison.

— Bon. Nous ferions mieux d'aller faire notre devoir, tu ne crois pas ? »

David se tourna vers la porte de la salle des fêtes.

George éprouvait rarement l'envie de prolonger une conversation mais David, il s'en rendait compte, était dans le même bateau que lui et c'était bon de bavarder avec quelqu'un qui était dans le même bateau. Mieux, certainement, que de manger des saucisses de cocktail en parlant de la mort.

« Alors tu as fini les Cent Meilleurs Romans du monde ?

— Tu as une mémoire redoutable, dis-moi. » David rit encore. « J'ai laissé tomber à Proust. Trop dur. Je me suis lancé dans Dickens à la place. Sept de faits, huit à faire. »

George parla de l'atelier. David parla de sa récente randonnée dans les Pyrénées. (« Trois mille mètres au-dessus du niveau de la mer, et des papillons partout. ») Ils se congratulèrent mutuellement d'avoir quitté Shepherds avant que Jim Bowman n'ait sous-traité la maintenance et que cette petite de Stevenage n'ait perdu un pied.

« Viens, fit David en poussant George vers la double porte. Nous allons nous faire mal voir si on nous trouve en train de rigoler dehors. »

On entendit un bruit de pas sur le gravier et George se retourna. C'était Jean.

« J'avais oublié mon sac. »

George expliqua :

« Je suis tombé sur David. »

Jean parut un peu troublée.

« Ah ! David, bonjour. »

« Jean, s'écria David en lui tendant la main. Quel plaisir de te revoir.

— J'étais en train de me dire, reprit George, que ce serait une bonne idée d'inviter David à dîner un de ces jours, non ? »

Jean et David eurent l'air interloqués et il songea que l'occasion ne se prêtait peut-être pas à se taper dans les mains et à lancer ce genre d'idées avec autant d'entrain.

« Oh, protesta David. Je m'en voudrais que Jean se retrouve enchaînée au fourneau à cause de moi.

— Je suis sûr qu'elle serait enchantée que quelqu'un vienne la soulager de ma seule compagnie. » George enfonça les mains dans les poches de son pantalon. « Si tu es prêt à vivre dangereusement, je devrais être capable de préparer moi-même un risotto tout à fait convenable.

— Eh bien…

— Pas le week-end prochain, mais celui d'après, cela t'irait ? Samedi soir ? »

Jean jeta à George un regard qui l'incita à se demander un instant si son enthousiasme lui avait fait oublier un détail d'importance à propos de David, qu'il était végétarien, par exemple, ou qu'il n'avait pas tiré la chasse lors d'une précédente visite.

Mais elle inspira profondément, sourit et dit :

« Parfait.

— Je ne suis pas sûr d'être libre ce samedi-là, dit David. C'est une excellente idée, mais…

— Dimanche, alors », proposa George.

David fit la moue et hocha la tête.

« Va pour dimanche.

— Très bien. Je me réjouis. » George tint la double porte ouverte. « Allons rejoindre les autres. »

16.

Katie déposa Jacob chez Max et les laissa en train de se battre en duel avec des cuillers en bois dans la cuisine de June.

Puis ils allèrent en ville, Ray et elle, et eurent un petit désaccord chez l'imprimeur. Ray estimait que le nombre de fioritures dorées sur un faire-part était une mesure de l'amour qu'on éprouvait pour quelqu'un, ce qui était curieux pour un homme qui prétendait que les chaussettes de couleur, c'était pour les filles. Alors que ceux qui plaisaient à Katie ressemblaient, selon lui, à des invitations à un séminaire de comptabilité.

Ray lui tendit son modèle préféré et Katie protesta : on aurait dit un faire-part pour le PACSage du Prince Charmant. À ce moment-là, le type qui était derrière le comptoir intervint :

« Eh bien, j'aime mieux ne pas être là quand vous choisirez le menu, vous deux. »

Les choses se passèrent mieux chez le bijoutier. Ray aimait bien l'idée qu'ils aient la même alliance tous les deux et n'avait pas l'intention de porter autre chose qu'un anneau d'or tout simple. Le bijoutier demanda s'ils voulaient une gravure et Katie resta perplexe un instant. Une gravure sur des alliances ?

« À l'intérieur, habituellement, expliqua le bijoutier. Avec la date du mariage. Ou quelques mots affectueux. »

Il était du genre à repasser ses sous-vêtements, c'était sûr.

« Ou l'adresse pour la récompense, dit Katie. Comme pour un chien. »

Ray rit, parce que l'autre avait l'air gêné et qu'il n'aimait pas les types qui repassaient leurs sous-vêtements.

« Vous nous en mettrez deux. »

Ils déjeunèrent à Covent Garden et dressèrent des listes d'invités en mangeant une pizza.

Celle de Ray était courte. Il ne se faisait pas beaucoup d'amis. Il bavardait volontiers avec des étrangers dans le bus et allait prendre un verre avec presque n'importe qui. Mais il ne s'attachait pas durablement aux gens. Quand Diana et lui s'étaient séparés, il avait quitté leur appartement, avait dit au revoir à leurs amis mutuels et avait postulé pour un nouveau boulot à Londres. Cela faisait trois ans qu'il n'avait pas vu le copain qu'il avait choisi pour témoin. Un vieux pote de rugby, apparemment, ce qui inquiétait un peu Katie.

« Il s'est fait coincer par les flics sur la M5 un jour, raconta Ray. Il faisait du funambulisme sur la galerie d'une Volvo.

— Du funambulisme ?

— C'est bon. Il est dentiste maintenant. »

Ce qui était tout aussi inquiétant, mais autrement.

Sa propre liste était plus compliquée, parce qu'elle avait beaucoup trop d'amis, tous dotés d'un droit irrévocable à se faire inviter. (Mona était là à la naissance de Jacob, Sandra les avait hébergés pendant un mois au moment où Graham l'avait plaquée, Jenny était atteinte de sclérose en plaques, ce qui faisait qu'on se sentait toujours moche quand on ne l'invitait pas à des trucs même si, franchement, elle n'était pas marrante...) Il allait falloir un hangar d'avion pour caser tout ce monde, et chaque fois qu'elle ajoutait ou biffait un nom elle imaginait une assemblée de sorcières qui se réunissait pour comparer leurs notes.

« Surbooke, lui conseilla Ray, comme les compagnies aériennes. Pars de l'idée que quinze pour cent ne viendront pas. Garde quelques places libres.

— Quinze pour cent ? demanda Katie. C'est ça le taux d'abandon standard pour les mariages ?

— Non, dit Ray. J'aime bien faire semblant de savoir de quoi je parle, c'est tout. »

Elle pinça un petit bourrelet de chair juste au-dessus de sa ceinture.

« Au moins, quand tu dis des conneries, il y a une personne dans ta vie qui s'en rend compte. »

Ray lui vola une olive sur sa pizza.

« C'est un compliment ? »

Ils discutèrent enterrement de vie de garçon et de jeune fille. La dernière fois, il s'était fait jeter tout nu dans le canal Leeds-Liverpool, elle s'était fait peloter par un pompier en cache-sexe et ils avaient dégobillé tous les deux dans les toilettes d'un restaurant indien. Ils décidèrent d'aller dîner aux chandelles. Seuls.

Il commençait à se faire tard et leurs témoins venaient dîner à huit heures. Ils rentrèrent donc chez eux, récupérant Jacob au passage. Il avait une entaille au front, là où Max l'avait tapé avec un presse-ail. Mais Jacob avait déchiré le T-shirt tarentule de Max. Visiblement, ils étaient toujours copains et Katie décida de ne pas chercher à en savoir plus long.

De retour à la maison, elle disposa les blancs de poulet sur la plaque de four, versa la sauce dessus et se demanda si elle avait bien fait de prendre Sarah. Pour tout avouer, elle l'avait choisie par représailles. Une avocate grande gueule capable de clouer son bec à n'importe quel joueur de rugby.

Kay commençait à se dire que les représailles n'étaient peut-être pas le meilleur critère de choix pour un témoin.

Mais quand Ed arriva, il avait surtout l'air nerveux. Un grand type rougeaud, plus fermier que dentiste. Il avait forci depuis l'époque de la photo qui se trouvait dans le bureau de Ray et on avait du mal à imaginer qu'il ait pu grimper sur le toit d'une Volvo immobile, et encore moins en marche.

Il était mal à l'aise avec Jacob, ce qui inspira à Katie un petit sentiment de supériorité. Puis il expliqua que sa femme en était à sa quatrième FIV. Et Katie se sentit drôlement moche.

Quand Sarah arriva, elle se contenta de se frotter les mains en disant :

« Bien, bien. Alors, voilà la concurrence. »

Et Katie s'enfila un verre de vin tout de suite, au cas où.

C'était une sage initiative.

Ed était charmant et un peu vieux jeu. Ce qui ne le rendit pas sympathique à Sarah. Elle lui parla du dentiste qui lui avait suturé la gencive en cousant le gant de latex de son assistante avec. Il lui parla de l'avocat qui avait empoisonné le chien de sa tante. Le poulet n'était pas bon. Ed et Sarah n'étaient pas d'accord sur les gitans. Notamment sur la question de savoir s'il fallait ou non les ramasser et les fourrer dans des camps. Sarah voulait qu'on fourre Ed dans un camp. Ed, qui considérait que les opinions des femmes étaient essentiellement décoratives, décréta que Katie était une *jolie fille*.

Ray essaya de diriger la conversation vers un terrain plus sûr en évoquant le bon vieux temps du rugby et ils se lancèrent tous les deux dans une série d'histoires prétendument irrésistibles, qui mettaient invariablement en scène des abus de boisson, des actes bénins de vandalisme et un pantalon retiré.

Katie s'enfila deux autres verres de vin.

Ed annonça qu'il commencerait son discours en disant : « Mesdames et messieurs, la mission qu'on m'a confiée est un peu comme de se voir demander de coucher avec la reine. C'est un honneur, évidemment, mais pas une tâche qu'on envisage avec impatience. »

Ray trouva ça très drôle. Katie se demanda si elle ne ferait pas mieux d'épouser quelqu'un d'autre et Sarah, qui n'avait jamais aimé les types qui tirent la couverture à eux, leur raconta qu'elle avait tellement bu au mariage de Katrina qu'elle était tombée dans les pommes et avait fait pipi dans sa culotte dans le hall d'un hôtel de Derby.

Une heure plus tard, Katie et Ray étaient couchés l'un à côté de l'autre à regarder le plafond tourner lentement en écoutant Ed se débattre avec le canapé convertible de l'autre côté du mur.

Ray lui prit la main :

« Désolé.

— Pourquoi ?

— Pour ce qui s'est passé en bas.

— J'ai eu l'impression que tu t'amusais bien, remarqua Katie.

— En un sens, oui. »

Ils ne prononcèrent plus un mot pendant un moment.

« Il devait être un peu énervé, ajouta Ray. On était tous un peu énervés, je crois. Enfin, sauf Sarah. Elle n'a pas l'air d'être du genre à s'énerver. »

Un petit couinement s'éleva dans la pièce voisine, au moment où Ed coinça une partie de son anatomie dans le mécanisme.

« Je dirai un mot à Ed, dit Ray. À propos du discours.

— Je dirai un mot à Sarah », dit Katie.

17.

La scène se produisit le samedi matin.

Tony se réveilla de bonne heure et fila à la cuisine préparer le petit déjeuner. Quand Jamie le rejoignit tranquillement vingt minutes plus tard, Tony était à table, dégageant des ondes négatives.

De toute évidence, Jamie avait fait quelque chose de mal.

« Qu'est-ce qui se passe ? »

Tony se mâchouilla la joue et tambourina sur la table avec une petite cuiller.

« Ce mariage, dit-il.

— Écoute, coupa Jamie. Je n'ai pas tellement envie d'y aller, moi non plus. »

Il jeta un coup d'œil à la pendule. Tony partait dans vingt minutes. Jamie se dit qu'il aurait mieux fait de rester au lit.

« Mais tu es obligé d'y aller, observa Tony.

— Je n'ai pas vraiment le choix.

— Alors, pourquoi est-ce que tu ne veux pas que je t'accompagne ?

— Parce que tu vas te faire chier et que je vais me faire chier. Tant pis pour moi, c'est ma famille, pour le meilleur et pour le pire. Alors, une fois de temps en temps, il faut bien que je serre les dents et que j'accepte de me faire chier pour le bien de la collectivité. Mais j'aimerais autant qu'en plus, toi, tu ne te fasses pas chier à cause de moi.

— Arrête, c'est juste un mariage, reprit Tony. Ce n'est quand même pas la traversée de l'Atlantique à la voile. Ça ne peut pas être aussi chiant que ça, si ?

— Ce n'est pas juste un mariage. C'est ma sœur qui épouse un type atroce. Pour la deuxième fois de sa vie. Sauf que cette fois, tout le monde le sait à l'avance. Pas de quoi se réjouir, tu vois.

— Elle peut épouser qui elle veut, je m'en fous pas mal, fit Tony.

— Eh bien pas moi.

— Qu'est-ce que ça peut bien faire, qui elle épouse ? »

Jamie traita Tony de salaud, de monstre d'indifférence. Tony traita Jamie de connard égocentrique. Jamie refusa de poursuivre la conversation. Tony sortit en trombe.

Jamie fuma trois cigarettes d'affilée et se fit frire deux tranches de pain trempées dans de l'œuf. Il n'allait rien faire de constructif, c'était clair, alors autant pousser jusqu'à Peterborough et entendre cette histoire de mariage de première main, de la bouche de ses parents.

18.

George était en train de mettre en place les châssis des fenêtres. Il y avait six assises de briques au-dessus du rebord de chaque côté. Assez pour les maintenir solidement. Il étala le mortier et inséra le premier.

En fait, ce n'était pas seulement l'avion. Les vacances en elles-mêmes ne figuraient pas beaucoup plus haut sur sa liste d'occupations favorites. Visiter des amphithéâtres, parcourir le sentier littoral du Pembrokeshire, apprendre à faire du ski. Il comprenait l'intérêt de ces activités. Quinze jours sinistres en Sicile avaient été presque rachetés par les mosaïques de la piazza Armerina. Ce qui le dépassait, c'était qu'on se fatigue à aller dans un pays étranger pour se prélasser au bord d'une piscine, manger de la nourriture ordinaire et boire des vins bon marché plus ou moins ennoblis par la vue sur une fontaine et par un serveur qui baragouinait trois mots d'anglais.

Au Moyen Âge, au moins, ils savaient ce qu'ils faisaient. Fêtes liturgiques. Pèlerinages. Canterbury et Saint-Jacques-de-Compostelle. Trente kilomètres par jour, des auberges rudimentaires et un but à atteindre.

La Norvège n'aurait peut-être pas été si mal. Montagnes, toundra, rivages déchiquetés. Mais non, c'était forcément Rhodes ou bien la Corse. Et en été, par-dessus le marché, ce qui obligeait les Anglais couverts de taches de rousseur à rester assis sous les auvents à lire le *Sunday Times* de la semaine précédente pendant que la sueur ruisselait le long de leur dos.

À bien y réfléchir, il avait pris un coup de chaleur pendant la visite de la piazza Armerina, et ses souvenirs des mosaïques venaient essentiellement de la pile de cartes postales qu'il avait achetées à la boutique avant de se réfugier dans la voiture de location avec une bouteille d'eau et une boîte de Nurofen.

L'esprit humain n'était pas fait pour les bains de soleil et les best-sellers d'été. Pas pendant plusieurs jours d'affilée, en tout cas. L'esprit humain était conçu pour faire des trucs. Fabriquer des lances, chasser l'antilope…

Le pire avait été la Dordogne, en 1984. La diarrhée, des papillons de nuit gros comme des hamsters volants, une chaleur de lampe à souder. Les réveils à trois heures du matin sur un matelas humide et plein de bosses. Et puis l'orage. Comme quelqu'un qui martèlerait des plaques de fer-blanc. Des éclairs si lumineux qu'ils traversaient l'oreiller. Le lendemain matin, soixante, soixante-dix grenouilles mortes qui tournaient lentement dans la piscine. Et tout au bout quelque chose de plus grand et de plus poilu, un chat peut-être, ou le chien des Franzetti, que Katie essayait de faire couler avec un tuba.

Il avait soif. Il retraversa la pelouse et était en train de retirer ses bottes sales quand il aperçut Jamie dans la cuisine, qui déposait son sac et branchait la bouilloire.

Il s'arrêta pour l'observer comme il aurait pu s'arrêter pour observer un cerf qui se serait introduit dans le jardin, ce qui arrivait de temps en temps.

Jamie était une sorte de créature mystérieuse, lui aussi. Pas cachottier, non. Mais réservé. Légèrement démodé, à bien y réfléchir. Habillé et coiffé autrement, on l'aurait bien vu allumer une cigarette dans une ruelle de Berlin ou enveloppé de vapeur sur le quai d'une gare.

Contrairement à Katie, qui ne savait même pas ce que voulait dire le mot *réserve*. La seule personne qu'il connaissait qui soit capable de parler de menstruations au déjeuner. Ce qui ne vous empêchait pas de savoir qu'elle vous cachait des choses, lesquelles vous seraient distillées à intervalles aléatoires. Comme le mariage. La semaine prochaine, elle leur annoncerait sûrement qu'elle était enceinte.

Mon Dieu. Le mariage. Jamie était certainement venu à cause du mariage.

Il y arriverait. Si Jamie réclamait un grand lit, il lui dirait qu'ils avaient prévu de mettre quelqu'un d'autre dans la chambre d'amis et lui réserveraient un *bed and breakfast* haut de gamme quelque part. Tant que George n'avait pas à dire *petit copain*.

Il sortit de sa rêverie et vit que Jamie lui faisait de grands signes depuis la cuisine et avait l'air surpris par l'absence de réaction de George.

Il lui rendit son salut, retira sa seconde botte et entra.

« Quel bon vent t'amène ?

— Je suis venu faire un saut, c'est tout.

— Ta mère ne m'a rien dit.

— Je n'ai pas prévenu.

— Aucune importance. Il y a sûrement assez à déjeuner pour trois.

— Ne t'en fais pas. Je n'avais pas l'intention de rester. Tu veux du thé ? demanda Jamie.

— Volontiers, merci. »

George sortit les sablés pendant que Jamie mettait un sachet dans une seconde tasse.

« Alors. Ce mariage, commença Jamie.

— Oui, quoi ? demanda George, faisant comme si le sujet ne l'avait pas encore effleuré.

— Qu'est-ce que tu en penses ?

— Je pense que… » George s'assit et disposa sa chaise de façon qu'elle soit exactement à la bonne distance de la table. « Je pense que tu devrais amener quelqu'un. »

Voilà. Difficile de faire plus neutre, pour autant qu'il pût en juger.

« Non, Papa, souffla Jamie avec lassitude. Je veux parler de Katie et Ray. Qu'est-ce que tu penses de ce mariage ? »

Évidemment. Il existait d'infinies manières de dire à ses enfants ce qu'il ne fallait pas. Vous leur tendiez un rameau d'olivier, et c'était le mauvais rameau d'olivier, au mauvais moment.

« Alors ? insista Jamie.

— Pour tout t'avouer, j'essaie de conserver un détachement bouddhiste à propos de toute cette affaire pour éviter de prendre dix ans d'un coup.

— Mais c'est sérieux ?

— Avec ta sœur, tout est sérieux. Quant à savoir si ce sera encore sérieux dans quinze jours, c'est une autre affaire.

— Qu'est-ce qu'elle a dit ?

— Qu'ils allaient se marier, c'est tout. Ta mère en sait peut-être davantage sur l'aspect affectif des choses. Pour ma part, je me suis fait coincer et j'ai été obligé de discuter avec Ray. »

Jamie posa une tasse de thé devant George et leva les sourcils.

« Décoiffant, j'imagine. »

Et voilà la petite porte qui s'entrouvrait un instant.

Ils n'avaient jamais beaucoup donné dans le truc père-fils. Deux ou trois samedis après-midi au champ de courses de Silverstone. L'abri de jardin qu'ils avaient monté ensemble. Cela devait s'arrêter là.

D'un autre côté, il avait des amis qui donnaient dans le truc père-fils et, d'après ce qu'il en voyait, cela se limitait à peu de chose près à s'asseoir l'un à côté de l'autre aux matches de rugby et à échanger des blagues vulgaires. Mère-fille, oui, d'accord, cela avait un sens. Les robes. Les potins. Tout bien pesé, il devait pouvoir s'estimer heureux d'avoir échappé au truc père-fils.

Mais il y avait des moments comme celui-ci où il se rendait compte qu'ils se ressemblaient beaucoup, Jamie et lui.

« Je dois reconnaître que Ray est un peu dur à avaler, dit George. Pourtant ma longue et douloureuse expérience – il trempa un biscuit – m'a appris qu'il est parfaitement inutile d'essayer de convaincre ta sœur de changer d'avis. La meilleure stratégie est sans doute de la traiter en adulte. Rester impassible. Être aimable avec Ray. Si les choses tournent mal dans deux ans, ma foi, nous avons déjà un peu de pratique en la matière. Je ne veux surtout pas que ta sœur sache que nous la désapprouvons, et que nous nous retrouvions avec Ray sur le dos dans le rôle du gendre renfrogné pendant les trente années à venir. »

Jamie but son thé.

« C'est juste que je…

— Oui ?

— Rien. Tu dois avoir raison. Il vaut mieux la laisser faire. »

Jean apparut dans l'embrasure de la porte, portant un panier de linge sale.

« Bonjour, Jamie. Quelle bonne surprise.

— Salut, Maman.

— Eh bien, tu vas pouvoir avoir un autre avis », reprit George.

Jean posa le panier sur la machine à laver.

« À quel sujet ?

— Jamie se demandait si nous ne devrions pas sauver Katie d'un mariage imprudent et tout à fait déconseillé.

— Papa… » fit Jamie, agacé.

Ce fut là que Jamie et George bifurquèrent. Jamie n'avait jamais su plaisanter, pas à ses dépens. Il était, il fallait bien l'avouer, plutôt susceptible.

« George. » Jean lui jeta un regard accusateur. « Qu'est-ce que tu racontes ? »

George refusa de mordre à l'hameçon.

« Je me fais du souci pour Katie, dit Jamie.

— Nous nous faisons tous du souci pour elle, renchérit Jean en commençant à remplir le lave-linge. Je ne considère pas Ray comme le choix idéal, moi non plus. Mais que veux-tu, c'est comme ça. Ta sœur sait ce qu'elle veut. »

Jamie se leva.

« Il faut que j'y aille. »

Jean interrompit son opération de remplissage.

« Mais tu viens à peine d'arriver.

— Je sais. J'aurais mieux fait d'appeler. Je voulais simplement savoir ce que Katie vous avait dit. Je file. »

Il était parti.

Jean se tourna vers George.

« Tu ne peux vraiment pas t'empêcher de le prendre à rebrousse-poil ? »

George se mordit la langue. Encore.

« Jamie ? »

Jean se précipita dans le couloir.

George ne se rappelait que trop bien à quel point il avait détesté son propre père. Un ogre débonnaire qui trouvait des pièces de monnaie dans vos oreilles, fabriquait des écureuils en origami et qui, au fil des ans, s'était progressivement rabougri pour se transformer en un petit homme irrité et saoul qui estimait que faire des compliments aux enfants les amollissait, n'avait jamais admis que son propre frère était schizophrène et continua à rétrécir au point que le jour où George, Judy et Brian furent assez grands pour lui demander des comptes, il avait accompli l'exploit le plus impressionnant de tous en se transformant en un homuncule arthritique et geignard, bien trop insignifiant pour être la cible de la colère de quiconque.

On ne pouvait qu'espérer éviter d'infliger la même chose à ses propres enfants.

Jamie était un bon garçon. Pas le plus robuste des gaillards. Mais ils ne s'entendaient pas si mal.

Jean revint à la cuisine.

« Il est parti. De quoi s'agissait-il ?

— Dieu seul le sait. » George se leva et posa sa tasse vide dans l'évier. « Les enfants sont un mystère insondable. »

19.

Jamie s'arrêta sur une aire de stationnement, au bout du village.

Je pense que tu devrais amener quelqu'un.

Putain. Tu évites le sujet pendant vingt ans et voilà qu'il te double à cent à l'heure pour disparaître dans un nuage de gaz d'échappement.

Se serait-il trompé de bout en bout à propos de son père ? Est-ce qu'il aurait pu tout lui dire à seize ans sans que ça fasse un drame ? *Je comprends parfaitement. Il y avait un type comme ça à l'école. Il aimait les garçons. Il a fini par jouer au cricket dans l'équipe de Leicester.*

Jamie était furieux. Mais il aurait eu du mal à dire contre qui. Ou pourquoi.

Chaque fois qu'il allait à Peterborough, c'était la même chose. Chaque fois qu'il voyait des photos de lui. Chaque fois qu'il sentait l'odeur de la pâte à modeler, ou qu'il mangeait des bâtons de poisson pané. Il avait de nouveau neuf ans. Ou douze. Ou quinze. Ses sentiments pour Ivan Dunne n'y étaient pour rien. Ni son absence d'émoi en voyant se trémousser ce groupe de filles, les Pan's People. C'était la prise de conscience angoissante qu'il avait atterri sur la mauvaise planète. Ou dans la mauvaise famille. Ou dans le mauvais corps. La prise de conscience qu'il ne lui restait qu'à ronger son frein jusqu'à ce qu'il puisse partir et se construire un petit monde à lui, où il serait en sécurité.

C'était Katie qui l'avait aidé à s'en sortir. En lui disant d'ignorer la bande de Greg Pattershall. En lui disant que les graffitis ne comptaient pas s'il y avait des fautes d'orthographe. Elle avait raison. Tous ces types-là avaient fini par mener des petites vies de merde et par se piquer à l'héro dans une cité quelconque de Walton.

Il était sans doute le seul garçon de l'école à avoir appris les techniques d'autodéfense avec sa sœur. Il était passé à la pratique un jour, sur Mark Rice, qui s'était effondré dans un buisson en saignant horriblement. Jamie avait eu si peur qu'il n'avait plus jamais frappé personne.

Maintenant, il avait perdu sa sœur. Et personne ne le comprenait. Même pas elle.

Il avait envie d'être assis dans la cuisine de Katie, de faire des grimaces à Jacob, de boire du thé, de manger trop de gâteau aux dattes et aux noix de chez Marks and Spencer et… non, même pas de parler. Même pas besoin de parler.

Merde. S'il prononçait le mot *maison*, il allait pleurer.

Peut-être que s'il avait fait un effort pour rester un peu plus proche. Peut-être que s'il avait mangé un peu plus de gâteau aux dattes et aux noix. S'il l'avait invitée chez lui avec Jacob plus souvent. S'il lui avait prêté de l'argent…

À quoi bon ?

Il démarra, sortit de l'aire de stationnement et faillit se faire tuer par une camionnette Transit verte.

20.

La pluie ruisselait sur la fenêtre du salon. Cela faisait une heure que Jean était partie en ville et George s'apprêtait à aller au jardin quand une masse de nuages noirs avait surgi en provenance de Stamford, transformant la pelouse en mare.

Tant pis. Il dessinerait.

Cela ne faisait pas partie du plan. Le plan consistait à terminer l'atelier et à ressusciter ensuite ses talents artistiques assoupis. Mais après tout, quelques exercices préliminaires ne pouvaient pas faire de mal.

Il fouilla dans le placard de la chambre de Jamie et dénicha un bloc de papier d'aquarelle sous le vélo d'appartement cassé. Il trouva deux crayons utilisables dans le tiroir de la cuisine et les tailla de façon rudimentaire avec le couteau à découper.

Il se prépara une tasse de thé, s'installa à la table de la salle à manger et se demanda immédiatement pourquoi il avait repoussé cet instant aussi longtemps. Le parfum du bois taillé, la texture de bronze martelé du papier crème. Il se rappela avoir été assis dans un coin de sa chambre, il devait avoir sept ou huit ans, un bloc sur les genoux, à dessiner des châteaux gothiques alambiqués avec des passages secrets et des mécanismes pour verser de l'huile bouillante sur les agresseurs. Il voyait encore les plantes grimpantes du papier peint et se rappelait la fessée qu'il avait prise parce qu'il les avait coloriées au stylo-bille. Il sentait le petit carré de velours de son pantalon vert qu'il avait usé à force de le frotter et que ses doigts cherchaient toujours lors de réunions un peu tendues, vingt, trente ans plus tard.

Il commença par dessiner des boucles noires sur la première page. *Se délier les mains*, disait M. Gledhill.

Quand lui arrivait-il encore de l'éprouver, cette solitude furtive, divine ? Dans son bain, peut-être. Encore que Jean ne comprenait pas son besoin d'isolement périodique et le ramenait régulièrement sur terre à mi-trempette en tambourinant contre la porte close à la recherche d'eau de Javel ou de fil dentaire.

Il commença à dessiner le ficus.

Curieux de penser que, fut un temps, c'était ce qu'il voulait faire de sa vie. Pas des ficus, forcément. De l'art en général. Des paysages urbains. Des jattes de fruits. Des femmes nues. Ces grands ateliers blancs avec des verrières et des tabourets. Risible aujourd'hui, bien sûr. À l'époque, pourtant, cette idée était riche de toute la puissance d'un monde dont son père n'avait pas la clé.

Ce n'était pas un très bon dessin de ficus. En fait, c'était un dessin de gosse. Quelque chose dans les lignes presque mais pas tout à fait parallèles des tiges légèrement fuselées l'avait mystifié.

Il tourna la page et se lança dans un croquis du téléviseur.

Son père avait raison, évidemment. La peinture n'était pas un métier raisonnable. Pas si on voulait toucher un salaire décent et avoir une vie conjugale sans souci. Même ceux qui réussissaient, ceux dont on parlait dans les journaux du week-end, buvaient comme des trous et s'engageaient dans des relations parfaitement inconvenantes.

Dessiner le téléviseur posait exactement le problème inverse. Toutes les lignes étaient droites. On aurait pu dessiner n'importe quelle courbe, on l'aurait probablement trouvée à un endroit quelconque du ficus. On aurait pu dessiner n'importe quelle ligne droite et… pour être honnête, plusieurs de ses lignes auraient été plus à leur place sur le dessin du ficus. Était-il admissible d'utiliser une règle ? Après tout, M. Gledhill était mort depuis longtemps. Peut-être que s'il dessinait les lignes à la règle d'un trait très fin et qu'il redessinait par-dessus pour ajouter du caractère.

Il pouvait utiliser le bord du *Radio Times*.

Sa mère le prenait pour Rembrandt et lui offrait régulièrement des blocs à dessin bon marché qu'elle achetait avec l'argent du ménage, pourvu qu'il ne le dise pas à son père. George l'avait dessiné une fois, alors qu'il dormait dans un fauteuil après le déjeuner dominical. Son père s'était réveillé à l'improviste, avait attrapé la feuille de papier, l'avait examinée, déchirée en morceaux et jetée au feu.

Au moins, Brian et lui s'en étaient sortis. Pas comme cette pauvre Judy. Son père meurt et six mois après sa sœur épouse un autre alcoolique irascible et mesquin.

Qu'il faudrait inviter au mariage. Il avait oublié ça. Pfff… Avec un peu de chance, l'infâme Kenneth sombrerait rapidement dans le coma, comme la première fois, et ils pourraient le coller dans le débarras avec une cuvette.

Les boutons du téléviseur n'allaient pas. Il n'aurait pas dû essayer de faire les rainures sur les côtés. Trop de lignes en trop peu d'espace. En fait, tout le machin était légèrement de traviole, à cause, sans doute, des règles de perspective qu'il avait un peu oubliées et de la flexibilité du *Radio Times*. À ce stade, un homme moins solide aurait pu se laisser aller à des pensées négatives en se rappelant qu'il était en train de dépenser huit mille livres pour construire un bâtiment dans lequel il avait l'intention de dessiner et de peindre des objets infiniment plus complexes que des ficus ou des téléviseurs. Mais c'était précisément l'intérêt de la chose. S'éduquer. Maintenir son cerveau en vie. De toute façon, l'insigne d'or en vol à voile n'était pas vraiment son truc.

Il leva les yeux vers la fenêtre et regarda dehors. La bulle éclata et il se rendit compte qu'en son absence la pluie avait cessé, le soleil était sorti et le monde, parfaitement nettoyé, resplendissait comme un sou neuf.

Il arracha son dessin du bloc et le déchira soigneusement en petits morceaux qu'il fourra tout au fond de la poubelle de la cuisine. Il rangea le bloc et les crayons hors de vue, au sommet du buffet, enfila ses bottes et fila au jardin.

21.

Jean retrouva Ursula à la cafétéria de Marks and Spencer.

Ursula cassa le petit biscuit au-dessus de son cappuccino pour éviter que les miettes ne tombent sur la table.

« En fait, je ne suis pas censée être au courant.

— Je sais, reconnut Jean. Mais tu l'es. Et j'ai besoin d'un conseil. »

Elle n'avait pas vraiment besoin de conseil. Pas de la part d'Ursula. Ursula ne connaissait que *oui* et *non* (elle avait parcouru le musée Picasso en disant exactement ça : « Oui… Non… Non… Oui… », comme si elle choisissait ceux qu'elle voulait pour son salon). Mais il fallait que Jean parle à quelqu'un.

« Bon, vas-y, dit Ursula, en mangeant la moitié de son biscuit.

— David vient dîner. George l'a invité. On est tombés sur lui à l'enterrement de Bob Green. David ne pouvait pas vraiment refuser.

— Eh bien… »

Ursula écarta ses mains sur la table, comme pour aplatir une carte routière.

C'était ce que Jean aimait chez Ursula. Rien ne la déboussolait jamais. Elle avait fumé une cigarette de marijuana avec sa fille (« J'ai eu le mal de mer, puis j'ai dégobillé »). En fait, un type avait bien essayé de les importuner à Paris. Ursula l'avait remis à sa place comme un chien mal élevé, et il n'avait pas demandé son reste. Après tout, s'était dit Jean plus tard, il ne faisait peut-être que mendier ou demander son chemin.

« Je ne vois pas où est le problème, poursuivit Ursula.

— Allons, rétorqua Jean.

— Vous n'avez pas l'intention de vous faire des câlins, si ? » Ursula grignota la seconde moitié de son biscuit. « Bien sûr, vous serez mal à l'aise. Mais franchement, si tu n'es pas capable d'accepter des situations inconfortables, tu ferais mieux de ne pas t'embarquer dans ce genre d'aventures. »

Ursula avait raison. Pourtant Jean retourna à sa voiture un peu troublée. Le dîner se passerait bien, évidemment. Ils avaient survécu à des dîners bien plus difficiles. Cette horrible soirée chez les Ferguson, par exemple, où elle avait trouvé George aux toilettes en train d'écouter le match de cricket à la radio.

Ce qui dérangeait Jean, c'était que les choses avaient tendance à devenir branlantes, embrouillées, à échapper peu à peu à son contrôle.

Elle s'arrêta à deux pas de chez David, sachant qu'il fallait qu'elle lui présente ses excuses pour l'invitation de George, ou qu'elle lui reproche de l'avoir acceptée ou qu'elle fasse encore autre chose qu'elle avait du mal à définir.

Mais David venait de téléphoner à sa fille.

Son petit-fils avait été hospitalisé pour une opération. David aurait voulu monter à Manchester pour l'aider. Seulement Mina l'avait devancé. Ce qu'il pouvait faire de mieux en pareil cas était de rester à distance. Ce que Mina ne manquerait pas d'interpréter comme une nouvelle preuve qu'il était un mauvais père.

Jean se rendit compte que tout le monde menait des vies embrouillées. Sauf Ursula, peut-être. Et George. Et si on avait l'intention de connaître l'aventure, il fallait s'attendre à ce que ce soit un peu inconfortable de temps en temps.

Alors elle jeta ses bras au cou de David, ils restèrent serrés l'un contre l'autre et elle comprit que c'était ça, la solution qu'elle n'arrivait pas tout à fait à définir. Celle qui remettait tout en place.

22.

« Cette histoire de l'hôtel à Derby, dit Katie. Ce n'est pas vrai, si ?

— Bien sûr que non, répondit Sarah. Sauf que j'ai tellement vomi que ça me sortait par le nez. Franchement, c'est une expérience que je ne recommande à personne.

— Ray n'est pas comme ça d'habitude, observa Katie.

— Tant mieux.

— Oh, je t'en prie. » Katie était un peu en rogne devant cette absence de solidarité féminine. « Toi non plus, tu n'es pas comme ça d'habitude… Attends un instant. » Katie se leva et se dirigea vers le coffre à jouets pour régler un différend entre Jacob et un autre enfant à propos d'un Action Man unijambiste.

Elle revint et se rassit.

« Désolée, s'excusa Sarah. Je n'aurais pas dû dire ça. » Elle lécha sa petite cuiller. « Et ça non plus, je ne devrais sans doute pas le dire, mais tant pis… C'est sérieux, tu crois ? Tu ne fais pas ça sur un coup de tête ?

— Arrête, Sarah ! Je croyais que tu étais mon témoin, pas ma mère.

— Autrement dit, ta mère ne l'aime pas.

— Non.

— Évidemment, ce n'est pas exactement le pédiatre en Daimler.

— Oh, je crois que ça, ça fait un moment qu'ils y ont renoncé », dit Katie.

Sarah essaya de faire tenir sa cuiller en équilibre sur le bord de sa tasse.

« C'est vraiment un type bien, tu sais, reprit Katie. Jacob l'aime. Et moi aussi, je l'aime. » Elle n'avait pas dit ça dans le bon ordre. Mais si elle se reprenait, elle aurait l'air sur la défensive. « Il a demandé à Ed de lui montrer son discours à l'avance.

— Tu m'en vois ravie, déclara Sarah.

— À propos de qui ? De Ray ? D'Ed ?

— De Ray. Et de toi. »

Sarah reposa sa petite cuiller et elles attendirent que l'atmosphère se réchauffe un peu.

« Au fait, demanda Sarah. Que devient ton petit frère ? Ça fait des siècles que je ne l'ai vu.

— Il va bien. Il s'est acheté un appartement à Hornsey. En fait, voilà un bout de temps que je ne l'ai vu, moi non plus. Il a un petit copain correct. Je veux dire, un être humain charmant et parfaitement adapté. De toute façon, tu feras sa connaissance au mariage. »

Elles restèrent assises quelques instants à regarder Jacob diriger un combat aérien entre l'Action Man handicapé et une pieuvre de feutrine bleue.

« Je sais ce que je fais, dit Katie.

— Tant mieux », dit Sarah.

23.

Jean rentra à quatre heures. Son déjeuner prolongé avec Ursula avait fait des merveilles, comme toujours. La débâcle avec Jamie était oubliée et George fut enchanté qu'elle ait préparé pour le dîner un ragoût, devant lequel ils purent compatir réciproquement et gentiment à l'idée du mariage à venir.

« Existe-t-il quelqu'un qui apprécie les conjoints de ses enfants ? »

Il fit glisser un triangle de croûte autour de son assiette pour éponger le reste de sauce.

« Le mari de Jane Riley avait l'air sympa. »

Jane Riley ? George ne cessait de s'étonner de l'aptitude des femmes à se souvenir des gens. Elles entraient dans une pièce surpeuplée et absorbaient tout. Noms. Visages. Enfants. Métiers.

« À la fête de John et Marilyn, précisa Jean. Le grand type qui avait perdu un doigt dans je ne sais quelle machine.

— Ah oui. » Cela lui revenait confusément. C'était peut-être le système de récupération de données qui manquait aux hommes. « Le comptable.

— Expert-comptable. »

Après avoir fait la vaisselle, il se retira au salon avec *Sharpe's Enemy* et lut les vingt dernières pages. (« Deux cadavres marquèrent cet hiver. Celui dont les cheveux avaient été répandus dans la neige de l'Allée de Dieu, et maintenant celui-ci. Obadiah Hakeswill, que l'on mettait en bière, mort… ») Il fut tenté de commencer un autre de ses cadeaux de Noël qu'il n'avait pas encore lu. Mais il fallait laisser l'atmosphère d'un roman s'estomper peu à peu avant de s'engager dans le suivant, alors il alluma la télévision et prit en cours de route un documentaire médical sur la dernière année de vie d'un homme en train de mourir d'une forme de cancer intestinal.

Jean lança une remarque acerbe sur ses goûts morbides et quitta la pièce pour aller faire du courrier ailleurs.

Il aurait peut-être choisi un autre programme s'il y en avait eu un. Au moins, un documentaire, c'était instructif. Toujours mieux qu'un mélo sordide dans un salon de coiffure.

Sur l'écran, le type bricolait dans son jardin, fumait des cigarettes et passait beaucoup de temps couché sur son canapé sous un plaid écossais, branché à différents tuyaux. C'était tout au plus un peu ennuyeux. Un message plutôt rassurant à bien y réfléchir.

Le type sortait et avait un peu de mal à se baisser pour nourrir ses poulets.

Jean était délicate, voilà la vérité. *Comment nous mourons* n'était peut-être pas ce que tout le monde choisirait comme livre de chevet. Mais Jean lisait des bouquins écrits par des gens qui s'étaient fait enlever à Beyrouth ou qui avaient passé huit semaines sur un radeau de survie. Et si tout le monde mourait tôt ou tard, très peu de gens avaient besoin de savoir comment repousser une attaque de requins.

La plupart des hommes de l'âge de George s'imaginaient qu'ils vivraient éternellement. À voir comment Bob conduisait, il était clair qu'il n'avait pas la moindre idée de ce qui risquait de lui arriver dans cinq secondes, et moins encore dans cinq ans.

On emmenait le type de la télé à la mer. Il restait assis dans une chaise longue sur les galets jusqu'à ce qu'il ait froid et doive regagner le camping-car.

Évidemment, ce serait bien agréable de partir paisiblement dans son sommeil. Malheureusement, c'était une idée inventée par les parents pour rendre la mort des grands-parents et des hamsters moins traumatisante. Sans doute y avait-il des gens qui partaient paisiblement dans leur sommeil, mais c'était généralement après plusieurs passes d'armes sanglantes avec la Faucheuse.

Sa préférence allait aux sorties rapides et décisives. D'autres pouvaient souhaiter prendre le temps d'enterrer la hache de guerre avec leurs enfants et de dire à leurs femmes où était le robinet d'arrêt de l'eau. Personnellement, il voulait que les lumières s'éteignent sans avertissement et avec le minimum de pagaille. C'était déjà assez dur de mourir sans qu'il faille, en plus, faciliter les choses aux autres.

Il fit un saut à la cuisine pendant un écran publicitaire et revint avec une tasse de café pour trouver le type qui entamait ses deux dernières semaines, abandonné presque en permanence sur son canapé et pleurnichant au petit jour. Si George avait éteint la télévision à ce moment-là, la soirée aurait pu se poursuivre agréablement et sans incident.

Mais il n'éteignit pas la télévision et, quand le chat du type grimpa sur le plaid écossais posé sur ses genoux pour se faire caresser, quelqu'un dévissa un panneau sur le côté de la tête de George, fourra la main à l'intérieur et arracha une poignée de câbles très importants.

Il se sentit atrocement mal. La sueur dégoulinait sous ses cheveux et sur le dos de ses mains.

Il allait mourir.

Peut-être pas ce mois-ci. Peut-être pas cette année. Mais à un moment, d'une manière et à une vitesse dont le choix, pour l'essentiel, n'était pas de son ressort.

Le plancher semblait s'être volatilisé, révélant un vaste puits béant sous le salon.

Avec une clarté aveuglante, il se rendit compte que tout le monde gambadait innocemment dans une prairie d'été entourée d'une forêt sombre et impénétrable, attendant le jour sinistre où on les entraînerait dans l'obscurité derrière les arbres pour les abattre l'un après l'autre.

Comment avait-il fait pour ne pas le comprendre plus tôt ? Et comment les autres faisaient-ils pour ne pas le voir ? Pourquoi ne les trouvait-on pas roulés en boule sur le trottoir en train de hurler ? Comment pouvaient-ils se balader tranquillement toute leur vie, inconscients de cette réalité indigeste ? Et comment, une fois que la vérité s'était fait jour, pouvait-on l'oublier ?

Sans savoir comment, il se retrouva à quatre pattes entre le fauteuil et la télévision, à se balancer d'avant en arrière et à chercher à se réconforter en faisant un bruit de vache.

Il envisagea d'arrêter de tergiverser, de soulever sa chemise et de déboutonner son pantalon pour examiner la lésion. Une partie de son cerveau savait que, chose rassurante, elle serait exactement comme avant. Une autre partie de son cerveau savait, avec une certitude égale, qu'elle serait en train de grouiller comme une poignée d'appâts vivants. Et une troisième partie de son cerveau savait que la nature exacte de ce qu'il découvrirait n'avait rien à voir avec ses difficultés actuelles, bien plus importantes et nettement moins aisées à résoudre que son affection dermatologique.

Il n'avait pas l'habitude que trois voix parfaitement distinctes lui occupent le cerveau. La pression intracrânienne était telle que ses yeux allaient probablement jaillir de leurs orbites.

Il essaya de regagner son fauteuil, plus par convenance que pour toute autre raison, mais il n'y arriva pas, comme si les idées terrifiantes qui le hantaient étaient portées par un vent violent que le mobilier bloquait en partie.

Il continua à se balancer d'avant en arrière et se résigna à maintenir ses mugissements au plus faible niveau possible.

24.

Jamie se rangea près de chez Katie et essaya de se calmer.

On ne s'évade jamais, évidemment.

L'école avait été atroce, mais au moins les choses étaient simples. Si tu arrivais à retenir la table de neuf, à éviter Greg Pattershall et à dessiner des caricatures de Mme Cox avec des crocs et des ailes de chauve-souris, en gros, c'était bon.

Le problème était qu'à trente-trois ans, ça faisait un peu court.

Ce qu'on ne t'apprend pas à l'école, c'est que plus tu grandis, plus ça devient compliqué et bordélique d'être un humain.

Tu peux dire la vérité, être poli, tenir compte des sentiments d'autrui et être quand même obligé de te débrouiller avec les merdes des autres. Que tu aies neuf ou quatre-vingt-dix ans.

Il avait fait la connaissance de Daniel à la fac. D'abord, ça avait été un vrai soulagement de rencontrer quelqu'un qui ne baisait pas tout ce qui se trouvait sur son passage maintenant qu'il était parti de la maison. Et puis, quand l'euphorie du premier petit copain régulier s'était estompée, il s'était rendu compte qu'il vivait avec un fan de Black Sabbath passionné d'ornithologie, et l'idée terrifiante lui était venue qu'il était peut-être coulé dans un moule identique et que même le fait d'être un paria sexuel aux yeux des bons bourgeois de Peterborough n'avait pas réussi à le rendre intéressant ou cool.

Il avait essayé le célibat. Le seul problème, c'était l'absence de sexe. Au bout de quelques mois, tu es prêt à tout et tu te retrouves en train de te faire tailler une pipe derrière un épais buisson au sommet du Heath, ce qui est parfait jusqu'au moment où tu jouis, où la poussière de la baguette magique se dissipe et où tu te rends compte que le Prince Charmant zozote et a un grain de beauté bizarre sur l'oreille. Et certains dimanches soir, ouvrir un livre est aussi atroce que de se faire arracher des dents, alors tu t'enfiles une boîte de lait concentré sucré à la cuiller devant *French and Saunders* et un machin toxique suinte sous les fenêtres à guillotine et tu te mets à te demander à quoi ça rime tout ça bordel.

Il ne voulait pas grand-chose. De la compagnie. Des sujets d'intérêt communs. Un peu d'espace.

Le problème était que personne d'autre ne savait ce qu'il voulait.

Depuis Daniel, il était arrivé à avoir trois relations à peu près correctes. Mais quelque chose finissait toujours par se déglinguer au bout de six mois, d'un an. Ils en voulaient plus. Ou moins. Nicholas trouvait qu'ils devraient pimenter un peu leur amour en couchant avec d'autres gens. Steven trouvait qu'il devait venir s'installer chez lui. Avec ses chats. Et Olly avait sombré dans une profonde dépression après la mort de son père, si bien qu'au lieu d'être son compagnon Jamie était devenu une sorte d'assistante sociale.

En avançant de six ans en marche rapide, il se retrouvait avec Shona au bistrot après le boulot et elle lui disait qu'elle allait essayer de le caser avec un ouvrier supermignon qui repeignait les appartements de Princes Avenue. Mais elle avait bu et Jamie avait du mal à imaginer que Shona, surtout Shona, ait su définir l'orientation sexuelle d'un membre de la classe ouvrière. Il avait donc oublié cette conversation jusqu'au jour où ils étaient passés à Muswell Hill et où Jamie avait fait rapidement le tour de l'appartement en prenant les mesures intérieures et en se laissant aller à de vagues fantasmes sexuels à propos du type qui repeignait la cuisine. Shona était arrivée et avait dit : « Tony, je te présente Jamie. Jamie, c'est Tony », Tony s'était retourné et avait souri et Jamie s'était rendu compte que Shona était, en fait, bien plus futée qu'il ne l'aurait cru.

Elle s'était éclipsée discrètement. Tony et lui avaient parlé promoteurs immobiliers, vélo et Tunisie, avec une allusion détournée aux étangs du Heath pour s'assurer qu'ils étaient bien de la même paroisse et Tony avait sorti une carte professionnelle imprimée de sa poche arrière en disant : « Si jamais vous avez besoin de quelque chose… », et Jamie n'aurait su mieux dire.

Il avait attendu deux soirs, pour ne pas donner l'impression d'être aux abois, puis ils étaient allés prendre un verre ensemble à Highgate. Tony avait raconté une histoire à propos d'une baignade à poil avec des copains au large de Studland où ils avaient dû vider des poubelles et transformer les sacs noirs en kilts rudimentaires pour rentrer en stop à Pool parce qu'on leur avait fauché leurs fringues. Et Jamie avait expliqué qu'il relisait *Le Seigneur des anneaux* tous les ans. Mais ça collait. La différence. Comme deux pièces de puzzle qui s'emboîtent.

Après un dîner indien, ils étaient retournés à l'appartement de Jamie, et sur le canapé Tony lui avait fait au moins deux choses que personne ne lui avait encore jamais faites, et il était revenu et les avait refaites le soir suivant, et soudain la vie avait commencé à être très belle.

Ça le mettait mal à l'aise de se faire traîner aux matches de Chelsea. Ça le mettait mal à l'aise d'appeler au bureau pour dire qu'il était malade afin qu'ils puissent prendre l'avion d'Édimbourg et y passer un week-end prolongé. Mais Jamie avait besoin de quelqu'un qui le mette mal à l'aise. Parce que être trop à l'aise était l'extrémité la plus mince d'un coin dont le bout épais le condamnerait à être comme son père.

Et puis, bien sûr, si la fenêtre à guillotine se coinçait ou si la cuisine avait besoin d'une nouvelle couche de peinture, eh bien, ça compensait The Clash à plein volume et les chaussures de travail dans l'évier.

Ils se disputaient. Impossible de passer une journée avec Tony sans se disputer. Tony estimait que ça faisait partie du côté marrant des relations humaines. Et Tony aimait les réconciliations sur l'oreiller. Il arrivait même à Jamie de se demander s'il ne provoquait pas des disputes simplement pour qu'ils puissent se réconcilier. Mais c'était trop bon pour qu'il s'en plaigne.

Et voilà qu'ils se chamaillaient à propos d'un mariage. Un mariage qui n'avait que dalle à voir avec Tony et, pour être franc, pas grand-chose avec Jamie non plus.

Il avait un torticolis.

Il leva la tête et se rendit compte que ça faisait cinq bonnes minutes qu'il avait le front appuyé contre son volant.

Il sortit de la voiture. Tony avait raison. Il ne pouvait pas faire changer Katie d'avis. C'était de la culpabilité, en fait. Parce qu'il n'avait pas été là pour écouter.

Il ne servait à rien de se faire de la bile pour ça maintenant. Il faudrait mieux faire. Alors, enfin, il pourrait arrêter de se sentir coupable.

Merde. Il aurait dû acheter un gâteau.

Tant pis. Ce n'était pas une question de gâteau.

Deux heures et demie. Ils auraient toute l'après-midi devant eux avant le retour de Ray. Thé. Papotages. À dada et avions pour Jacob. Avec un peu de chance, le petit ferait la sieste et ils pourraient avoir une vraie conversation.

Il remonta le sentier et sonna.

La porte s'ouvrit et il découvrit l'entrée obstruée par Ray couvert d'une combinaison maculée de peinture et brandissant une sorte de perceuse électrique.

« On dirait qu'on est deux à avoir pris un jour de congé, remarqua Ray. Fuite de gaz au bureau. » Il releva la perceuse et appuya sur le bouton, provoquant un léger bourdonnement. « Tu as appris la nouvelle, alors.

— Oui, répondit Jamie. Félicitations. »

Félicitations.

Ray lui tendit une main robuste et Jamie vit sa propre main entraînée dans son champ de gravitation.

« Quel soulagement, dit Ray. J'ai eu peur que tu sois venu me casser la figure. »

Jamie réussit à rire.

« Le combat serait un peu inégal, tu ne crois pas ?

— C'est vrai. » Le rire de Ray était plus bruyant et plus détendu. « Tu entres ?

— Bien sûr. Katie est dans le coin ?

— Chez Sainsbury's. Avec Jacob. Je répare des trucs. Elle devrait être de retour dans une demi-heure. »

Sans laisser à Jamie le temps d'inventer un rendez-vous sur le chemin duquel il se serait arrêté, Ray referma la porte derrière lui.

« Viens prendre un café pendant que je répare la porte de ce placard.

— Je préférerais du thé, si ça ne te dérange pas. »

Tout de même, le mot *thé* ne faisait pas viril.

« Ça marche. »

Jamie s'assit à la table de la cuisine, éprouvant plus ou moins la même impression qu'au fond du Cessna avant ce funeste saut en parachute.

« C'est sympa d'être passé. » Ray posa la perceuse et se lava les mains. « Justement, il y a un truc que je voulais te demander. »

L'image terrifiante de Ray absorbant patiemment les ondes de haine au fil des huit derniers mois en attendant l'instant où il serait enfin seul avec lui traversa l'esprit de Jamie.

Ray brancha la bouilloire, s'appuya contre l'évier, enfonça les mains jusqu'au fond de ses poches de pantalon et contempla le sol.

« Tu crois que je fais bien d'épouser Katie ? »

Jamie se demanda s'il avait bien entendu. Et puis, il y avait des questions auxquelles il valait mieux ne pas répondre si on voulait éviter de faire une bourde monumentale (Neil Turley sous la douche après le match de foot cet été-là, par exemple).

« Tu la connais mieux que moi. » Ray arborait la même expression que Katie quand elle avait huit ans et qu'elle essayait de plier des cuillers par le seul pouvoir de son énergie mentale. « Tu crois… ? Je veux dire, je sais que ça a l'air complètement con, mais est-ce que tu crois qu'elle m'aime vraiment ? »

Cette question-là, Jamie l'entendit avec une clarté aveuglante. Il était assis à la porte du Cessna avec mille mètres de vide entre ses pieds et le Hertfordshire. Dans cinq secondes, il allait tomber comme une pierre, s'évanouir et remplir son casque de vomi.

Ray leva les yeux. Le silence qui régnait dans la cuisine était exactement le même qu'au fond d'une grange isolée, dans un film d'horreur.

Inspire profondément. Dis la vérité. Sois poli. Tiens compte des sentiments de Ray. Débrouille-toi avec sa merde. « Je ne sais pas. Franchement, je n'en sais rien. On n'a pas tellement parlé, Katie et moi, cette dernière année. J'étais très occupé, elle était avec toi… » Il n'acheva pas sa phrase.

Ray semblait s'être recroquevillé aux dimensions d'un être humain parfaitement normal.

« C'est qu'il lui arrive de piquer de ces colères. »

Jamie avait terriblement envie de sa tasse de thé, ne fût-ce que pour pouvoir s'accrocher à quelque chose.

« Moi aussi, je me fous en rogne », poursuivit Ray. Il mit des sachets de thé dans deux tasses et versa l'eau. « Je te l'accorde. Mais Katie…

— Je sais. »

Ray écoutait-il ? C'était difficile à dire. Peut-être avait-il simplement besoin d'une cible pour ses mots.

« C'est comme un nuage noir », dit Ray.

Comment Ray arrivait-il à faire ça ? D'abord, il dominait la pièce comme un camion. Et quelques secondes plus tard il était au fond d'un trou et vous appelait au secours. Il ne pouvait donc pas souffrir en les laissant assister au spectacle à une distance respectable ?

« Ce n'est pas ta faute », le rassura Jamie.

Ray releva la tête.

« Tu crois ?

— Enfin, peut-être que si. » Jamie s'interrompit. « Tu sais, elle se met aussi en colère contre nous.

— Je vois. » Ray se pencha et enfonça des chevilles dans quatre trous qu'il avait percés à l'intérieur du placard. « Je vois. » Il se redressa et retira les sachets de thé. L'atmosphère se détendit légèrement et Jamie se réjouit à l'idée d'engager une conversation sur le foot ou l'isolation des combles. Mais quand Ray posa la tasse devant Jamie, il demanda : « Et alors, Tony et toi, c'est comment ?

— Qu'est-ce que tu veux dire ?

— Je veux dire, Tony et toi, c'est comment ?

— Je suis pas sûr de très bien comprendre, hésita Jamie.

— Tu l'aimes ? »

Bordel de merde. Si Ray avait l'habitude de poser ce genre de questions, pas étonnant que Katie se foute en rogne.

Ray enfonça d'autres chevilles dans la porte du placard.

« C'est que… Katie m'a dit que tu étais très seul avant. Et que maintenant, tu as rencontré ce type et… tu sais, quoi… le gros lot. »

Était-il humainement possible d'être plus mal à l'aise ? Il avait les mains qui tremblaient et la surface de son thé dessinait des rides comme dans *Jurassic Park* à l'approche du T-rex.

« D'après Katie, c'est un mec sympa.

— Tu peux m'expliquer pourquoi on est en train de parler de Tony ?

— Il vous arrive de vous disputer ? demanda Ray.

— Écoute, franchement, ce n'est pas tes oignons. »

Merde. Il avait remis Ray à sa place. Jamie ne faisait jamais ça. Il avait la même impression que la fois où Robbie North avait balancé un jerrycan d'essence dans le feu de bois ; il savait que quelque chose de grave allait arriver d'un moment à l'autre.

« Désolé. » Ray leva les mains. « Ces trucs d'homos, ça me dépasse.

— Ça n'a strictement rien à voir avec… Putain. » Jamie reposa sa tasse de peur de la renverser. Il était un peu sonné. Il prit une profonde inspiration et articula lentement. « Oui. Il nous arrive de nous disputer, Tony et moi. Oui, j'aime Tony. Et… »

J'aime Tony.

Il avait dit qu'il aimait Tony. Il l'avait dit à Ray. Il ne se l'était même jamais dit à lui-même.

Est-ce qu'il aimait Tony ?

Oh, bordel.

Ray dit :

« Écoute…

— Non. Attends. »

Jamie se prit la tête dans les mains.

C'était tout ce machin vie-école-autres gens qui recommençait. Tu fais un saut chez ta sœur avec les meilleures intentions du monde, tu te retrouves en train de discuter avec un type qui n'a pas acquis les bases les plus élémentaires de la conversation humaine, et tout d'un coup c'est le carambolage dans ta tête.

Il prit son courage à deux mains.

« Et si on parlait plutôt de foot, tu ne crois pas ?

— De foot ? demanda Ray.

— De trucs de mecs. »

L'idée bizarre lui vint qu'ils pourraient être amis. Peut-être pas vraiment amis. Mais deux types qui s'entendent bien. Noël dans les tranchées, ce genre, quoi.

« Tu te fous de moi ? » demanda Ray.

Jamie inspira profondément.

« Katie est adorable. Mais elle n'est pas commode. Tu ne pourrais pas lui faire avaler une miette contre sa volonté. Si elle se marie avec toi, c'est parce qu'elle a envie de se marier avec toi. »

La perceuse glissa du plan de travail et tomba sur le carrelage. On aurait dit un obus qui explosait.

25.

Il était arrivé quelque chose à George.

Jean fut alertée le soir où elle le trouva en train de chercher la télécommande à quatre pattes sous le fauteuil du salon. Il se releva et lui demanda ce qu'elle avait fabriqué.

« Écrit une lettre.

— À qui ?

— Anna. À Melbourne.

— Qu'est-ce que tu lui racontes ? demanda George.

— Le mariage. Ton atelier. L'annexe que les Khan ont ajoutée à leur ancienne maison. »

George ne parlait jamais de la famille de Jean, ni des livres qu'elle lisait, ni de l'opportunité d'acheter un nouveau canapé. Il passa pourtant le reste de la soirée à lui demander ce qu'elle en pensait. Quand il finit par s'endormir, c'était sans doute d'épuisement. Cela faisait vingt ans qu'il n'avait pas entretenu une conversation aussi longue.

Le lendemain se poursuivit sur le même mode. Quand il ne travaillait pas au fond du jardin ou n'écoutait pas Tony Bennett deux fois plus fort que d'habitude, il la suivait de pièce en pièce.

Quand elle lui demanda si tout allait bien, il déclara avec insistance qu'il était très utile de parler et qu'ils ne le faisaient pas assez. Il avait raison, indéniablement. Elle aurait peut-être dû apprécier davantage cette attention. Mais c'était angoissant.

Il y avait tant de fois où elle aurait voulu qu'il se livre un peu plus. Mais pas du jour au lendemain. Pas comme s'il s'était pris un coup sur la tête.

En plus, cela posait un problème concret. Voir David quand George ne se préoccupait pas de ce qu'elle faisait était une chose. Voir David quand il la suivait comme un petit chien en était une autre.

Il fallait reconnaître qu'il n'était pas très fort pour ça. Écouter, s'intéresser. Il lui rappelait Jamie à quatre ans. *Grenouillette veut te parler au téléphone... Monte sur le canapé, le train va démarrer... !* N'importe quoi pour retenir son attention.

Juste avant qu'ils se couchent, il était sorti de la salle de bains, brandissant un coton-tige sale pour lui demander si elle trouvait normal d'avoir autant de cérumen dans l'oreille.

David savait faire ça. Écouter. S'intéresser.

L'après-midi suivant, elle était assise avec David dans son salon, portes-fenêtres ouvertes. Il parlait de timbres.

« Les émissions de Jersey sous l'Occupation pendant la Seconde Guerre mondiale. Le shilling vert terne du Zoulouland de 1888. Perforés. Non dentelés. Filigranes inversés... Dieu sait à quoi je croyais que ça allait me mener. Plus facile que de grandir, sans doute. Je dois encore les avoir quelque part. »

La plupart des hommes voulaient vous dire ce qu'ils savaient. Le meilleur trajet pour aller à Wisbech.

Comment faire prendre un feu. David lui donnait le sentiment que c'était elle qui savait.

Il alluma un cigare et ils restèrent assis en silence, à observer les moineaux sur la mangeoire et le ciel pommelé qui se déplaçait lentement de droite à gauche derrière les peupliers. C'était agréable. Parce qu'il savait se taire aussi. Et l'expérience lui avait appris que très peu d'hommes savaient faire ça.

Il était tard quand elle repartit et elle resta coincée dans un embouteillage à cause des travaux qu'ils faisaient au niveau de B & Q. Elle réfléchissait à ce qu'elle pourrait bien dire à George pour expliquer son retard quand elle songea soudain qu'il était au courant, pour David. Que ces marques d'attention imprévues étaient une façon de se racheter, ou de rivaliser, ou encore de la culpabiliser.

Mais quand elle déposa les sachets de courses à la cuisine, il était assis devant la table avec deux tasses de café chaud, agitant un journal plié.

« Tu parlais des petits Underwood. Eh bien figure-toi qu'il y a des chercheurs, en Californie, qui ont étudié des vrais jumeaux… »

La librairie fut inhabituellement calme, la semaine suivante. Ce qui laissa à sa paranoïa tout loisir de s'aggraver. Et comme Ursula était à Dublin, elle n'avait personne avec qui partager ses craintes.

Ses matinées à St John's étaient son seul répit, assise dans le Coin de la Jungle avec Megan, Callum et Sunil à lire *Pélagie la sorcière* et *La Promenade de Monsieur Gumpy*. Surtout Callum, qui était incapable de rester assis sans bouger et de fixer son attention pendant cinq secondes (malheureusement, elle n'avait pas le droit de le corrompre à l'aide de petits gâteaux comme elle le faisait avec Jacob). Mais dès qu'elle franchissait la porte et arrivait au parking, elle recommençait à se ronger les sangs.

Le jeudi matin, George annonça qu'il avait appelé la société de location de chapiteaux et pris rendez-vous avec deux traiteurs. Lui qui oubliait régulièrement les anniversaires de ses enfants. Elle fut tellement surprise qu'elle ne se plaignit même pas de ne pas avoir été consultée.

Dans la soirée, une petite voix menaçante dans sa tête commença à demander s'il n'était pas en train de se prouver qu'il pouvait se passer d'elle. De se préparer pour le jour où elle partirait. Ou bien où il lui dirait de s'en aller.

Pourtant, quand la date du dîner avec David arriva, il se montra d'une bonne humeur inattendue. Il passa la journée à faire les courses et à préparer un risotto selon la méthode masculine consacrée par l'usage, sortant tous les ustensiles des tiroirs et les disposant comme des instruments chirurgicaux, avant de transvaser l'intégralité des ingrédients dans de petits bols afin d'augmenter au maximum la quantité de vaisselle.

Elle n'arrivait toujours pas à se sortir de la tête qu'il préparait une sorte d'épreuve de force et, la tension s'aggravant au fil de l'après-midi, elle se mit à envisager de faire semblant d'être malade. Quand la sonnette retentit enfin juste après sept heures, elle descendit quatre à quatre pour être absolument sûre d'arriver la première à la porte, se prit les pieds dans la moquette décollée et se tordit la cheville.

Au moment où elle arriva en bas de l'escalier, George était dans l'entrée en train de s'essuyer les mains à son tablier rayé et David lui tendait une bouteille de vin et un bouquet de fleurs.

David remarqua qu'elle boitillait. « Ça va ? » Instinctivement, il fit un pas en avant pour la réconforter, mais se reprit et recula.

Jean posa la main sur le bras de George et se baissa pour se masser la cheville. Ce n'était pas très douloureux, pourtant elle préférait éviter le regard de David, et la crainte qu'il se soit trahi pendant cette fraction de seconde lui donnait le vertige.

« Tu t'es fait mal ? » demanda George.

Heureusement, il semblait n'avoir rien remarqué.

« Un peu, mais ça va, dit Jean.

— Tu devrais t'asseoir et surélever ton pied, conseilla David. Pour éviter que ça enfle. » Il reprit les fleurs et le vin pour que George puisse l'aider.

« Je suis encore dans les casseroles. Et si vous alliez au salon tous les deux prendre un verre de vin en m'attendant ? proposa George.

— Non », répliqua Jean, un peu trop brutalement. Elle s'interrompit pour reprendre son calme. « On va t'accompagner à la cuisine. »

George les installa devant la table, tira pour la cheville de Jean une troisième chaise dont elle n'avait pas vraiment besoin, remplit deux verres de vin et se remit à râper du parmesan.

La situation ne pouvait qu'être bizarre, quel que fût leur invité. George n'aimait pas qu'on fasse intrusion dans sa tanière. Elle s'attendait donc à ce que la conversation manque de naturel. Chaque fois qu'elle le traînait à une soirée, elle le retrouvait invariablement debout, consterné, au milieu d'un cercle d'hommes qui parlaient rugby et déclarations d'impôts, l'air aussi crispé que s'il avait mal à la tête. Elle espérait qu'au moins David saurait combler les silences.

Mais, à sa grande surprise, George assura l'essentiel de la conversation. Il avait l'air sincèrement enchanté d'avoir du monde. Les deux hommes se félicitèrent mutuellement de la dégringolade de Sheperds depuis leur départ. Ils discutèrent randonnées en France. David parla de vol à voile. George de sa peur de l'avion. David suggéra que faire du planeur le guérirait peut-être. George dit que David sous-estimait manifestement sa peur de voler. David avoua avoir la phobie des serpents. George lui demanda d'imaginer tenir un anaconda sur ses genoux pendant quelques heures. David rit et reconnut que George avait raison.

La crainte de Jean reflua, laissant place à un sentiment plus bizarre, et tout aussi désagréable. C'était ridicule, mais elle n'était pas contente qu'ils s'entendent aussi bien. George était plus chaleureux et plus drôle que quand ils étaient seuls tous les deux. David paraissait plus ordinaire.

Étaient-ils comme ça au travail ? Alors, pourquoi George n'avait-il pas parlé une seule fois de David depuis qu'il avait quitté la boîte ? Elle commençait à se sentir vaguement coupable d'avoir tracé à David un tableau aussi terne de sa vie conjugale.

Au moment où ils passèrent à la salle à manger, George et David semblaient partager plus de points communs qu'elle n'en avait avec l'un ou l'autre. Elle avait l'impression de se retrouver à l'école. De voir sa meilleure amie se lier avec une autre fille et de rester toute seule dans le froid.

Elle ne cessait d'intervenir dans la conversation, cherchant à obtenir un peu d'attention. Mais elle tombait toujours à plat. Se passionnant pour *Les Grandes Espérances* alors qu'elle n'avait vu que la série télé. Se montrant trop acerbe à propos des précédents désastres culinaires de George, alors qu'en réalité son risotto était excellent. C'était épuisant. Finalement, elle préféra rester en retrait, les laisser discuter tous les deux et ne donner son avis que quand on le lui demandait.

Il n'y eut qu'un moment où George donna l'impression d'être à court de mots. David parlait de la femme de Martin Donnelly qui avait dû être hospitalisée pour des analyses. Elle se retourna et vit George assis, la tête entre les genoux. Sa première pensée fut qu'il avait empoisonné tout le monde avec son repas et qu'il allait vomir. Mais il se redressa, grimaçant et se frottant la jambe, puis partit faire le tour de la cuisine pour soulager une crampe musculaire.

À la fin du repas, il avait descendu toute une bouteille de rouge et faisait preuve d'un certain talent comique.

« Au risque de barber Jean avec une vieille histoire, quelques semaines plus tard nous récupérons nos photos. Sauf que ce n'étaient pas nos photos. C'étaient celles d'un jeune homme et de sa petite amie. À poil. Jamie a suggéré qu'on écrive *Souhaitez-vous un agrandissement ?* au dos avant de les renvoyer. »

Au café, David parla de Mina et des enfants et au moment où ils se tenaient sur les marches à regarder sa voiture s'éloigner sur un petit nuage de fumée rose, George demanda :

« Tu ne me quitteras jamais, toi, n'est-ce pas ?

— Bien sûr que non », répondit Jean.

Elle s'attendait à ce qu'il lui passe le bras autour du cou, au moins. Mais il se contenta de claquer dans les mains en disant « Bien. À la plonge », et il rentra comme si c'était la suite de cette bonne partie de rigolade.

26.

Katie avait passé une semaine atroce.

Les programmes du festival étaient arrivés lundi et Patsy, qui était toujours incapable d'épeler *programme,* avait laissé tout le monde sur le cul en sachant quelque chose, à savoir que la photo de Terry Jones en page sept représentait en réalité Terry Gilliam. Aidan s'en prit à Katie, parce que de toute évidence on ne lui avait pas appris à la fac à admettre qu'il avait foiré. Elle donna sa démission. Il la refusa. Et Patsy pleura parce que les autres hurlaient.

Elle partit de bonne heure pour aller chercher Jacob à la garderie, et Jackie lui annonça qu'il avait mordu deux autres enfants. Elle le prit à l'écart et lui fit la leçon, lui disant qu'il était comme le méchant crocodile dans *Bili-Bili.* Mais les reproches n'étaient manifestement pas à l'ordre du jour de Jacob. Alors elle fit la part du feu, le ramena à la maison et refusa de lui donner son yaourt jusqu'à ce qu'ils aient eu une conversation sur les morsures, au risque de provoquer le même genre de frustration que celle que le docteur Benson avait sans doute éprouvée en étudiant Kant à l'université.

« C'était mon tracteur, fit remarquer Jacob.

— C'est le tracteur de tout le monde, rétorqua Katie.

— C'est moi qui jouais avec.

— Ben n'aurait pas dû te l'arracher des mains, je suis d'accord. Ce n'était quand même pas une raison pour le mordre.

— Mais c'est moi qui jouais avec.

— Si tu joues avec quelque chose et que quelqu'un veut te le prendre, il faut que tu cries et que tu préviennes Jackie, Bella ou Susie.

— Tu dis toujours que c'est mal de crier.

— Tu peux crier si tu es vraiment très, très fâché. Mais tu n'as pas le droit de mordre. Ni de taper. Tu n'as pas envie que les autres te mordent ou te tapent, si ?

— Ben, il mord les autres.

— Tu ne veux pas être comme Ben, si ?

— Je peux avoir mon yaourt maintenant ?

— Pas tant que tu n'auras pas compris que c'est mal de mordre les gens.

— J'ai compris.

— Dire que tu as compris, ce n'est pas avoir compris.

— Mais il voulait me prendre mon tracteur. »

Ray arriva à ce moment-là et se permit de faire la réflexion, théoriquement correcte, qu'il n'était pas particulièrement judicieux de serrer Jacob dans ses bras pendant qu'elle le grondait, ce qui lui permit de donner une démonstration immédiate d'une situation où on a le droit de crier si on est vraiment très, très fâché.

Ray conserva un calme exaspérant jusqu'à ce que Jacob lui dise de ne pas mettre Maman en colère parce que « tu n'es pas mon vrai papa ». Il passa alors dans la cuisine et cassa la planche à pain en deux.

Jacob lui décocha un regard de trente-cinq ans, annonça d'un ton acerbe : « Je vais manger mon yaourt, maintenant », et alla le consommer en regardant *Thomas, la petite locomotive*.

Le lendemain matin, elle annula son rendez-vous chez le dentiste et passa sa journée de congé au bureau avec Jacob, qui se conduisit comme un chimpanzé dément pendant que Patsy et elle inséraient cinq mille feuillets d'erratum. À midi, il avait démonté la chaîne du vélo d'Aidan, vidé un classeur par terre et renversé du chocolat chaud dans ses chaussures.

Quand le vendredi arriva, pour la première fois depuis deux ans elle fut franchement soulagée que Graham vienne l'en débarrasser pendant quarante-huit heures.

Le samedi matin, Ray partit jouer au foot et elle commit l'erreur de décider de faire le ménage. Elle soulevait le canapé pour attraper les moutons, les dépôts visqueux et les débris de jouets qui s'étaient glissés dessous quand quelque chose se déchira dans le bas de son dos. Tout d'un coup, elle éprouva une douleur atroce et se mit à marcher comme le domestique dans un film de vampires.

Ray bricola un dîner au micro-ondes et ils essayèrent de tirer un coup orthopédique à faible impact, mais visiblement l'ibuprofen l'avait engourdie partout où il ne fallait pas.

Le dimanche, elle capitula et se retira sur le canapé, maintenant à distance cette foutue culpabilité maternelle à grand renfort de DVD de Cary Grant.

À six heures, Graham arriva avec Jacob.

Ray était sous la douche, alors elle leur ouvrit elle-même la porte et regagna la chaise de la cuisine en clopinant.

Graham lui demanda ce qu'elle avait, mais Jacob était trop occupé à lui raconter leur supervisite au Muséum d'histoire naturelle.

« Et puis… et puis il y avait des screlettes d'éléphants et de rhinocéros et… et… les dinosaures c'étaient des dinosaures fantômes.

— Ils repeignaient une des salles, expliqua Graham. Ils avaient tout recouvert de draps.

— Et Papa a dit que je pouvais rester debout tard. Et on a… on a mangé des œufs. Et puis des toasts. Et j'ai aidé. Et j'ai eu un stégosaure en chocolat. Du musée. Et puis il y avait un écureuil mort. Dans le jardin. Dans le jardin de Papa. Il avait des vers. Dans les yeux. »

Katie tendit les bras.

« Tu ne viens pas embrasser Maman ? »

Mais Jacob était lancé.

« Et… et… et… on est montés dans un bus à impériale et j'ai gardé les billets. »

Graham s'accroupit.

« Attends une seconde, bonhomme, je crois que ta maman s'est fait mal. » Il posa un doigt sur les lèvres de Jacob et se retourna vers Katie. « Ça va ?

— Je me suis fichu le dos en l'air. En déplaçant le canapé. »

Graham jeta un regard sérieux à Jacob.

« Tu vas être gentil avec ta maman, d'accord ? Ne cours pas dans tous les sens. C'est promis ? »

Jacob regarda Katie.

« Tu t'es fait bobo au dos ?

— Un peu. Mais avec un gros bisou de mon petit singe, ça devrait s'arranger très vite. »

Jacob ne bougea pas.

Graham se releva.

« Bon. Il se fait tard. »

Jacob se mit à chougner.

« Je veux pas que Papa il s'en aille. »

Graham lui ébouriffa les cheveux.

« Désolé, mon pote. C'est comme ça, on n'y peut rien.

— Viens, Jacob. » Katie lui tendit de nouveau les bras. « Viens, on va faire un câlin. »

Mais Jacob fut pris d'une crise de désespoir digne d'un personnage de grand opéra, balançant des coups de poing en l'air et des coups de pied dans la chaise la plus proche.

« Pars pas. Pars pas. »

Graham essaya de le calmer, ne fût-ce que pour éviter qu'il se fasse mal.

« Allons, allons, allons… »

En temps normal, il serait parti. Ils avaient appris à leurs dépens que mieux valait ne pas s'éterniser. Mais en temps normal elle aurait attrapé Jacob et l'aurait serré dans ses bras pendant que Graham battait en retraite.

Jacob tapait des pieds.

« Personne… Personne écoute… Je veux… Je déteste… »

Au bout de trois ou quatre minutes, Ray surgit dans l'embrasure de la porte, une serviette de toilette autour des reins. Elle n'était plus en état de se demander ce qu'il allait dire ni comment Graham réagirait. Il se dirigea vers Jacob, le hissa sur son épaule et disparut.

Ils n'eurent pas le temps de bouger. Les yeux rivés sur la porte vide, ils écoutèrent les hurlements s'atténuer pendant que Ray et Jacob montaient à l'étage.

Graham se leva. Elle crut un instant qu'il allait lancer une remarque caustique et se demanda si elle le supporterait. Mais il dit : « Je vais faire du thé », et c'était ce qu'elle avait entendu de plus gentil dans sa bouche depuis bien longtemps.

« Merci. »

Il brancha la bouilloire.

« Pourquoi est-ce que tu me regardes comme ça ?

— Ta chemise. C'est celle que je t'avais achetée pour Noël.

— Ouais. Merde. Désolé. Je ne voulais pas…

— Non. Je ne cherchais pas à… »

Elle pleurait.

« Ça ne va pas ? »

Il tendit le bras vers elle, mais laissa son geste en suspens.

« Si, si, ça va. Pardon.

— Tu es sûre que tout va bien ? insista Graham.

— On va se marier. » Elle pleurait à chaudes larmes maintenant. « Oh, merde ! Je ne devrais pas… »

Il lui tendit un mouchoir en papier.

« Voilà une excellente nouvelle.

— Je sais. » Elle se moucha bruyamment. « Et toi ? Quoi de neuf ?

— Oh, pas grand-chose.

— Vas-y, raconte, dit Katie.

— Je suis sorti avec quelqu'un du boulot. » Il lui prit des mains le mouchoir trempé et lui en donna un autre. « Ça n'a pas marché. Enfin, elle était super, mais… Tu vois, elle mettait un bonnet de bain pour éviter de se mouiller les cheveux dans la baignoire. »

Il sortit des Fig Rolls et ils évoquèrent des sujets sans risque. Ray qui avait mis les pieds dans le plat avec Jamie. La grand-mère de Graham qui posait pour un catalogue de lainages.

Au bout de dix minutes, il annonça qu'il partait. Elle en fut triste, ce qui l'étonna, et il se tut juste assez longtemps pour suggérer qu'il partageait ce sentiment. Il y eut un bref instant où l'un ou l'autre aurait très bien pu dire quelque chose de déplacé. Il coupa court.

« Soigne-toi bien, d'accord ? »

Il l'embrassa gentiment sur le haut du crâne et partit.

Elle resta assise tranquillement pendant quelques minutes encore. Jacob avait cessé de pleurer et elle se rendit compte qu'elle n'avait pas eu mal pendant tout le temps où elle avait bavardé avec Graham. Mais maintenant, la douleur revenait de plus belle. Elle avala deux autres comprimés d'ibuprofen avec un verre d'eau, et se traîna à l'étage. Ils étaient dans la chambre de Jacob. Elle s'arrêta sur le seuil et, depuis la porte, regarda ce qu'ils faisaient.

Jacob était couché sur son lit, à plat ventre, les yeux fixés sur le mur. Ray était assis à côté de lui, il lui tapotait le derrière en chantonnant « Un éléphant qui se balançait » tout bas et complètement faux.

Katie se remit à pleurer. Elle ne voulait pas que Jacob la voie. Ni Ray, d'ailleurs. Alors elle fit demi-tour et regagna la cuisine sans rien dire.

27.

Surtout, cela paraissait tellement injuste.

George n'était pas naïf. Des choses horribles peuvent arriver aux braves gens. Il le savait. Et vice versa. Mais quand les Benn s'étaient fait cambrioler par le petit copain de leur fille, ou quand la première femme de Brian avait dû se faire retirer ses implants mammaires, on ne pouvait s'empêcher de croire à l'exercice de quelque justice rudimentaire.

Il connaissait des hommes qui avaient eu une maîtresse pendant toute la durée de leur vie conjugale. Il connaissait des hommes qui avaient fait faillite et enregistré la même société sous un autre nom le mois suivant. Il connaissait un homme qui avait cassé la jambe de son fils à coups de bêche. Pourquoi n'était-ce pas à eux que cela arrivait ?

Il avait passé trente ans à fabriquer et à installer des équipements d'aires de jeux. De bons équipements. Pas aussi bon marché que Wicksteed ou Abbey Leisure, mais de meilleure qualité.

Il avait commis des erreurs. Il aurait dû virer Alex Bamford quand il l'avait trouvé à moitié inconscient par terre, dans les toilettes du bureau. Et il aurait dû demander un certificat médical pour les problèmes de dos de Jane Fuller et ne pas attendre de voir sa photo dans le journal local au milieu des marathoniens.

Il avait licencié dix-sept employés pour raisons économiques, mais ils avaient obtenu de confortables indemnités et des références aussi élogieuses qu'il pouvait en écrire sans tomber dans le faux témoignage. Ce n'était pas de la chirurgie cardiaque, ce n'était pas non plus de la fabrication d'armes. Modestement, il avait donné un peu plus de bonheur à une petite fraction du genre humain.

Et maintenant, il se prenait cela sur la tête.

À quoi bon se plaindre ? Il avait passé sa vie à résoudre des problèmes. Il allait falloir en régler un autre.

Son cerveau ne fonctionnait pas correctement. Il devrait en reprendre le contrôle. Il l'avait déjà fait. Pour commencer, il avait vécu sous le même toit que sa fille pendant dix-huit ans sans en venir aux mains. Quand sa mère était morte, il était retourné au bureau le lendemain matin pour éviter que le contrat de Glasgow ne tombe à l'eau.

Il fallait mettre au point une stratégie, un peu comme si Jean avait réservé des vacances pour deux en Australie.

Il prit une feuille d'épais papier à lettres crème, dressa une liste de règles puis la fourra dans le coffre ignifugé au fond de sa penderie, avec son certificat de naissance et les actes notariés de la maison :

1. S'Occuper.
2. Faire de Grandes Promenades.
3. Bien Dormir.
4. Se Doucher et Se Changer dans le Noir.

5. Boire du Vin Rouge.
6. Penser à Autre Chose.
7. Parler.

Pour ce qui était de s'occuper, le mariage tombait à pic. La dernière fois, il avait laissé Jean tout organiser. Maintenant qu'il avait du temps libre, il pourrait s'en charger, tout en grappillant quelques bons points au passage.

Marcher était un pur délice. Surtout les sentiers autour de Nassington et de Fotheringay. Cela le maintenait en forme et l'aidait à dormir. Bien sûr, il y avait quelques moments difficiles. Une après-midi, sur la digue est du lac de Rutland Water, une sirène d'usine s'était déclenchée et des images d'accidents de raffineries ou d'attaque nucléaire lui avaient soudain donné l'impression d'être très loin de la civilisation. Mais il avait réussi à regagner sa voiture en chantant tout haut pour lui-même, et il avait mis *Ella Live at Montreux* pour se remonter le moral pendant le trajet de retour.

Éteindre la lumière pour se doucher et se changer relevait du simple bon sens. Et à l'exception du soir où Jean était entrée dans la salle de bains, avait actionné l'interrupteur et hurlé en le trouvant en train de se sécher dans le noir, c'était assez facile à réaliser.

Le vin rouge était certainement contraire à toutes les recommandations médicales, mais deux ou trois verres de ce cabernet ridgemont faisaient merveille sur son équilibre mental.

Penser à autre chose était le point le plus difficile de la liste. Il se coupait les ongles des doigts de pied ou graissait une paire de cisailles quand un courant sous-marin ramenait cela à la surface comme une silhouette sombre dans un film de requins. Quand il était en ville, il pouvait se distraire en lorgnant une jolie jeune femme et en l'imaginant nue. Il est vrai qu'il rencontrait peu de jolies jeunes femmes au cours d'une journée moyenne. S'il avait été plus hardi et s'il avait vécu seul, il aurait pu acheter des revues pornographiques. Mais il n'était pas hardi et Jean était du genre à traquer la poussière jusque dans le moindre recoin. Il s'était donc rabattu sur les mots croisés.

La vraie révélation était la parole. Il était loin de se douter qu'en faisant le ménage dans sa tête il donnerait un élan nouveau à leur couple. Leur vie conjugale n'était ni terne ni dépourvue d'amour, loin de là. Ils s'entendaient beaucoup mieux que bien des couples de leur connaissance qui supportaient une vie d'asticotages sournois à bas bruit et de silences maussades simplement parce que c'était plus facile que de se séparer. Jean et lui se chamaillaient rarement, en grande partie grâce à ses propres facultés de retenue. Pourtant il y avait des silences.

Il avait donc été agréablement surpris de découvrir qu'il pouvait dire ce qui lui passait par la tête et inspirer à Jean des commentaires souvent intéressants. Certains soirs, même, ces conversations faisaient naître en lui un soulagement si profond qu'il avait l'impression de retomber amoureux d'elle.

Quelques semaines après s'être lancé dans ce régime volontaire, George reçut un coup de téléphone de Brian.

« La mère de Gail vient passer quinze jours chez nous. Alors je me suis dit que j'allais filer au cottage. Vérifier que les ouvriers ont bien fait leur boulot. Ça te dirait de m'accompagner ? Ce sera sans doute un peu primitif. Lits de camp, sacs de couchage. Mais tu n'es pas une mauviette. »

En temps normal, il n'aurait même pas envisagé de passer plus de deux ou trois heures en compagnie de son frère. Mais Brian avait dans la voix un frémissement de gosse excité. On aurait dit un gamin de neuf ans impatient de montrer la nouvelle cabane qu'il s'était construite dans un arbre. Et puis l'idée d'un long voyage en train, de promenades dans le vent le long de la Helford et d'une bonne bière devant la cheminée du pub local était plutôt séduisante.

Il pourrait emporter un carnet de croquis. Et ce gros Peter Ackroyd que Jean lui avait offert pour Noël.

« D'accord. Je viens. »

28.

Jamie passa l'aspirateur sur les moquettes et nettoya la salle de bains. Il envisagea un instant de laver les housses des coussins, mais, franchement, ils auraient pu être couverts de boue, Tony ne le remarquerait pas.

L'après-midi suivante, il abrégea la visite des appartements de Creighton Avenue, appela au bureau pour dire qu'on pouvait le joindre sur son portable et rentra en faisant un crochet par Tesco.

Du saumon et des fraises. Assez pour montrer qu'il avait fait un effort, mais pas assez pour qu'il se sente trop ballonné pour batifoler. Il mit une bouteille de pouilly fumé au frais et posa un vase de tulipes sur la table de la salle à manger.

Quel idiot il était. Il se mettait dans tous ses états à l'idée de perdre Katie, et ne faisait rien pour retenir la personne qui comptait le plus dans sa vie.

Ils devraient vivre ensemble, Tony et lui. En rentrant à la maison, il trouverait les lumières allumées et entendrait une musique inconnue. Il resterait au lit le samedi matin, sentirait l'odeur de bacon et devinerait des bruits de vaisselle à travers la cloison.

Il allait emmener Tony au mariage. Toutes ces conneries à propos du sectarisme provincial. C'était de lui-même qu'il avait peur. De vieillir. De faire des choix. De s'engager.

Ce serait atroce. Évidemment, ce serait atroce. Après tout, tant pis si les voisins faisaient les yeux ronds. Tant pis si sa mère couvait Tony comme le fils prodigue. Tant pis si son père s'enferrait dans des histoires de chambre à coucher. Tant pis si Tony insistait pour se bécoter langoureusement sur « Three Times a Lady » de Lionel Richie.

Il voulait partager sa vie avec Tony. Pour le meilleur et pour le pire.

Il prit une profonde inspiration et, l'espace de quelques secondes, eut l'impression de ne plus être sur le plancher de pin de sa cuisine mais sur un cap écossais désert, le grondement du ressac sous ses pieds et le vent dans les cheveux. Noble. Grand.

Il alla à la salle de bains, prit une douche, et sentit l'eau emporter les vestiges de quelque chose de sale qui fut aspiré par la bonde.

Il était plongé dans les affres du choix de la chemise quand la sonnette retentit. Il se décida pour l'orange en denim délavé et descendit.

Quand il ouvrit la porte, sa première idée fut que Tony avait reçu de mauvaises nouvelles. À propos de son père, peut-être.

« Qu'est-ce qui t'arrive ? »

Tony inspira profondément.

« Viens, entre », fit Jamie.

Tony ne bougea pas.

« Il faut qu'on parle.

— Entre et parlons. »

Tony n'avait pas envie d'entrer. Il proposa qu'ils aillent au parc, au bout de la rue. Jamie attrapa ses clés.

Cela se passa à côté de la petite poubelle rouge pour les crottes de chiens.

Tony dit :

« C'est fini.

— Quoi donc ?

— Nous. C'est fini.

— Mais…

— Tu n'as pas vraiment envie d'être avec moi, observa Tony.

— Si, répondit Jamie.

— Bon, d'accord. Peut-être que tu as envie d'être avec moi. Mais tu n'en as pas assez envie. Ce mariage à la con. Ça m'a fait comprendre… Bon sang, Jamie. Je ne suis pas assez bien pour tes parents, c'est ça ? Ou pas assez bien pour toi ?

— Je t'aime. »

Pourquoi est-ce que ça arrivait maintenant ? C'était tellement injuste, tellement idiot.

Tony le regarda.

« Tu ne sais même pas ce que ça veut dire.

— Si. »

On aurait dit Jacob.

Tony ne changea pas d'expression.

« Aimer quelqu'un, c'est prendre le risque qu'il vienne foutre la merde dans ta petite vie bien rangée. Et tu n'as pas envie qu'on foute la merde dans ta petite vie bien rangée, si ?

— Tu as rencontré quelqu'un d'autre ?

— Tu n'écoutes pas ce que je te dis. »

Il aurait dû lui expliquer. Le saumon. L'aspirateur. Il avait tous les mots dans la tête. Mais il n'arrivait pas à les faire sortir. C'était trop douloureux. Et puis il y avait quelque chose de morbide et de réconfortant à l'idée de rentrer seul à la maison, de balancer les tulipes de la table, de se blottir sur le canapé et de descendre toute la bouteille de vin.

« Je suis désolé, Jamie. Sincèrement. Tu es un chouette type. » Tony enfonça les mains dans ses poches pour montrer qu'il n'y aurait pas de baiser d'adieu. « J'espère que tu trouveras quelqu'un qui t'en fera prendre conscience. »

Il fit demi-tour et s'éloigna.

Jamie resta dans le parc quelques minutes puis rentra à l'appartement, balança les tulipes de la table, déboucha le vin, emporta la bouteille sur le canapé et pleura.

29.

Au lit, Ray se tourna vers Katie et lui demanda :

« Tu es sûre de vouloir m'épouser ?

— Bien sûr que oui.

— Tu me le dirais, si tu changeais d'avis ?

— Putain, Ray, bougonna Katie. Où est-ce que tu veux en venir ?

— Je ne voudrais surtout pas que tu ailles jusqu'au bout simplement parce qu'on a prévenu tout le monde.

— Ray…

— Tu m'aimes ? demanda-t-il.

— Mais qu'est-ce qui te prend ?

— Est-ce que tu m'aimes autant que tu aimais Graham ?

— Non. En fait, non », répondit Katie.

Pendant une seconde, elle vit une vraie douleur sur son visage.

« J'étais folle de Graham. Je croyais que c'était un don de Dieu. Je n'y voyais pas clair. Et quand j'ai découvert comment il était en vrai… » Elle posa la main sur la joue de Ray. « Toi, je te connais. Je sais tout ce qu'il y a de merveilleux en toi. Je connais tous tes défauts. Et je veux quand même t'épouser.

— Et c'est quoi, mes défauts ? »

Ce n'était pas à elle de faire ça. Le réconfort, c'était sa spécialité à lui. « Viens là. » Elle attira sa tête contre sa poitrine.

« Je t'aime tant. »

Il avait l'air tout petit.

« Ne t'en fais pas. Je n'ai pas l'intention de te plaquer devant l'autel.

— Excuse-moi. Je suis idiot.

— C'est le trac du mariage. » Elle caressa les petits poils de son bras. « Tu te souviens d'Emily ?

— Oui ?

— Elle a dégobillé dans la sacristie.

— Oh merde.

— Elle a dû aller à l'autel en tenant un énorme bouquet sur son ventre pour cacher la tache. Le père de Barry était sûr que l'odeur venait de Roddy. Tu sais, après l'enterrement de sa vie de garçon. »

Ils s'endormirent et furent réveillés à quatre heures par Jacob qui pleurait : « Maman, Maman, Maman… »

Ray fit mine de sortir du lit, mais elle insista pour y aller.

Quand elle arriva dans sa chambre, Jacob était encore à moitié endormi, recroquevillé tant bien que mal aussi loin que possible d'une grosse tache de diarrhée orange qui s'étalait au milieu de son lit.

« Viens ici, petit écureuil. »

Elle le mit sur ses pieds et sa tête assoupie retomba sur son épaule.

« C'est tout… tout… c'est mouillé.

— Je sais, je sais. » Elle lui retira précautionneusement son bas de pyjama, l'enroulant pour laisser la saleté à l'intérieur, et le jeta dans le couloir. « On va te nettoyer un peu, mon bébé gâteau. »

Elle attrapa un sac à couches, une couche propre et un paquet de lingettes dans le tiroir et lui nettoya tout doucement le derrière.

Elle lui mit la couche propre, sortit un bas de pyjama de la corbeille de repassage et guida ses pieds maladroits à l'intérieur des jambes.

« Voilà. Ça va mieux comme ça, non ? »

Elle retourna la couette Winnie l'Ourson pour vérifier qu'elle était propre, et la fourra sur la moquette.

« Couche-toi ici un instant pendant que je refais ton lit. »

Jacob pleura quand elle le posa par terre.

« Je veux pas… Laisse-moi… »

Mais quand elle posa sa tête sur la couette, son pouce glissa dans sa bouche et ses yeux se refermèrent.

Elle noua le sac à couches et le jeta dans la poubelle. Elle défit le lit, balança les draps sales dans le couloir et retourna le matelas. Elle attrapa des draps propres dans le placard et y enfonça le visage. Que c'était délicieux, le coton épais, duveteux d'usure, et l'odeur de lessive. Elle fit le lit, rentrant bien les coins, si serré que le drap était lisse et parfaitement plat.

Elle tapota l'oreiller, se baissa et souleva Jacob.

« J'ai mal au ventre. »

Elle le prit sur ses genoux.

« Je vais te chercher du Calpol tout de suite.

— Le médicament rose », dit Jacob.

Elle le serra dans ses bras. Elle ne s'en lassait jamais. Quand il était conscient, ça durait trente secondes maximum. Et puis c'était hélicoptère et trampoline sur le canapé. Bien sûr, elle était fière quand elle le voyait assis en rond avec les autres, à écouter Bella lire un livre à la garderie, ou en train de discuter avec des enfants à l'aire de jeux. Mais elle regrettait le temps où il faisait partie de son corps, le temps où elle pouvait régler tous les problèmes simplement en se lovant autour de lui. Dès maintenant, elle imaginait le jour où il partirait de la maison, la distance s'ouvrait déjà, son bébé devenait une petite personne à part entière.

« Mon papa me manque.

— Il dort en haut.

— Mon vrai papa », précisa Jacob.

Elle lui entoura la tête de la main et l'embrassa dans les cheveux.

« Il me manque aussi, de temps en temps.

— Mais il ne reviendra pas.

— Non. Il ne reviendra pas. »

Jacob pleurait tout bas.

« Mais, moi, je ne te laisserai jamais. Tu sais ça, Jacob. »

Elle essuya la morve qui coulait de son nez avec la manche de son T-shirt et le berça.

Elle leva les yeux vers la toise de Bob le Bricoleur et vers le mobile aux voiliers qui tournait silencieusement dans la pénombre. Quelque part sous le plancher, une conduite d'eau cliqueta.

Jacob cessa de pleurer.

« Je pourrai avoir un Candy'Up à la fraise demain ? »

Elle lui repoussa les cheveux des yeux. « Je ne sais pas si tu seras assez en forme pour aller à la garderie demain. » Ses yeux s'humectèrent. « Si oui, on prendra un Candy'Up en rentrant, d'accord ?

— D'accord.

— Mais si tu as un Candy'Up, tu n'auras pas de dessert au dîner. Marché conclu ?

— Marché conclu.

— Bon, je vais te donner du Calpol. »

Elle l'allongea sur les draps propres et alla chercher le flacon et la pipette à la salle de bains.

« Ouvre tout grand. »

Il était déjà presque endormi. Elle lui fit gicler le médicament dans la bouche, essuya une goutte sur son menton du bout du doigt et le lécha.

Elle l'embrassa sur la joue.

« Il faut que j'aille me recoucher maintenant, petit garçon. »

Mais il ne voulait pas lui lâcher la main. Et elle ne voulait pas qu'il la lâche. Elle resta assise quelques minutes à le regarder dormir puis s'allongea à côté de lui.

Ça compensait tout, la fatigue, les colères, le fait qu'elle n'ait pas ouvert un roman depuis six mois. Voilà ce que Ray lui faisait éprouver.

Voilà ce que Ray était censé lui faire éprouver.

Elle caressa la tête de Jacob. Il était à des millions de kilomètres, à rêver de glace à la framboise, d'engins de terrassement et du crétacé.

Lorsqu'elle reprit conscience, c'était le matin et Jacob entrait et sortait en courant de la chambre dans son déguisement de Spiderman.

« Viens, ma chérie. » Ray écarta les cheveux de son visage. « Il y a des œufs au bacon qui t'attendent en bas. »

Ils rentrèrent tard de la garderie, Jacob et elle, parce qu'ils s'étaient arrêtés en route pour acheter un Candy'Up à la fraise. Ray était déjà revenu du bureau.

« Graham a appelé, annonça-t-il.

— Qu'est-ce qu'il voulait ?

— Je n'en sais rien.

— C'est important ?

— Je n'ai pas demandé. Il a dit qu'il rappellerait plus tard. »

Un mystérieux appel de Graham par jour était plus que suffisant pour Ray. Alors, après avoir couché Jacob, elle utilisa le téléphone de la chambre à coucher.

« C'est Katie.

— C'est sympa de rappeler.

— Alors ? C'est quoi, ce grand secret ?

— Il n'y a pas de secret. Je me faisais de la bile pour toi, c'est tout. Et je me suis dit que ce n'était peut-être pas exactement le genre de message à laisser à Ray.

— Je suis désolée. Je n'étais pas très en forme quand tu es passé, l'autre soir, avec mon dos et tout ça.

— Tu parles à quelqu'un ? demanda Graham.

— Professionnellement, tu veux dire ?

— Non, parler, simplement.

— Bien sûr, que je parle, répondit Katie.

— Tu comprends ce que je veux dire.

— Graham, écoute…

— Si tu veux m'envoyer bouler, tu n'as qu'à le dire. Et ne crois surtout pas que je cherche à débiner Ray. Sincèrement. Je me demandais seulement si ça te dirait de venir prendre un café avec moi, pour qu'on bavarde un peu. On est toujours amis, non ? Non, bon d'accord, peut-être pas amis. Mais j'ai eu l'impression que ça te ferait du bien de dire ce que tu as sur le cœur. Pas forcément des choses négatives, d'ailleurs. » Il s'interrompit. « Et puis ça m'a fait drôlement plaisir de discuter avec toi, l'autre soir. »

Qu'est-ce qui lui prenait ? Ça faisait des années qu'il n'avait pas été aussi sympa. Si c'était de la jalousie, il cachait bien son jeu. Peut-être la femme au bonnet de bain lui avait-elle brisé le cœur.

Elle se reprit. C'était une pensée peu charitable. Les gens changeaient. Il était sympa. Et il avait raison. Elle ne parlait pas assez.

« Je finis tôt mercredi. On pourrait se voir pendant une heure, avant que je récupère Jacob.

— Super. »

30.

Brosse à dents. Gant de toilette. Rasoir. Pull en laine.

George commença à faire sa valise, puis décida que cela ne faisait pas tout à fait assez excursion. Il dénicha le vieux sac à dos de Jamie dans les combles. Il était un peu éraflé, mais les sacs à dos devaient être comme cela.

Trois slips. Deux maillots de corps. Son Ackroyd. Son pantalon de jardinage.

Le genre de vacances qu'il aimait.

Ils avaient essayé un été. Snowdonia en 1980. Une tentative désespérée de sa part pour rester à terre après les horreurs de l'avion de Lyon, l'année précédente. Et peut-être que s'il avait eu des enfants plus sportifs et une femme moins attachée à son confort matériel, cela aurait pu marcher. La pluie n'était pas bien grave. Elle faisait partie intégrante de ce retour à la nature. De toute façon, elle cessait généralement le soir, ce qui leur permettait de s'asseoir sur des matelas pneumatiques devant les tentes pour préparer le dîner sur le Butagaz. Mais les années suivantes, chaque fois qu'il avait suggéré un séjour à Skye ou dans les Alpes il avait été accueilli par un « Et si on allait plutôt camper dans le nord du pays de Galles ? », accompagné d'éclats de rire désobligeants.

Jean le déposa au centre-ville juste après neuf heures et il alla directement chez Ottakar's, où il acheta la carte d'état-major n° 204, *Truro, Falmouth et environs*. Puis il fit un saut chez Smiths et s'acheta un jeu de crayons (2B, 4B et 6B), un carnet de croquis et une gomme de bonne qualité. Il était sur le point de prendre un taille-crayon quand il se rappela que le magasin de matériel de camping n'était qu'à quelques rues de là. Il s'y rendit et se paya un couteau suisse. Il pourrait tailler ses crayons avec, et être prêt à couper des petits bouts de bois pour retirer les pierres des sabots des chevaux en cas de nécessité.

Il arriva à la gare avec un quart d'heure d'avance, prit son billet et s'installa sur le quai.

Une heure jusqu'à King's Cross. La ligne Hammersmith and City jusqu'à Paddington. Quatre heures et demie pour Truro. Vingt minutes pour Falmouth. Puis un taxi. En admettant que sa réservation ait bien été enregistrée entre Paddington et Truro et qu'il ne se retrouve pas coincé sur son sac à dos devant la porte des toilettes, il réussirait à lire une centaine de pages.

Peu avant l'arrivée du train, il se rappela qu'il avait oublié sa pommade à la cortisone.

Aucune importance. C'était un traitement contre l'eczéma. L'eczéma était une affection tout à fait banale. Même s'il en était couvert de la tête aux pieds, cela n'aurait rien de grave.

L'expression *couvert de la tête aux pieds* et l'image qu'elle véhiculait n'étaient pas de celles qu'il aurait dû laisser s'insinuer dans son esprit.

Il leva les yeux vers l'écran pour voir dans combien de temps son train arrivait, mais ce fut un clochard défiguré assis sur le banc voisin qui envahit son champ de vision. La partie de son visage qui était tournée vers lui était presque entièrement composée de croûtes, comme si quelqu'un l'avait récemment passé à tabac avec un tesson de bouteille ou qu'une espèce de tumeur le rongeait de l'intérieur pour ressortir sur sa joue.

Il essaya de détourner le regard. Impossible. C'était comme un vertige. Cet irrésistible appel de l'abîme.

Pense à autre chose.

Il baissa la tête et s'obligea à se concentrer sur cinq ovales gris de chewing-gum enfoncés dans le goudron entre ses orteils.

« *I took a trip on a train and I thought about you.* » Il fredonna les paroles tout bas. « *I passed a shadowy lane and I thought about you*[1]. »

Le clochard défiguré se leva.

Dieu du ciel, il se dirigeait vers lui.

George garda la tête baissée.

« *Two or three cars parked under the stars, a winding stream, moon shining down.* »

Le clochard passa devant George et poursuivit son chemin en zigzaguant vers l'autre extrémité du quai.

Il était complètement saoul. Assez saoul pour descendre en zigzaguant sur la voie. Trop saoul pour en remonter. George leva les yeux. Le train arrivait dans une minute. Il imagina le clochard basculant par-dessus la bordure de béton, le hurlement des freins, le bruit mou et le corps expédié sur les rails, les roues le tranchant comme du jambon.

1. Chanson de Johnny Mercer interprétée notamment par Billie Holiday et Frank Sinatra.

Il fallait arrêter le clochard. Mais pour arrêter le clochard, il fallait le toucher, et George ne voulait pas le toucher. La plaie. L'odeur.

Non. Il n'était pas obligé d'arrêter le clochard. Il y avait d'autres gens sur le quai. Il y avait des employés des chemins de fer. C'était à eux de s'occuper de lui.

S'il faisait le tour de la gare pour rejoindre l'autre quai, il n'aurait pas à voir mourir le clochard. Mais s'il se rendait sur l'autre quai, il risquait de manquer son train. D'un autre côté, si le clochard mourait sous les roues du train, celui-ci aurait du retard. Alors, George manquerait sa correspondance pour Truro et devrait rester assis près des toilettes pendant quatre heures et demie.

Le docteur Barghoutian n'avait pas diagnostiqué l'appendicite de Katie. Il avait dit que c'était une gastroentérite. Trois heures plus tard, ils filaient aux urgences et Katie se retrouvait sur le billard.

Comment George avait-il pu l'oublier ?

Le docteur Barghoutian était un crétin.

Il faisait pénétrer une pommade chimique pernicieuse dans une tumeur cancéreuse. Des corticoïdes. Les corticoïdes favorisaient la croissance des tissus et les rendaient plus résistants. Il faisait pénétrer une pommade qui favorisait la croissance et la résistance des tissus directement dans une tumeur.

L'excroissance sur le visage du clochard. Voilà à quoi George ressemblerait. De la tête aux pieds.

Le train entra en gare.

Il ramassa son sac à dos et se précipita vers la porte ouverte du wagon le plus proche. Si seulement il pouvait se mettre en route assez vite, il réussirait à laisser ses pensées parasites sur le quai.

Il s'affala sur un siège. Son cœur battait comme s'il avait fait tout le trajet depuis chez lui au pas de course. Il avait beaucoup de mal à rester assis tranquillement. Une femme en imperméable mauve était assise en face de lui. Elle pouvait bien penser ce qu'elle voulait.

Le train démarra.

Il regarda par la fenêtre et s'imagina pilotant un avion parallèlement au train, comme il le faisait quand il était enfant, tirant le manche à balai pour franchir les haies et les ponts, faisant virer l'avion à gauche et à droite pour éviter les hangars et les poteaux télégraphiques.

Le train prit de la vitesse. Au-dessus du fleuve. Au-dessus de l'A605.

Il avait mal au cœur.

Il était tête en bas dans la cabine d'un navire naufragé qui se remplissait d'eau. L'obscurité était totale. La porte se trouvait quelque part au-dessous de lui. Il ne savait pas où, mais cela n'avait plus d'importance. Elle ne s'ouvrait que sur d'autres lieux de mort.

Il donnait des coups de pied comme un forcené, essayant de maintenir sa tête dans la pyramide de plus en plus exiguë d'air confiné, à l'endroit où les deux murs rejoignaient le plafond.

Sa bouche passait sous l'eau.

Il avait de l'eau huileuse dans la trachée.

Il mit sa tête entre ses jambes.

Il allait vomir.

Il se redressa.

Le froid envahit tout son corps et le sang reflua de sa tête.

Il remit la tête entre ses jambes.

Il avait l'impression d'être dans un sauna.

Il se releva et ouvrit la petite fenêtre.

La femme en imperméable mauve le foudroya du regard.

La croûte l'étranglerait avec une lenteur maléfique, un appendice malin, cicatriciel, se nourrissant aux dépens de son propre corps.

« *I peeked at the crack, looked at the track, the one going back...* »

Des lits de camp ? Des promenades le long de la Helford ? Une bière devant la cheminée avec Brian ? Mais quelle idée il avait eue là ? Ce serait l'enfer.

Il sortit à Huntingdon, tituba jusqu'au premier banc, s'assit et reconstitua les mots croisés du *Telegraph* de tête. Génuflexion. Chopes. Martingale…

Cela s'atténuait légèrement.

Il était en train de mourir du cancer. C'était une pensée horrible. Mais s'il pouvait la ranger soigneusement dans la boîte aux Idées de Mourir du Cancer, il s'en sortirait peut-être.

Gazelle. Avare. Papaye.

Il fallait qu'il rentre par le premier train. Qu'il bavarde avec Jean. Prenne une tasse de thé. Mette de la musique. Fort. Sa maison. Son jardin. Tout exactement à sa place. Pas de Brian. Pas de clochards.

Il y avait un écran sur sa droite. Il se releva avec précaution et se déplaça pour lui faire face et pouvoir le lire.

Quai 2. Douze minutes.

Il commença à descendre l'escalier.

Il serait chez lui dans une heure.

31.

Jean déposa George, prit le volant et retourna au village.

De toute sa vie, elle n'avait jamais passé quatre jours toute seule. Hier, elle se réjouissait à cette idée. Maintenant que c'était arrivé, elle avait peur.

Elle se surprit à calculer le nombre exact d'heures de solitude qui l'attendaient entre les moments où elle travaillait chez Ottakar's et ceux où elle était à St John's.

Dimanche, elle passerait la soirée avec David. Mais dimanche soir lui paraissait soudain très loin.

Ce fut à ce moment-là qu'elle se rangea devant la maison, leva les yeux et vit David en personne sur le sentier, en train de discuter avec Mme Walker, la voisine.

Qu'est-ce qu'il faisait là ? Quand ils avaient commencé à commander du jus d'orange au laitier, Mme Walker l'avait immédiatement remarqué. Dieu sait ce qu'elle pouvait bien penser maintenant.

Elle sortit de la voiture.

« Ah, Jean ! Quelle chance ! » David lui sourit. « J'espérais que George serait là. J'ai oublié mes lunettes de lecture quand je suis venu dîner. »

Des lunettes de lecture ? Il mentait comme un arracheur de dents. Jean était partagée entre admiration et effroi. Elle se tourna vers Mme Walker. Elle avait l'air sous le charme.

« Nous avons bavardé un moment, M. Symmonds et moi, dit-elle. Il paraît que George fait un excellent risotto. J'ai cru qu'il me faisait marcher.

— Incroyable, mais vrai, confirma Jean. George fait la cuisine. À peu près une fois tous les cinq ans. » Elle se tourna vers David. « Il va être déçu. Je viens de le déposer en ville. Il va voir son frère. En Cornouailles.

— Quel dommage », soupira David.

Il avait l'air tellement à l'aise que Jean commença à se demander s'il n'avait pas vraiment oublié ses lunettes.

« Eh bien, entre donc. »

Il se tourna vers Mme Walker.

« Enchanté d'avoir fait votre connaissance.

— Moi aussi. »

Ils entrèrent.

« Navré, fit David. Je suis arrivé un peu tôt.

— Tôt ?

— Je pensais que tu serais déjà rentrée de la gare. La présence de ta fouineuse de voisine ne faisait pas partie de mon plan.

— De ton plan ? Mais enfin, David, c'est chez nous, ici. Tu ne peux pas venir comme ça, à l'improviste.

— Écoute. » Il lui prit la main et la conduisit vers la table de la cuisine. « Je voulais te parler. » Il la fit asseoir, sortit ses lunettes de lecture de la poche de sa veste et les posa sur la table. « Pour montrer à ta voisine en partant.

— Je suis sûre que tu as déjà fait ça.

— Ça ? » Il ne souriait pas. « Non, c'est quelque chose que je n'ai encore jamais fait. »

Elle se sentit soudain horriblement mal à l'aise. Elle mourait d'envie de préparer du thé, de faire la vaisselle, n'importe quoi. Mais il lui avait pris la main droite et avait posé son autre main par-dessus, comme s'il avait recueilli un tout petit animal et voulait éviter qu'il s'échappe.

« Il faut que je te dise quelque chose. Il faut que je te le dise de vive voix. Et il faut que je te le dise à un moment où tu as un peu de temps pour y réfléchir. » Il s'interrompit et inspira profondément. « Je suis un vieux monsieur…

— Tu n'es pas vieux.

— Je t'en prie, Jean. Ça fait des semaines que je m'entraîne. Laisse-moi parler d'une traite sans me ridiculiser complètement. »

Elle ne l'avait encore jamais vu nerveux.

« Pardon.

— À mon âge, on ne vous donne plus de seconde chance. Bon, enfin, peut-être que si. Peut-être que c'est ma seconde chance. Mais… » Il baissa les yeux vers leurs mains. « Je t'aime. Je veux vivre avec toi. Tu me rends très heureux. Je sais bien que c'est égoïste. Mais j'en voudrais plus. Je voudrais me coucher avec toi le soir et me réveiller avec toi le matin. S'il te plaît, laisse-moi finir. C'est facile pour moi. Je vis seul. Je n'ai pas à me soucier de qui que ce soit. Je peux faire ce que je veux. Ce n'est pas pareil pour toi. Je sais bien. Je respecte George. Je l'aime bien. Mais je t'ai entendue parler de lui, je vous ai vus ensemble et… Tu vas sans doute me répondre non. Et je le comprendrais. Mais il fallait que je te le demande. Autrement, je m'en serais voulu jusqu'à mon dernier jour. »

Elle tremblait.

« S'il te plaît. Réfléchis-y, c'est tout. Si tu réponds oui, je ferai tout ce qui est en mon pouvoir pour te rendre les choses aussi faciles et aussi peu douloureuses que possible… Mais si c'est impossible, je ferai comme si cette conversation n'avait jamais eu lieu. La dernière chose que je souhaite, c'est te faire fuir. » Il leva la tête et croisa son regard. « Dis-moi simplement que je n'ai pas tout gâché. »

Elle posa sa main sur la sienne, si bien que leurs quatre mains faisaient un petit tas sur la table. « Tu sais…

— Quoi ? » Il avait l'air sincèrement inquiet.

« C'est la chose la plus gentille qu'on m'ait jamais dite. »

Il expira. « Tu n'es pas obligée de me répondre tout de suite.

— Et je ne le ferai pas.

— Penses-y, c'est tout.

— Je vais avoir du mal à penser à autre chose. » Elle rit un peu. « Tu souris. C'est la première fois que tu souris depuis que tu as franchi cette porte.

— C'est le soulagement. » Il lui serra la main.

Elle repoussa sa chaise, fit le tour de la table, s'assit sur ses genoux et l'embrassa.

32.

Katie et Graham ne parlèrent pas de Ray. Ils ne parlèrent même pas du mariage. Ils parlèrent de *Bridget Jones* et du camion-citerne en rade sur le bord de la rocade ouest qu'ils avaient montré aux infos ce matin, et des cheveux franchement bizarres de la dame assise tout au fond du café.

C'était exactement ce dont Katie avait besoin. Comme d'enfiler un vieux pull. Juste la bonne taille. L'odeur réconfortante.

Elle venait de demander l'addition à la serveuse quand elle leva les yeux et vit Ray entrer dans le café et se diriger vers eux. Pendant une fraction de seconde, elle se demanda s'il avait quelque chose d'urgent à lui dire. Puis elle remarqua son expression et devint livide.

Ray s'arrêta à côté de la table et baissa les yeux vers Graham.

« Qu'est-ce que tu veux ? » demanda Katie.

Ray ne répondit rien.

Graham posa calmement sept pièces d'une livre sur la petite coupelle en inox et enfila les manches de sa veste. « Je ferais mieux d'y aller. » Il se leva. « Merci pour ce bon moment.

— Je suis vraiment désolée. » Elle se tourna vers Ray. « Bon sang, Ray, quand est-ce que tu te conduiras en adulte ? »

Pendant un instant abominable, elle crut que Ray allait frapper Graham. Mais non. Il se contenta de le suivre des yeux pendant qu'il se dirigeait lentement vers la porte.

« Merci, Ray. C'était charmant. Vraiment charmant. Quel âge as-tu ? »

Ray posa les yeux sur elle.

« Tu as quelque chose à me dire ou bien tu as l'intention de rester planté là comme un débile ? »

Ray se retourna et sortit du café.

La serveuse revint prendre la petite coupelle en inox et Ray apparut sur le trottoir de l'autre côté de la fenêtre. Il souleva une poubelle, la brandit au-dessus de sa tête, beugla comme un clodo cinglé et la balança par terre de toutes ses forces.

33.

Quand George arriva à la maison, il avait à peu près recouvré son calme.

La voiture était rangée dans la rue. Aussi fut-il étonné et vaguement déçu de trouver la maison vide. Mais le simple fait d'être dans l'entrée était déjà réconfortant. Le carnet en forme de cochon sur la table du téléphone. La légère odeur de toast. Le truc au pin que Jean utilisait pour nettoyer la moquette. Il posa son sac à dos et entra dans la cuisine.

Il était en train de brancher la bouilloire quand il remarqua qu'une des chaises était renversée par terre. Il se baissa et la remit sur ses pieds.

Il se surprit à penser fugitivement à des bateaux fantômes, tout encore exactement comme à l'instant de la catastrophe, les repas à moitié consommés, les notes de journal intime inachevées.

Puis il se reprit. Ce n'était qu'une chaise. Il remplit la bouilloire, la brancha, posa les mains bien à plat sur le plan de travail en formica, expira lentement et laissa ses pensées absurdes s'envoler.

C'est à cet instant qu'il entendit le bruit, quelque part, au-dessus de sa tête, comme quelqu'un qui déplacerait des gros meubles. Il pensa d'abord à Jean. Mais c'était un bruit qu'il n'avait encore jamais entendu dans la maison, des chocs réguliers, rythmés, presque mécaniques.

Il faillit appeler. Puis il se ravisa. Mieux valait savoir ce qui se passait avant d'annoncer sa présence. L'effet de surprise ne serait peut-être pas inutile.

Il passa dans l'entrée et commença à monter l'escalier. Quand il arriva en haut, il se rendit compte que le bruit provenait d'une des chambres à coucher.

Il longea le palier. La porte de l'ancienne chambre de Katie était fermée. La leur était légèrement entrebâillée. Le bruit venait de là.

Baissant les yeux, il vit les quatre gros œufs de marbre dans la jatte, sur la commode. Il prit le noir et le tint au creux de sa main. Ce n'était pas une arme redoutable, mais l'œuf était très dense et son contact lui inspirait un sentiment de sécurité. Il le fit sauter deux ou trois fois dans sa paume, où il retomba lourdement.

Peut-être allait-il se retrouver face à un toxico en train de fouiller les tiroirs. Il aurait dû avoir peur, mais ses activités de la matinée avaient apparemment vidé cette case-là.

Il s'approcha de la porte et la poussa tout doucement.

Deux individus étaient en train d'avoir une relation sexuelle sur le lit.

Il n'avait encore jamais vu deux personnes avoir une relation sexuelle, pas pour de vrai. Sa première impulsion fut de se retirer sur la pointe des pieds pour couper court à une situation embarrassante. Puis il se rappela que c'était sa chambre. Et son lit.

Il était sur le point de leur demander à haute et intelligible voix à quoi ils jouaient, quand il remarqua que c'étaient des personnes âgées. Puis la femme fit le bruit qu'il avait entendu d'en bas. Ce n'était pas simplement une femme. C'était Jean.

L'homme était en train de la violer.

Il leva le poing qui contenait l'œuf en marbre et fit encore un pas en avant, quand elle dit : « Oui, oui, oui, oui », et il remarqua alors que l'homme nu qui se trouvait entre ses jambes était David Symmonds.

La maison s'inclina brusquement sur le côté. Il recula et posa la main sur le chambranle pour éviter de tomber.

Le temps passa. Il aurait eu du mal à dire combien. Entre cinq secondes et deux minutes sans doute.

Il ne se sentait pas très bien.

Il repoussa la porte dans sa position initiale et se cramponna à la rampe. Il reposa silencieusement l'œuf en marbre dans la jatte et attendit que la maison se stabilise, comme un grand navire sous une longue houle.

Puis il redescendit l'escalier, ramassa son sac à dos, franchit la porte d'entrée et la referma derrière lui.

Il entendait dans sa tête un bruit qui ressemblait à celui qu'il aurait pu entendre s'il avait été couché sur une voie de chemin de fer et qu'un train lui passait dessus.

Il se mit à marcher. C'était bon de marcher. Cela vous vidait l'esprit.

Un break bleu passa dans la rue.

Cette fois, c'était le trottoir qui donnait de la gîte. Il s'arrêta, se pencha en avant et vomit au pied d'un lampadaire.

Tout en restant incliné pour ne pas salir son pantalon, il dénicha un vieux mouchoir en papier au fond de sa poche et s'essuya la bouche. Il ne voulait pas jeter le mouchoir par terre et s'apprêtait à le remettre dans sa poche quand le poids du sac à dos se déplaça inopinément, il tendit la main pour s'agripper au lampadaire, le manqua et roula dans une haie.

Il achetait une tarte au fromage blanc et une salade de fruits à la station-service de Knutsford Sud sur la M6 quand il fut réveillé par des aboiements. Il ouvrit les yeux sur une vaste étendue de ciel couvert, frangé de feuilles et de brindilles.

Il contempla le ciel couvert pendant un moment.

Il y avait une forte odeur de vomi.

Il se rendit progressivement compte qu'il était couché dans une haie. Il avait un sac à dos. Il se souvenait, maintenant. Il avait vomi dans la rue et sa femme avait une relation sexuelle avec un autre homme à quelques centaines de mètres de là.

Il ne voulait pas qu'on le voie couché dans une haie.

Il lui fallut quelques secondes pour se rappeler exactement comment on actionnait ses membres. Alors, il retira une branche de ses cheveux, dégagea ses bras des lanières du sac à dos et se remit précautionneusement debout.

À l'autre bout de la rue, une femme le regardait, vaguement intéressée, comme si elle observait un animal dans un parc naturel. Il compta jusqu'à cinq, inspira profondément, et hissa le sac à dos sur ses épaules.

Il fit un pas hésitant.

Il en fit un autre, un peu moins hésitant.

Il y arriverait.

Il prit la direction de la rue principale.

34.

Il faudrait que Katie s'excuse lundi.

Elle était au milieu de la section des moyens 1 avec Jacob qui se balançait à son écharpe pendant qu'Ellen essayait de lui parler de la journée d'éveil au monde, la semaine prochaine. Katie avait la tête tellement pleine de conneries à propos de Ray qu'elle n'assimilait rien. L'image qui lui revenait en boucle sortait de ce film de zombies, la tête d'Ellen décapitée par une planche et le sang giclant de son cou tranché.

Quand ils montèrent dans le bus, elle essaya d'oublier Ray quelques instants en demandant à Jacob ce qu'il avait fait à la garderie. Mais il était trop fatigué pour parler. Il fourra son pouce dans sa bouche et glissa une main dans la poche de Katie pour triturer la doublure laineuse.

Le chauffeur de bus avait dû décider de battre le record de vitesse sur route. Il pleuvait et la femme assise à sa droite sentait la transpiration.

Elle avait envie de casser quelque chose. Ou de faire mal à quelqu'un.

Elle posa le bras autour de Jacob et chercha à absorber un peu de son calme.

Putain, elle aurait mieux fait d'emmener Graham à l'hôtel le plus proche et de baiser avec lui comme une bête, puisque de toute façon elle se retrouvait dans la merde.

Le bus s'arrêta. Brutalement.

Ils descendirent. En passant devant le chauffeur, Katie lui dit qu'il était un connard. Malheureusement, Jacob s'était baissé pour ramasser un morceau de boue par terre et Katie trébucha sur lui, ce qui diminua la portée de ses paroles.

Quand ils ouvrirent la porte, Ray était déjà là. Elle le savait. La lumière était éteinte dans l'entrée, mais il y avait quelque chose de maussade et de crépitant dans l'air. C'était comme de pénétrer dans une grotte en sachant que l'ogre était juste un peu plus loin en train de mâchouiller un tibia.

Ils entrèrent dans la cuisine. Ray était assis à la table.

Jacob dit :

« On a pris le bus. Maman a dit un gros mot. Au chauffeur. »

Ray ne répondit pas.

Elle se baissa et parla à Jacob.

« Monte jouer un peu, tu veux ? Il faut qu'on parle, Ray et moi.

— Je veux jouer ici, en bas.

— Tu pourras redescendre jouer ici dans un petit moment, dit Katie. Pourquoi est-ce que tu n'irais pas chercher ton camion Playmobil, hein ? »

Il fallait qu'il se montre coopératif pendant les cinq secondes à venir ou elle allait péter un plomb.

« J'ai pas envie, chougna Jacob. C'est embêtant.

— Je ne plaisante pas, Jacob. Monte tout de suite. Je te rejoins bientôt. Viens là que je t'enlève ton manteau.

— Veux garder mon manteau. Veux une boisson de monstre.

— Bon sang de bonsoir, Jacob, hurla Katie. Monte. Tout de suite. »

Pendant un moment, elle crut que Ray allait donner une nouvelle démonstration de ses célèbres talents virils et persuader Jacob par télépathie de monter sagement et qu'elle serait au bord de l'apoplexie devant cette putain d'hypocrisie. Mais Jacob se borna à taper du pied et à dire « Je te déteste » avant de s'éloigner en râlant, le capuchon de son manteau toujours sur la tête, tel un gnome en colère.

Elle se tourna vers Ray.

« On s'est retrouvés pour prendre un café. C'est le père de mon enfant. J'avais envie de bavarder un peu. Et si tu t'imagines que je vais épouser quelqu'un qui me traite comme tu l'as fait aujourd'hui, tu ferais bien d'y réfléchir à deux fois. »

Ray la regarda fixement sans dire un mot. Puis il se leva, passa dans l'entrée d'un air renfrogné, attrapa sa veste et claqua la porte de la maison derrière lui.

Merde.

Elle retourna à la cuisine, s'accrocha au bord de l'évier et resta agrippée de toutes ses forces pendant près de cinq minutes pour ne pas faire peur à Jacob en hurlant et en cassant quelque chose.

Elle but une gorgée de lait à la bouteille qui était dans le frigo et monta. Jacob était assis au bord de son lit, toujours en manteau, capuchon sur la tête, l'air buté, comme il le faisait après les disputes parentales, attendant le taxi pour l'orphelinat.

Elle s'assit sur le lit et l'attira sur ses genoux.

« Je suis désolée de m'être mise en colère. »

Elle le sentit se décontracter et ses petits bras se tendirent pour l'entourer.

« Ça t'arrive aussi de te mettre en colère, pas vrai ?

— Oui, dit-il. Je me mets en colère contre toi.

— Mais je t'aime quand même.

— Moi aussi je t'aime, Maman. »

Ils restèrent agrippés l'un à l'autre pendant quelques secondes.

« Où est allé Papa Ray ? demanda Jacob.

— Il est sorti. Il n'aime pas beaucoup les disputes.

— Moi non plus.

— Je sais », dit Katie.

Elle fit glisser le capuchon de sa tête, brossa quelques pellicules de croûtes de lait de ses cheveux puis l'embrassa.

« Je t'aime, petit écureuil. Je t'aime plus que tout au monde. »

Il se tortilla pour se dégager.

« Je veux jouer avec mon camion. »

35.

George prit un bus jusqu'en ville et descendit à l'hôtel de la Cathédrale.

Il n'avait jamais aimé les hôtels de luxe. À cause du pourboire, surtout. À qui fallait-il en donner, en quelle occasion et de quel montant ? Les riches savaient cela instinctivement ou alors ils s'en fichaient pas mal de heurter les classes inférieures. Les gens ordinaires comme George faisaient tout de travers et se retrouvaient immanquablement avec un crachat dans leurs œufs brouillés.

Cette fois, pourtant, il n'éprouvait rien de cette angoisse taraudante. Il était en état de choc. Les choses déplaisantes arriveraient plus tard. Il n'avait aucun doute à ce sujet. Mais pour le moment, c'était plutôt réconfortant d'être en état de choc.

« Votre carte de crédit, monsieur. »

George reprit sa carte et la glissa dans son portefeuille.

« Voici la clé de votre chambre. » Le réceptionniste se tourna vers un portier qui traînait dans les parages. « John, pouvez-vous montrer sa chambre à M. Hall ?

— Je devrais arriver à m'en sortir seul, dit George.

— Troisième étage. À gauche. »

Dans sa chambre, il vida son sac à dos sur son lit. Il suspendit les chemises, les pulls et les pantalons dans la penderie et rangea ses sous-vêtements pliés dans le tiroir au-dessous. Il déballa les plus petits objets et les disposa soigneusement sur la table.

Il se soulagea, se lava les mains, les essuya à une serviette ridiculement duveteuse qu'il raccrocha, pliée au carré, sur la barre chauffante.

Vu les circonstances, il se débrouillait vraiment bien.

Il retira un gobelet en plastique de son emballage de protection, prit une petite bouteille de whisky dans le minibar et la versa dedans. Il sortit un sachet de cacahuètes KP et consomma les deux, debout à la fenêtre, regardant par-delà l'enchevêtrement de toits gris.

C'était on ne peut plus simple. Quelques jours à l'hôtel. Puis il se trouverait une location quelque part. Un appartement en ville, peut-être, ou bien une petite maison de village.

Il vida son verre et fourra encore six cacahuètes dans sa bouche.

Après cela, sa vie lui appartiendrait. Il pourrait choisir ce qu'il voulait faire, qui il voulait voir, comment passer son temps.

Objectivement, il y avait des côtés positifs.

Il pinça le haut du sachet de cacahuètes à moitié vide, le posa sur la table, puis rinça le gobelet, le sécha avec un des mouchoirs en papier gratuits et le reposa près du lavabo.

Douze heures cinquante-deux.

Un déjeuner rapide, puis une petite promenade.

36.

Après le départ de David, Jean descendit à la cuisine en peignoir.

Tout flamboyait. Les fleurs du papier peint. Les nuages qui s'amoncelaient dans le ciel au fond du jardin comme des congères.

Elle se fit un café, un sandwich au jambon et prit deux comprimés de paracétamol pour son genou.

Le flamboiement commença à s'estomper.

En haut, pendant que David la tenait dans ses bras, elle avait cru que c'était possible. Tout laisser derrière elle. Commencer une vie nouvelle. Maintenant qu'il était parti, ça paraissait grotesque. Une idée tordue. Le genre de choses que font les gens à la télé.

Elle regarda la pendule murale. Elle regarda les factures coincées dans le grille-pain et le plateau à fromages au motif de lierre.

Elle vit soudain toute sa vie étalée devant elle comme les clichés d'un album de photos. George et elle devant l'église de Daventry, le vent qui faisait tomber les feuilles des arbres comme des confettis orange, la vraie fête qui n'avait commencé qu'après qu'ils eurent quitté leurs familles le lendemain matin et pris la route du Devon dans l'Austin vert bouteille de George.

Coincée à l'hôpital pendant un mois, après la naissance de Katie. George qui passait tous les jours avec un *fish and chips*. Jamie sur son tricycle rouge. La maison de Clarendon Lane. Du givre sur les vitres le premier hiver, et les gants de toilette gelés, qu'il fallait faire craquer. Tout avait l'air si solide, si normal, si bon.

On observe la vie de quelqu'un comme ça, et on ne voit jamais ce qui manque.

Elle lava l'assiette de son sandwich et la posa sur l'égouttoir. La maison lui sembla soudain bien terne. Le dépôt de tartre à la base des robinets. Les fissures du savon. Le cactus tristounet.

Elle en demandait peut-être trop. Tout le monde en demandait peut-être trop de nos jours. Le sèche-linge. La silhouette de top model. Les sentiments qu'on éprouvait à vingt et un ans.

Elle monta l'escalier et, en enfilant ses vêtements, elle eut l'impression de se glisser à nouveau dans son moi habituel.

Je voudrais me coucher avec toi le soir et me réveiller avec toi le matin.

David ne comprenait pas. On pouvait dire *non*. Mais on ne pouvait pas tenir une conversation de ce genre et faire comme s'il ne s'était rien passé.

George lui manquait.

37.

George lut le livre de Peter Ackroyd en prenant un long déjeuner dans une pizzeria bondée et de qualité plutôt inférieure de Westgate.

Il avait toujours cru que les repas en solitaire étaient tristes. Mais maintenant que c'était lui, le convive solitaire, il éprouvait un certain sentiment de supériorité. Grâce au livre, surtout. Apprendre quelque chose pendant que tous les autres perdaient leur temps. Comme travailler la nuit.

Après le déjeuner, il fit une promenade. Le centre-ville n'était pas l'endroit rêvé pour une balade et il semblait franchement absurde de prendre un taxi pour se faire déposer au milieu de nulle part. Il entreprit donc de traverser Eastfield en direction de la rocade.

Il faudrait qu'il trouve un moment pour aller chercher la voiture. La nuit peut-être, pour limiter les risques de tomber sur Jean. Après tout, était-ce vraiment sa voiture ? S'il y avait une chose qu'il voulait éviter, c'était une dispute déplacée. Ou, pire encore, être accusé de vol. Tout bien pesé, il ferait peut-être mieux d'en acheter une nouvelle.

Il avait pris la mauvaise direction. Il aurait dû partir vers l'ouest. Mais partir vers l'ouest l'aurait rapproché de Jean. Et il ne voulait pas se rapprocher de Jean, aussi pittoresque que fût la campagne dans les environs.

Il traversa la rocade, contourna la zone industrielle et se retrouva, enfin, au milieu des champs verdoyants.

Pendant un moment, il se sentit revigoré par l'air frais et par le ciel dégagé, et il lui sembla qu'il allait tirer tout le bénéfice d'une excursion le long de la Helford, mais sans la compagnie de Brian et sans les six heures de train.

Puis une vieille usine surgit à sa gauche. Cheminées rouillées. Raccordements de gaines. Trémies tachées. Aucune beauté. Pas plus que dans le réfrigérateur hors d'usage déposé sur l'aire de stationnement, un peu plus haut.

Le gris du ciel et la monotonie implacable des champs environnants commençaient à lui peser.

Il aurait voulu travailler à son atelier.

Il songea qu'il ne pourrait plus jamais travailler à son atelier.

Il faudrait qu'il se lance dans un autre projet. Plus modeste. Moins cher. Le planeur lui vint spontanément à l'esprit et il fallut le chasser promptement.

Échecs. Jogging. Natation. Œuvres de charité.

Rien ne l'empêchait de dessiner, évidemment. On pouvait dessiner n'importe où, pour pas cher.

Il lui vint à l'esprit que Jean préférerait peut-être quitter la maison. Vivre ailleurs. Avec David. Dans ce cas, il pourrait encore travailler à son atelier.

Cette idée réjouissante lui permit de faire demi-tour et de reprendre la direction de la ville d'un pas vif.

Quand il arriva au centre, il faisait presque nuit. Mais il n'était pas encore assez tard, selon lui, pour regagner l'hôtel et dîner au restaurant. Par chance, il passa devant un cinéma et prit conscience que cela faisait des années qu'il n'avait pas vu de film sur grand écran.

Training Day avait l'air d'un policier sordide. *Spy Kids* s'adressait manifestement à un public plus jeune et *Un homme d'exception*, se rappela-t-il, racontait l'histoire de quelqu'un qui devenait fou. Un sujet à éviter.

Il prit un billet pour *Le Seigneur des anneaux : la Communauté de l'anneau*. Les critiques avaient été élogieuses, et il se rappelait avoir bien aimé le livre, dans un passé flou et lointain. Il fit poinçonner son billet et prit place au milieu de la salle.

Une adolescente assise avec une bande dans la rangée précédente se retourna pour voir qui s'était installé derrière elle. George regarda autour de lui et prit conscience qu'il était un homme solitaire et plutôt âgé assis dans une salle de cinéma pleine de jeunes gens. Ce n'était pas tout à fait comme de rôder autour d'une aire de jeux, mais il se sentit mal à l'aise.

Il se leva, regagna l'allée et trouva une place au milieu de la première rangée, où l'image serait plus grande et plus claire et où personne ne pourrait l'accuser de quoi que ce soit d'inconvenant.

Le film était plutôt bon.

Mais au bout d'une quarantaine de minutes, la caméra s'attarda sur le visage de Christopher Lee qui interprétait le méchant Saruman et George remarqua une petite zone plus foncée sur sa joue. Cela ne l'aurait peut-être pas frappé s'il ne s'était pas rappelé avoir lu récemment un article sur le décès de Christopher Lee. De quoi était-il mort ? George ne s'en souvenait pas. Sans doute pas d'un cancer de la peau.

Mais enfin, ce n’était pas impossible. Et si c’était bien d’un cancer de la peau, Christopher Lee était en train mourir sous ses yeux.

Après tout, il s’agissait peut-être d’Anthony Quinn.

Il se creusa la tête, essayant de retrouver les nécrologies qu’il avait lues au cours des derniers mois. Auberon Waugh, Donald Bradman, Dame Ninette de Valois, Robert Ludlum, Harry Secombe, Perry Como… Il les voyait, alignés comme la piétaille du film lui-même, fantassins substituables à l’envi de quelque vaste guerre entre des forces élémentaires sur lesquelles ils n’avaient aucun pouvoir, irrépressiblement poussés tour à tour vers le bord d’un formidable ravin dans un cruel jeu cosmique de palet de table, disparaissant vague après vague par-dessus bord et tombant en hurlant dans l’abîme.

Quand il reporta son regard sur l’écran, il se surprit à contempler une succession de gros plans de visages grotesquement agrandis, dont chacun portait une excroissance particulière ou une zone anormalement pigmentée, autant de mélanomes en évolution.

Il ne se sentait pas bien.

Puis les orques réapparurent et il les vit tels qu’ils étaient, des créatures inhumaines aux têtes écorchées, dépourvues de lèvres et de narines, des visages de chair crue et vive. Que ce fût parce que leur apparence évoquait les effets de quelque maladie dermatologique maligne, parce que leur absence de peau les mettait à l’abri du mélanome, ou parce que au contraire elle les rendait anormalement sujets à cette maladie et que, comme les enfants albinos du Sahara, ils se mettaient à mourir dès l’instant où ils venaient au monde, c’était plus qu’il n’cn pouvait supportcr.

Indifférent désormais à ce que les autres spectateurs pouvaient penser de lui, il se leva et remonta en zigzaguant le plan incliné jusqu'à la porte, se précipita dans le hall vide et d'une clarté atterrante, poussa les grandes portes battantes en titubant et se retrouva dans l'obscurité relative de la rue.

38.

Jean venait de s'installer avec un verre de vin pour regarder le journal du soir quand Brian téléphona. George n'était pas arrivé. Ils conclurent d'un commun accord qu'il devait se trouver sur une voie de garage près d'Exeter, en train de maudire les Virgin Trains. Jean raccrocha et oublia cet appel.

Elle sortit un hamburger à la dinde du congélateur, mit le cuit-vapeur à bouillir et commença à éplucher des carottes.

Elle dîna en regardant une bêtise romantique avec Tom Hanks. Le générique défilait quand Brian rappela : George n'était pas là. Il rappellerait dans une heure s'il n'avait toujours pas de nouvelles.

La maison lui parut soudain vraiment très vide.

Elle ouvrit une autre bouteille de vin et but un verre un peu trop vite.

Elle était sotte. George n'était pas du genre à avoir un accident. Et si jamais c'était le cas (comme quand il s'était pris ce morceau de verre dans l'œil à Norwich), il téléphonait immédiatement à la maison. S'il avait été conduit à l'hôpital, il avait forcément dans sa poche de veste un bout de papier avec le numéro de téléphone de Brian, les indications pour trouver le cottage et peut-être même une carte dessinée à la main.

Pourquoi se mettre de telles idées en tête ? Trop d'années passées à s'inquiéter pour des adolescents qui allaient à des soirées et consommaient de la drogue. Trop d'années passées à se rappeler les anniversaires et à débrancher les fers à friser brûlants posés sur les moquettes des chambres à coucher.

Elle se versa encore un verre de vin et décida de continuer à regarder la télévision, mais elle ne tenait pas en place. Elle fit la vaisselle. Puis vida le frigo. Elle nettoya le magma qui bouchait le petit trou d'écoulement à l'arrière, lava les grilles à l'eau chaude savonneuse, passa une éponge sur les parois et les essuya avec un torchon.

Elle noua le haut du sac-poubelle et l'emporta au jardin. Debout à côté de la poubelle, elle entendit le *wack-wack-wack* d'un hélicoptère de la police. Elle leva les yeux et aperçut la silhouette noire au sommet d'un long cône de lumière dans le ciel orange sale, au-dessus du centre-ville. Et elle ne put s'empêcher de penser stupidement que c'était George qu'on cherchait.

Elle rentra, ferma la porte à clé et se dit que si elle n'avait pas de nouvelles de lui dans une heure, il faudrait qu'elle prévienne la police.

39.

Jamie passa les jours suivants comme un zombie et perdit la vente d'un hôtel particulier de Darmouth Park au profit de John D. Wood parce qu'il passait son temps à s'apitoyer sur lui-même en rêvant de Tony au lieu de faire du plat aux propriétaires âgés.

Le troisième jour, il fut la risée de tout le bureau parce qu'il avait fait des copier-coller sans réfléchir et passé une annonce sur Primelocation pour un studio au troisième étage avec piscine.

Il décida alors de se reprendre en main. Il trouva un CD des Clash dans la boîte à gants de la voiture, le mit à plein volume et dressa mentalement la liste de tout ce qui le rendait cinglé chez Tony (cigarettes au lit, absence de talents culinaires, aptitude innée à glandouiller, tambourinage de la cuiller, faculté de parler pendant une demi-heure des difficultés d'installation d'un Velux...).

Rentré chez lui, il cassa rituellement le CD et le jeta à la poubelle.

Si Tony voulait revenir, il n'avait qu'à faire le premier pas. Jamie n'avait pas l'intention de ramper. Il resterait seul. Et il en profiterait.

40.

L'atmosphère du centre-ville commençait à s'animer, tandis que les jeunes se rassemblaient pour une nuit de beuverie. George descendit donc Bridge Street en direction de la rivière, afin d'y trouver la paix et le calme et une explication à la présence de l'hélicoptère qui tournait dans le ciel.

Quand il arriva sur le quai, il se rendit compte que l'événement, quel qu'il fût, était plus grave et plus intéressant qu'il ne l'avait pensé. Une ambulance était arrêtée en pleine rue et une voiture de police s'était garée derrière elle, son gyrophare bleu tournant dans l'air froid.

En temps normal, il aurait poursuivi son chemin, pour éviter d'avoir l'air morbide. Mais aujourd'hui, rien n'était normal.

L'hélicoptère planait si bas que le bruit vibrait dans sa tête et ses épaules. Il s'arrêta près du petit grillage à côté du restaurant chinois, enfonçant les mains dans les poches de son pantalon pour se réchauffer. Depuis la base de l'hélicoptère, un projecteur se déplaçait en zigzag à la surface de la rivière.

Quelqu'un était tombé à l'eau.

Une rafale de vent dirigea vers lui un bref crépitement de conversation au talkie-walkie avant de l'emporter plus loin.

La scène était assez extraordinaire, dans le genre macabre. Comme un film. Comme la vie l'était rarement. Le petit rectangle jaune de la vitre de l'ambulance, les nuages qui glissaient dans le ciel, l'eau qui clapotait sous le flux d'air de l'hélicoptère, tout plus vif et plus intense que d'ordinaire.

Plus bas, le long de la rivière, deux auxiliaires médicaux en gilets jaunes fluorescents longeaient méthodiquement le chemin de halage, dirigeant leurs torches électriques sur l'eau et sondant les profondeurs avec une longue perche. Ils cherchaient un corps, de toute évidence.

Une sirène hurla et s'arrêta immédiatement. La porte d'une voiture claqua.

Il baissa les yeux vers l'eau qui s'étendait à ses pieds.

Il n'avait jamais vraiment regardé la rivière d'aussi près. Pas de nuit. Pas quand le niveau de l'eau était aussi haut. Il avait toujours pensé qu'il n'aurait aucun problème s'il tombait à l'eau, où que ce fût. Il était bon nageur. Quarante longueurs tous les matins quand ils étaient dans un hôtel avec piscine. Et quand le *Fireball* de John Zinewski s'était retourné, il avait eu peur un bref instant, mais n'avait jamais imaginé qu'il pourrait se noyer.

Là, c'était différent. On n'aurait même pas dit de l'eau. Elle se déplaçait trop vite, s'enroulant, tournoyant et se retournant sur elle-même tel un gros animal. En amont du pont, elle se massait devant les étançons comme de la lave cherchant à franchir un rocher. En aval, elle disparaissait dans un trou de lavabo noir.

Il vit soudain à quoi ressemblait vraiment l'eau profonde quand elle se déplaçait en masse, comme du goudron ou de la mélasse. Elle pouvait vous entraîner vers le fond ou vous broyer contre un mur de béton et on ne pouvait rien faire pour résister, aussi bon nageur qu'on soit.

Quelqu'un était tombé à l'eau. Il comprit soudain ce que cela signifiait.

Il imagina le premier choc violent du froid, puis les tâtonnements désespérés pour trouver prise sur la berge, les pierres luisantes de mousse, les ongles qui se brisent, les vêtements rapidement imbibés d'eau.

Mais peut-être était-ce un acte volontaire. Peut-être cette personne s'était-elle jetée à l'eau. Peut-être n'avait-elle pas cherché à en ressortir, la seule lutte étant celle de s'obliger à ne rien faire, de réduire au silence cet appétit de lumière et de vie.

Il l'imagina essayant de s'enfoncer dans les ténèbres aqueuses. Il se rappela le passage sur la noyade dans *Comment nous mourons*. Il la vit chercher à inhaler l'eau, sa trachée se fermant spasmodiquement pour protéger les tissus fragiles des poumons. Une fois la trachée fermée, impossible de respirer. Et plus on passait de temps sans respirer, plus on s'affaiblissait. On se mettait à avaler de l'eau et de l'air. L'eau et l'air bouillonnaient pour former de l'écume, et ce processus effroyable prenait un élan irrésistible. L'écume vous donnait des haut-le-cœur (ces détails s'étaient inscrits de façon très précise dans sa mémoire). On vomissait. Le vomi vous remplissait la bouche et lors de cet ultime halètement, au moment où le manque d'oxygène dans le système sanguin relâchait enfin le spasme de la trachée, on n'avait pas d'autre solution que d'avaler, l'eau, l'air, l'écume, le vomi, tout.

Cela faisait cinq minutes qu'il était au bord de l'eau. Il avait vu l'hélicoptère dix minutes plus tôt. Dieu sait combien de temps il avait fallu pour qu'on donne l'alarme ou que l'hélicoptère arrive. La personne qui était dans l'eau était presque certainement morte maintenant.

Il retrouva un peu de l'horreur qu'il avait éprouvée dans le train, mais cette fois elle ne l'envahit pas. Elle était contrebalancée par une sorte de réconfort. Il comprenait qu'on puisse faire cela. Le côté tragique. Qu'on envisage de mourir paisiblement, pourvu qu'on puisse entendre le bon morceau de musique. Comme cet *Adagio* de Barber qu'ils avaient l'air de passer sur Classic FM chaque fois qu'il était en voiture.

Cela paraissait si violent, le suicide. Mais ici, maintenant, de près, c'était différent, une forme de violence contre le corps qui vous maintenait enchaîné à une vie invivable. Se détacher, être libre.

Il baissa à nouveau les yeux. À quinze centimètres au-dessous de ses orteils, l'eau se soulevait et ondulait, tantôt bleue, tantôt noire dans la lumière tournoyante de la voiture de police.

41.

Jean téléphona à Jamie. Pas de réponse. Elle appela Katie, mais celle-ci était visiblement occupée et Jean n'avait pas envie de s'entendre traiter de paranoïaque, alors elle raccrocha avant que ça ne dégénère.

Elle appela l'hôpital. Elle appela Virgin. Elle appela les Wessex Trains et GNER. Elle appela la police qui lui dit de rappeler dans la matinée s'il n'était toujours pas rentré.

Elle l'avait bien mérité. En envisageant de le quitter.

Elle essaya de dormir, mais chaque fois qu'elle sombrait, elle imaginait qu'on frappait à la porte et qu'un jeune policier se tenait sur le seuil, l'air grave, et elle se sentait nauséeuse, étourdie et terrifiée, comme si on s'apprêtait à lui trancher un membre.

Elle finit par s'endormir à cinq heures du matin.

42.

George n'était pas d'humeur à aller au restaurant. Il passa donc chez un marchand de journaux où il acheta un sandwich défraîchi, une orange et une banane un peu tavelée.

Il retourna dans sa chambre d'hôtel, se prépara un café instantané et mangea son casse-croûte. Puis il se rendit compte qu'il n'avait rien d'autre à faire, et il ne fallut pas longtemps pour que son esprit se détache de son ancre et parte à la dérive.

Il ouvrit le minibar et s'apprêtait à en sortir une canette de Carlsberg quand il s'arrêta. S'il se réveillait au petit jour et avait besoin de tenir les forces des ténèbres en échec, il aurait besoin de présence d'esprit. Il troqua la Carlsberg contre un Mars et trouva la chaîne Eurosport à la télévision.

Cinq jeunes gens apparurent, debout sur un affleurement montagneux, portant des casques et des sacs à dos dans les couleurs fluo obligatoires aujourd'hui pour les jeunes qui s'adonnent à des activités en plein air.

George était en train de chercher comment augmenter le son à l'aide de la télécommande, quand un des jeunes gens se retourna subitement, courut vers le précipice situé à l'arrière-plan et se jeta dans le vide.

George émit un glapissement parfaitement audible et se précipita sur la télévision pour essayer de rattraper le malheureux.

Il y eut un changement de plan et George vit l'homme dégringoler d'une vaste façade rocheuse. Une, deux, trois secondes. Puis son parachute s'ouvrit.

Le cœur de George battait toujours la chamade. Il changea de chaîne.

Sur la 45, un scientifique reçut une décharge électrique, ses cheveux se dressèrent sur sa tête et son squelette devint brièvement visible. Sur la 46, un groupe de femmes en deux-pièces nanties de poitrines gonflées à l'hélium tournaient sur de la musique pop. Sur la 47, la caméra faisait un panorama sur les conséquences d'un attentat terroriste dans un pays dont les habitants parlaient une langue incompréhensible. La 48 passait une pub pour des bijoux fantaisie. La 49 une émission sur les éléphants. La 50 un truc en noir et blanc avec des extraterrestres.

S'il n'y avait eu que quatre chaînes, il aurait peut-être été obligé d'en regarder une, mais cette profusion faisait l'effet d'une drogue et il fit plusieurs fois le tour, s'arrêtant quelques secondes sur chaque image jusqu'à en avoir vaguement la nausée.

Il ouvrit l'Ackroyd, mais lire était un peu pénible à cette heure de la soirée, alors il passa à côté et entreprit de se faire couler un bain.

Il commençait à se déshabiller quand il se rappela qu'il y avait des parties de son corps qu'il ne voulait pas voir. Il éteignit les lampes de la salle de bains et ne garda que son tricot de corps et son slip, qu'il avait l'intention de retirer juste avant d'entrer dans la baignoire.

Mais alors qu'il était assis au bord du lit pour ôter ses chaussures il aperçut, sur son biceps gauche, une constellation de minuscules points rouges. Six ou sept peut-être. Il les frotta, pensant que c'était de la saleté, ou des peluches de vêtement, mais ce n'était ni l'un ni l'autre. Ce n'étaient pas non plus des petites cicatrices. Et il était impossible de les faire partir en frottant.

Au moment où le sol s'ouvrit sur un vaste puits béant selon un scénario désormais familier, il se consola brièvement en se disant que, pendant un moment au moins, il ne penserait pas à Jean et David.

Le cancer se propageait. Ou alors une nouvelle variété de cancer s'était installée maintenant que le premier avait affaibli son système immunitaire.

Il ne savait absolument pas depuis combien de temps il avait ces points. Il ne se rappelait pas avoir jamais examiné son biceps de près. Une voix dans sa tête lui disait qu'ils étaient sans doute là depuis des années. Une autre voix dans sa tête disait qu'ils étaient les symptômes d'un processus qui avait déjà accompli son travail meurtrier en profondeur.

La position accroupie rendait désagréablement présents le sandwich, la banane, l'orange, et surtout le Mars. Il n'était pas question de vomir de nouveau, surtout dans un hôtel. Alors, gardant les yeux fermés, il s'obligea à se relever et arpenta la pièce, faisant les cent pas entre la fenêtre et la porte, espérant retrouver l'effet lénifiant de sa promenade de l'après-midi. Au bout de deux cents allers-retours, le rythme sembla commencer à atténuer la panique.

À cet instant, il entendit de l'eau clapoter sur un sol carrelé. Pendant plusieurs secondes, il se demanda ce qui pouvait bien faire un bruit d'eau clapotant sur du carrelage. Lorsqu'il comprit, il ouvrit les yeux et fila vers la salle de bains, trébuchant sur le coin du lit et se cognant la tête au chambranle de la porte.

Il se releva et tituba dans l'obscurité de la salle de bains, ralentissant pour éviter de glisser sur le sol inondé. Il ferma les robinets, jeta toutes les serviettes disponibles par terre, retira doucement la bonde puis s'agenouilla à côté des toilettes pour reprendre son souffle.

Il avait horriblement mal à la tête, mais c'était un soulagement, une douleur plus ordinaire qui atteignait son paroxysme et refluait de façon prévisible.

Il posa la main sur son front. Il était chaud et mouillé. Il n'avait vraiment pas envie d'ouvrir les yeux pour vérifier si c'était du sang ou l'eau du bain.

Il repoussa la porte derrière lui du bout du pied, et l'obscurité s'épaissit encore.

De vagues points de lumière rose voltigeaient derrière ses paupières comme un lointain village de lutins.

Il n'avait pas besoin de ça. Surtout pas aujourd'hui.

Quand il eut repris haleine, il se remit lentement sur ses pieds et regagna la chambre, les yeux hermétiquement clos. Il éteignit les lampes et se rhabilla. Ouvrant les paupières, il sortit du minibar tout un assortiment de canettes, de bouteilles et de friandises, et reprit sa place devant la télévision. Il décapsula une Carlsberg, trouva la chaîne musicale et attendit l'apparition de nouvelles femmes tournoyantes à poitrines gonflées à l'hélium dans l'espoir qu'elles susciteraient un fantasme sexuel assez puissant pour lui faire oublier où il était, qui il était et ce qui lui était arrivé au cours des douze dernières heures.

Il grignota un Snickers.

Il se sentait comme un enfant à la fin d'une longue, longue journée. Il aurait voulu que quelqu'un de grand et de fort le porte jusqu'à un lit bien chaud où il sombrerait dans un profond sommeil et serait transporté promptement vers le début d'un jour nouveau où tout serait redevenu agréable, propre et simple.

La femme qui chantait à la télé avait l'air d'avoir douze ans. Elle n'avait presque pas de seins et portait un jean et un T-shirt déchiré. Il aurait trouvé un peu louche de la reluquer comme cela, si elle n'avait pas eu l'air tellement en colère, bondissant vers la caméra toutes les quelques mesures pour hurler dans l'objectif. Elle lui rappela Katie plus jeune, en pleine crise.

La musique était bruyante et discordante, mais, l'alcool commençant à faire son effet, il comprit que des jeunes, sans doute ivres eux aussi ou sous l'influence de drogues altérant la conscience, puissent la trouver divertissante. La pulsation rythmique, la simplicité mélodique. Comme de contempler un orage bien en sécurité dans son salon. L'idée qu'il se passait quelque chose d'encore plus violent hors de sa tête.

La jeune femme laissa place à deux Noirs qui psalmodiaient sur un rythme disco insistant. Ils portaient des baggies et des casquettes de base-ball, et utilisaient une sorte d'argot des cités incompréhensible. Extérieurement, ils semblaient beaucoup moins furieux que la vedette du clip précédent, mais ils donnaient l'impression très nette que, contrairement à la jeune femme en colère, ils n'hésiteraient pas un instant à venir cambrioler votre maison.

Ils avaient trois choristes de sexe féminin vraiment très légèrement vêtues.

Il ouvrit une petite bouteille de vodka.

À minuit, il était ivre mort et se demandait pourquoi il ne s'était pas saoulé plus tôt. Il était parfaitement détendu et ne cessait d'oublier où il était. Ce qui était parfait.

Il passa dans la salle de bains, se soulagea, regagna la chambre en titubant et s'effondra sur l'édredon. Il avait l'esprit plus vide que cela ne lui était arrivé au cours de ces derniers mois. L'idée qu'il risquait de devenir alcoolique lui traversa l'esprit. À cet instant précis, cela ne paraissait pas une solution déraisonnable à ses problèmes.

Puis il sombra dans l'inconscience.

Au milieu de la nuit, il se trouva en dernière phase de descente vers un aéroport. Heathrow, peut-être. Ou bien Charles-de-Gaulle. Il était dans un avion qui était en même temps un hélicoptère et la femme assise à côté de lui avait un chien de manchon dans les bras, ce qui n'arrive pas dans les vrais avions.

Il était étrangement serein. En fait, l'avion, ou l'hélicoptère, était comme les bras de cet adulte grand et fort qu'il avait imaginé en train de le mettre au lit.

Il regarda l'obscurité qui s'étendait au-delà de la fenêtre. La vue était d'une beauté à vous couper le souffle, la circulation très loin au-dessous pulsant comme de la lave dans les interstices d'un immense rocher noir.

Il entendait de la musique, dans sa tête ou dans les écouteurs gratuits, quelque chose d'opulent, d'orchestral et d'infiniment apaisant. Et le motif écossais sur la housse tissée du siège situé devant lui ondulait légèrement, telles de petites vagues rebondissant sur le mur d'un port et s'entrecroisant pour créer un réseau miroitant de lumière solaire mouillée.

L'avion, ou l'hélicoptère, heurta quelque chose.

Il y eut une détonation d'enfer et tout se déplaça latéralement de plusieurs mètres. Suivit une seconde de silence abasourdi. Puis l'avion vira sur la droite en piquant du nez et les gens hurlaient, soudain l'air de la cabine fut rempli de nourriture et de bagages à main et le petit chien décolla et plana comme un ballon au bout de sa laisse.

George essaya désespérément de défaire sa ceinture de sécurité, mais ses doigts pataudss et gourds refusaient de lui obéir, et à travers le minuscule hublot de plexiglas il voyait le kérosène en flammes et une épaisse fumée noire sortant de la partie inférieure de l'aile droite.

Tout à coup, le toit de l'avion se souleva comme le couvercle d'une boîte de sardines et un vent monstrueux commença à emporter dans son tourbillon des petits enfants et le personnel de cabine vers les ténèbres.

Un chariot à boissons descendit l'allée en dansant et arracha la tête d'un homme assis à gauche de George.

Il n'était plus dans l'avion. Il faisait de la luge sur Lunn Hill avec Brian. Il aidait Jean à extraire le talon de sa chaussure pris dans une grille à Florence. Il était debout dans la classe de Mme Amery en train d'essayer d'épeler *parallèle* encore et encore, et tout le monde se moquait de lui.

Puis il se retrouva dans l'avion, et en même temps il était debout dans son jardin en pleine nuit, les yeux levés vers la fenêtre de leur chambre, s'interrogeant sur l'origine du curieux grognement qui venait de l'intérieur, alors l'extérieur de la maison s'illumina d'un violent éclat orange, il se retourna et il le vit venir, comme un raz de marée, mais aérien, éclairé en son centre par un météore de kérosène.

Le sol s'ébranla. Une devanture fut aspergée de litres et de litres de plastique noir brûlant. Un siège inclinable rebondit dans une rue résidentielle, projetant une queue de paon d'étincelles blanches.

Le cône du nez s'enfonça dans une tour de parking, et George se réveilla dans des vêtements trempés, sur un grand lit d'une chambre qu'il ne reconnaissait pas, avec un goût de vomi dans la bouche, l'impression douloureuse qu'on lui enfonçait une tige métallique sur le côté de la tête et la certitude que le rêve n'était pas fini, qu'il était encore dehors, tombant dans la nuit, attendant désespérément le choc final qui éteindrait la lumière pour de bon.

43.

Jean fut réveillée à neuf heures par la sonnerie du téléphone. Elle bondit du lit, courut dans l'entrée et décrocha.

« Jean, c'est moi. » C'était David.

« Je suis désolée, j'ai cru que c'était…

— Ça va ? » demanda David.

Alors elle lui dit, pour George.

« Si j'étais toi, je ne m'en ferais pas, conseilla David. Il a dirigé une boîte. S'il a un problème, il saura se faire aider. Il aura préféré ne pas t'appeler pour ne pas t'inquiéter. Il y a forcément une explication parfaitement rationnelle. »

Elle se rappela qu'elle avait promis de téléphoner à David la veille au soir.

« Et puis, tu sais, reprit-il. Tu es toute seule chez toi. Après notre séparation, à Mina et moi, j'ai eu du mal à dormir pendant un mois. Écoute. Pourquoi est-ce que tu ne viendrais pas passer la nuit de dimanche ici ? Je m'occuperais bien de toi.

— Merci. Ça me ferait très plaisir.

— Inutile de me remercier, dit David. Pour quoi que ce soit. »

44.

Quand Jamie rentra du travail le lendemain soir, il commençait à concevoir son célibat comme une chance plus que comme une épreuve. Il mit un disque de U2, poussa le volume à fond, se prépara une tasse de thé propice à la réflexion et donna un coup de fer à son pantalon.

Son repassage terminé, il alla à la salle de bains et prit une douche, s'interrompant après s'être lavé les cheveux pour une rapide branlette, imaginant un grand Canadien aux biceps noueux, avec de petits poils s'effilant en un V blond dans le creux des reins, qui se promenait dans la salle de bains du chalet de ski, laissait tomber sa serviette de toilette blanche et duveteuse, entrait dans la cabine de douche, se baissait, prenait la bite de Jamie dans sa bouche et lui glissait un doigt dans le cul.

En s'endormant une petite demi-heure plus tard, après avoir lu un article sur l'épilepsie dans l'*Observer*, il eut l'impression de commencer une vie nouvelle.

45.

Katie ne savait plus où elle en était.

Ray n'était pas rentré. Il arpentait les rues ou il passait la nuit sur un canapé, chez quelqu'un. Il se pointerait le lendemain matin avec un bouquet de fleurs ou une boîte de chocolats merdiques achetés dans une station-service, l'air tellement torturé qu'elle serait obligée de céder. Et il n'y avait même pas de mots pour dire à quel point ça la ferait chier.

D'un autre côté, Jacob et elle avaient la maison pour eux tout seuls.

Ils regardèrent *Thomas la petite locomotive* et *Pélagie la sorcière* et trouvèrent le petit flip-book que Jamie avait fait sur l'angle du bloc à dessin de Jacob, un chien qui remuait la queue et qui faisait caca et le caca se transformait en petit bonhomme qui partait en courant. Jacob insista pour qu'ils en fassent un, eux aussi, et elle réussit à dessiner un chien mal foutu dans un vent violent, trois cases que Jacob coloria ensuite.

Dans son bain, il garda les yeux fermés pendant six grandes secondes pendant qu'elle lui rinçait la tête, et ils discutèrent de la hauteur que pouvait avoir un gratte-ciel et du fait qu'il tiendrait encore dans l'univers si le gratte-ciel était dix fois plus grand parce que l'univers était vraiment immense et qu'il n'y avait pas que la terre, il y avait la lune, le soleil, les planètes et tout l'espace.

Au dîner, ils mangèrent des raviolis au basilic et Jacob demanda : « On va toujours à Barcelone ? »

Katie répondit : « Bien sûr », et ce ne fut qu'ensuite, une fois Jacob couché, qu'elle commença à s'interroger. Était-ce vrai, ce qu'elle avait dit à Ray ? Qu'elle refuserait d'épouser un mec qui la traitait comme ça ?

Elle perdrait la maison. Jacob perdrait un second père. Ils devraient s'installer dans un petit appartement minable. Haricots blancs en boîte et baguette. Elle manquerait le travail chaque fois que Jacob serait malade. Se disputerait avec Aidan pour s'accrocher à un boulot qu'elle détestait. Pas de voiture. Pas de vacances.

Et si elle se mariait ? Est-ce qu'ils se chamailleraient comme ses parents et s'éloigneraient peu à peu l'un de l'autre ? Est-ce qu'elle finirait par avoir une petite liaison tiédasse avec le premier type qui lui ferait des propositions ?

Ce n'était pas tellement l'idée de vivre comme ça qui la déprimait. Quelques années de vie monoparentale à Londres et on s'accommodait de n'importe quoi, ou presque. C'était le compromis qui était douloureux, la perspective de renoncer à tous les principes qu'elle avait eus un jour. Qu'elle avait toujours. L'idée d'écouter les petits sermons suffisants de Maman à propos des jeunes femmes qui veulent tout, et de ne plus pouvoir répliquer.

Il avait intérêt à ce que ce soit une sacrément grosse boîte de chocolats.

46.

La gueule de bois éclipsa tous les autres problèmes de George presque aussi efficacement que l'alcool lui-même.

Il lui était arrivé de prendre des cuites quand il avait une vingtaine d'années, mais il ne se rappelait rien de tel. Il avait l'impression d'avoir pour de bon des grains de sable entre les globes oculaires et l'orbite qui les entourait. Il avala deux Nurofen, vomit et se rendit compte qu'il devrait attendre que la douleur cède d'elle-même

Il aurait préféré éviter la douche, mais il s'était mouillé en dormant. Il s'était aussi entaillé la tête au chambranle de la porte et quand il aperçut son visage dans le miroir, il n'était pas loin de ressembler au clochard qu'il avait vu sur le quai de la gare, la veille.

Il tira les rideaux, tourna le robinet sur « chaud », ferma les yeux, se déshabilla, réussit à se placer sous le jet d'eau, frotta doucement du shampooing sur son cuir chevelu puis se retourna lentement comme une brochette pour se rincer.

Ce ne fut qu'en sortant de la douche qu'il se rappela que toutes les serviettes étaient trempées. Il se dirigea à tâtons jusqu'à la chambre, sortit les siennes de son sac à dos, se sécha délicatement puis introduisit précautionneusement son corps dans des vêtements propres.

Une partie de lui-même avait envie de rester assis sans bouger au bord du lit pendant quelques heures. Mais il avait besoin d'air frais, et il fallait qu'il sorte de ce gâchis.

Il fourra les serviettes mouillées dans la baignoire et se rafraîchit la bouche avec une noisette de dentifrice et un peu d'eau froide.

Il rangea ses affaires dans son sac à dos, et découvrit qu'il était au-dessus de ses forces de se baisser. Il fut obligé de s'allonger sur la moquette pour nouer ses lacets.

Il envisagea de refaire le lit, mais conclut que cacher les taches était pire que de les laisser bien visibles. Il prit tout de même un tampon de papier toilette humide pour essayer de nettoyer le sang qui maculait le mur extérieur de la salle de bains.

Il ne pourrait plus jamais remettre les pieds dans cet hôtel.

Il enfila sa veste, vérifia qu'il n'avait pas perdu son portefeuille, puis s'assit quelques minutes pour reprendre des forces avant de hisser son sac sur son dos. On aurait dit qu'il contenait des briques et, à mi-chemin de l'ascenseur, il dut s'appuyer au mur et attendre que le sang remonte jusqu'à sa tête.

Dans l'entrée, le réceptionniste le héla d'un jovial : « Bonjour, monsieur Hall. » Il ne s'arrêta pas. Ils avaient l'empreinte de sa carte de crédit. Il ne voulait pas leur dire dans quel état il avait laissé la chambre, ni se dispenser de leur dire dans quel état il avait laissé la chambre. Il ne voulait pas se tenir devant le comptoir, oscillant légèrement, avec une mystérieuse plaie à la tête.

Un portier lui ouvrit la porte, il sortit dans le bruit et l'éclat du matin et se mit à marcher.

L'air semblait rempli d'odeurs spécifiquement destinées à mettre son estomac à l'épreuve : gaz d'échappement, petits déjeuners, fumée de cigarette, eau de Javel… Il respira par la bouche.

Il rentrait chez lui. Il fallait qu'il parle à quelqu'un. Et Jean était la seule personne à qui il puisse parler. Quant à la scène de la chambre à coucher, ils s'en occuperaient un autre jour.

En fait, à cet instant précis, s'occuper de la scène de la chambre à coucher semblait moins compliqué que de prendre le bus. Les cinq minutes de marche à pied jusqu'à l'arrêt lui firent l'effet de la traversée des Alpes et, quand son bus arriva, il se trouva coincé et agité vigoureusement pendant vingt-cinq minutes dans un espace confiné avec trente personnes mal lavées.

Il descendit au village et resta assis quelques minutes sur le banc devant l'arrêt de bus pour reprendre ses esprits et laisser la pulsation taraudante de sa tête s'atténuer un peu.

Qu'allait-il dire ? En temps normal, il n'aurait jamais avoué à Jean qu'il était en train de devenir fou. Mais en temps normal, il n'aurait pas été en train de devenir fou. Il pouvait espérer que son état dépenaillé susciterait la compassion et lui éviterait d'avoir à donner trop d'explications.

Il se releva, ramassa son sac à dos, prit une profonde inspiration et se dirigea vers la maison.

Quand il franchit la porte d'entrée, elle était à la cuisine.

« George. »

Il posa son sac à dos à côté de l'escalier et attendit qu'elle le rejoigne dans l'entrée. Il parla tout doucement pour limiter la douleur au maximum. « Je crois que je suis peut-être en train de devenir fou.

— Où étais-tu ? » Jean avait parlé très fort. Ou peut-être avait-il simplement l'impression qu'elle parlait fort. « On s'est fait un sang d'encre.

— J'ai passé la nuit à l'hôtel.

— À l'hôtel ? Mais tu as l'air d'avoir…

— Je me sentais… Enfin, comme je te le disais, je crois que…

— Qu'est-ce que tu t'es fait à la tête ? demanda Jean.

— Où cela ?

— Là.

— Ah, là !

— Oui, là, dit Jean.

— Je suis tombé et je me suis cogné à une porte, expliqua George.

— À une porte ?

— À l'hôtel. »

Jean lui demanda s'il avait bu.

« Oui. Mais pas quand je me suis cogné. Je suis désolé. Est-ce que tu pourrais parler un peu moins fort ?

— Mais qu'est-ce que tu fichais à l'hôtel ? » demanda Jean.

Les choses n'auraient pas dû se passer comme cela. C'était lui qui omettait miséricordieusement d'évoquer certains sujets. C'était lui qui méritait le bénéfice du doute.

Il avait tellement mal à la tête.

« Pourquoi est-ce que tu n'es pas allé en Cornouailles ? Brian a appelé. Il se demandait ce que tu fabriquais.

— Il faut que je m'asseye. » Il se dirigea vers la cuisine et trouva une chaise qui crissa horriblement sur le carrelage. Il s'assit et se tint délicatement le front à deux mains.

Jean le suivit. « Pourquoi est-ce que tu ne m'as pas appelée, George ?

— Tu étais... » Il avait failli le dire. Par dépit surtout. Heureusement, il n'avait pas trouvé les mots. L'acte sexuel, c'était un peu comme d'aller aux toilettes. Ce n'était pas une chose dont on parlait, et encore moins dans sa propre cuisine, à neuf heures et demie du matin.

Pendant qu'il s'efforçait de trouver les mots et n'y parvenait pas, l'image lui revint à l'esprit, le scrotum de l'homme, les cuisses flasques de Jean, les fesses de David, l'air chaud, les grognements. Il sentit comme un coup au ventre, une injustice profonde, très profonde, partie crainte, partie dégoût, partie autre chose qui était bien au-delà de tout cela, aussi troublante que la sensation qu'il aurait pu éprouver si, en regardant par la fenêtre, il avait découvert que sa maison était entourée par l'océan.

Il ne voulait pas trouver les mots. S'il décrivait cette image à un autre être humain, il ne s'en libérerait jamais. Et cette prise de conscience s'accompagna d'une sorte de soulagement.

Rien ne l'obligeait à la décrire à un autre être vivant. Il pouvait l'oublier. Il pouvait la refouler tout au fond de son esprit. S'il la laissait tranquille assez longtemps, elle s'estomperait et perdrait son pouvoir.

« George, mais qu'est-ce que tu fichais à l'hôtel ? »

Elle était fâchée contre lui. Cela lui était déjà arrivé. C'était sa vieille vie. Réconfortante. Quelque chose qu'il pouvait affronter.

« J'ai peur de mourir. » Voilà. Il l'avait dit.

« Mais c'est ridicule, voyons.

— Je sais, mais c'est comme cela. » Il ressentait une ardeur à laquelle il ne s'attendait pas, surtout pas ce matin-là. Il parlait à Jean avec plus de franchise qu'il ne l'avait jamais fait.

« Pourquoi ? demanda-t-elle. Tu n'es pas mourant. » Elle s'interrompit. « Ou alors ? »

Elle avait peur. Eh bien, ce n'était peut-être que justice qu'elle ait un peu peur. Il commença à sortir sa chemise de son pantalon exactement comme il l'avait fait dans le cabinet du docteur Barghoutian.

« George... » Elle se retint d'une main au dossier de la chaise.

Il releva son tricot de corps et baissa la ceinture de son pantalon.

« Qu'est-ce que c'est ?

— De l'eczéma.

— Je n'y comprends rien, George.

— Je crois que c'est un cancer.

— Mais ça n'en est pas un.

— Le docteur Barghoutian dit que c'est de l'eczéma.

— Alors pourquoi est-ce que tu t'inquiètes ?

— J'ai aussi des petits points rouges sur le bras. »

Le téléphone sonna. Ils restèrent tous les deux immobiles pendant quelques secondes. Puis Jean traversa la pièce à une vitesse surprenante en disant : « Ce n'est rien, j'y vais », alors que George n'avait pas manifesté la moindre intention d'aller où que ce soit.

Elle décrocha. « Allô... Oui. Bonjour... Je ne peux pas parler maintenant. Non, non, tout va bien... Il est rentré... Oui. Je te rappelle. » Elle reposa le combiné. « C'était... Jamie. Je l'ai appelé hier soir. Je ne savais pas où tu étais.

— Est-ce qu'il te resterait quelques comprimés de codéine ? demanda George.

— Je pense que oui.

— J'ai une gueule de bois effroyable.

— George ?

— Oui ?

— Tu ne crois pas que ce serait une bonne idée d'aller t'allonger un peu sur le lit ? Tu te sentiras peut-être mieux dans une heure ou deux.

— Oui. Oui, c'est sûrement une excellente idée.

— Je vais t'aider à monter, proposa Jean.

— Et la codéine. Je crois que cela me ferait vraiment du bien.

— Je vais t'en trouver.

— Peut-être pas le lit après tout. Je vais m'allonger sur le canapé. »

47.

Ray ne rentra pas le lendemain matin. Ni le lendemain soir. Katie était trop fâchée pour l'appeler au bureau. C'était à lui de faire une offre de paix.

Mais comme il ne revint pas non plus le jour suivant, elle capitula et téléphona, simplement pour se rassurer. Il était en réunion. Elle rappela une heure plus tard. Il était sorti. On lui demanda si elle souhaitait laisser un message, mais ce qu'elle avait à dire n'était pas le genre de choses qu'on confie à une secrétaire. Quand elle appela une troisième fois, il n'était pas dans son bureau et elle commença à se demander s'il avait donné des instructions et s'il refusait de lui parler. Elle ne rappela pas.

D'ailleurs, elle aimait bien avoir la maison toute à elle et n'était pas d'humeur à y renoncer avant que ce soit indispensable.

Le jeudi soir, Jacob et elle installèrent le train Brio sur le tapis du salon. Le pont, le tunnel, la grue, les gros rails aux extrémités qui s'encastraient comme un puzzle. Jacob disposa un cortège de wagons à plateforme derrière Thomas puis les ensevelit sous un éboulement de Lego. Katie mit les arbres en place, puis la gare, et fit un décor de montagne avec la couette de Jacob.

Elle aurait voulu une fille. Ça avait l'air idiot maintenant. Qu'est-ce que ça pouvait faire ? En plus, elle se voyait mal à genoux sur le tapis mobilisant tout son enthousiasme pour la visite de Barbie au salon de coiffure.

« *Cric-crac*. Ça coupe le... ça coupe... ça coupe le bras du conducteur, dit Jacob. Scions, scions, scions du bois... »

Elle ignorait tout des moteurs à essence et de l'espace (Jacob voulait être pilote de course quand il serait grand, si possible sur Pluton), mais elle préférait la perspective d'odeurs corporelles et de Death Metal dans douze ans à celle d'expéditions shopping et de troubles alimentaires.

Une fois Jacob au lit, elle se prépara un gin tonic et regarda vaguement le dernier Margaret Atwood sans vraiment le lire.

Ils prenaient tant de place. C'était ça le problème avec les hommes. Pas seulement les jambes écartées au lit et les bruits de pas dans l'escalier. La demande incessante d'attention. Quand tu étais assise dans une pièce avec une autre femme, tu pouvais réfléchir. Les hommes, eux, avaient tout le temps ce petit clignotant sur la tête. *Salut. C'est moi. Je suis toujours là.*

Et si Ray ne rentrait jamais ?

Elle avait l'impression de se tenir à l'écart et de regarder sa vie s'écouler. Comme si c'était à quelqu'un d'autre que ça arrivait.

C'était peut-être l'âge. À vingt ans, la vie se débattait comme une pieuvre. Chaque moment comptait. À trente ans, c'était une promenade à la campagne. La plupart du temps, on avait l'esprit ailleurs. Quand on arrivait à soixante-dix ans, ça devait être comme de regarder une partie de billard à la télé.

Vendredi, et toujours pas signe de vie de Ray.

Jacob dit qu'il voulait aller voir Mamie, et le projet ne lui parut pas plus mauvais qu'un autre. Ça lui permettrait de lever le pied pendant que Maman ferait la nounou. Papa et Jacob pourraient faire des trucs de mecs à l'aérodrome. Maman lui poserait des questions sur Ray ; mais l'expérience avait appris à Katie qu'elle n'aimait pas s'étendre sur le sujet.

Elle téléphona à la maison et Maman fut évidemment enchantée à cette idée. « En plus, il faut qu'on prenne des décisions pour le menu et le plan de table. On n'a plus que six semaines devant nous. »

Le cœur de Katie se serra.

Au moins, Jacob serait content.

48.

Jean appela Brian. Elle lui expliqua que George s'était senti patraque et était rentré à la maison. Il demanda si c'était grave. Elle dit qu'elle pensait que non. Il fut si soulagé qu'il ne posa pas de questions, ce dont elle lui fut vraiment très reconnaissante.

Il avait passé les cinq dernières heures profondément endormi sur le canapé.

Était-ce grave ? Elle ne savait absolument pas quoi penser.

Il était arrivé à neuf heures et demie ce matin avec une balafre à la tête, et la mine de quelqu'un qui a passé la nuit dans un fossé.

Elle avait cru qu'il lui était arrivé quelque chose d'affreux. Or le seul éclaircissement qu'il avait daigné fournir était qu'il avait dormi à l'hôtel. Elle lui avait demandé pourquoi il ne l'avait pas appelée pour éviter qu'elle s'inquiète, mais il n'avait pas répondu. Manifestement, il avait bu. Il sentait l'alcool. À ce moment-là, elle avait été vraiment très fâchée.

Puis il avait dit qu'il était en train de mourir et elle s'était rendu compte qu'il n'allait pas bien.

Il avait expliqué qu'il avait un cancer. Sauf que ce n'était pas un cancer. C'était de l'eczéma. Il avait insisté pour lui montrer une éruption qu'il avait à la hanche. Elle avait commencé à se demander s'il n'était pas en train de devenir fou.

Elle avait voulu faire venir le médecin, mais il avait refusé catégoriquement. Il était déjà allé chez le médecin. Le médecin n'avait rien de plus à en dire.

Elle téléphona chez Ottakar's et au secrétariat de l'école pour prévenir qu'elle ne viendrait pas travailler pendant quelques jours.

Elle appela David depuis le téléphone d'en haut. Il écouta toute son histoire et dit : « Ce n'est peut-être pas tellement bizarre. Tu ne penses jamais à la mort, toi ? Les nuits où tu te réveilles à trois heures et où tu n'arrives pas à te rendormir ? La retraite a parfois de curieux effets. Tout ce temps libre… »

George commença à bouger vers cinq heures. Elle lui prépara un chocolat chaud et des toasts et il eut déjà l'air un peu plus humain. Elle essaya de le faire parler, mais ses propos n'étaient pas plus sensés que le matin. Elle voyait bien qu'évoquer le sujet était douloureux pour lui, alors au bout d'un moment elle laissa tomber.

Elle lui dit de rester où il était et alla lui chercher ses livres et ses disques préférés. Il avait surtout l'air fatigué. Une heure plus tard, elle prépara le dîner et l'apporta au salon pour qu'ils puissent manger ensemble sur la table basse devant la télévision. Il finit son assiette, demanda un autre comprimé de codéine et ils regardèrent une émission de David Attenborough sur des singes.

Sa panique commença à refluer.

C'était comme si elle avait fait tourner les aiguilles de l'horloge de trente ans en arrière. Jamie avec sa mononucléose. Katie et sa cheville cassée. Soupe de tomate et petits soldats en pain de mie. Regarder *Crown Court* ensemble. *Docteur Dolittle* et *Les Robinson suisses.*

Le lendemain, George annonça qu'il allait se coucher dans leur chambre. Il monta la télévision et s'installa au lit et, à dire vrai, Jean fut un peu déçue.

Elle faisait un saut toutes les demi-heures environ pour vérifier qu'il allait bien, mais il avait l'air de se suffire à lui-même. Ce qui était une des qualités qu'elle avait toujours admirées chez lui. Il ne se plaignait jamais d'être malade. N'estimait jamais qu'il devait être le centre de l'attention. Il se retirait simplement dans son panier, comme un chien malade, et restait en boule jusqu'à ce qu'il soit de nouveau prêt à courir après des bâtons.

Le soir, il lui dit qu'il pouvait parfaitement rester seul, alors elle partit en ville le lendemain matin, vendit des livres pendant quatre heures et déjeuna avec Ursula. Elle était sur le point de lui raconter ce qui se passait quand elle se rendit compte qu'elle ne pouvait pas dire grand-chose sans parler du cancer et de l'eczéma, de la peur de mourir, de l'alcool et de la coupure à la tête, et elle ne voulait pas le faire passer pour un cinglé. Elle expliqua donc qu'il avait annulé son voyage en Cornouailles à cause d'une cochonnerie de microbe intestinal et Ursula lui parla des joies de son séjour à Dublin avec sa fille et ses quatre enfants pendant que son maçon de mari démolissait la salle de bains.

49.

Découvrir qu'on était fou était une surprise, cela allait de soi. Mais ce qui étonna le plus George, c'était de constater à quel point c'était douloureux.

Il n'y avait jamais réfléchi. Son oncle, ces gens mal lavés qui criaient après les autobus, Alex Bamford ce fameux Noël… Ils *débloquaient*. C'était le mot qu'il avait toujours utilisé. Sens dessus dessous, sans queue ni tête, et plutôt rigolo.

Cela paraissait beaucoup moins rigolo maintenant. En fait, quand il pensait à son oncle enfermé à St Edward's pendant dix ans sans visite de sa famille ou à ce type échevelé qui faisait des claquettes pour quelques pièces dans Church Street, il avait le coin des yeux qui picotait.

Si on lui avait donné le choix, il aurait préféré que quelqu'un lui casse la jambe. Pas besoin d'expliquer ce qui ne va pas quand on a une jambe cassée. Et personne ne vous demande de la réparer par un effort de volonté.

La terreur montait et refluait par vagues. Quand une vague l'emportait, il se sentait un peu comme quand, plusieurs années auparavant, il avait vu un petit garçon sortir en courant dans la rue devant chez les Jackson, échappant de peu au capot d'une voiture qui avait freiné au tout dernier moment.

Entre les vagues, il rassemblait ses forces pour la suivante et essayait désespérément de ne pas y penser, de crainte de la faire venir plus vite.

Il éprouvait surtout une terreur incessante, taraudante, qui grondait, tonnait et obscurcissait le monde, comme ces vaisseaux spatiaux des films de science-fiction dont les fuselages calcinés par les combats apparaissaient insidieusement sur l'écran et continuaient à avancer, parce qu'ils étaient, en réalité, plusieurs milliers de fois plus grands que vous ne l'aviez cru en n'apercevant que le cône de l'ogive.

Il commençait à trouver presque réconfortante l'idée d'avoir vraiment un cancer, d'aller à l'hôpital, qu'on lui enfonce des tuyaux dans le bras, que des médecins et des infirmières lui disent ce qu'il devait faire, de ne plus avoir à affronter tout seul des cinq minutes à venir.

Il avait renoncé à parler à Jean. Elle faisait un gros effort, mais manifestement elle n'arrivait pas à comprendre.

Ce n'était pas sa faute. Si quelqu'un avait essayé de lui confier le même problème un an plus tôt, il aurait réagi de la même façon.

Le problème venait en partie de ce que Jean ne déprimait jamais. Elle s'inquiétait. Elle se fâchait. Elle était triste. Et elle éprouvait tout cela avec plus de force que lui (le jour où il avait déblayé la cave, par exemple, et jeté ce vieux nichoir au feu, elle lui avait flanqué un coup de poing, pour de vrai). Mais ces humeurs ne duraient jamais plus d'un jour ou deux.

Elle lui tenait compagnie, cependant, faisait la cuisine et lavait ses vêtements, et il lui en était très reconnaissant.

Il lui était aussi reconnaissant pour la codéine. Le paquet était presque plein. Une fois débarrassé de l'horreur du réveil, il pouvait fixer son esprit sur ces deux comprimés au déjeuner, sachant qu'ils l'envelopperaient d'une douce brume jusqu'au moment où il pourrait ouvrir une bouteille de vin au dîner.

Il avait essayé de passer la première nuit sur le canapé, mais c'était franchement inconfortable et Jean était d'avis qu'un comportement insensé encourageait les idées insensées. Alors il était remonté à l'étage. En fait, s'allonger sur le lit où il avait vu cette chose arriver avait été moins terrible qu'il ne l'avait cru. À bien y réfléchir, il se passait des horreurs un peu partout : meurtres, viols, accidents mortels. Il savait par exemple qu'une vieille dame était morte dans l'incendie de la maison des Farmer en 1952, mais on ne se rendait compte de rien quand on allait y prendre un verre.

Il comprit rapidement qu'être à l'étage présentait quelques avantages. On n'avait pas à répondre à la porte quand on était au lit, il n'y avait pas de visites imprévues et on pouvait tirer les rideaux sans provoquer de dispute. Il monta donc la télévision et le magnétoscope dans la chambre et ferma les écoutilles.

Au bout de quelques jours, il serra les dents et s'aventura jusqu'au vidéo-club pour louer des cassettes.

Il découvrit que s'il se réveillait la nuit et que les orques aux faces bouillies et écorchées l'attendaient par centaines, silencieux, dans les jardins éclairés par la lune, il pouvait obtenir un répit temporaire en allant à la salle de bains, en se recroquevillant entre les toilettes et la baignoire et en fredonnant tout bas les chansons qu'il avait apprises quand il était petit.

50.

Katie et Jacob entrèrent par la porte de la cuisine d'une démarche incertaine et déposèrent leurs sacs.

Maman les embrassa l'un après l'autre et annonça :

« Ton père est couché. Il est un peu mal fichu.

— Qu'est-ce qu'il a ?

— Je ne sais pas trop, franchement. Je me demande si ce n'est pas dans la tête. » Elle grimaça un peu en disant *dans la tête*, comme si elle venait d'ouvrir un tube de produit avarié.

« Il n'est pas vraiment malade, alors ? s'inquiéta Katie.

— Il a de l'eczéma.

— Je peux regarder ma cassette de *Bob le Bricoleur* ? demanda Jacob.

— Je suis désolée, mais Papy a monté le magnétoscope, répondit Maman.

— On ne reste pas au lit parce qu'on a de l'eczéma », objecta Katie.

Avec ses parents, elle avait souvent l'impression qu'on lui cachait quelque chose, un sentiment qui devenait plus menaçant au fur et à mesure qu'ils vieillissaient.

« Je peux regarder ma cassette avec Papy ? insista Jacob en tirant Katie par le pantalon.

— Attends un peu, je parle avec Mamie.

— Il a peur de mourir, chuchota Maman en aparté.

— Mais je veux la regarder maintenant, protesta Jacob.

— Deux minutes, reprit Katie.

— Tu le connais, poursuivit Maman. Je ne sais absolument pas ce qu'il a dans la tête.

— Papy va mourir ? demanda Jacob.

— Papy va très bien, répondit Maman.

— Sauf qu'il ne va pas bien, corrigea Katie.

— Je veux un gâteau », dit Jacob.

Maman se tourna vers Jacob. « Figure-toi que je viens d'acheter des Jaffa ce matin. Quelle heureuse coïncidence.

— Maman, tu ne m'écoutes pas, observa Katie.

— Je peux en avoir deux ?

— Tu es drôlement effronté ce matin, fit Maman.

— S'il te plaît, est-ce que je peux avoir deux gâteaux ? demanda Jacob en s'adressant à Katie.

— Maman… » Katie se reprit. Elle ne voulait pas commencer une scène avant d'avoir retiré son manteau. Elle ne savait même pas vraiment ce qui la fâchait. « Écoute. Emmène Jacob à la cuisine. Donne-lui un gâteau. Un seul. Je vais monter voir Papa.

— Entendu, lança Maman d'une voix chantante et enjouée. Tu veux un petit jus d'orange avec ton gâteau ?

— On a pris un train, raconta Jacob.

— Ah, vraiment ? dit Maman. Quelle sorte de train ?

— Un train monstre.

— Oh mais dis-moi, ça m'a l'air d'un train drôlement intéressant, ça. Tu veux dire qu'il avait l'air d'un monstre ou bien qu'il y avait des monstres dedans ? »

Ils disparurent tous les deux à la cuisine et Katie monta l'escalier.

C'était bizarre que Papa soit au lit. Les maladies n'étaient pas son truc. Les siennes ou celles des autres. Son truc, c'était de tenir le coup et de se changer les idées. Que Papa puisse faire une dépression était à peu près aussi insolite que l'idée qu'il puisse se faire garçon coiffeur.

Elle frappa et entra.

Il était couché au milieu du lit, la couette remontée jusqu'au menton, comme une vieille dame terrifiée dans un conte de fées. Il éteignit la télévision presque immédiatement, mais d'après le peu qu'elle avait pu voir il était en train de regarder… Était-ce vraiment *L'Arme fatale* ?

« Salut, jeune fille. »

Il avait l'air plus petit que dans son souvenir. C'était peut-être la faute du pyjama.

« Il paraît que tu n'es pas très en forme. » Elle ne savait pas où se mettre. S'asseoir sur le lit était trop intime, rester debout faisait trop médical, et pour s'installer dans le fauteuil il aurait fallu toucher le tricot de corps qui était posé dessus.

« Pas trop. Non. »

Ils restèrent silencieux quelques instants, regardant tous les deux le rectangle vert ardoise de l'écran de télévision avec la petite barre de travers que dessinait le reflet de la fenêtre.

« Tu as envie d'en parler ? »

Elle n'arrivait pas à croire qu'elle venait de dire ces mots à Papa.

« Pas vraiment, non. »

Elle ne l'avait jamais entendu s'exprimer aussi franchement. Elle eut l'impression inquiétante que, pour la première fois, ils communiquaient réellement. C'était comme de découvrir une nouvelle porte dans le mur du salon. Pas franchement agréable.

« Je crois que ta mère ne comprend pas bien », remarqua Papa.

Katie ne savait absolument pas quoi dire.

« Ce n'est pas vraiment son rayon. »

Putain. Les parents étaient censés régler ce genre de trucs tout seuls.

Ils n'allaient quand même pas lui coller ça sur le dos. Pas maintenant. Mais il avait besoin de parler à quelqu'un, et, visiblement, Maman n'était pas à la hauteur.

« Qu'est-ce qui n'est pas son rayon ? »

Il prit une longue inspiration silencieuse. « J'ai peur. » Il tourna les yeux vers la télévision.

« De quoi ?

— De mourir… J'ai peur de mourir.

— Tu as quelque chose que tu n'as pas dit à Maman ? »

Elle aperçut une pile de cassettes près du lit. *Volcano*, *Independence Day*, *Godzilla*, *Complots*…

« Je crois… » Il s'interrompit et pinça les lèvres. « Je crois que j'ai un cancer. »

Elle fut prise de vertige et faillit s'évanouir.

« C'est vrai ?

— Le docteur Barghoutian dit que c'est de l'eczéma.

— Et tu ne le crois pas.

— Non, confirma-t-il. Si. » Il réfléchit profondément. « Non. Pas vraiment.

— Tu devrais peut-être demander à voir un spécialiste. »

Papa fronça les sourcils.

« Je ne peux pas faire ça. »

Elle fut sur le point de dire : *Fais-moi voir*, mais cette perspective était répugnante à trop d'égards. « C'est vraiment le cancer qui t'inquiète ? Ou bien il y a autre chose ? »

Papa frotta inefficacement une petite tache de confiture qui maculait la couette. « Je crois que je suis en train de devenir fou. »

En bas, Jacob poussait des cris perçants pendant que Maman le pourchassait à travers la cuisine.

« Tu devrais peut-être en parler à quelqu'un.

— Ta mère pense que je suis idiot. Ce qui est vrai, bien sûr.

— Une sorte de psychologue », poursuivit Katie.

Papa prit l'air ahuri.

« Je suis sûre que le docteur Barghoutian pourrait te conseiller quelqu'un. »

Papa avait toujours l'air ahuri. Elle l'imagina assis dans une petite pièce avec une boîte de mouchoirs en papier sur la table en face d'un jeune homme jovial, et comprit. Mais elle ne voulait pas assumer ça toute seule.

« Tu as besoin d'aide. »

Il y eut un grand bruit en provenance de la cuisine. Suivi d'un hurlement. Papa ne réagit ni à l'un ni à l'autre.

Katie dit :

« Il faut que j'aille voir. »

Il ne réagit pas davantage. Il murmura tout doucement :

« J'ai gâché ma vie. »

Elle protesta :

« Tu n'as pas gâché ta vie », de la voix qu'elle réservait habituellement à Jacob.

« Ta mère ne m'aime pas. J'ai consacré trente ans à un métier qui n'avait aucun sens pour moi. Et maintenant... » Il pleurait. « Ça fait trop mal.

— Papa, je t'en prie.

— Il y a ces petits points rouges sur mon bras, ajouta Papa.

— Quoi donc ?

— Je n'ai même pas le courage de les regarder.

— Papa, écoute. » Elle se prit la tête entre les mains pour mieux se concentrer. « Tu es angoissé. Tu es déprimé. Tu es… je ne sais pas trop. Ça n'a rien à voir avec Maman. Ça n'a rien à voir avec ton boulot. C'est dans ta tête que ça se passe.

— Je suis désolé, dit Papa. J'aurais mieux fait de me taire.

— Putain, Papa. Tu as une jolie maison. Tu as de l'argent. Tu as une bagnole. Tu as quelqu'un qui s'occupe de toi… » Elle était en colère. La colère qu'elle réservait à Ray. Mais maintenant que le couvercle avait sauté, elle ne pouvait plus la retenir. « Tu n'as pas gâché ta vie. Tu dis vraiment des conneries. »

Ça faisait dix ans qu'elle n'avait pas dit *conneries* à Papa. Il fallait qu'elle quitte la pièce avant que ça ne dégénère pour de bon.

« Il y a des moments où j'ai du mal à respirer. » Il ne cherchait même pas à essuyer les larmes qui ruisselaient sur son visage. « Je me mets à transpirer et je sais qu'il va se passer quelque chose d'atroce, mais je ne sais absolument pas quoi. »

Elle se souvint alors. Ce déjeuner. Il était sorti en courant et s'était assis sur la terrasse.

En bas, Jacob avait cessé de pleurer.

« Ça s'appelle une crise de panique, expliqua-t-elle. Ça arrive à tout le monde. Bon, d'accord, peut-être pas à tout le monde. Mais à beaucoup de gens. Tu n'es pas bizarre. Ni spécial. Ni différent. » Le ton de sa propre voix l'inquiétait vaguement. « Il existe des médicaments pour ça. Il y a toujours moyen de régler ce genre de trucs. Il faut que tu ailles voir quelqu'un. Tu n'es pas seul en cause. Tu dois faire quelque chose. Tu dois arrêter de te comporter en égoïste. »

Elle eut l'impression d'avoir dévié en cours de route.

Il dit :

« Tu as peut-être raison.

— Il n'y a pas de peut-être. » Elle attendit que son pouls ralentisse un peu. « Je vais parler à Maman. Je vais lui demander d'organiser quelque chose.

— D'accord. »

C'était comme sur la terrasse. C'était effrayant de le voir tout accepter sans réagir. Ça lui rappelait ces vieux mal rasés qui traînent les pieds dans les couloirs d'hôpitaux avec des sacs d'urine suspendus à des potences à roulettes.

« Je vais redescendre maintenant.

— Bon. »

Pendant un bref instant, elle eut envie de le serrer dans ses bras. Mais ils avaient suffisamment innové pour la matinée.

« Tu veux que je te monte un café ?

— Ça va, merci. J'ai une thermos. »

Elle ajouta :

« Surtout, ne fais rien que je ne ferais pas », avec un accent écossais de comédie parfaitement déplacé, de soulagement surtout. Puis elle referma la porte derrière elle.

À la cuisine, Jacob était assis sur les genoux de Maman en train de s'empiffrer de glace au chocolat à même la barquette. Un anesthésique, sans doute. En plus du gâteau au chocolat, probablement.

Maman leva les yeux et demanda d'une voix enjouée :

« Alors, comment as-tu trouvé ton père ? »

L'incapacité des vieux à communiquer l'un avec l'autre l'avait toujours étonnée.

« Il faut qu'il voie quelqu'un.

— Essaie de lui dire ça.

— C'est ce que j'ai fait.

— Je me suis fait une bosse », dit Jacob.

Elle se baissa et lui fit un câlin. Il avait de la glace dans les sourcils.

« Et j'imagine que tu as découvert, reprit Maman, qu'il est inutile d'essayer de convaincre ton père de lever le petit doigt. »

Jacob se tortilla pour se dégager et se mit à traîner son sac à dos Batman derrière lui.

« N'en parle pas, dit Katie, fais-le, c'est tout. Discute avec le docteur Barghoutian. Conduis Papa au cabinet. Fais venir le docteur Barghoutian ici. Peu importe. »

Elle voyait Maman se rebiffer. Elle voyait aussi Jacob se diriger vers l'entrée avec *Un Noël inoubliable* dans ses petites pattes poisseuses.

« Où vas-tu comme ça, petit singe ?

— Je vais regarder *Bob le Bricoleur* avec Papy.

— Je ne suis pas sûre que ce soit une bonne idée. »

Jacob prit l'air penaud.

Après tout, pourquoi ne pas le laisser monter ? Papa était déprimé, rien d'autre. Il n'était pas fou furieux. Un peu de distraction serait peut-être même salutaire.

« Bon, vas-y. Mais sois sage. Il est très fatigué.

— D'accord.

— Jacob ?

— Quoi ?

— Ne lui demande pas s'il va mourir.

— Pourquoi ? demanda Jacob.

— Ce n'est pas poli.

— D'accord. »

Jacob s'éloigna.

Elle attendit qu'il ait disparu, et se tourna vers Maman.

« Je suis sérieuse. À propos de Papa. » Elle s'attendait à entendre : *Écoute-moi bien, ma petite dame*..., mais non. « Il souffre de dépression.

— Je m'en étais rendu compte, merci, fit Maman d'un ton pincé.

— Tout ce que je veux dire... » Katie s'interrompit et baissa la voix. Il fallait qu'elle sorte victorieuse de cette discussion. « S'il te plaît. Emmène-le chez le médecin. Ou fais venir le médecin. Ou va au cabinet toi-même. Il ne guérira pas tout seul. Le mariage approche et... »

Maman soupira et secoua la tête.

« Tu as raison. J'aimerais autant qu'il ne se donne pas en spectacle devant tout le monde. »

51.

Mel Gibson était suspendu à une chaîne dans une douche rudimentaire et un Asiatique le torturait avec des câbles de démarrage.

George était tellement captivé que lorsqu'il entendit frapper sa première idée fut que Katie avait fait venir le docteur Barghoutian sur-le-champ.

Mais la porte s'ouvrit sur Jacob.

« Je veux regarder ma cassette », dit Jacob.

George tâtonna à la recherche de la télécommande.

« C'est quoi, comme cassette ? »

Mel Gibson hurla, puis disparut.

« *Bob le Bricoleur*, répondit Jacob.

— Bon. » George se rappela soudain la dernière occasion où Jacob l'avait rejoint dans cette chambre. « Ton papa est avec toi ?

— Quel papa ? » demanda Jacob.

George fut pris d'un léger vertige.

« Graham est ici ? » Un jour pareil, tout semblait possible.

« Non. Et Papa Ray non plus. Il est… Il est parti et il n'est pas revenu.

— Très bien. » George se demandait ce que Jacob voulait dire. Mieux valait sans doute ne pas insister. « Cette cassette…

— Je peux la regarder ?

— Oui, bien sûr. »

Jacob éjecta *L'Arme fatale*, inséra *Bob le Bricoleur* et le rembobina avec l'habileté désinvolte d'un technicien de tour de contrôle.

Voilà comment les jeunes conquéraient le monde. Tous ces tripatouillages avec les nouvelles technologies. On se réveillait un beau matin pour découvrir que tout ce qu'on savait faire était dérisoire. Menuiserie. Calcul mental.

Jacob passa les publicités en accéléré, arrêta la bande et grimpa sur le lit à côté de George. Il sentait meilleur, cette fois, une odeur de gâteau et de sucre.

George songea soudain que Jacob ne lui parlerait pas de crises de panique et ne lui conseillerait pas de consulter un psychologue. C'était une idée rassurante.

Est-ce qu'il arrivait aux enfants de devenir fous ? Vraiment fous, pas simplement handicapés comme la petite Henderson ? Il ne savait pas trop. Peut-être qu'ils n'avaient pas suffisamment de cerveau pour que celui-ci ait des défaillances avant qu'ils entrent en fac.

Jacob le regardait.

« Il faut que tu appuies sur “play”.

— Pardon. »

George appuya sur « play ».

Une musique joyeuse s'éleva et les titres apparurent sur un paysage de neige étoilé. Deux rennes en plastique s'éloignèrent en trottinant entre les pins et un petit bonhomme surgit sur l'écran dans le vrombissement de son scooter des neiges.

La motoneige avait un visage.

Jacob fourra son pouce dans sa bouche et s'agrippa à l'index de George de sa main libre.

Tom, le petit bonhomme susmentionné, entra dans sa station polaire et décrocha le téléphone qui sonnait. L'écran se divisa pour montrer son frère, Bob, à l'autre bout du fil, qui l'appelait depuis un chantier de construction en Angleterre.

Il y avait un rouleau compresseur, une pelleteuse et une grue devant son bureau.

Le rouleur compresseur, la pelleteuse et la grue avaient des visages, eux aussi.

George revint en esprit à Dick Barton, aux Goons, à Lord Snooty et à Biffo l'Ours. Au cours des années qui s'étaient écoulées, tout était devenu plus bruyant, plus vif, plus rapide et plus simple. Dans cinquante ans, les enfants auraient une faculté de concentration de moineaux et plus une once d'imagination.

Bob dansait tout autour du chantier en chantant : « Tom vient pour Noël ! Tom vient pour Noël… ! »

George se berçait peut-être d'illusions. Peut-être les personnes âgées se berçaient-elles toujours d'illusions en feignant de croire que le monde courait à la catastrophe parce qu'il était plus difficile d'admettre que c'étaient eux qui étaient en plan, que l'avenir s'éloignait de la plage et qu'ils restaient sur leur petit îlot en disant « Bon débarras », tout en sachant au fond d'eux-mêmes qu'ils ne pouvaient rien faire d'autre qu'attendre, assis sur les galets, que les grandes maladies sortent du sous-bois.

George se concentra sur l'écran.

L'Arme fatale était assez stupide aussi, à bien y réfléchir.

Bob aidait à préparer la place de la ville pour le concert annuel du soir de Noël que donnaient Lenny et les Lasers.

Jacob gigota pour se rapprocher de George et lui prit la main.

Pendant que Bob travaillait d'arrache-pied afin que tout soit prêt pour le concert, Tom s'arrêtait en chemin pour sauver un renne tombé dans une crevasse et il manqua le ferry. Il ne serait pas là pour Noël.

Bob était très triste.

Sans trop savoir pourquoi, George était un peu triste, lui aussi. Surtout au moment du flash-back sur leur enfance, où Tom avait reçu pour Noël un éléphant jouet, l'avait cassé et avait pleuré, et Bob le lui avait réparé.

Un peu plus tard, Lenny (des Lasers) fut informé du problème de Bob et monta dans son jet privé pour se rendre au pôle Nord. Il ramena Tom à temps pour le soir de Noël et quand Tom et Bob se retrouvèrent au concert, de vraies larmes ruisselèrent sur le visage de George.

« Tu es triste, Papy ? demanda Jacob.

— Oui, répondit George. Oui, je suis triste.

— C'est parce que tu vas mourir ? demanda Jacob.

— Oui. Oui. C'est pour ça. » Il prit Jacob par les épaules et l'attira contre lui.

Au bout de quelques minutes, Jacob se dégagea.

« Il faut que j'aille faire caca. » Il descendit du lit et sortit de la chambre.

La bande s'arrêta et l'écran se remplit de bruit blanc.

52.

Katie approcha une chaise.

« On va louer le chapiteau en longueur. » Maman mit ses lunettes et ouvrit le catalogue. « Il tiendra. Tout juste. Mais il faudra enfoncer les piquets dans le massif. Maintenant… » Elle sortit une feuille A4 montrant le plan de la tente. « Pour la table d'honneur, nous avons le choix entre une ronde ou une rectangulaire. Il y a huit personnes par table et un maximum de douze tables, ce qui fait…

— Quatre-vingt-seize, dit Katie.

— Table d'honneur comprise. Tu as apporté ta liste d'invités ? »

Katie l'avait oubliée.

« Franchement, Katie, je ne peux pas tout faire toute seule.

— Ça a été un peu agité ces derniers temps. »

Elle aurait dû dire à Maman pour Ray. Mais le simple fait d'imaginer l'air suffisant que prendrait Maman lui était insupportable. Papa était déjà assez difficile à gérer. Et au moment où la discussion se porta sur les vertus relatives de la mousse au chocolat au beurre et du tiramisu, il était trop tard.

Elle reconstitua de mémoire la liste d'invités. Si elle oubliait une tante, Ray n'aurait qu'à se charger de donner des explications. En admettant que le mariage ait lieu. Oh et puis merde, elle réfléchirait à ce problème-là une autre fois.

« Je t'ai dit que Jamie amènerait peut-être quelqu'un ? demanda Maman.

— Il s'appelle Tony, Maman.

— Désolée. C'est juste… Tu sais, je ne veux pas tirer de conclusions hâtives.

— Ils sont ensemble depuis plus longtemps que Ray et moi.

— Et tu l'as déjà rencontré, dit Maman.

— Tu veux savoir si Papa arrivera à le supporter, c'est ça ?

— Ce que je veux savoir, c'est s'il est sympa.

— Je ne l'ai vu qu'une fois, tu sais.

— Et alors…, demanda Maman.

— À vrai dire, à en juger par le short de cuir et la perruque blonde…

— Tu plaisantes ?

— Évidemment. »

Maman prit soudain l'air sérieux.

« Tout ce que je veux, c'est votre bonheur. À tous les deux. Vous êtes toujours mes enfants. »

Katie prit la main de Maman.

« Jamie est raisonnable. Le mec qu'il choisira sera certainement mieux que les deux nôtres. »

Maman prit l'air encore plus sérieux et Katie se demanda si elle n'avait pas dépassé les bornes.

« Tu es heureuse avec Ray, n'est-ce pas ? demanda Maman.

— Oui, Maman, tout à fait.

— Bien. » Sa mère réajusta ses lunettes. « Maintenant. Les fleurs. »

Une heure après environ, elles entendirent un bruit de pas et Katie se retourna pour découvrir Jacob sur le seuil, tout sourire, son pantalon et sa couche accrochés à une de ses jambes.

« J'ai fait caca. C'est vrai… J'ai fait caca aux toilettes. Tout seul. »

Katie scruta la moquette beige immaculée à la recherche de débris marron. « Parfait. » Elle se leva et se dirigea vers lui. « Mais tu aurais quand même dû m'appeler avant.

— Papy a dit qu'il ne voulait pas m'essuyer le derrière. »

Après avoir couché Jacob, Katie redescendit. Maman remplit deux verres de vin et dit : « Il y a quelque chose dont il faut que je te parle. »

Katie prit son verre, espérant que c'était insignifiant, et elles se dirigèrent toutes les deux vers le salon.

« Je sais que tu as d'autres chats à fouetter en ce moment et je sais que je ne devrais pas te parler de ça. » Maman s'assit et avala une grande gorgée de vin, ce qui n'était pas dans ses habitudes. « Mais tu es la seule qui puisse vraiment comprendre.

— Oui…, dit Katie prudemment.

— Cela fait six mois… » Maman joignit les mains comme pour prier. « Cela fait six mois que je vois quelqu'un. »

Maman articula très soigneusement les mots *que je vois quelqu'un*, comme si c'était du français.

« Je sais, répondit Katie qui n'avait vraiment, vraiment, pas du tout envie de parler de ça.

— Non. Certainement pas. Je veux dire… je vois un autre homme. » Elle s'interrompit et reprit : « Un homme qui n'est pas ton père », pour que les choses soient bien claires.

« Je sais, répéta Katie. C'est David Symmonds, n'est-ce pas ? Le type qui bossait avec Papa.

— Mais comment… ? »

Maman se cramponna à l'accoudoir du canapé.

Ce fut plutôt comique, très brièvement, de voir Maman désarçonnée. Puis ça le fut beaucoup moins parce qu'elle avait l'air terrifiée.

« Écoute… » Katie se reporta en arrière. « Tu as dit que tu l'avais rencontré à la librairie. Il est séparé de sa femme. C'est un homme séduisant. Pour son âge. Tu as dit que tu l'avais revu. Tu t'es mise à acheter des vêtements chic. Et à… à te comporter autrement. Pour moi, il ne faisait aucun doute que… » Elle laissa la phrase en suspens.

Maman était toujours agrippée à l'accoudoir. « Tu crois que ton père est au courant ?

— Il t'a dit quelque chose ?

— Non.

— Dans ce cas, je pense que tu peux être tranquille.

— Mais si toi, tu as remarqué…

— Intuition féminine », dit Katie.

Intuition féminine ? Cela sonnait faux dans sa bouche. Mais Maman avait l'air plus détendue.

« Tout va bien, Maman. Je ne vais certainement pas te casser les pieds avec ça. »

Est-ce que tout allait vraiment bien ? Katie n'en était pas sûre. Les choses paraissaient différentes, maintenant qu'elles étaient étalées sur la table. Enfin, tant que Maman ne lui demandait pas de conseils sexuels.

« Sauf que tout ne va pas bien », s'obstina Maman.

Katie éprouva un bref instant de confusion, se demandant si Maman était enceinte.

« Pourquoi ? »

Elle inspecta son vernis à ongles.

« David m'a demandé de quitter ton père.

— Ah. »

Katie posa les yeux sur la lumière orange tremblotante du feu de charbon artificiel et pensa à Jamie qui, bien des années auparavant, l'avait démonté pour examiner les petites hélices métalliques que faisait tourner l'air chaud provenant des ampoules.

« En fait, dit Maman, je suis injuste avec David. Il m'a dit qu'il avait envie que je vienne vivre avec lui. Mais il comprendrait parfaitement que je refuse. Que ce ne soit pas possible. »

C'était au tour de Katie d'être désarçonnée.

« Il ne veut pas me bousculer. La situation lui convient telle qu'elle est. Mais il voudrait... Il voudrait pouvoir passer plus de temps avec moi. Et moi aussi, j'aimerais passer plus de temps avec lui. Mais c'est très, très difficile. Tu t'en doutes. »

Et puis il fumait ces bizarres cigarillos de femme, non ? « Et Papa ?

— Oui, évidemment, il y a ça, en plus.

— Il est en pleine dépression.

— Il ne va pas très bien, c'est un fait.

— Il ne peut pas quitter la chambre.

— En réalité, il lui arrive de descendre, rectifia Maman. Pour se faire du thé ou pour aller à la boutique de vidéos. »

Katie affirma calmement mais fermement :

« Tu ne peux pas quitter Papa. Pas en ce moment. Pas tant qu'il est dans cet état. »

Katie n'avait encore jamais pris la défense de Papa. Elle se sentait étonnamment noble et adulte, à renoncer ainsi à ses préjugés.

« Je n'ai pas l'intention de quitter ton père. Je voulais simplement… Je voulais te le dire. » Maman se pencha et prit la main de Katie quelques instants. « Merci. Ça m'a fait du bien de vider mon sac, tu sais. »

Elles restèrent assises en silence. La lumière orange clignotait sur les braises de plastique et Katie entendit une rafale lointaine de fusillade hollywoodienne à l'étage.

Maman se leva du canapé. « Je ferais mieux d'aller voir s'il a besoin de quelque chose. »

Katie ne bougea pas pendant quelques instants, observant la gravure de chasse au renard sur le mur du fond. L'orage sur la colline. Le chien de ferme disproportionné. Le cavalier tombé qui, elle le remarquait à présent, était sur le point de se faire écraser par les sabots des chevaux qui sautaient la haie à côté de lui.

Elle l'avait vue tous les jours pendant dix-huit ans et ne l'avait jamais vraiment regardée.

Elle se versa un autre verre de vin.

Ce qu'il y avait d'effrayant, c'était de constater à quel point elles étaient pareilles. Maman et elle. L'une qui mettait provisoirement de côté le problème de David. L'autre qui mettait provisoirement de côté le problème de Ray.

Maman était amoureuse.

Elle répéta ces mots dans sa tête en sachant qu'elle aurait dû être émue. Qu'éprouvait-elle ? Seulement de la tristesse pour ce cavalier tombé dont elle n'avait jamais vu la mort approcher.

Elle pleurait.

Bon sang, Ray lui manquait tellement.

53.

Le week-end suivant, Jamie alla voir Geoff et Andrew à Bristol. Encore une chose qu'il pouvait faire maintenant qu'il était seul. Geoff et lui se voyaient presque tous les mois depuis la fac. Puis Jamie avait commis l'erreur d'emmener Tony.

Cette dernière visite resterait éternellement gravée dans sa mémoire. Andrew qui parlait de nombres imaginaires et Tony convaincu que c'était de la frime d'intello. Alors qu'Andrew était prof de maths à la fac. Tony prenant sa revanche avec des histoires de lubrifiant et quelques éructations assez spectaculaires. Au point que Jamie s'était cru obligé d'envoyer des fleurs et une longue lettre à leur retour à Londres.

Geoff avait pris un peu de poids depuis leur dernière entrevue et il portait des lunettes. On aurait dit le vieux hibou sage d'un livre d'enfants. Il avait un nouveau boulot, aussi, il s'occupait des finances d'une société de logiciels dont les activités étaient parfaitement incompréhensibles. Andrew et lui avaient déménagé. Ils habitaient une maison assez super à Clifton et avaient adopté un highland terrier qui s'appelait Jock et grimpa sur les genoux de Jamie pendant qu'ils étaient assis dans le jardin à boire du thé et à fumer des cigarettes.

Puis Andrew arriva et Jamie fut bouleversé. La différence d'âge n'avait jamais paru être un problème. Andrew avait toujours été le plus mince, le plus en forme. Il avait l'air vieux, maintenant. Ce n'était pas seulement la canne. On pouvait se fracturer la cheville à dix-huit ans. C'était sa façon de se déplacer. Comme s'il s'attendait à se casser la figure à tout moment.

Il tendit la main à Jamie.

« Désolé d'être en retard. J'ai été retenu par une réunion idiote. Tu as bonne mine.

— Merci », dit Jamie, qui aurait voulu lui retourner le compliment mais en fut incapable.

Jamie et Geoff prirent des bicyclettes pour aller à un pub campagnard pittoresque pendant qu'Andrew et Jock les rejoignaient en voiture.

À première vue, c'était triste de voir à quel point la maladie d'Andrew restreignait la vie de Geoff. Pourtant Geoff paraissait plus dévoué que jamais, et prêt à tout pour aider Andrew. Ce qui attristait Jamie d'une autre façon.

Ça le dépassait, voilà tout. Parce que soudain, il comprenait ce que Tony avait voulu dire. Andrew était généreux. Mais il n'était pas du genre à parler pour ne rien dire et ne posait pas de questions. Quand la conversation quittait son champ de préoccupations, il coupait le son et attendait qu'elle y revienne.

Andrew alla se coucher de bonne heure. Jamie et Geoff s'installèrent au jardin et finirent une bouteille de vin.

Jamie parla de Katie et de Ray, et chercha à expliquer en quoi cette relation lui déplaisait. La façon dont Ray l'empêchait d'être elle-même. L'abîme qui les séparait. Tout en parlant il se rendit compte que ce qu'il disait s'appliquait parfaitement à Geoff et à Andrew. Il essaya de changer de sujet.

Geoff lisait en lui comme dans un livre. En fait, peut-être que toutes les conversations finissaient toujours par déboucher là-dessus. « On mène une vie très sympa ensemble, Andrew et moi. On s'aime. On s'occupe l'un de l'autre. On ne baise plus aussi souvent qu'avant. À vrai dire, on ne baise plus du tout. Mais sans vouloir mettre les points sur les *i*, il y a toujours moyen de se débrouiller.

— Andrew le sait ? »

Geoff ne répondit pas.

« Je serai là pour lui. Toujours. Jusqu'à la fin. Voilà ce qu'il sait. »

Une heure plus tard, Jamie était couché sur le lit d'appoint, regardant le tapis roulé, la machine à skier au rebut, l'étui de violoncelle, et il éprouva cette douleur indistincte que lui inspiraient toujours les hôtels pour hommes d'affaires et les chambres d'amis, cette exiguïté de la vie dès qu'on en retirait les accessoires.

Ça le dérangeait, Geoff et Andrew. Il ne savait pas trop pourquoi. Était-ce parce que Geoff baisait avec d'autres types et qu'Andrew le savait sans le savoir ? Était-ce parce que Geoff voyait son amant vieillir ? Parce que Jamie aurait bien voulu vivre un amour inconditionnel comme le leur ? Ou parce que cet amour inconditionnel était bien peu attrayant ?

La semaine suivante, il consacra trois jours à faire passer des entretiens d'embauche pour trouver une nouvelle secrétaire et à s'occuper de toute la paperasse que cela entraînait. Il assista à la fête de départ de Johnny. Il alla voir *Un homme d'exception* avec Charlie. Il alla nager pour la première fois depuis deux mois. Il mangea un repas chinois à emporter dans son bain, en mettant *The Dark Side of the Moon* sur neuf. Il lut *La Symphonie des adieux* et de n'avoir mis que trois jours à le finir compensa presque son côté fantastiquement déprimant.

Il avait besoin de quelqu'un.

Pas pour baiser. Pas encore. Ça viendrait dans quelques semaines, l'expérience le lui avait appris. Tu commences par trouver séduisants des types moches. Puis tu te mets à trouver des hétéros séduisants. Alors, il faut faire vite, parce que quand tu te mets à envisager de baiser avec une de tes copines, tu fonces tête la première vers un sacré paquet d'ennuis.

Il avait besoin… Le mot de *compagnon* évoquait toujours pour lui des auteurs dramatiques en vestes d'intérieur de soie, terrés dans des villes de la côte italienne avec leurs charmants secrétaires. Comme Geoff, mais en plus glamour.

Il voulait… Cette sensation quand tu tiens quelqu'un dans tes bras ou que quelqu'un te tient. Cette détente de tout le corps. Comme d'avoir un chien sur les genoux.

Il avait besoin d'être près de quelqu'un. N'était-ce pas ce que tout le monde voulait ?

Il commençait à être un peu vieux pour les trucs de plein air, et il avait toujours trouvé aux clubs un petit côté enterrement de vie de garçon, avec les hormones qui volaient en sens inverse. Des types faisant ce qu'ils faisaient depuis qu'ils étaient descendus des arbres, se rassemblant en bandes pour se saouler la gueule et dire des conneries, n'importe quoi pour éviter le cauchemar d'être sérieux ou de n'avoir rien à faire.

En plus, les antécédents de Jamie n'étaient pas reluisants. Simon, le prêtre catholique. Garry et ses souvenirs nazis. Bordel, les gens feraient mieux de vous annoncer la couleur tout de suite ou d'éviter complètement d'en parler au lieu de vider leur sac au petit déjeuner.

En faisant le tour de la supérette, il fourra une boîte de lait concentré sucré dans son panier, mais reprit ses esprits à la caisse et la glissa discrètement à côté du tapis roulant à un moment où personne ne regardait.

De retour chez lui, il était allongé sur le canapé à zapper nonchalamment entre *The Antiques Roadshow* et un machin sur la grande muraille de Chine quand il se dit qu'il pouvait appeler Ryan.

Il alla chercher son carnet d'adresses.

54.

Le lendemain à quatre heures, Katie commit l'erreur d'annoncer à Jacob :

« Eh bien, mon petit gars, encore une demi-heure et on rentre à Londres. »

Grandes eaux, sirène à plein volume.

« Je te déteste.

— Jacob… »

Elle essaya de discuter, mais visiblement il était prêt pour le grand jeu. Alors elle le laissa au salon, ferma la porte et lui fit savoir qu'il sortirait quand il serait calmé.

Maman se dégonfla au bout de deux minutes et entra en disant : « Ne dois pas aussi dure avec lui. » Et deux minutes plus tard, il mangeait des Maltesers à la cuisine.

Qu'est-ce qui arrivait aux grands-parents ? Trente ans plus tôt, c'était une bonne fessée et au lit sans dîner. Maintenant, c'était « Reprends donc du dessert mon chéri » et les jouets sur la table de la salle à manger.

Elle chargea la voiture et alla dire au revoir à Papa. Quand elle lui annonça que Maman allait passer chez le médecin, il eut l'air pétrifié, mais ses réserves de compassion étaient épuisées depuis plusieurs heures. Elle l'embrassa sur le front et referma soigneusement la porte de la chambre derrière elle.

Elle traîna un Jacob ruant et piaffant jusqu'à la voiture et, miracle, dès qu'il comprit que toute résistance était vaine il s'effondra à l'arrière, silencieux et épuisé.

Deux heures et demie plus tard, ils s'arrêtèrent devant la maison. La lampe de l'entrée était allumée et les rideaux étaient tirés. Ray était là. Ou avait été là.

Jacob se trouvait dans un état comateux, alors elle le souleva de son siège et le porta jusqu'à la maison. Il n'y avait aucun bruit dans l'entrée. Elle le hissa jusqu'à l'étage et l'allongea sur son lit. Peut-être dormirait-il jusqu'à demain. Si Ray rôdait dans les parages, elle préférait éviter toute discussion pendant qu'elle s'occupait d'un enfant à moitié endormi. Elle lui retira tout doucement ses chaussures et son pantalon et le recouvrit de sa couette.

Elle entendit du bruit et redescendit.

Ray apparut dans l'entrée, portant le sac de voyage bleu et le sac à dos Batman qu'il était allé chercher dans la voiture. Il s'arrêta un instant, leva les yeux, dit : « Désolé » et emporta tout à la cuisine.

Il était sincère. Ça se voyait. Il avait quelque chose de brisé. Elle songea qu'il était bien rare d'entendre dire « Désolé » avec sincérité.

Elle le suivit et s'assit de l'autre côté de la table.

« Je n'aurais pas dû faire ça. » Il dessinait de petits cercles avec un bic qu'il poussait du doigt. « M'en aller. C'était idiot. Tu as parfaitement le droit d'aller prendre un café avec qui tu veux. Ça ne me regarde pas.

— Ça te regarde, si. Et j'aurais dû te prévenir…

— J'aurais été jaloux. Je le sais. Écoute… Je ne te reproche rien… »

Sa colère avait disparu. Elle se rendit compte qu'il était plus honnête et plus conscient de ses défauts que tous les membres de sa propre famille. Comment avait-elle pu être aussi aveugle ?

Elle lui effleura la main. Il ne réagit pas.

« Tu as dit que tu ne pouvais pas te marier avec quelqu'un qui te traite comme ça.

— J'étais fâchée, dit Katie.

— Ouais, mais tu avais raison. Tu ne peux pas épouser quelqu'un qui te traite comme ça.

— Ray…

— Écoute. J'ai beaucoup réfléchi ces derniers jours. » Il s'interrompit un instant. « Tu ferais mieux de ne pas m'épouser. »

Elle voulut l'interrompre, mais il leva la main.

« Je ne suis pas l'homme qu'il te faut. Tes parents ne m'aiment pas. Ton frère ne m'aime pas…

— Ils ne te connaissent pas. » Ces trois jours, seule dans la maison, elle avait apprécié l'espace et le calme. Maintenant, elle imaginait qu'il repartait et cela la terrifiait. « De toute façon, ça n'a rien à voir avec eux. »

Il plissa un peu les yeux pendant qu'elle parlait, laissant ses mots glisser sur lui comme la douleur d'une migraine. « Je suis moins intelligent que toi. La communication, ce n'est pas mon fort. Nous n'aimons pas la même musique. Nous n'aimons pas les mêmes livres. Nous n'aimons pas les mêmes films. »

C'était vrai. Mais c'était complètement faux.

« Tu te mets en colère et je ne sais pas quoi dire. D'accord, on s'entend bien. Et j'aime bien m'occuper de Jacob. Mais… Je ne sais pas… Dans un an, dans deux ans, dans trois…

— Ray, c'est ridicule.

— Tu crois ?

— Oui. »

Il la regarda bien en face. « Tu ne m'aimes pas vraiment, si ? »

Katie ne répondit pas.

Il la regardait toujours. « Allez, vas-y. Dis-moi *je t'aime*. »

Elle n'y arrivait pas.

« Tu vois, moi, je t'aime. Voilà le problème. »

Le chauffage central cliqueta.

Ray se leva. « Je vais me coucher.

— Il est à peine huit heures.

— Je n'ai pas dormi ces derniers jours. Pas bien en tout cas… Désolé. »

Il monta.

Elle regarda autour d'elle. Pour la première fois depuis qu'ils avaient emménagé, Jacob et elle, elle voyait les choses telles qu'elles étaient. La cuisine d'un autre, avec quelques-unes de leurs affaires collées par-dessus. Le micro-ondes. La boîte à pain émaillée. Le train alphabet de Jacob.

Ray avait raison. Elle n'arrivait pas à le dire. Ça faisait si longtemps qu'elle ne l'avait pas dit.

Sauf que ce n'était pas juste, de présenter les choses comme ça.

Il y avait une réponse. Une réponse à tout ce que Ray avait dit et qui ne lui donnerait pas l'impression d'être égoïste et mesquine. Elle était là, quelque part. Si seulement elle pouvait la trouver.

Elle prit le bic avec lequel Ray avait joué et l'aligna sur les veines du plateau de la table. Peut-être que si elle arrivait à le disposer avec une exactitude absolue, elle pourrait empêcher sa vie de s'effriter.

Il fallait faire quelque chose. Mais quoi ? Défaire les bagages ? Dîner ? Tout lui paraissait soudain tellement vain.

Elle s'approcha du buffet. Trois billets d'avion pour Barcelone étaient posés sur le grille-pain. Elle ouvrit le tiroir et sortit les faire-part et les enveloppes, la liste d'invités et la liste de cadeaux. Elle sortit les plans photocopiés, la sélection d'hôtels et les carnets de timbres. Elle porta le tout sur la table. Elle écrivit les noms sur tous les faire-part, les mit dans les enveloppes avec les feuilles A4 pliées. Elle les colla, les timbra et les disposa en trois jolies pagodes blanches.

Quand elle eut fini, elle attrapa les clés de la maison, porta les enveloppes jusqu'au bout de la rue et les posta, sans savoir si elle essayait de tout arranger en ayant des pensées positives ou si elle se punissait de ne pas aimer Ray suffisamment.

55.

Jean prit rendez-vous et conduisit George au cabinet médical après l'école.

Elle n'avait pas envie de le faire. Pourtant Katie avait raison. Mieux valait prendre le taureau par les cornes.

En réalité, il se montra étonnamment docile.

Elle lui fit la leçon dans la voiture. Il devait dire la vérité au docteur Barghoutian. Finies, ces bêtises de coup de soleil ou d'étourdissement. Il ne devait pas repartir avant que le docteur Barghoutian ait promis d'agir. Ensuite, il devrait lui répéter exactement ce que le docteur Barghoutian lui avait dit.

Elle lui rappela que le mariage de Katie approchait et que s'il ne voulait pas accomplir son devoir et prononcer un discours, il aurait quelques explications à donner.

Se faire houspiller avait l'air de lui procurer un plaisir un peu pervers et il promit de faire tout ce qu'elle lui demandait.

Ils s'assirent l'un à côté de l'autre dans la salle d'attente. Elle essaya de bavarder. Elle parla de l'architecte indien qui s'était installé dans la maison d'en face. De la nécessité de tailler la glycine avant qu'elle ne passe sous le toit. Mais il s'intéressait davantage à un vieux numéro d'*OK*.

Quand on l'appela, elle lui tapota gentiment la jambe pour lui souhaiter bonne chance. Il traversa la pièce, un peu voûté, les yeux rivés sur la moquette.

Elle essaya de lire son P. D. James, mais n'arrivait pas à se concentrer. Elle n'avait jamais aimé les salles d'attente des médecins. Les patients avaient toujours l'air tellement miteux. Comme s'ils n'avaient pas suffisamment pris soin d'eux-mêmes, ce qui était sans doute le cas. Elle préférait encore les hôpitaux. Tant qu'ils étaient propres. Peinture blanche et draps immaculés. Des gens vraiment malades.

Elle ne pouvait pas quitter George. Ses propres sentiments ne comptaient pas. Il fallait qu'elle pense à George. Qu'elle pense à Katie. Qu'elle pense à Jamie. Mais quand elle imaginait qu'elle renonçait à le quitter, quand elle imaginait qu'elle disait *non* à David, c'était comme une lumière qui s'éteignait au bout d'un tunnel ob-scur.

Elle ramassa le numéro d'*OK* qu'avait feuilleté George et lut un article sur les cent ans de la reine mère.

Dix minutes plus tard, George réapparut.

« Alors ? demanda-t-elle.

— On peut aller à la voiture ? »

Ils allèrent à la voiture.

Le docteur Barghoutian lui avait prescrit des antidépresseurs et avait pris rendez-vous pour lui chez le psychologue, la semaine suivante. L'entretien l'avait visiblement épuisé. Elle préféra ne pas insister.

Ils passèrent à la pharmacie. Il ne voulait pas entrer, marmonnant quelque chose qu'elle ne comprit pas bien à propos de *livres sur les maladies*, alors elle y alla elle-même et prit des choux de Bruxelles et des carottes chez l'épicier d'à côté pendant qu'ils préparaient l'ordonnance.

Il ouvrit le sachet pendant le trajet de retour et passa un long moment à examiner le flacon. Elle ne savait pas s'il était horrifié ou soulagé. Une fois à la cuisine, elle prit les choses en main, le regarda avaler le premier comprimé avec un verre d'eau puis rangea le flacon entamé dans le placard au-dessus du grille-pain.

Il dit « Merci » et se retira dans leur chambre.

Elle suspendit le linge, prépara du café, remplit le chèque et le bon de commande pour la société de location de chapiteaux, puis annonça qu'il fallait qu'elle fasse un saut chez le fleuriste.

Elle alla chez David et essaya de lui expliquer qu'elle ne pouvait pas prendre de décision. Il s'excusa de lui avoir fait cette proposition à un moment aussi difficile. Elle répondit qu'il n'avait pas à s'excuser. Il lui dit que rien n'avait changé et qu'il attendrait le temps qu'il faudrait.

Il la prit dans ses bras et ils restèrent un moment serrés l'un contre l'autre. C'était comme d'arriver à la maison après un long et pénible voyage et elle comprit qu'elle ne pourrait jamais y renoncer.

56.

Jamie buvait un cappuccino dans Greek Street en attendant Ryan.

Ce n'était pas très correct, dans la mesure où Ryan était l'ex de Tony. Il le savait bien. Mais après tout, Ryan avait accepté de venir, alors il ne se conduisait pas, lui non plus, de façon très correcte.

Et puis merde. Correct, qu'est-ce que ça voulait dire ? La seule personne vraiment honnête qu'il connaissait était Maggie qui, depuis qu'elle avait quitté la fac, passait son temps à ramasser des maladies dégueulasses dans des coins d'Afrique occidentale infestés de mouches. Elle n'était même pas propriétaire de ses meubles.

En plus, c'était Tony qui l'avait plaqué. S'il se passait quelque chose avec Ryan, qu'est-ce que ça pouvait bien faire ?

Un quart d'heure de retard.

Jamie alla chercher un second café et rouvrit *La Conscience expliquée* de Daniel Dennett, qu'il avait acheté lors d'une de ses crises périodiques de tentative de développement personnel (la balle de gym, ce stupide CD d'opéra…). À la maison, il lisait *Simetierre*, mais lire un truc pareil en public, c'était comme se trimballer dans la rue en sous-vêtements.

Cela ne veut pas dire que le cerveau n'utilise jamais de « souvenirs tampons » pour amortir l'interface entre les processus cérébraux internes et le monde extérieur asynchrone. La « mémoire écho » qui nous permet de préserver brièvement des schémas de stimulus pendant que le cerveau commence à les traiter en offre un exemple manifeste (Sperling, 1960 ; Neisser, 1967 ; voir aussi Newell, Rosenbloom et Laird, 1989, p. 1067).

Sur la quatrième de couverture, un extrait du *New York Review of Books* affirmait que c'était un ouvrage « clair et divertissant ».

Il ne voulait quand même pas donner l'impression d'avoir du mal à lire *La Conscience expliquée.* Il laissa donc ses yeux glisser sur les pages, qu'il tournait toutes les deux ou trois minutes.

Il pensa au nouveau site Internet et se demanda si la musique de fond était une erreur. Il se rappela le voyage de l'année dernière à Édimbourg. Le ronronnement des pneus sur les pavés devant l'hôtel. Il se demanda pourquoi on n'en utilisait plus de nos jours. Les ambulances et les chaises roulantes sans doute. Il imagina que Ryan posait très fugitivement la main sur sa cuisse et disait : « Je suis tellement content que tu m'aies appelé. »

Vingt-cinq minutes de retard. Jamie commençait à se sentir importun.

Il rassembla ses affaires et prit le *Telegraph* chez le marchand de journaux du coin. Il acheta une bière blonde au pub d'en face et trouva sur le trottoir une table libre d'où il pouvait surveiller le café.

Trois minutes plus tard, un type en pantalon de cuir et en T-shirt blanc se glissa sur le banc en face de lui. Il posa un casque de moto sur la table, mima un petit pistolet avec sa main droite, pointa le canon vers la tête de Jamie, dressa le pouce, fit un bruit de cliquetis et dit : « Agent immobilier. »

Jamie fut un peu troublé.

« Lowe et Carter, dit le type.

— Mmm. Ouais, répondit Jamie.

— Coursier. On est dans le bâtiment d'en face. On vient chercher des trucs chez vous de temps en temps. Tu as un bureau dans le coin du fond, près de la grande fenêtre. » Il lui tendit la main. « Mike. »

Jamie la serra.

« Jamie. »

Mike ramassa *La Conscience expliquée*, que Jamie avait posé sur la table, où le livre pouvait transmettre une impression générale sans avoir concrètement besoin d'être lu. Mike avait un large bracelet de motifs celtes tatoué sur le haut du bras droit. Il examina rapidement le livre et le reposa. « Une trame magistrale d'une profonde pénétration. »

Jamie se demanda si ce type était mentalement dérangé.

Mike rit tout bas.

« C'est au dos du bouquin. »

Jamie le retourna pour vérifier.

Mike prit son verre et but une gorgée.

« Personnellement, je préfère les drames judiciaires. »

Pendant une seconde, Jamie crut que Mike voulait dire qu'il aimait faire des trucs qui l'envoyaient devant les tribunaux.

« John Grisham, ce genre de bouquins », précisa Mike.

Jamie se détendit.

« J'ai un peu de mal avec celui-ci, à vrai dire.

— On t'a posé un lapin ? demanda Mike.

— Non.

— Je t'ai vu assis de l'autre côté de la rue.

— Ouais… c'est que…

— Un petit copain ?

— L'ex d'un ex.

— Compliqué.

— Tu as sans doute raison », approuva Jamie.

Jetant un coup d'œil par-dessus l'épaule de Mike, il vit Ryan debout devant le café, scrutant la rue de bas en haut. Il était plus chauve que dans le souvenir de Jamie. Il portait un imperméable beige et un petit sac à dos bleu.

Jamie se détourna.

« Raconte-moi un secret, dit Mike. Quelque chose que tu n'as encore confié à personne.

— Quand j'avais six ans, mon copain Matthew a parié avec moi que je ne pisserais pas dans le pot de fleurs de la chambre de ma sœur.

— Et tu as pissé dedans.

— Exactement. » Du coin de l'œil, Jamie vit Ryan secouer la tête et commencer à s'éloigner en direction de Soho Square. « En fait, ce n'est pas vraiment un secret, parce qu'elle s'en est rendu compte. Ça a commencé à puer au bout de quelques jours. » Ryan était parti. Jamie respira. « J'avais une petite guitare en plastique qu'on m'avait achetée pendant les vacances, au Portugal. Elle l'a cramée. Au jardin. Elle a drôlement bien brûlé. Je suppose que le Portugal ignorait encore tout des normes de sécurité en 1980. Je me souviens du hurlement et du bruit des cordes qui claquaient. Ma frangine a encore une cicatrice au bras. »

Si ses parents voyaient Mike, ils seraient convaincus qu'il volait des voitures. La coupe au rasoir et les cinq boucles d'oreille. Mais ce… ce courant qui passait entre eux, cette électricité indicible qui crépitait dans l'air… à côté de ça, tout paraissait futile et stupide.

Mike soutint son regard en demandant : « Tu as faim ? », et il donnait l'impression de vouloir dire au moins trois choses.

Ils allèrent dans un petit restaurant thaïlandais de Greek Street.

« J'étais carreleur. Produits de luxe. Terracotta. Marbre. Ardoise. Cuisines. Cheminées. Maintenant, je fais le coursier pour gagner du fric. Je veux suivre des cours de technique Alexander et de massage. Ensuite, je m'installerai à mon compte. Je mettrai un peu de blé de côté pour pouvoir retourner dans le Nord, et trouver un poste dans un cabinet paramédical. »

Un fin crachin tombait dans la rue. Jamie avait bu trois demis et les lumières que réfléchissaient les véhicules mouillés faisaient comme de petites étoiles.

« En fait, dit Jamie, ce que je préfère à Amsterdam… dans toute la Hollande, en fait… ce sont ces incroyables bâtiments modernes qu'il y a un peu partout. Ici, les gens construisent ce qu'il y a de moins cher, c'est tout. »

Jamie n'avait pas une idée précise de ce qu'était la technique Alexander. Il ne voyait pas très bien Mike en thérapeute, de quelque genre que ce soit. Trop de frime. Mais de temps en temps Mike effleurait la main de Jamie du bout des doigts ou le regardait en souriant sans rien dire, et il émanait de lui une douceur d'autant plus sexy qu'elle restait cachée le reste du temps.

De beaux bras, aussi. De petites stries de chair sur les veines, sans être noueux. Et des mains puissantes.

Le massage. Il imaginait bien ça.

Mike proposa qu'ils fassent un tour dans un club. Mais Jamie n'avait pas envie de le partager. Il regarda la salière, s'arma de courage et demanda à Mike s'il voulait aller chez lui en éprouvant, comme chaque fois, ce petit haut-le-cœur, mi-excitation, mi-panique. Comme le saut en parachute. En mieux.

« C'est un appart de rêve pour agent immobilier ? Balcon de fer forgé ? Cuisine américaine avec plan de travail en granit ? Chaises d'Arne Jacobsen ?

— Appartement dans une rangée de maisons victoriennes avec canapé blanc et table basse Habitat, répondit Jamie. D'où connais-tu les chaises d'Arne Jacobsen ?

— Il m'est arrivé de mettre les pieds dans quelques très jolies maisons, de mon temps, tu sais.

— Travail ou plaisir ? demanda Jamie.

— Un peu des deux.

— Bon, alors ça veut dire *oui*, ou tu as décidé de faire durer le suspense ?

— Prenons le métro », suggéra Mike.

Ils regardèrent leurs reflets dans la vitre noire en face d'eux pendant que le métro traversait en grondant Tufnell Park et Archway, leurs jambes se touchant et l'électricité passant de l'une à l'autre, d'autres passagers montant et descendant, sans se rendre compte de rien, Jamie mourant d'envie d'être dans les bras de Mike mais voulant que le voyage dure des heures, de crainte que ce qui viendrait ensuite soit moins bien que ce qu'il imaginait.

Deux mormons montèrent dans leur compartiment et s'assirent sur les deux sièges en face d'eux. Costumes noirs. Coupes raisonnables. Petits badges en plastique avec leurs noms.

Mike s'inclina vers l'oreille de Jamie et dit : « J'ai envie que tu me tailles une pipe. »

Ils riaient encore en franchissant le seuil de l'appartement.

Mike poussa Jamie contre le mur et l'embrassa. Jamie sentait la bite durcie de Mike sous son jean. Il glissa les mains sous le T-shirt de Mike et aperçut, à travers la porte du salon, une petite lumière rouge qui clignotait.

« Attends une seconde.

— Quoi ?

— Le répondeur. »

Mike rit. « Trente secondes. Après, je viens te chercher.

— Il y a de la bière au frigo, dit Jamie. De la vodka et d'autres trucs dans le placard près de la fenêtre. »

Mike s'écarta.

« Un pétard, ça te dit ?

— Ouais, bien sûr. »

Jamie passa au salon et appuya sur le bouton.

« Jamie. Salut, c'est Katie. » Elle était saoule. Ou peut-être avait-elle simplement l'air saoule parce que Jamie l'était. « Merde. Tu n'es pas là. Merde. »

Elle n'était pas saoule. Elle pleurait. Bordel.

« Bon tant pis... la grande nouvelle d'aujourd'hui, c'est que le mariage est annulé. Ray pense qu'on ferait mieux de ne pas se marier. »

Est-ce que c'était une bonne ou une mauvaise nouvelle ? C'était comme de voir le train d'à côté démarrer. Il se sentait vaguement patraque.

« Oh, et puis on est allés passer le week-end à la maison. Papa est au lit parce qu'il fait une dépression.

Une vraie de vraie, avec crises de panique, cauchemars parce qu'il a peur de mourir et tout le bazar. En plus, Maman envisage de le quitter pour ce type du bureau. »

La première idée de Jamie fut que c'était Katie qui était en pleine déprime.

« Alors je me suis dit que je ferais mieux de te passer un coup de fil parce qu'à en juger par tout ce qui est arrivé ces derniers jours, tu as sûrement eu un horrible accident de voiture et si tu ne réponds pas, c'est que tu es à l'hosto ou mort, ou bien que tu as quitté le pays ou que… Appelle-moi, tu veux bien ? »

Bip.

Jamie s'assit un moment, le temps de digérer les informations ou de les laisser s'éloigner, à leur guise. Puis il se leva et revint à la cuisine.

Mike était en train d'allumer un joint à un brûleur de la cuisinière. Il se redressa, inhala et retint la fumée avec l'expression d'étonnement de rigueur. Il ressemblait assez à ce qu'éprouvait Jamie.

Mike expira.

« Tu en veux ? »

Il allait se produire une scène atroce, c'était sûr. Tu entraînes un type à mi-chemin de la Northern Line pour une relation sexuelle qui n'a pas lieu et tu te retrouves avec sur les bras un étranger déçu et musclé qui n'a plus aucune raison d'être sympa avec toi.

Il se demanda si Mike avait déjà volé une voiture.

« Qu'est-ce qui se passe ? demanda Mike.

— Problèmes familiaux.

— Graves ?

— Ouais.

— Quelqu'un est mort ? »

Mike prit une soucoupe sur l'égouttoir et posa le joint sur le bord.

« Non. » Jamie s'assit. « À moins que ma sœur ne tue son fiancé. Ou que mon père se suicide. Ou que mon père tue l'amant de ma mère. »

Mike se pencha et prit le bras de Jamie. Jamie avait raison. Il avait des mains drôlement puissantes.

Mike remit Jamie debout. « À mon avis, et je te parle en professionnel… ce dont tu as besoin, c'est de te changer les idées. » Mike l'attira contre lui. Sa bite était toujours dure.

Pendant une brève seconde, Jamie imagina que la prophétie alcoolisée de Katie allait se réaliser. Une lutte indécente. Jamie qui glissait et se fracassait le crâne contre le coin de la table de la cuisine.

Il se dégagea. « Attends. Je n'ai pas la tête à ça. »

Mike prit Jamie par la nuque. « Crois-moi. Ça te fera du bien. »

Jamie repoussa la main de Mike, mais elle ne céda pas.

Et puis les yeux de Mike firent leur petit cirque de douceur. « Qu'est-ce que tu feras si je m'en vais ? Tu vas rester ici à te faire de la bile ? Il est trop tard pour appeler qui que ce soit. Allez, viens. Dans quelques minutes, tu auras oublié tout ce qui se passe hors de cette pièce. Je t'assure. »

Et ce fut de nouveau comme le saut en parachute. En plus fort. Les brumes de l'alcool se dissipèrent fugitivement et Jamie se dit que c'était pour ça que Tony était parti. Parce que Jamie voulait toujours garder le contrôle. Parce qu'il avait peur de tout ce qui était différent ou déplacé. Et quand les brumes se refermèrent sur lui, Jamie songea qu'il fallait qu'il couche avec ce type pour prouver à Tony qu'il pouvait changer.

Il laissa Mike l'attirer contre lui.

Ils s'embrassèrent encore.

Il referma ses mains autour du dos de Mike.

C'était bon d'être dans les bras de quelqu'un.

Il sentait en lui quelque chose qui dégelait et craquait, quelque chose qui l'avait emprisonné bien trop longtemps. Mike avait raison. Il pouvait lâcher prise, laisser les autres régler leurs problèmes tout seuls. Pour une fois, il pouvait vivre dans l'instant présent.

Mike baissa la main vers l'entrejambe de Jamie et Jamie sentit sa bite se raidir. Mike défit le bouton et baissa le haut du caleçon, enveloppant la bite de Jamie dans sa main.

« Ça va mieux ? demanda Mike.

— Mmmm. »

De sa main libre, Mike tendit le joint à Jamie. Ils prirent une taffe chacun et Mike le reposa dans la soucoupe.

« Suce-moi », dit Mike.

À cet instant, les yeux de Mike firent un truc complètement différent. Il lâcha la bite de Jamie et sembla regarder fixement un objet situé plusieurs kilomètres derrière sa tête.

« Merde, fit Mike.

— Quoi ? demanda Jamie.

— Mes yeux.

— Qu'est-ce qu'ils ont, tes yeux ?

— Je ne peux pas... » Mike secoua la tête. Il commençait à transpirer, de petites perles de sueur jaillissaient sur son front, sur ses bras. « Merde. Je n'y vois plus rien.

— Qu'est-ce que tu veux dire ?

— Que je n'y vois plus rien. » Mike s'écarta en titubant et s'effondra sur une chaise.

Katie avait raison. Seulement, les choses se passeraient autrement. C'était Mike qui allait avoir une attaque. Une ambulance viendrait. Il serait incapable de leur donner le nom et l'adresse de Mike…

Bon sang. Le joint ? Est-ce qu'il pouvait aller l'enterrer dans le jardin pendant que quelqu'un faisait une attaque ? Et si Mike s'étouffait en avalant sa langue pendant que Jamie était dehors ?

Mike se plia en deux. « Je suis aveugle. Bon Dieu. Mon ventre. »

Son *ventre* ?

« Ces foutues crevettes.

— Quoi ? demanda Jamie, qui se demanda pour la seconde fois de la soirée si Mike souffrait de problèmes mentaux.

— Ça va aller. Ça m'est déjà arrivé.

— Quoi donc ?

— Passe-moi une cuvette. »

Jamie avait le cerveau tellement encombré qu'il lui fallut plusieurs secondes pour comprendre ce que Mike voulait. Et quand il eut compris, Mike avait vomi par terre devant sa chaise.

« Oh merde », dit Mike.

Jamie se vit, debout dans sa propre cuisine, en train de contempler une grosse omelette de vomi, avec son pénis qui sortait de la ceinture de son caleçon, et il se sentit soudain affreusement moche d'avoir quitté le café avant l'arrivée de Ryan, même s'il avait un affreux sac à dos et moins de cheveux, et il sut que c'était son châtiment. Ce n'était pas bien, évidemment, d'être coincé et de toujours vouloir tout contrôler, mais en même temps, ce n'était pas si mal parce que s'il avait été un peu plus coincé et s'il avait un peu mieux géré la situation, il n'en serait pas là.

Il se rajusta.

« Je suis vraiment désolé », s'excusa Mike.

Jamie ouvrit le tiroir et lui tendit le torchon avec le dessin d'un bus de Londres qu'il n'avait jamais tellement aimé.

Mike s'essuya le visage. « Il faut que j'aille aux toilettes.

— Au bout du couloir.

— Où est le couloir ? » demanda Mike.

Bordel, ce type n'y voyait rien.

Jamie conduisit Mike jusqu'à la salle de bains, puis il retourna à la cuisine pour ne pas sentir ni entendre ce qui allait se passer.

Il avait envie que Mike parte. Mais il voulait aussi devenir meilleur. Et pour devenir meilleur, il ne devait pas avoir envie que Mike parte. Pour devenir meilleur, il devait s'occuper de Mike. Parce que quand il arrive des merdes à des gens sympas, ils peuvent dire que c'est un accident ou de la malchance, ou simplement que le monde est comme ça. Mais quand il arrive des merdes à des gens horribles, ils savent que c'est leur faute et ça rend les merdes encore plus atroces.

Il enfila les gants de caoutchouc qui étaient sous l'évier. Il sortit deux sachets de Tesco du placard et les enfila l'un dans l'autre. Il chercha la pelle à gâteau dans le tiroir à fourbi, s'agenouilla et entreprit de gratter le vomi et de le fourrer dans les sachets. Ce n'était pas très agréable (ce qui l'attendait à la salle de bains serait certainement pire). Mais c'était bon d'avoir une corvée pénible à faire.

Pénitence. C'était le mot qu'il cherchait.

Oh merde. Du vomi s'était infiltré dans les rainures du parquet.

Il nettoya le sol avec plusieurs carrés de papier cuisine, qu'il jeta dans les sachets de Tesco. Il remplit une cruche d'eau savonneuse, frotta les rainures avec la brosse à légumes qu'il fourra ensuite dans les sachets.

Il y eut un bruit suspect en provenance des toilettes.

Il versa de l'eau de Javel par terre, en imprégna toute la surface avec une lavette, puis jeta la lavette dans les sachets avec la brosse à légumes. Il essuya la pelle à gâteau avec une deuxième lavette, envisagea un bref instant de la laisser tremper toute la nuit dans une solution d'eau de Javel, mais se dit qu'il ne l'utiliserait sûrement plus jamais et la jeta dans les sachets de Tesco avec tout le reste. Il noua la poignée du sac intérieur, puis celle du sachet extérieur. Il les mit ensuite dans un troisième sachet pour éviter tout risque de fuite, noua la poignée du troisième sac, le transporta dans l'entrée, ouvrit la porte et alla jeter le tout dans la poubelle.

Il y eut un autre bruit suspect en provenance des toilettes.

Il aimait Tony. Il en prit conscience avec une évidence aussi soudaine que douloureuse. Leurs querelles stupides. À propos du mariage. À propos des jumelles. À propos du ketchup. Absurde.

Il passerait chez Tony. Dès qu'il aurait réglé les choses ici. Peu importait quelle heure il était. Lui dire pardon. Tout lui expliquer.

Ils iraient au mariage ensemble. Non. Mieux que ça. Il emmènerait Tony à Peterborough le week-end prochain.

Sauf que Papa faisait une sorte de dépression. Il faudrait d'abord qu'il se renseigne sur ce point.

Quoi qu'il en soit, il emmènerait Tony à Peterborough dès que possible.

Il se dirigea vers la salle de bains et frappa doucement.

« Ça va ?

— Pas trop, non », dit Mike.

Même à travers la porte, l'odeur était épouvantable. Il demanda à Mike, non sans quelque inquiétude, s'il avait besoin d'aide et entendit Mike répondre « Non » avec un immense soulagement.

« De l'imodium, proposa Jamie. J'ai de l'Imodium dans ma chambre. »

Mike ne dit rien.

Quelques minutes plus tard, Jamie était assis à la table de la cuisine avec un assortiment de médicaments en vente libre étalés devant lui, comme un marchand indigène attendant les hommes du grand bateau.

Imodium. Comprimés antiacidité. Paracétamol. Ibuprofen. Aspirine. Antihistaminiques. (Les antihistaminiques convenaient-ils pour ce genre de réaction allergique ? Il ne savait pas trop.)

Il brancha la bouilloire et vérifia qu'il avait les thés et les cafés requis sous la main. Il y avait un bon demi-litre de lait demi-écrémé au frigo. Il n'avait pas de chocolat soluble, mais il restait une boîte de cacao toute neuve, vestige d'un projet de gâteau avorté.

Il était équipé de pied en cap.

Au bout d'une dizaine de minutes, il entendit le cliquetis de la porte de la salle de bains qu'on déverrouillait, puis les pas de Mike sur le parquet du couloir. Il avait l'air de marcher très précautionneusement.

Une main se posa sur le chambranle de la porte et Mike apparut dans son champ de vision. Il n'avait pas l'air en grande forme.

Jamie s'apprêtait à lui demander ce qu'il pouvait lui offrir comme remèdes ou comme boissons chaudes, quand Mike murmura « Désolé » et fila en direction de la porte d'entrée.

Le temps que Jamie se lève, Mike avait déjà refermé derrière lui. Jamie s'arrêta. Être bon, c'était s'occuper des gens. Pas les garder prisonniers. Et de toute évidence Mike avait recouvré la vue. Autrement, il ne serait pas parti.

Ou bien ?

Jamie alla à la fenêtre et souleva le coin du rideau pour regarder aux deux bouts de la rue. Elle était vide. Il était à peu près sûr que les aveugles ne se déplaçaient pas à cette vitesse.

Il se rendit à la salle de bains. Elle était impeccable.

Il était encore trop ivre pour conduire. Il attrapa ses clés et sa veste et sortit, fermant à clé derrière lui.

Il aurait pu appeler un taxi, mais il n'avait pas envie d'attendre. Il lui faudrait une bonne demi-heure pour arriver chez Tony, mais l'air frais lui ferait du bien. Et s'il le réveillait, tant pis. Ce qu'il avait à lui dire était plus important que le sommeil.

Il descendit les Wood Vale Gardens et traversa Park Road devant l'hôpital. La pluie avait cessé et presque toutes les lumières étaient éteintes dans les maisons, maintenant. Une lueur orange sale éclairait les rues, et les ombres sous les voitures étaient épaisses et noires.

Tony avait raison. Il avait été égoïste. Il fallait accepter des compromis si on voulait partager sa vie avec quelqu'un.

Il traversa Priory Road.

Il appellerait Katie demain. Elle exagérait sans doute. Ce qui pouvait se comprendre si elle avait des problèmes avec Ray. Son père qui perdait la boule ? Sa mère qui voulait partir ? Il ne savait pas ce qu'il avait le plus de mal à imaginer.

Un cycliste ivre passa en zigzaguant.

Son père s'inquiétait trop et sa mère disait qu'elle n'en pouvait plus. Ça, il pouvait l'imaginer. La situation normale, à peu de chose près.

Tout s'arrangerait. Il fallait que tout s'arrange. Il irait à ce mariage avec Tony quoi qu'il advienne.

Il descendait Allison Road quand un petit chien sortit par la grille d'un jardin. Non, pas un chien. Un renard. Ce trot aérien. Cette queue touffue.

Un moteur de voiture démarra et le renard disparut dans une ruelle.

Il était minuit et demi quand il arriva dans Vale Road.

La marche lui avait remonté le moral. Il faillit essayer d'avoir l'air triste, mais comprit que c'était idiot. Il ne voulait pas que Tony revienne parce que lui-même avait passé une soirée atroce. C'était cette soirée atroce qui lui avait fait prendre conscience qu'il voulait que Tony revienne. Pour toujours. Et c'était une idée réjouissante.

Il sonna et attendit trente secondes.

Il sonna une nouvelle fois.

Une demi-minute s'écoula avant qu'il n'entende un bruit de pas. Tony ouvrit la porte, vêtu d'un simple caleçon. Il avait une expression dure et menaçante dans le regard.

« Jamie… ?

— Je suis désolé, dit Jamie.

— C'est bon. Qu'est-ce qu'il y a ?

— Non. Je suis désolé pour tout. Tout le reste.

— C'est-à-dire ? »

Jamie prit son courage à deux mains. Il aurait dû se préparer un peu mieux. « De t'avoir fait partir. De… Tony, écoute, j'ai passé une soirée de merde et ça m'a fait comprendre beaucoup de choses…

— Putain, Jamie, il est plus de minuit. Je bosse demain. Qu'est-ce que tu veux ? »

Profonde inspiration. « Je t'aime, dit Jamie. Tu me manques. Je voudrais que tu reviennes.

— Tu es bourré ou quoi ?

— Non. Enfin, je l'étais. Mais plus maintenant… Écoute, Tony, je suis sérieux. »

Tony resta impassible. « Je vais me recoucher. Tu ferais bien d'en faire autant.

— Tu as quelqu'un avec toi, c'est ça ? » Jamie s'était mis à pleurer. « C'est pour ça que tu ne veux pas me faire entrer.

— Jamie, sois un peu adulte, tu veux.

— Merde. »

Tony fit mine de refermer la porte.

Jamie avait pensé qu'au moins Tony le ferait entrer. Pour qu'ils puissent parler. Toujours ce foutu égoïsme. Croire que tout le monde suivrait son plan. Jamie le comprenait maintenant. Mais c'était trop difficile de dire tout ça en une demi-seconde.

« Attends. » Il fit un pas en avant pour bloquer la porte.

Tony eut un léger mouvement de recul. « Putain, tu pues le vomi.

— Je sais, dit Jamie. Mais ce n'est pas le mien. »

Tony posa la paume sur la poitrine de Jamie et le repoussa. « Bonne nuit, Jamie. »

La porte se referma.

Jamie resta quelques minutes sur le seuil. Il avait envie de s'allonger sur ce petit carré de béton près des poubelles et d'y dormir jusqu'au lendemain. Alors Tony sortirait, le verrait et aurait pitié de lui. Mais il savait bien que c'était idiot, puéril et complaisant, comme tout le reste de ce plan idiot, puéril et complaisant.

Il s'assit sur le trottoir et pleura.

57.

Jean serait bien obligée d'organiser le mariage seule. De toute évidence, elle ne devait pas s'attendre à beaucoup d'aide du reste de la famille.

Franchement. Elle aimait beaucoup sa fille. Mais Katie avait beau dire que les femmes valaient largement les hommes, il lui arrivait d'être d'une désorganisation homérique.

Relax, c'était le mot que Katie employait.

Rentrer de la fac avec tous ses vêtements dans des sacs-poubelles noirs et les laisser dans le garage ouvert, si bien que les éboueurs les avaient emportés. Renverser de la peinture sur le chat. Perdre son passeport à Malte.

Pauvre George. Elle lui donnait le tournis. On aurait cru deux créatures venues de planètes différentes.

Douze ans de disputes à cause du dentifrice. George persuadé qu'elle le faisait exprès pour le mettre en boule. Cracher dans le lavabo et s'abstenir de rincer si bien que ça coagulait sur l'émail. Et Katie qui était incapable de concevoir qu'un être sensé puisse se fâcher pour une telle broutille.

Elle continuait, d'ailleurs. Elle l'avait encore fait ce matin. Jean avait nettoyé derrière elle. Comme au bon vieux temps.

En réalité, au fond d'elle-même, Jean était assez fière de l'obstination avec laquelle Katie refusait d'obéir à qui que ce soit. Il y avait des moments où elle s'inquiétait, bien sûr. À l'idée que Katie n'ait jamais un boulot correct. Ou qu'elle tombe enceinte sans le vouloir. Ou ne trouve jamais de mari. Ou se fourre dans un pétrin quelconque (elle avait déjà eu un avertissement pour insolence envers une femme policier).

Mais Jean était heureuse d'avoir mis au monde un esprit aussi libre. Elle observait sa fille, parfois, et repérait des petits gestes, des expressions, qu'elle reconnaissait pour siennes, et elle se demandait si elle aurait ressemblé davantage à Katie si elle était née trente ans plus tard.

Quelle ironie que Jamie soit devenu homo. Si ç'avait été lui qui se mariait, sa liste d'invités et ses faire-part auraient été imprimés plusieurs années à l'avance.

Tant pis.

La première fois qu'elle avait organisé un mariage, elle avait eu l'impression que c'était aussi compliqué que le débarquement en Normandie. Mais après avoir travaillé à la librairie et donné un coup de main à l'école, elle avait compris que ce n'était pas plus difficile que d'acheter une maison ou de prendre une location de vacances, ce n'était qu'une série de petites tâches dont chacune devait être accomplie en temps voulu. On dresse la liste des choses à faire. On les fait. On les biffe.

Elle commanda les fleurs. Elle réserva le DJ que Claudia avait pris pour le mariage de Chloé. Elle mit le menu au point avec le traiteur. Elle s'entendit avec le photographe.

Tout serait parfait. Grâce à elle, sinon aux autres. Tout marcherait comme sur des roulettes et tout le monde s'amuserait bien. À la fin de la journée, elle pourrait se coucher avec le sentiment du devoir accompli.

Elle écrivit à Katie une lettre exposant dans le détail tout ce qui lui restait à faire (la musique enregistrée pour le bureau d'état civil, le costume de Ray, le cadeau pour le témoin, les alliances...). Cela brusquerait un peu Katie, mais, à en juger par l'attitude de sa fille pendant le week-end, il n'était pas du tout exclu qu'elle ait purement et simplement oublié qu'elle se mariait.

Elle commanda les petits cartons pour marquer la place des invités à table. Elle s'acheta une robe neuve et apporta le costume de George chez le teinturier. Elle commanda un gâteau. Elle réserva trois voitures pour reconduire la famille proche au village. Elle mit les noms sur les faire-part et les adresses sur les enveloppes.

Elle envisagea un instant de retirer David de la liste. George avait insisté pour l'inviter après ce fameux dîner. Il fallait gonfler leurs rangs pour éviter d'être « submergés par le clan de Ray », voilà ce qu'il avait dit. Mais elle ne voulait pas que George pose de questions gênantes. Alors elle lui envoya une invitation. Il ne serait pas obligé de venir.

58.

Ce rendez-vous chez le docteur Barghoutian avait été presque agréable.

Il fallait reconnaître que ses critères concernant ce qui était agréable ou non avaient considérablement baissé au cours des dernières semaines. Tout de même, il avait trouvé curieusement réconfortant de parler de ses problèmes à quelqu'un qui était payé pour l'écouter. Plus réconfortant que de regarder *Volcano* et *Le Pacificateur*, parce que pendant ce temps il entendait toujours une sorte de basse obstinée de peur, un peu comme s'il y avait des travaux de construction de l'autre côté de la rue.

C'était étrange de découvrir qu'il était moins effrayant de décrire ses peurs à haute voix que d'essayer de ne pas y penser. Voir l'ennemi en face, sans doute.

L'antidépresseur en revanche n'était pas une réussite. Il avait eu du mal à dormir la première nuit et encore plus la deuxième. Il pleurait beaucoup et devait réprimer l'envie d'aller faire une longue promenade au petit jour.

Il prenait maintenant deux comprimés de codéine au petit déjeuner, puis s'envoyait un grand whisky en milieu de matinée, avant de se brosser les dents énergiquement pour ne pas éveiller les soupçons de Jean.

L'idée de se faire interner dans une clinique psychiatrique lui paraissait de plus en plus séduisante. Mais comment se fait-on admettre en clinique psychiatrique ? En fonçant en voiture dans le jardin du voisin ? En mettant le feu à son lit ? En s'allongeant au milieu de la route ?

Cela comptait-il si on le faisait exprès ? Ou faire semblant d'être fou était-il en soi un symptôme de folie ?

Et si le lit était plus inflammable que prévu ?

Peut-être pouvait-on tracer un grand cercle d'eau sur la moquette autour du lit pour faire une sorte de barrière.

La troisième nuit fut franchement intolérable.

Il continuait pourtant obstinément à prendre son médicament. Le docteur Barghoutian l'avait averti de la possibilité d'effets secondaires et, dans l'ensemble, George préférait les traitements légèrement douloureux. Quand il était tombé de l'escabeau, il était allé chez une chiropractrice qui s'était contentée à peu de chose près de taper dans les mains derrière sa tête. La gêne ayant persisté pendant plusieurs semaines, il s'était décidé à consulter un ostéopathe qui l'avait empoigné fermement par-derrière et l'avait hissé violemment, faisant craquer ses vertèbres. Deux jours plus tard, il remarchait normalement.

Quoi qu'il en soit, il fut content d'avoir rendez-vous chez la psychologue le sixième jour de son traitement.

Il n'avait encore jamais rencontré de psychologue, professionnellement ou dans d'autres circonstances. Dans son esprit, ils n'étaient pas tellement différents de ces gens qui lisent dans les cartes de tarot. Il n'excluait pas de s'entendre demander s'il avait vu sa mère nue et s'il avait été brutalisé à l'école (il se demanda ce qu'étaient devenus les affreux jumeaux Gladwell). Ou était-ce de la psychothérapie ? Toutes ces distinctions étaient floues pour lui.

En fait, son entrevue avec Mme Endicott n'eut rien à voir avec les absurdités scabreuses qu'il avait imaginées. Il aurait eu du mal à dire quand il avait entretenu pour la dernière fois une conversation aussi plaisante.

Ils parlèrent de son travail. De sa retraite. De ses projets d'avenir. Ils parlèrent de Jean, de Jamie et de Katie. Ils parlèrent du mariage à venir.

Elle l'interrogea sur ses crises de panique, sur les circonstances où elles survenaient, elle lui demanda quelle forme elles prenaient, combien de temps elles duraient. Elle lui demanda s'il avait eu des idées de suicide. Elle lui demanda précisément ce qui l'effrayait et se montra d'une patience infinie alors qu'il se débattait pour mettre des mots sur des choses très difficiles à exprimer par des mots (les orques, par exemple, ou la façon dont le sol semblait se dérober). Et s'il lui arrivait de se montrer embarrassé, l'attention de Mme Endicott ne fléchissait pas un instant.

Elle l'interrogea sur la lésion et dit que le docteur Barghoutian pouvait adresser George à un dermatologue s'il le jugeait utile. Il répondit que non, ajoutant qu'il savait très bien, au fond de lui-même, que ce n'était que de l'eczéma.

Elle lui demanda s'il avait des amis avec qui il avait discuté de tout cela. Il répondit que personne ne discute de ce genre de choses avec des amis. Lui-même n'apprécierait certainement pas que ses amis lui confient des problèmes de cette nature. C'était inconvenant. Elle acquiesça.

Il quitta le cabinet sans qu'elle lui ait donné de tâches à accomplir, sans exercices à faire, simplement avec la promesse d'un nouveau rendez-vous dans une semaine. Au parking, il se rappela qu'il avait oublié de mentionner les effets secondaires du médicament. Puis il prit conscience qu'il n'était plus l'homme qui était monté dans le bus ce matin. Il était plus fort, plus stable, moins effrayé. Il pouvait faire face aux effets secondaires de quelques comprimés.

Plus tard dans l'après-midi, il était au lit à regarder un championnat de golf sur BBC 2. Ce sport ne l'avait jamais beaucoup intéressé. Mais il y avait quelque chose de rassurant dans ces pull-overs raisonnables et cette verdure à perte de vue.

Il trouva injuste que tous ses efforts pour régler les aspects mentaux du problème n'aient rien fait pour régler son aspect physique.

Il songea que si la lésion s'était trouvée sur un orteil ou sur un doigt, il aurait pu la faire retirer et s'en débarrasser une fois pour toutes. Ensuite, il n'aurait eu qu'à prendre ses comprimés et à retourner au cabinet médical toutes les semaines en attendant que tout soit revenu à la normale.

Un plan prenait forme dans sa tête.

Et c'était, lui semblait-il, plutôt un bon plan.

59.

Katie posta les faire-part, laissa un message à Jamie puis se rassit devant la table.

Elle avait envie de casser quelque chose. Mais elle ne pouvait pas faire ça. Pas après le sermon qu'elle avait infligé à Jacob le jour où il avait balancé un coup de pied dans le magnétoscope.

Elle prit le grand couteau et l'enfonça plusieurs fois dans la planche à pain. La huitième fois, la lame se brisa et elle se coupa la main au fragment qui sortait de la planche. Il y avait du sang partout.

Elle s'enveloppa la main dans un torchon, sortit la boîte à pharmacie, colla deux grands sparadraps sur la coupure, puis nettoya tout et jeta le couteau cassé.

Elle n'arriverait pas à dormir, c'était sûr. Aller au lit, c'était se coucher à côté de Ray. Et s'allonger sur le canapé, c'était reconnaître sa défaite.

Est-ce qu'elle aimait Ray ?

Est-ce qu'elle ne l'aimait *pas* ?

Elle n'avait pas mangé depuis quatre heures. Elle brancha la bouilloire. Elle attrapa un paquet de Maryland Chocolate Chip Cookies, en mangea six debout, se sentit un peu nauséeuse et rangea le reste dans le placard.

Comment Ray pouvait-il dormir à un moment pareil ?

L'avait-elle jamais aimé ? Ou n'était-ce que de la reconnaissance ? Parce qu'il s'en sortait vraiment bien avec Jacob. Parce qu'il avait de l'argent. Parce qu'il savait réparer n'importe quel appareil ici-bas. Parce qu'il avait besoin d'elle.

Merde, c'étaient des trucs réels, tout ça. Même l'argent. Bien sûr, on peut aimer quelqu'un de pauvre et d'incapable et vivre avec lui en titubant de catastrophe en catastrophe. Seulement, ce n'est pas de l'amour, c'est du masochisme. Comme Trish. Engage-toi sur cette voie et tu te retrouves dans une cabane au fin fond de Snowdonia, pendant que Monsieur la Guérison par les Vibrations sculpte des dragons dans des rondins.

Elle s'en foutait pas mal, des livres et des films. Elle s'en foutait pas mal, de ce que pouvait penser sa famille.

Alors pourquoi avait-elle tant de mal à lui dire qu'elle l'aimait ?

Peut-être parce qu'il était entré dans ce café avec la démarche de Clint Eastwood et avait balancé une poubelle dans la rue.

En fait, à bien y réfléchir, il avait un sacré culot. Disparaître comme ça pendant trois jours. Sans même donner signe de vie. Et se pointer ensuite, s'excuser deux ou trois fois, lui annoncer que le mariage était annulé et exiger qu'elle lui dise qu'elle l'aimait.

Trois jours, bordel.

Si tu veux être père, tu as intérêt à être un peu plus responsable que ça.

Peut-être qu'ils feraient mieux de ne pas se marier. Peut-être que c'était une idée ridicule, mais s'il avait l'intention de lui mettre ça sur le dos…

Putain. Ça allait mieux. Ça allait beaucoup mieux.

Elle reposa sa tasse et monta à l'étage pour le réveiller et lui dire ce qu'elle pensait de lui.

60.

George décida de faire cela le mercredi.

Jean devait aller voir sa sœur, un voyage prévu de longue date. Elle avait vaguement laissé entendre qu'elle pourrait l'annuler si George avait besoin de compagnie, mais il insista pour qu'elle parte.

Quand elle eut enfin appelé de Northampton pour dire qu'elle était arrivée et vérifier que tout allait bien, George rassembla son matériel. Il n'aurait pas beaucoup d'énergie ni de temps une fois qu'il aurait commencé. Il fallait donc que tout soit prêt.

Il avala deux comprimés de codéine avec un grand verre de whisky. Il empila trois vieilles serviettes de toilette bleues dans la salle de bains. Il posa le téléphone sans fil sur la table de la cuisine, remplit le tiroir de la machine à laver de lessive et laissa la porte ouverte.

Il prit une barquette de glace de deux litres vide au fond du cellier, vérifia que le couvercle fermait, et le monta en même temps que deux sacs-poubelles. Il étala les sacs-poubelles par terre et posa la barquette de glace en équilibre sur les robinets de la baignoire. Il ouvrit la trousse à pharmacie et la mit sur l'étagère de la salle de bains.

Le whisky et la codéine commençaient à faire leur effet.

Il redescendit, sortit les ciseaux du tiroir et les aiguisa avec la pierre à aiguiser grise qu'il utilisait pour le couteau à découper. Pour faire bonne mesure, il aiguisa aussi le couteau à découper et monta les deux ustensiles, qu'il déposa au bout de la baignoire, en face des robinets.

Il avait peur, évidemment. Mais les substances chimiques émoussaient l'appréhension, et la conscience que ses problèmes seraient bientôt réglés l'encourageait à aller de l'avant.

Il ferma les rideaux de la salle de bains et les portes du couloir. Il éteignit toutes les lampes et attendit que ses yeux s'habituent à l'obscurité. Il se déshabilla, plia soigneusement ses vêtements et les laissa en pile en haut de l'escalier.

Il allait entrer dans la salle de bains quand il songea qu'il ne voulait pas qu'on le trouve inconscient, nu, sur le sol de sa propre salle de bains. Il remit son slip.

Il régla la douche sur « chaud », dirigea le jet vers le mur du fond et tira la paroi de plastique coulissante.

Le tapis de bain était épais et moelleux. Était-il lavable ? Il n'en était pas sûr. Par mesure de précaution, il le déplaça tout au fond de la pièce.

Il posa le pied dans la baignoire pour vérifier la température de l'eau. Parfait. Il entra.

L'affaire était en train. Une fois qu'il aurait commencé, il ne pourrait plus faire marche arrière.

Il regarda autour de lui pour s'assurer une dernière fois que tout était en place. Les ciseaux, la barquette de glace, les sacs-poubelles…

La première étape, il le savait, serait la plus difficile. Mais ce ne serait pas long. Il inspira profondément.

Il prit les ciseaux dans sa main droite, passa les doigts de sa main gauche sur sa hanche, à la recherche de la lésion. Il attrapa la chair qui l'entourait, et le picotement nauséeux qui monta de ses doigts à son bras (un peu comme s'il ramassait une araignée ou une crotte de chien) ne fit que lui confirmer la nécessité de ce qu'il avait entrepris.

Il tira la lésion, l'écartant de son corps.

Il baissa les yeux, puis les détourna.

Sa chair étirée dessinait une crête blanche, comme du fromage fondu sur une pizza.

Il écarta les branches des ciseaux.

Inspirez profondément et expirez quand vous sentirez la douleur. C'est ce que lui avait dit l'ostéopathe.

Il posa les lames aiguisées autour de la peau soulevée et appuya de toutes ses forces.

Il n'eut pas besoin de se rappeler d'expirer. Cela se fit tout seul.

La douleur dépassait de si loin toutes celles qu'il avait déjà éprouvées que ce fut comme si un avion à réaction atterrissait à moins d'un mètre de sa tête.

Il baissa de nouveau les yeux. Il ne s'était pas attendu à une telle quantité de sang. On se serait cru dans un film. Il était plus épais et plus foncé qu'il ne l'aurait pensé, presque huileux, et étonnamment chaud.

Ce qu'il remarqua aussi, c'est qu'il n'était pas arrivé à détacher entièrement la chair entourant la lésion. Elle pendait à présent de sa hanche comme un petit bifteck très cru.

Il resserra les doigts autour du lambeau de chair, écarta une nouvelle fois les ciseaux et essaya de faire une seconde entaille. Mais le sang rendait la prise glissante et, cette fois, le gras semblait plus résistant.

Il se pencha, posa les ciseaux à l'extrémité de la baignoire et attrapa le couteau à découper.

Mais quand il se releva, un essaim de minuscules lumières blanches traversa son champ de vision et son corps lui parut plus loin qu'il n'aurait dû. Pour reprendre l'équilibre, il posa la main sur le mur carrelé. Malheureusement, elle entourait toujours le couteau à découper. Il le lâcha pour s'appuyer contre le mur. Le couteau tomba dans la baignoire et sa pointe s'enfonça dans le pied de George.

À cet instant, la pièce se mit à tourner. Le plafond oscilla, il vit en très gros plan le petit bidule aimanté vert avocat qui servait à poser le savon, puis le robinet d'eau chaude le frappa sur l'occiput.

Il était couché sur le flanc et observait toute la longueur de la baignoire. On aurait dit qu'on y avait égorgé un cochon.

La lésion était toujours attachée à son corps.

Sainte Mère de Dieu. Les cellules cancéreuses traumatisées essaimaient certainement par l'isthme de chair entre lambeau et hanche, fondant de petites colonies dans ses poumons, sa moelle osseuse, son cerveau.

Il savait, maintenant, qu'il n'aurait pas la force de l'enlever.

Il fallait qu'il aille à l'hôpital. Ils le feraient à sa place. Peut-être procéderaient-ils déjà à l'ablation dans l'ambulance s'il leur expliquait bien la situation.

Il se releva à quatre pattes, très lentement.

Ses endorphines ne fonctionnaient pas très très bien.

Il allait devoir surmonter l'obstacle de l'escalier.

Flûte.

Il aurait dû le faire à la cuisine. Il aurait pu se mettre dans la vieille baignoire en plastique que les gosses utilisaient l'été. Ou faisait-elle partie des affaires qu'il avait vidées du fond du garage en 1985 ?

Bien possible.

Il se pencha par-dessus le bord de la baignoire et attrapa une des serviettes de toilette.

Il s'arrêta. Était-ce vraiment une bonne idée que d'introduire de la peluche de tissu-éponge dans une plaie béante ?

Il se mit prudemment debout. Les petites lumières blanches recommencèrent à aller et venir.

Il baissa les yeux. Il était difficile de distinguer ce qui était quoi dans toute la zone de la plaie, et ce spectacle lui donnait mal au cœur. Il se détourna et posa brièvement les yeux sur le carrelage éclaboussé.

Inspire. Retiens. Expire. Trois. Deux. Un.

Il baissa de nouveau les yeux. Il attrapa le lambeau coupé par la face externe et pressa dessus pour le remettre en place. Il ne tenait pas très bien. En fait, dès qu'il le lâcha, il s'écarta de la plaie et pendouilla horriblement au bout de sa charnière rouge et humide.

Il y avait comme une pulsation dans la plaie. La vision n'était pas rassurante.

Il reprit le bout de chair, le remit en place et appuya la serviette dessus.

Il attendit une minute, puis se releva pour de bon.

S'il appelait l'ambulance tout de suite, elle arriverait peut-être trop tôt. Il allait faire un peu de ménage d'abord, et téléphoner ensuite.

Avant tout, il fallait nettoyer la baignoire.

Mais quand il tendit la main pour attraper le pommeau de douche, il lui parut plus haut qu'il ne croyait et son torse n'apprécia pas particulièrement la position étirée.

Mieux valait laisser les choses telles quelles et inventer une histoire quelconque pour Jean quand elle reviendrait de Sainsbury's.

Était-elle à Sainsbury's ? Tout cela était légèrement brumeux.

Il décida de s'habiller.

Cela n'allait pas être facile non plus. Il portait un slip imbibé de sang. Il y en avait des propres dans la commode de la chambre, mais pour y accéder il fallait franchir dix mètres de moquette crème, alors qu'un volume considérable de sang dégoulinait de sa jambe.

Il aurait dû mieux préparer son affaire.

Il pressa la serviette un peu plus fermement sur la plaie et essuya le sang qu'il y avait par terre en se mettant debout sur les deux autres serviettes et en faisant le tour de la salle de bains en traînant les pieds pendant quelques minutes. Il essaya de se baisser pour attraper les deux serviettes avant de les jeter dans la baignoire, mais son corps n'appréciait pas davantage la flexion que l'extension.

Il décida de limiter les frais. Il se dirigea en titubant vers la chambre et composa le 999.

En se retournant, il vit qu'il avait laissé des empreintes de pas sur la moquette crème. Jean allait être drôlement fâchée.

« Police, pompiers ou ambulance ?

— Police, dit George sans réfléchir. Non. Attendez. Ambulance.

— Je vais vous mettre en communication…

— Service des ambulances. Pouvez-vous me donner votre numéro ? »

Quel était son numéro ? Il lui était sorti de l'esprit. Il s'en servait si rarement.

— Allô ? demanda la dame à l'autre bout du fil.

— Je suis désolé, répondit George. Je n'arrive pas à me souvenir de mon numéro.

— Ça ne fait rien. Allez-y.

— Bien. Oui. Je crois que je me suis coupé. Avec une gouge. Cela saigne beaucoup. »

Le numéro de Katie, par exemple. Il n'avait aucun mal à s'en souvenir. Enfin… À vrai dire, ce numéro-là lui était aussi sorti de la tête.

À l'autre bout du fil, la dame demanda :

« Pouvez-vous me donner votre adresse ? »

Il lui fallut, là encore, un effort pour s'en souvenir.

Après avoir raccroché, il se rendit compte qu'évidemment il avait oublié d'aller chercher la gouge avant d'entrer dans la baignoire. Jean serait déjà assez fâchée. Si elle découvrait qu'il avait fait tout ce gâchis en découpant son cancer avec ses ciseaux spéciaux, elle serait folle de rage.

Mais la gouge était à la cave, et la cave était loin.

Il se demanda s'il avait pensé à raccrocher.

Puis il se demanda s'il était arrivé à donner son adresse avant de raccrocher. En admettant qu'il ait raccroché.

Ils pouvaient retrouver l'origine des appels.

Enfin, au cinéma en tout cas.

Mais au cinéma, on pouvait faire tomber quelqu'un dans les pommes simplement en lui appuyant sur l'épaule.

Il s'aperçut dans la glace du couloir et se demanda ce que faisait un vieil homme fou, nu et ensanglanté, près de la table du téléphone.

Les marches de la cave étaient vraiment très raides.

Avant que Jean et lui ne soient beaucoup plus vieux, il serait peut-être judicieux d'installer un nouvel escalier moins pentu. Une rampe ne serait pas superflue non plus.

En traversant la cave, il mit le pied sur un objet qui ressemblait beaucoup à une de ces petites briques de Lego que Jacob laissait parfois traîner dans la maison, celles qui n'ont qu'un bitoniau sur le dessus. Il trébucha et laissa tomber sa serviette. Il la ramassa. Elle était couverte de sciure et de toutes sortes de cadavres d'insectes. Il se demanda pourquoi il tenait une serviette. Il la posa sur le couvercle du congélateur. Dieu sait pourquoi, la serviette avait l'air imbibée de sang. Il faudrait qu'il en parle à quelqu'un.

La gouge.

Il fouilla dans le petit panier vert et la trouva sous le pied-de-biche et le mètre à ruban.

Alors qu'il se retournait pour remonter, ses genoux cédèrent doucement sous lui et il roula de biais dans la piscine en caoutchouc qu'ils laissaient toujours à moitié gonflée pour éviter que les surfaces intérieures ne se couvrent de moisissures.

Il regardait une image de poisson de tout près. Un jet d'eau sortait du sommet de la tête du poisson, ce qui donnait à penser que c'était une baleine. Mais elle était rouge, ce qui donnait à penser que c'était peut-être une espèce de poisson tout à fait différente.

Une odeur de caoutchouc parvenait à ses narines, il entendait le clapotis de l'eau et voyait des petits festons d'étincelles de soleil qui dansaient devant lui et cette jeune femme plutôt séduisante de l'hôtel du Portugal en deux-pièces vert citron.

S'il avait bonne mémoire, c'était là qu'ils servaient ce dessert toxique dans des ananas évidés.

Il avait l'impression de souffrir beaucoup, mais ne savait pas trop pourquoi. Il était aussi très fatigué.

Il allait dormir un peu.

Oui, c'était sûrement une bonne idée.

61.

Katie sauverait son mariage.

Elle appela au bureau à huit heures. Elle avait l'intention de laisser un message et fut prise de court quand Aidan décrocha (s'il n'avait pas eu l'air aussi guilleret, elle l'aurait presque soupçonné de dormir au bureau ; elle avait du mal à l'imaginer faire des heures sup s'il n'y avait personne pour le voir).

« Attends que je devine, murmura Aidan d'un ton las. Tu es malade. »

Il aurait été plus simple de répondre « Oui », mais c'était un jour à être honnête. De toute façon, elle n'avait jamais aimé donner raison à Aidan. Sur quoi que ce soit. « Non, je vais très bien. Mais j'ai besoin de ma journée.

— Impossible. »

Il y eut un glouglou à l'arrière-plan. Était-il concevable qu'il soit en train de pisser tout en parlant dans le téléphone sans fil ? « Allons, tu peux bien te passer de moi pendant un jour.

— Les Henley ont eu la visite des pompiers. Ils leur ont retiré leur licence pour la salle de bal. Autrement dit, on a du pain sur la planche.

— Aidan ? dit-elle de ce ton grave et cassant qu'on utilise pour faire comprendre aux enfants indociles qu'ils ont intérêt à cesser immédiatement de faire ce qu'ils sont en train de faire.

— Quoi ? dit-il de cette voix légèrement frémissante des enfants indociles quand on prend ce ton grave et cassant.

— Je reste chez moi. Je t'expliquerai plus tard. Je te trouverai un autre lieu demain. »

Aidan reprit du poil de la bête. « Katie, si tu n'es pas là à dix heures… »

Elle raccrocha. Peut-être était-elle sans emploi. Cela ne paraissait pas tellement important.

Ray arriva juste après neuf heures, après avoir déposé Jacob à la garderie. Il appela le bureau, parla à un certain nombre de gens pour s'assurer que rien ne s'écroulerait ni ne brûlerait en son absence. Puis il demanda : « Alors quoi ? »

Katie lui jeta son manteau. « On va prendre le métro pour Londres. C'est toi qui choisis ce qu'on fait ce matin. Je choisirai ce qu'on fait cette après-midi.

— D'accord. »

Ils allaient repartir de zéro. Seulement, cette fois, elle ne serait pas seule et désespérée. Elle découvrirait si elle l'aimait ou si elle avait simplement besoin de lui.

Ils pourraient aborder la gestion des colères de Ray plus tard. Et si le mariage était annulé, ce serait le boulot de quelqu'un d'autre.

Ray voulait aller sur la grande roue du Millénaire. Ils réservèrent deux billets, puis mangèrent une glace sur un banc en regardant le courant se diriger vers la mer du Nord.

« Tu te rappelles les gaufres ? demanda Katie. Avec cette petite brique de glace prise en sandwich entre des biscuits qui avaient comme un dessin de grillage dessus ? Peut-être qu'on en trouve encore. »

Ray n'écoutait pas vraiment. « J'ai l'impression d'être en vacances.

— Parfait, dit Katie.

— Le seul problème des vacances, poursuivit Ray, c'est qu'il faut rentrer à la maison ensuite.

— Il paraît que les vacances sont la quatrième principale cause de stress, observa Katie. Après le décès d'un conjoint et un changement d'emploi. Et un déménagement. Si je me souviens bien.

— La quatrième ? demanda Ray les yeux rivés sur l'eau. Et la mort d'un enfant ?

— D'accord. Peut-être pas la quatrième.

— La mort de ta femme. Un enfant handicapé.

— Une maladie en phase terminale, suggéra Katie. Une amputation. Un accident de voiture.

— Un incendie qui ravage ta maison, renchérit Ray.

— Une déclaration de guerre, dit Katie.

— Voir un chien se faire écraser.

— Voir quelqu'un se faire écraser.

— Écraser quelqu'un.

— Écraser un chien.

— Écraser toute une famille. »

Ils riaient de nouveau.

Ray fut déçu par la roue. Trop technique, selon lui. Il avait envie de sentir le vent dans ses cheveux, de se cramponner à un garde-fou rouillé et d'envisager la vague éventualité que toute la structure s'effondre.

Katie regretta de ne pas avoir inclus une limite d'altitude dans son organisation de la journée. Elle se sentait mal. Marble Arch, la centrale électrique de Battersea, la Gherkin Tower, des collines vertes là-bas qui donnaient l'impression d'être dans ce foutu Népal. Elle baissa les yeux sur le bois blond du banc central ovale et essaya d'imaginer qu'elle était au sauna.

Ray dit : « Quand on était petits, on avait des cousins qui vivaient dans une vieille ferme. On pouvait sortir par la fenêtre de la chambre et grimper sur le toit. Si Papa et Maman l'avaient su, ils auraient pété les plombs. Mais je m'en souviens encore aujourd'hui, de cette impression d'être au-dessus de tout. Les toits, les champs, les voitures… On se prenait pour Dieu.

— On en a encore pour longtemps ? » demanda Katie.

Ray prit l'air amusé. Il regarda sa montre.

« Bof. Encore un petit quart d'heure. »

62.

Sauf que ce n'était pas une piscine, parce que son postérieur vert citron (elle s'appelait Marianna, il s'en souvenait) glissait latéralement sur la droite et qu'il y avait ce battement rythmique qui était le bruit des rames frappant l'eau parce qu'il regardait la course d'aviron à la télévision (à bien y réfléchir, elle pouvait aussi s'appeler Marlena), mais cela ne se passait peut-être pas à la télévision, parce qu'il était accoudé à une solide balustrade de granit, pourtant il sentait aussi le contact d'une moquette contre son visage, ce qui voulait dire qu'il était peut-être à l'intérieur, et le commentateur racontait quelque chose à propos de la cuisine, et une autre méthode pour dessiner un ficus serait de le photographier puis de projeter une diapositive sur une grande feuille de papier collée au ruban de masquage sur le mur et de dessiner le contour, ce que certains considéreraient peut-être comme de la triche, mais Rembrandt se servait bien de lentilles, enfin c'est ce que disait cet article du *Sunday Times*, ou peut-être que c'était Léonard de Vinci, et personne ne les accusait de tricher, parce que ce qui comptait c'était le tableau, et ils étaient tout habillés de blanc et ils le soulevaient, et ce n'était pas un cercle lumineux, plutôt un rectangle vertical au sommet d'un escalier, mais tout compte fait il avait peut-être jeté le projecteur de diapositives en même temps que la baignoire en plastique en 1985 et quelqu'un disait « George… ? George… ? George… ? », puis il pénétra dans le rectangle de lumière vive et on posa quelque chose sur sa bouche, les portes se refermèrent et il montait dans une sorte de cage d'ascenseur de cristal juste au-dessus de la maison et, quand il baissa les yeux, il vit l'atelier en construction et la gouttière bouchée qu'il aurait dû nettoyer au-dessus de la fenêtre de la salle de bains, et un train à vapeur du Nene Valley Railway et les trois lacs du parc naturel et les champs qui s'étendaient comme un couvre-lit et ce petit resto d'Agrigente et les papillons dans les Pyrénées, les traces d'avions entrecroisées et le bleu du ciel qui tournait lentement au noir et les petites flammes dures des étoiles.

63.

Jean avait toujours trouvé sa sœur pénible. Même avant sa renaissance évangélique. À vrai dire, ça allait presque mieux depuis. Parce que au moins Eileen avait de bonnes raisons d'être pénible. Inutile de s'accrocher parce qu'elle irait au Paradis et pas toi, alors ça ne valait même pas le coup d'essayer.

Mais juste à sa façon de porter un gilet beige informe, elle arrivait à vous donner l'impression d'être cupide et égocentrique.

Au déjeuner, elle eut terriblement envie de parler de David. Simplement pour voir la tête de sa sœur. Le problème était qu'Eileen jugerait sans doute de son devoir moral de transmettre l'information à George.

Peu importait maintenant. Le supplice était fini pour un an.

Au moment où elle arriva chez elle, elle se réjouissait de pouvoir bavarder avec George. De n'importe quoi.

Elle jonglait avec ses clés quand elle se rendit compte que quelque chose clochait. À travers le petit carré de vitre dépolie, elle apercevait la table de téléphone de travers. Et il y avait quelque chose de foncé au pied de l'escalier. Cette chose sombre avait des bras. Elle pria Dieu pour que ce soit un manteau.

Elle ouvrit la porte.

C'était un manteau.

Puis elle vit le sang. Sur l'escalier. Sur la moquette de l'entrée. Il y avait une trace de main ensanglantée sur le mur, à côté de la porte du salon.

Elle appela George, mais il n'y eut pas de réponse.

Elle faillit faire demi-tour et filer chez un voisin prévenir la police. Puis elle imagina la conversation au téléphone. Elle ne serait même pas capable de dire où il était, ni ce qui lui était arrivé. Il fallait qu'elle soit la première à le voir.

Elle entra, tous les minuscules poils de son corps hérissés. Elle laissa la porte entrouverte. Pour maintenir ce lien. Avec le ciel. Avec l'air. Avec le monde ordinaire.

Le salon était exactement tel qu'elle l'avait laissé ce matin.

Elle alla à la cuisine. Il y avait du sang partout sur le lino. Il était en train de mettre une lessive en route. La porte de la machine était ouverte et une boîte de pastilles de Persil était posée sur le plan de travail au-dessus.

La porte de la cave était ouverte. Elle descendit lentement l'escalier. Encore du sang. De grandes traces à l'intérieur de la piscine en plastique, et des dégoulinures sur le côté du congélateur. Mais pas de corps.

Elle essayait très très fort de ne pas penser à ce qui avait bien pu se passer ici.

Elle alla à la salle à manger. Elle monta à l'étage. Elle entra dans les chambres à coucher. Puis dans la salle de bains.

C'était là qu'ils avaient fait ça. Dans la baignoire. Elle aperçut le couteau et détourna les yeux. Elle recula en titubant et s'effondra sur la chaise du couloir, terrassée par les sanglots.

Ils l'avaient emmené ailleurs ensuite.

Il fallait qu'elle appelle quelqu'un. Elle se leva et traversa en titubant le palier jusqu'à leur chambre. Elle souleva le combiné. Cet appareil lui parut soudain bizarre. Comme si elle n'en avait encore jamais vu. Les deux parties qui se séparaient. Le petit bruit. Les boutons avec des chiffres noirs dessus.

Elle ne voulait pas téléphoner à la police. Elle ne voulait pas parler à des étrangers. Pas encore.

Elle appela Jamie à son travail. Il n'était pas au bureau. Elle appela chez lui et laissa un message.

Elle appela Katie. Elle n'était pas là. Elle laissa un message.

Elle avait oublié leurs numéros de portable.

Elle appela David. Il dit qu'il serait là dans un quart d'heure.

Il faisait horriblement froid dans la maison et elle tremblait de tous ses membres.

Elle descendit, attrapa son manteau d'hiver et s'assit sur le muret du jardin.

64.

En rentrant de chez Tony, Jamie s'arrêta à une station-service ouverte vingt-quatre heures sur vingt-quatre et acheta un paquet de Silk Cut, un Twix, une barre de Cadbury's Boost et une autre de Yorkie. Au moment où il s'endormit, il avait mangé tout le chocolat et fumé onze cigarettes.

Quand il se réveilla le lendemain matin, quelqu'un avait plié un cintre en fil de fer dans l'espace situé entre son cerveau et son crâne. En plus, il était en retard et n'avait pas le temps de prendre une douche. Il s'habilla, avala un café instantané avec deux Nurofen et courut jusqu'au métro.

Il était assis dans le wagon quand il se rappela qu'il n'avait pas rappelé Katie. Arrivé à destination, il sortit son portable de sa poche, mais le courage lui manqua. Il l'appellerait ce soir.

Il entra au bureau et se dit qu'il aurait dû passer ce coup de fil.

Il ne pouvait pas continuer comme ça.

Tony n'était pas seul en cause. Il se trouvait à un carrefour. Ce qu'il ferait durant les prochains jours déterminerait le cours du reste de sa vie.

Il voulait que les gens l'aiment. D'ailleurs les gens l'aimaient. Autrefois, du moins. Ce n'était plus aussi facile aujourd'hui. Ce n'était pas automatique. Il commençait à perdre le bénéfice du doute. Auprès de tout le monde. Lui compris.

S'il ne faisait pas gaffe, il allait devenir un de ces types qui s'intéressent plus aux meubles qu'aux êtres humains. Il finirait par vivre avec un autre type qui s'intéressait plus aux meubles qu'aux êtres humains et ils mèneraient une vie qui, vue de l'extérieur, aurait l'air parfaitement normale mais qui serait en réalité une sorte de mort vivante qui te laissait le cœur comme un raisin sec.

Ou pire, il passerait d'une liaison sordide à une autre, il deviendrait obèse parce que tout le monde se foutrait pas mal de son apparence, puis il attraperait une horrible maladie parce qu'il était trop gros et mourrait d'une mort lente et pénible dans une salle d'hôpital pleine de vieillards séniles qui puaient la pisse et le chou et qui hurlaient la nuit.

Au bureau, il dut taper la description de trois nouvelles constructions de Jack Riley à West Hampstead. Avec, forcément, une faute de frappe ou une photo mal légendée pour que Riley puisse entrer en trombe en cherchant un cul à botter.

La dernière fois, Jamie avait ajouté « écroulement garanti entre signature et achèvement » et imprimé les informations pour amuser Shona, mais il avait dû rattraper la feuille in extremis en apercevant Riley en train de parler à Stuart à la réception.

Chambre 1. 4,88 m. max. x 3,40 m. max. Deux fenêtres à guillotine en façade. Parquet poncé prêt à vitrifier. Prise de téléphone…

Il lui arrivait de se demander pourquoi il faisait ce boulot.

Il se frotta les yeux.

Il fallait qu'il arrête de gémir. Il allait être quelqu'un de bien. Et les gens bien ne gémissaient pas. Il y avait des enfants qui mouraient en Afrique. Quelle importance avait Jack Riley dans l'univers ? Aucune. Certaines personnes n'avaient même pas de boulot.

Bosse et tais-toi.

Il colla les photographies de l'intérieur.

Au bureau d'en face, Giles faisait son fameux truc avec son stylo. Il le faisait rebondir entre le pouce et l'index puis le jetait en l'air et le faisait tournoyer un certain nombre de fois avant de le rattraper par l'extrémité. Jamie faisait la même chose avec les canifs. À neuf ans.

Peut-être qu'avec quelqu'un d'autre, Josh, Shona ou Michael, ça ne l'aurait pas agacé comme ça. Mais c'était Giles. Qui portait une cravate. Et qui ouvrait un Penguin, pliait l'emballage en deux puis enveloppait le bas de la barre dans cette double couche de papier d'alu en formant une sorte de cornet pour éviter de se mettre du chocolat sur les doigts, et on avait envie de lui tirer une balle dans la tête. En plus, chaque fois que le stylo retombait dans sa main Giles faisait ce bruit. Un petit *clop* avec sa langue. Comme quand on imite le bruit du cheval au galop pour les enfants. Mais un seul *clop* à la fois.

Jamie remplit quelques Conditions de vente et imprima trois Fiches d'informations sur le bien immobilier.

Il n'en voulait pas à Tony. Bordel, il s'était vraiment conduit comme un con. Tony avait eu raison de lui claquer la porte au nez.

Comment veux-tu que quelqu'un t'aime si tu ne t'aimes pas toi-même ?

Il tapa les lettres d'envoi, mit tous les papiers sous enveloppe et répondit à une série d'appels téléphoniques de la veille.

À midi et demi, il sortit s'acheter un sandwich, qu'il mangea assis dans le parc sous la pluie, sous le parapluie de Karen, savourant ces quelques instants de paix et de calme relatifs.

Il avait mal à la tête. De retour au bureau, il tapa deux Nurofen à Shona puis passa une grande partie de l'après-midi hypnotisé par les déplacements passionnants des nuages devant la petite fenêtre de l'escalier, souhaitant désespérément être assis sur son canapé avec une grande tasse de thé correct et un paquet de petits gâteaux.

Giles recommença son truc avec le stylo à deux heures trente-neuf. À deux heures quarante-sept, il le faisait toujours.

Tony était-il avec quelqu'un ? De toute façon, Jamie ne pouvait pas vraiment se plaindre. Seules les crevettes empoisonnées l'avaient empêché de coucher avec Mike. Pourquoi Tony n'aurait-il pas le droit d'avoir quelqu'un chez lui ?

C'était comme ça. Quand on était quelqu'un de bien. Inutile d'aller creuser des puits au Burkina Faso. Inutile d'offrir sa table basse à quelqu'un. Il suffisait de voir les choses en se mettant à la place d'autrui. De se rappeler qu'il s'agit d'êtres humains.

Contrairement à ce foutu Giles Mynott.

Clop. Clop. Clop.

Il avait envie d'aller pisser.

Il se leva de son tabouret, se retourna et se heurta à Josh qui rapportait une tasse de café incroyablement brûlant à son bureau.

Jamie s'entendit dire, très fort :

« Espèce. De. Sale. Con. »

Il y eut un silence de plomb.

Stuart marcha vers lui. Il avait l'impression de voir le directeur traverser la cour le jour où il avait déchiré la veste de Sharon Parker.

« Tu te sens bien, Jamie ?

— Je suis navré. Vraiment navré. »

Stuart faisait son Mister Spock, ne trahissant rien de ses pensées.

« Ma sœur vient d'annuler son mariage, dit Jamie. Mon père fait une dépression et ma mère le quitte pour un autre homme. »

Stuart s'adoucit.

« Tu devrais peut-être prendre le reste de l'après-midi.

— Oui. Merci. Je veux bien. Désolé. »

Il prit le métro, en sachant qu'il partait pour l'enfer. La seule manière d'atténuer l'effet des fourches brûlantes qui l'attendaient était de téléphoner à Katie et à Maman dès qu'il serait rentré.

Un vieux type avec une main atrophiée était assis en face de lui. Il portait un imper jaune et un cartable gras bourré de papiers, il regardait Jamie et marmonnait tout bas. Jamie fut très soulagé de le voir descendre à Swiss Cottage.

Appeler Maman ne serait pas une partie de plaisir. Était-il censé savoir qu'elle quittait Papa ? Katie elle-même était-elle censée le savoir ? Elle avait pu surprendre une conversation et en tirer des conclusions hâtives. Ce qui serait tout à fait son genre.

Il appellerait Katie d'abord.

Mais quand il arriva chez lui, il y avait un message sur le répondeur.

Il appuya sur « play » et retira sa veste.

Il pensa d'abord que c'était un canular. Ou une cinglée qui avait fait un faux numéro. Une femme était en hyperventilation au bout du fil.

Puis cette femme prononça son nom « Jamie… ? Jamie… ? », il reconnut sa mère et dut s'asseoir précipitamment sur l'accoudoir du canapé.

« Jamie… ? Tu es là… ? Il est arrivé quelque chose d'affreux à ton père. Jamie… ? Oh merde, merde, merde, merde, merde. »

Le message s'interrompit.

Tout était très calme et très silencieux. Puis il se précipita à travers la pièce, faisant tomber le téléphone sur la moquette.

Le numéro de ses parents. Putain, c'était quoi, leur numéro ? Bordel, il avait dû le faire sept mille fois. Zéro un sept trois trois… Deux quatre deux… ? Deux deux quatre ? Deux quatre quatre ? Saloperie.

Il était en train de téléphoner aux renseignements quand le numéro lui revint. Il le composa. Il compta les sonneries. Quarante. Pas de réponse.

Il appela Katie.

Répondeur.

Il raccrocha et essaya sur son portable.

Encore une foutue messagerie.

« Katie. C'est Jamie. Merde. Tu n'es pas là. Putain. Écoute. Je viens d'avoir un appel terrifiant de Maman. Appelle-moi, tu veux ? Non. Ne m'appelle pas. Je vais faire un saut à Peterborough. Après tout, tu y es peut-être déjà. Je te parlerai plus tard. J'y vais. »

Quelque chose d'affreux ? Les vieux ne pouvaient donc jamais dire les choses clairement ?

Il courut dans l'entrée, attrapa ses clés de voiture, et dut s'appuyer contre le mur quelques secondes pour éviter de s'évanouir, et il songea soudain que, par un obscur détour, c'était lui qui était à l'origine de tout ça parce qu'il n'avait pas rappelé Katie, qu'il avait posé un lapin à Ryan, qu'il n'aimait pas Tony, et n'avait pas dit toute la vérité à Stuart.

Mais au moment où il traversa la M25, il se sentait étonnamment bien.

Il avait toujours aimé les urgences. Celles des autres, en tout cas. Elles ramènent tes problèmes à leurs justes proportions. C'est comme sur un ferry. Tu n'as pas à penser à ce qu'il faut faire ni à l'endroit où il faut aller pendant les heures à venir. Tout est organisé.

C'est bien connu. Personne ne se suicide en temps de guerre.

Il parlerait à son père. Pour de bon. De tout.

Jamie lui avait toujours reproché leur absence de communication. Il avait toujours considéré son père comme un vieux machin racorni. C'était de la lâcheté. Il le voyait bien maintenant. Et de la paresse. Le désir de confirmer ses propres préjugés.

Baldock, Biggleswade, Sandy…

Encore quarante minutes et il y serait.

65.

Katie et Ray se tenaient devant une sculpture intitulée *Éclair avec cerf dans son éclat*. En gros, une poutrelle qui sortait du mur avec une pointe en métal noir déchiquetée qui en pendait et, par terre à côté, des détritus censés représenter le cerf, une chèvre et des « créatures primitives », mais qui, de là où Katie se trouvait, auraient aussi bien pu figurer la Crucifixion ou la recette du croque-monsieur.

À l'origine, le cerf en aluminium était fait avec une planche à repasser. Elle le savait parce qu'elle avait lu assez en détail la petite notice explicative. Elle avait lu un sacré paquet de petites notices explicatives, et regardé à travers tout un tas de fenêtres et imaginé la vie privée d'un sacré nombre d'autres visiteurs parce que Ray passait un temps fou à examiner les œuvres d'art. Et ça la faisait chier.

Elle était venue ici pour de très mauvaises raisons. Elle voulait être dans son élément, et elle n'y était pas. Elle voulait que lui n'y soit pas, et il y était.

On pouvait dire ce qu'on voulait de Ray, mais on aurait pu le lâcher au fin fond du Turkménistan et, avant la tombée de la nuit, on l'aurait retrouvé au village le plus proche en train de bouffer du cheval et de fumer ce qu'ils fumaient dans le coin.

Il était en train de gagner. Mais ce n'était pas un concours. C'était puéril de penser que c'était un concours. Ce qui ne l'empêchait pas de gagner. Alors que c'était elle qui était censée gagner.

Ils arrivèrent enfin à la cafétéria.

Il tenait un morceau de sucre de façon que l'angle inférieur effleure à peine la surface de son thé ; une marée brune montait peu à peu vers le sommet du parallélépipède. Il disait : « Évidemment, il y a un paquet de merdes là-dedans. Mais… c'est comme ces vieilles églises et tous ces machins-là. Ça vous oblige à ralentir et à regarder… Quelque chose ne va pas ?

— Non, non. »

Elle comprenait, maintenant. Le problème n'était pas le lancer de poubelle. C'était de ne pas gagner.

Ça lui plaisait d'être plus intelligente que Ray. Ça lui plaisait de savoir le français et pas lui. Ça lui plaisait d'avoir un avis sur l'agriculture industrielle et pas lui.

Mais tout ça, ça comptait pour du beurre. Il était meilleur qu'elle. Sur tout ce qui comptait. À part le lancer de poubelle. En fait, elle aurait peut-être elle aussi balancé quelques poubelles en son temps, si elle avait été un peu plus costaude.

Dix minutes plus tard, ils étaient assis sur la grande pente, les yeux baissés sur le vaste espace de la salle de la turbine, derrière eux.

Ray dit :

« Je sais que tu fais de gros efforts, pour m'aimer. »

Katie ne répondit rien.

Ray reprit :

« Tu n'es pas obligée de faire ça. » Il s'interrompit. « Tu n'es pas obligée de m'épouser à cause de Jacob, de la maison, de l'argent, de tout ça. Je n'ai pas l'intention de te jeter à la rue. Quoi que tu décides, j'essaierai que ça marche. »

66.

Jamie traversait la salle d'attente quand un bonhomme fringant d'une bonne soixantaine d'années bondit d'une des chaises en plastique vertes et lui bloqua le passage de façon un peu inquiétante.

« Jamie ?

— Oui ? »

Le type portait une veste de lin et un col roulé anthracite. Il n'avait pas l'air d'un médecin.

« David Symmonds. Je suis un ami de votre mère. Je l'ai connue à la librairie où elle travaille. En ville.

— Oui.

— C'est moi qui l'ai conduite ici, expliqua le type. Elle m'a téléphoné. »

Jamie ne savait pas trop ce qu'il était censé faire. Remercier le type ? Le payer ? « Je ferais mieux d'aller voir où est ma mère. » Le bonhomme avait quelque chose de curieusement familier. On aurait dit un présentateur de journal télévisé ou un acteur d'une pub de télé.

Le type dit :

« Votre mère est rentrée chez elle et a découvert que votre père avait été hospitalisé. Il semblerait qu'il ait été victime d'une tentative de cambriolage. »

Jamie n'écoutait pas. Après avoir passé quelques coups de fil paniqués, debout devant la maison fermée, au village, il n'avait pas du tout envie qu'on lui tienne la jambe.

Le type continua :

« Nous pensons que votre père les a dérangés. Mais tout va bien… Pardon. Je ne devrais pas dire ça. Il est vivant en tout cas. »

Jamie se sentit soudain très faible.

« Il y avait beaucoup de sang, dit le type.

— Pardon ?

— À la cuisine. Dans la cave. La salle de bains.

— De quoi parlez-vous ? » demanda Jamie.

Le type recula d'un pas. « Box 4. Écoutez… Il vaut peut-être mieux que je file. Puisque vous êtes là pour vous occuper de votre mère. » L'homme joignait les mains comme un pasteur. Il y avait un pli soigneusement repassé à l'avant de son pantalon de toile.

Quelqu'un avait cherché à assassiner le père de Jamie.

Le type reprit :

« Dites à votre mère que j'espère que tout ira bien. Et dites-lui que je pense bien à elle.

— D'accord. »

Le type s'écarta et Jamie se dirigea vers le box 4. Il s'arrêta de l'autre côté du rideau et se prépara mentalement au spectacle qui l'attendait.

Mais quand il repoussa le rideau, ses parents riaient. Enfin, sa mère riait et son père avait l'air amusé. Il ne l'avait pas vu comme ça depuis longtemps.

Son père n'avait pas de blessure apparente et quand ils se retournèrent vers Jamie, il eut l'impression surréaliste de faire intrusion à un rare moment sentimental.

« Papa ?

— Salut, Jamie, dit son père.
— Je suis désolée pour le message téléphonique, intervint sa mère. Ton père a eu un accident.
— Avec une gouge à bois, expliqua son père.
— Une gouge ? » demanda Jamie. Le type de la salle d'attente était cinglé, ou quoi ?
Son père rit doucement. « Je crois que j'ai fait un sacré chantier à la maison. En essayant de nettoyer.
— Mais tout est arrangé, maintenant », fit sa mère.
Jamie eut l'impression que s'il s'excusait d'avoir fait irruption et repartait, personne n'en prendrait ombrage ou ne s'en étonnerait le moins du monde. Il demanda à son père comment il se sentait.
« J'ai un peu mal. »
Jamie ne savait pas quoi répondre, alors il se tourna vers sa mère :
« Il y avait un type dans la salle d'attente. Il m'a dit qu'il t'avait conduite ici. »
Il s'apprêtait à lui transmettre toutes ses pensées, mais sa mère bondit sur ses pieds d'un air surpris et s'écria :
« Oh ! Il est encore là ?
— Il allait repartir. Puisque tu n'avais plus besoin de lui.
— Je vais voir si j'arrive à le rattraper », dit-elle, et elle disparut vers la salle d'attente.
Jamie s'installa dans le fauteuil à côté du lit de son père et, en s'asseyant, il se rappela qui était David Symmonds. Et ce que Katie lui avait annoncé dans son message téléphonique. L'image de sa mère traversant la salle d'attente au pas de course, sortant en trombe de l'hôpital et sautant sur le siège avant d'une petite voiture de sport rouge, la porte qui claquait, le moteur qui vrombissait et les deux amants qui disparaissaient

dans un nuage de gaz d'échappement lui traversa l'esprit.

Si bien que quand son père lui dit « En fait, ce n'était pas un accident », Jamie crut qu'il faisait allusion à cette aventure et fut à deux doigts de dire quelque chose de vraiment très stupide.

« J'ai un cancer, annonça son père.

— Pardon ? fit Jamie, se demandant s'il avait bien entendu.

— Ou plus exactement, j'en avais un.

— Un cancer ?

— Le docteur Barghoutian m'a dit que c'était de l'eczéma, poursuivit son père. Mais je n'étais pas sûr qu'il ait raison. »

Qui était le docteur Barghoutian ?

« Alors je l'ai coupé.

— Avec une gouge ? » Jamie comprit que Katie avait raison. À propos de tout. Son père ne tournait pas rond du tout.

« Non. Avec des ciseaux. » Son père n'avait pas l'air le moins du monde ému par ce qu'il disait. « Sur le coup, ça m'a paru raisonnable. » Il s'interrompit. « En fait, pour tout t'avouer, je ne suis pas arrivé à le retirer complètement. Plus difficile que je ne croyais. Pendant un moment, j'ai cru qu'ils allaient me recoudre ce machin. Mais apparemment il vaut mieux procéder à l'ablation et laisser la granulation se faire de l'intérieur. Cette charmante femme médecin m'a expliqué tout cela. Indienne, je pense. » Il s'interrompit encore. « Il est sans doute préférable de ne pas en parler à ta mère.

— D'accord, opina Jamie, sans trop savoir ce qu'il approuvait.

— Eh bien…, reprit son père. Comment vas-tu ?

— Je vais bien. »

Ils restèrent assis en silence pendant quelques instants.

Puis son père dit :

« J'ai connu une situation légèrement délicate récemment.

— Katie m'en a parlé.

— Mais tout est réglé maintenant. » Les paupières de son père commençaient à se fermer. « Si ça ne t'ennuie pas, je vais faire un petit somme. La journée a été fatigante. »

Jamie éprouva un instant de panique en pensant que son père risquait de mourir inopinément sous ses yeux. Il n'avait jamais vu mourir personne et ne connaissait pas bien les symptômes. Mais en examinant le visage de son père, il le trouva exactement comme quand il s'endormait sur le canapé de la maison.

Quelques secondes plus tard, son père ronflait.

Jamie lui prit la main. Le geste paraissait opportun. Puis il lui sembla plutôt incongru, alors il la lâcha.

Une femme gémissait dans un box voisin, comme si elle accouchait. Ça se passait sûrement ailleurs, non ?

Quelle partie de son corps son père avait-il essayé de retirer ?

Et après ? Aucune réponse à cette question ne pourrait la faire paraître normale.

Bon sang. C'était son père qui avait fait ça. Le classeur de livres par ordre alphabétique. Le remonteur d'horloges.

Jamie espérait de toutes ses forces que sa mère n'avait pas mis les bouts. Sinon, Katie et lui allaient être obligés de s'occuper de leur père tandis que celui-ci s'engagerait dans sa lente dégringolade vers quelque horrible petite résidence pour personnes âgées.

C'était une idée peu charitable.

Il faisait de gros efforts pour renoncer aux idées peu charitables.

Peut-être était-ce de ça qu'il avait besoin. De quelque chose qui vienne faire voler sa vie en éclats. Revenir au village. S'occuper de son père. Réapprendre à être humain. Une sorte de machin spirituel.

Sa mère réapparut dans un bruissement de rideau.

« Désolée. Je l'ai rattrapé juste à temps. Quelqu'un du boulot. David. Il m'a déposée.

— Papa dort », annonça Jamie, bien que ce fût plutôt évident à en juger par les ronflements.

Est-ce qu'elle couchait avec ce type ? La journée était propice aux révélations.

Sa mère s'assit.

Jamie inspira profondément.

« Papa m'a dit qu'il avait un cancer.

— Oh, oui, je sais.

— Mais alors, ce n'est pas vrai ?

— Le docteur Barghoutian dit que non.

— Bon. »

Jamie avait envie de lui parler des ciseaux. Mais quand il formula la phrase dans sa tête, elle lui parut trop bizarre pour pouvoir être prononcée à haute voix. Une rêvasserie morbide qu'il regretterait d'avoir mis tant d'empressement à partager.

Sa mère dit :

« Je suis désolée. J'aurais dû t'en parler avant que tu viennes. »

Une fois encore, Jamie ne savait pas vraiment de quoi elle parlait.

« Ton père n'a pas été très bien ces derniers temps.

— Je sais.

— Nous espérons que ça s'arrangera avec le temps. »

Donc, elle n'avait pas l'intention de se tirer avec ce type. Pas dans un avenir immédiat.

« Bon sang. Tout arrive en même temps, tu ne trouves pas ? dit Jamie

— C'est-à-dire ? » Sa mère prit l'air inquiet.

« Eh bien, le mariage annulé, tout ça. »

L'expression de sa mère passa d'un type d'inquiétude à un autre, et Jamie comprit, instantanément, qu'elle ne savait pas que le mariage était annulé, qu'il avait merdé, que Katie allait le tuer, et peut-être Ray aussi, que sa mère ne serait pas franchement contente non plus et qu'il aurait vraiment mieux fait de rappeler Katie tout de suite.

« Comment ça, le mariage est annulé ? demanda sa mère.

— Eh bien… » Jamie marchait sur des œufs. « Elle a dit un truc au téléphone… Elle a laissé un message… Je ne lui ai pas parlé depuis… C'est peut-être un malentendu. »

Sa mère secoua la tête tristement et poussa un long soupir.

« Bon, après tout, ça nous fait sans doute un souci de moins. »

67.

Katie et Ray passèrent par la garderie sur le chemin du retour.

Jacob se montra anormalement curieux de savoir pourquoi ils venaient le chercher ensemble tous les deux. Il sentait bien que quelque chose ne tournait pas rond. Mais elle réussit à le distraire en lui racontant qu'ils avaient vu un piano à queue suspendu à un plafond (*Concert for Anarchy*, 1990, de Rebecca Horn ; tiens, elle pourrait sans doute trouver du boulot là-bas), et bientôt Jacob et Ray étaient plongés dans une grande discussion à propos de l'Australie qui était à l'envers, enfin seulement plus ou moins, et des hommes des cavernes qui étaient apparus après les dinosaures, mais avant les diligences.

Quand ils arrivèrent à la maison, elle appuya sur le bouton du répondeur et entendit une voix bizarre dire qu'il était arrivé quelque chose d'affreux à son père. Si bizarre qu'elle crut que le père en question était celui de quelqu'un d'autre. Puis la femme dit qu'elle allait appeler Jamie, et Katie comprit que c'était Maman et elle eut une trouille du diable. Alors elle repassa le message. Qui fut identique la seconde fois. Elle commença vraiment à paniquer.

Mais il y avait un autre message. De Jamie.

« Je viens de recevoir un appel terrifiant de Maman. Appelle-moi, tu veux ? Non. Ne m'appelle pas. Je vais faire un saut à Peterborough. Après tout, tu y es peut-être déjà. Je te parlerai plus tard. »

Jamie ne disait pas non plus ce qui était arrivé à Papa.

Merde.

Elle annonça à Ray qu'elle prenait la voiture. Ray préférait la conduire lui-même à Peterborough. Mais elle voulait qu'il reste pour s'occuper de Jacob. Ray dit qu'ils pouvaient très bien l'emmener avec eux. Katie lui demanda de ne pas être ridicule. Ray refusa de la laisser conduire dans cet état-là.

Jacob entendit la dernière partie de ce dialogue.

Ray s'accroupit devant lui et lui expliqua : « Papy est malade. Que dirais-tu d'une petite expédition ? On pourrait aller là-bas vérifier qu'il va bien.

— Tu crois qu'il voudra du chocolat ? demanda Jacob.

— C'est possible.

— Je peux lui donner le reste de mes pastilles de chocolat.

— Je vais les chercher, proposa Ray. Et toi, prends ton pyjama, ta brosse à dents et un slip de rechange pour demain, d'accord ?

— D'accord. » Jacob monta l'escalier en trottinant.

Papa avait fait une tentative de suicide. Elle ne voyait pas d'autre explication.

Ray lui dit : « Va préparer tes affaires. Je m'occupe des miennes et de celles de Jacob. »

Qu'est-ce qui aurait pu lui arriver d'autre, coincé dans cette chambre ? Comprimés ? Lames de rasoir ? Corde ? Il fallait qu'elle sache, ne fût-ce que pour effacer toutes les images qui se bousculaient dans sa tête.

Il était peut-être sorti de la maison et s'était fait renverser par une voiture.

C'était sa faute. Il avait appelé au secours et elle avait refilé le bébé à Maman, tout en sachant qu'elle était complètement à côté de ses pompes.

Merde, merde, merde.

Elle attrapa un pull dans le tiroir et le petit sac à dos dans le placard.

Est-ce qu'il était vivant, au moins ?

Si seulement elle avait parlé plus longtemps avec lui. Si seulement elle avait pris un congé et était venue passer la semaine chez ses parents. Si seulement elle avait insisté un peu plus auprès de Maman. Bon sang, elle ne savait même pas s'il était allé voir le médecin. Ça faisait deux jours qu'elle n'avait même pas pensé à lui. Pas une seule fois.

Les choses furent un peu plus faciles dans la voiture. En plus, Ray avait raison. Elle aurait certainement embouti quelqu'un. C'était la fin de l'heure de pointe, et ils se dirigeaient laborieusement vers le nord, bouchon après bouchon, feu rouge après feu rouge pendant que Ray et Jacob chantaient plusieurs milliers de strophes de « Mon âne mon âne ».

Quand ils arrivèrent à Peterborough, Jacob dormait.

Ray s'arrêta devant la maison et dit : « Reste ici. » Il sortit.

Elle faillit protester. Elle n'était plus une gamine. Et c'était *son* père. Mais elle était épuisée et ne demandait qu'à laisser quelqu'un d'autre décider à sa place.

Ray frappa à la porte et attendit longtemps. Pas de réponse. Il fit le tour par-derrière.

Au bout de la rue, trois gosses faisaient du vélo à tour de rôle sur une petite rampe faite d'une planche et d'un cageot, comme Juliet et elle à neuf ans.

Ray mettait drôlement longtemps. Elle sortit de la voiture et avait parcouru la moitié du chemin qui longeait la maison quand il réapparut.

Il leva la main. « Non. N'y va pas.

— Pourquoi ?

— Il n'y a personne.

— Comment est-ce que tu le sais ? demanda-t-elle.

— J'ai cassé une fenêtre sur l'arrière pour entrer. » Il lui fit faire demi-tour et la poussa vers la voiture.

« Qu'est-ce que tu as fait ?

— On en reparlera plus tard. Il faut que j'appelle l'hôpital.

— Pourquoi est-ce que tu ne veux pas que j'entre dans la maison ? » demanda Katie.

Ray la prit par les deux épaules et la regarda droit dans les yeux. « Fais-moi confiance. »

Il ouvrit la portière du conducteur, sortit son portable de la boîte à gants et composa un numéro.

« George Hall, dit Ray. C'est ça. »

Ils attendirent.

« Merci, dit Ray dans le téléphone.

— Alors ? demanda Katie.

— Il est à l'hôpital. Viens. Monte.

— Qu'est-ce qui lui est arrivé ? Qu'est-ce qu'ils t'ont dit ?

— Rien.

— Pourquoi ?

— Je ne leur ai pas demandé.

— Bon sang, Ray.

— De toute façon, ils ne vous disent jamais rien si on n'est pas de la famille.

— Mais putain, je suis de sa famille.

— Désolé, s'excusa Ray. Monte, s'il te plaît. »

Elle monta dans la voiture et Ray démarra.

« Pourquoi est-ce que tu n'as pas voulu que j'entre dans la maison ? demanda Katie. Qu'est-ce qu'il y avait ?

— Beaucoup de sang », répondit Ray, très calmement.

68.

Peu après que Jean eut envoyé Jamie manger quelque chose à la cafétéria de l'hôpital, un médecin apparut. Il portait un pull bleu foncé à col en V sans cravate, comme les médecins d'aujourd'hui.

Il dit : « Madame Hall ?

— Oui ?

— Je suis le docteur Parris. »

Il lui serra la main. Il était plutôt bel homme. Du genre joueur de rugby.

Il dit :

« Pourrions-nous sortir quelques instants ? » et il posa la question si poliment qu'elle ne songea même pas à s'inquiéter. Ils sortirent.

« Oui, eh bien ? » demanda-t-elle.

Il garda le silence une seconde. « Nous aimerions garder votre mari pour la nuit.

— Très bien. » Cela paraissait tout à fait raisonnable.

Il reprit :

« Nous aimerions procéder à un examen psychiatrique.

— C'est vrai qu'il a été un peu à plat ces derniers temps. » Elle était impressionnée par la conscience professionnelle de l'hôpital et se demandait comment ils pouvaient être au courant. Peut-être le docteur Barghoutian avait-il signalé quelque chose dans le dossier médical de George. Ce qui était un peu inquiétant.

Le docteur Parris expliqua : « Quand quelqu'un se fait mal, nous aimons savoir pourquoi. Savoir si cela lui est déjà arrivé. S'il risque de recommencer. »

Jean dit : « Il s'est cassé le coude il y a quelques années. En général, il est très prudent. » Elle ne voyait pas du tout où il voulait en venir. Elle sourit.

Le docteur Parris lui rendit son sourire, mais ce n'était pas un vrai sourire. « Alors comme cela, il s'est cassé le coude… ?

— En tombant d'un escabeau.

— On ne vous a pas parlé des ciseaux, si je comprends bien ?

— De quels ciseaux ? » demanda-t-elle.

Alors il lui parla des ciseaux.

Elle avait envie de dire au docteur Parris qu'il confondait George avec quelqu'un d'autre. Mais il était au courant du sang, de la salle de bains et de l'eczéma. Comment avait-elle pu croire cette grotesque histoire de gouge ? Elle se sentait complètement idiote. Et elle eut peur pour George.

Il perdait la tête.

Elle avait envie de demander au docteur Parris ce qui clochait exactement avec George, si son état allait s'aggraver, si c'était définitif. Mais c'étaient des questions égoïstes et elle ne voulait pas se ridiculiser une seconde fois. Alors elle le remercia de lui avoir parlé, elle retourna s'installer sur le fauteuil près du lit de George, attendit que le docteur Parris soit parti et pleura un petit peu, à l'abri des regards.

69.

Jamie buvait un café et mangeait un friand au fromage et aux oignons au Kenco Restaurant (*Nos Menus du chef*, *Nos Grillades du mercredi*, *Notre Cuisine internationale*, *et bien d'autres délices encore !*).

Il était vraiment dans la merde. Il avait bien envie de ne pas bouger d'ici et d'attendre que Katie soit arrivée, que leur mère et elle se soient arraché les yeux mutuellement puis aient conclu une sorte de trêve pour retourner aux urgences.

Il aimait bien le Kenco Restaurant. Comme il aimait bien les stations-service d'autoroute et les salons d'aéroport. Comme d'autres gens aimaient visiter des cathédrales ou se promener dans la campagne.

Les plateaux en plastique noir, les fausses plantes vertes et les petits claustras qu'ils ajoutaient pour donner l'impression qu'on était dans une jardinerie… On pouvait réfléchir dans des endroits comme ça. Personne ne savait où vous étiez. Aucun risque de se faire accoster par des collègues ou des amis. On était seul, mais pas isolé.

Quand il était ado et qu'il allait à des boums, il se promenait toujours dans le jardin, il s'asseyait sur un banc dans le noir pour fumer des Camel, les fenêtres éclairées derrière lui et les pulsations lointaines de « *Hi, Ho, Silver Lining* », il regardait les constellations et méditait sur toutes ces grandes questions, l'existence de Dieu, la nature du mal et le mystère de la mort, des questions qui semblaient plus importantes que tout ce qui pouvait exister au monde jusqu'à ce que quelques années aient passé et que d'autres questions bien réelles vous soient tombées dessus, par exemple comment gagner sa vie et pourquoi l'amour venait et s'en allait, et pendant combien de temps on pouvait continuer à fumer et puis arrêter sans choper un cancer du poumon.

Peut-être les réponses n'avaient-elles aucune importance. Peut-être que ce qui comptait, c'était de s'interroger. De ne jamais rien considérer comme acquis. C'était peut-être ça, qui vous empêchait de vieillir.

Peut-être aussi qu'on pouvait tout supporter pourvu qu'on puisse passer une demi-heure par jour dans un endroit comme celui-ci et laisser son esprit vagabonder.

Un vieux type avec une peau de lézard et un carré de gaze collé sur la pomme d'Adam s'assit avec une tasse de thé à la table d'en face. Les doigts de sa main gauche étaient tellement jaunes de nicotine qu'ils avaient l'air vernis.

Jamie regarda sa montre. Cela faisait quarante minutes qu'il était parti. Il se sentit soudain un peu coupable.

Il avala la dernière gorgée de café grumeleux, se leva et s'engagea dans le couloir central.

70.

Jean regardait George dormir.

Elle pensait au jour où ils avaient rendu visite à l'oncle de George dans cet horrible hôpital de Nottingham, juste avant sa mort. Ces vieillards tristes, assis autour de la télévision, en train de fumer ou de traîner les pieds dans les couloirs. Qu'allait-il devenir ?

Elle entendit un bruit de pas et Katie apparut entre les rideaux, rouge et essoufflée. Elle avait l'air effondrée.

« Comment va Papa ?

— Ça va. Ne t'inquiète pas.

— On a eu tellement peur. » Elle était hors d'haleine. « Qu'est-ce qui s'est passé ? »

Jean expliqua. L'accident avec la gouge. Et maintenant qu'elle savait que ce n'était pas vrai, elle trouvait ça ridicule et se demanda comment elle avait pu s'y laisser prendre. Mais Katie semblait trop soulagée pour poser des questions.

« Dieu merci… j'ai cru… » Katie se reprit et baissa la voix, craignant que George ne pût entendre ce qu'elle disait. « Je préfère ne pas en parler. » Elle se frotta le visage.

« Parler de quoi ? demanda Jean calmement.

— J'ai cru que peut-être il… Enfin, tu sais, chuchota Katie. Il était déprimé. Il avait peur de mourir. Tu étais dans un tel état au téléphone que c'est la seule explication que j'aie trouvée. »

Un suicide. Voilà ce que le médecin voulait dire, évidemment. Se faire mal.

Katie lui effleura l'épaule et demanda :

« Ça va, Maman ?

— Oui, oui, répondit Jean. Enfin, à vrai dire, non. Ça a été un peu pénible, c'est le moins qu'on puisse dire. Mais je suis contente que vous soyez là, Jamie et toi.

— À propos de Jamie…

— Il est à la cafétéria. Ton père dormait et il n'avait pas mangé. Alors je l'ai envoyé là-bas.

— Ray dit que la maison est sens dessus dessous.

— La maison, dit Jean. Mon Dieu, j'avais oublié la maison.

— Désolée.

— Tu rentreras avec moi, tu veux bien ? Ils gardent ton père pour la nuit.

— Bien sûr. On fera ce qui te convient le mieux.

— Merci. »

Katie tourna les yeux vers George.

« Il n'a pas l'air de souffrir.

— Non.

— Où est-ce qu'il s'est coupé ?

— À la hanche. Il avait la gouge en main et il a dû tomber dessus. » Elle s'inclina et repoussa la couverture pour montrer le pansement à Katie, mais le bas de pyjama de George avait été descendu un peu trop bas et on voyait ses poils pubiens, alors elle la remonta précipitamment.

Katie prit la main de son père et la serra. « Papa ? C'est Katie. » Papa murmura quelque chose d'incompréhensible. « Quel idiot tu fais. Mais on t'aime, tu sais.

— Alors, Jacob est ici ? » demanda Jean.

Katie n'écoutait pas. Elle s'assit sur l'autre chaise et fondit en larmes.

« Katie ?

— Pardon. »

Jean la laissa pleurer un moment puis elle dit :

« Jamie m'a prévenue, pour le mariage. »

Katie leva les yeux.

« Quoi donc ?

— Que tu voulais l'annuler. »

Katie eut l'air peinée.

« C'est bon, fit Jean. Je me doute que ça doit t'ennuyer d'en parler. En plus, avec l'accident de ton père. Et maintenant que tout était organisé. Mais ce serait bien pire de continuer simplement pour ne pas faire d'histoires.

— Bien sûr, approuva Katie, en hochant la tête pour elle-même.

— L'essentiel, c'est que tu sois heureuse. » Jean s'interrompit. « Si ça peut te consoler, je t'avouerais que nous n'avons jamais été très chauds.

— Nous ?

— Ton père et moi. Ray est un chic type, j'en conviens. Et Jacob l'aime bien. Je t'avouerais pourtant que nous avons toujours pensé qu'il ne te convenait pas vraiment. »

Katie garda le silence pendant un moment d'une longueur inquiétante.

« Nous t'aimons beaucoup », dit Jean.

Katie l'interrompit.

« C'est Jamie qui t'a raconté ça ?

— Il paraît que tu l'as appelé. » De toute évidence, quelque chose clochait, mais Jean ne savait pas quoi.

Katie se leva, avec une détermination inquiétante dans le regard. Elle dit « Je reviens tout de suite » et disparut de l'autre côté du rideau.

Elle avait l'air très en colère.

Jamie allait avoir des ennuis. Jean en était sûre. Elle se cala contre son dossier, ferma les yeux et expira profondément. Elle n'avait pas l'énergie nécessaire pour affronter ça. Pas maintenant.

Les enfants ne grandissent jamais vraiment. Trente ans et ils se conduisent encore comme à cinq. Tu crois que ce sont tes meilleurs amis et, une seconde après, tu dis quelque chose que tu n'aurais pas dû et ils se mettent en pétard.

Elle se pencha en avant et prit la main de George. On pouvait dire ce qu'on voulait de son mari, au moins il était prévisible.

Ou du moins, il l'avait été.

Elle serra ses doigts et songea qu'elle n'avait pas la moindre idée de ce qui se passait dans sa tête.

71.

Quand Jamie entra dans la salle d'attente, il aperçut Ray et Jacob assis l'un en face de l'autre tout au bout de la rangée de sièges en plastique verts. Ray faisait un tour de magie avec une pièce de monnaie. Celui que tous les pères font, dans le monde entier, depuis la nuit des temps.

Jamie s'assit sur la chaise à côté de Jacob et dit :

« Salut les mecs. »

Jacob dit :

« Ray sait faire de la magie. »

Ray regarda Jamie et demanda :

« Alors… ? »

Pendant quelques secondes, Jamie se demanda à quoi Ray faisait allusion. Puis cela lui revint. « Ah, ouais. Papa. Pardon. J'étais à la cafète. Il va bien. Enfin, non, il ne va pas bien. C'est-à-dire que… il y a d'autres problèmes, mais physiquement, ça va. Maman a appelé tout le monde parce que… » Impossible d'expliquer pourquoi Maman avait appelé tout le monde sans donner des cauchemars à Jacob. « Je te raconterai plus tard.

— Papy est mort ? demanda Jacob.

— Il est tout à fait vivant. Tu n'as aucune raison de t'inquiéter.

— Tant mieux, fit Ray. Tant mieux. » Il expira comme un acteur qui joue le soulagement dans une pièce de théâtre.

Puis Jamie se rappela que le mariage était à l'eau et se sentit mal à l'aise de ne pas en avoir parlé. Alors il dit :

« Et toi, comment ça va ? » d'un ton lourd de sous-entendus pour bien lui faire comprendre qu'il s'en souciait vraiment, que ce n'était pas par pure politesse.

Et Ray répondit « Très bien », d'un ton lourd de sous-entendus pour bien faire comprendre à Jamie qu'il savait parfaitement de quoi il parlait.

« Fais ta magie, supplia Jacob. Fais-la apparaître. Fais-la apparaître dans mon oreille.

— D'accord. » Ray se tourna vers Jamie avec une toute petite esquisse de sourire et Jamie se laissa aller à envisager que Ray puisse être un être humain relativement agréable.

C'était une pièce de vingt pence. Jamie avait une pièce de vingt pence dans la poche arrière de son pantalon de velours. Il la sortit discrètement et la cacha dans sa main droite. « Cette fois, annonça Jamie, Ray va la faire apparaître dans ma main. » Il leva le poing droit.

Ray regarda Jamie et, à en juger par son froncement de sourcils, il dut penser que Jamie cherchait à organiser une petite séance de tripotage entre hommes. Puis le déclic se fit et il sourit, franchement cette fois, en disant :

« Allons-y. »

Ray brandit théâtralement la pièce entre son pouce et son index.

« Il faut encore que j'envoie la poussière de magie, dit Jacob, visiblement terrifié à l'idée que quelqu'un puisse le faire avant lui.

— Vas-y », fit Ray.

Jacob saupoudra de la poussière magique invisible sur la pièce.

Ray dessina un petit moulinet de sa main libre, la baissa sur la pièce comme un mouchoir, la referma en poing et la redressa brusquement. La pièce avait disparu.

« La main, cria Jacob. Montre-moi la main magique. »

Ray ouvrit le poing lentement.

Pas de pièce.

Les yeux de Jacob s'écarquillaient d'étonnement.

« Et maintenant, dit Jamie en levant le poing. *Bang !* »

Il allait ouvrir le poing et montrer la pièce quand Ray murmura « Katie… » avec une expression inquiétante sur le visage. Jamie se retourna et vit Katie marcher sur lui, et elle avait, elle aussi, une expression inquiétante.

Il dit : « Ah, Katie ! Salut ! » et elle lui envoya un coup de poing sur le côté de la tête, le faisant dégringoler de son siège et il se retrouva par terre en train de regarder, en gros plan, les chaussures de Jacob.

Il entendit une personne légèrement dérangée applaudir de l'autre côté de la salle, et Ray qui disait « Katie… Mais bon sang, qu'est-ce que… ? » et Jacob qui disait « Tu as tapé Oncle Jamie » d'une voix perplexe, et un bruit de pas précipités.

Au moment où il se relevait pour se rasseoir, un gardien s'approcha d'eux en disant :

« Allons, allons, allons, un peu de calme par ici, messieurs dames. »

Katie s'adressa à Jamie :

« Mais putain, qu'est-ce que tu es allé raconter à Maman ? »

Jamie rassura le gardien :

« C'est bon, c'est ma sœur. »

Ray se pencha vers Jacob :

« Je pense qu'on ferait mieux d'aller voir Mamie et Papy, toi et moi. »

Le gardien dit :

« Si vous faites encore du grabuge, je vous mets tous dehors », mais personne ne l'écoutait vraiment.

72.

Cinq minutes plus tard, Jean entendit de nouveaux bruits de pas, plus pesants que ceux de Katie. Elle crut d'abord que c'était un autre médecin. Elle prit son courage à deux mains.

Mais quand le rideau s'écarta, c'était Ray, avec Jacob sur ses épaules.

Elle comprit immédiatement ce qui s'était passé. Katie avait tout dit à Ray. Qu'ils n'étaient pas très chauds, George et elle. Qu'ils trouvaient que Ray n'était pas assez bien pour leur fille.

Ray posa Jacob.

Jacob dit :

« Bonjour Mamie. J'ai… J'ai… des… des pastilles au chocolat. Pour Papy. »

Jean avait du mal à imaginer ce qu'un homme comme Ray pouvait faire quand il était en colère.

Elle se leva de sa chaise et dit :

« Ray. Je suis vraiment désolée. Ne croyez pas que nous ne vous aimons pas. Loin de là… Simplement, nous… Je suis tellement, tellement désolée. »

Elle aurait voulu que le sol l'engloutisse mais il refusa de le faire, alors elle disparut entre les rideaux et s'éloigna en courant.

73.

Katie regarda Jamie se relever et trois idées lui traversèrent l'esprit dans une succession rapide.

Primo, elle aurait de sérieuses explications à donner à Jacob. Secundo, elle avait perdu sa dernière once de supériorité morale sur Ray. Tertio, c'était la première fois qu'elle flanquait un coup de poing pareil depuis sa dispute à propos des sandales rouges avec Zoe Canter au collège, et c'était vraiment génial.

Elle s'assit à côté de son frère. Ils restèrent silencieux quelques instants.

« Je suis désolée », dit-elle, ce qui n'était pas vrai. Enfin, pas vraiment. « Je viens de passer quelques semaines de merde.

— Égalité, répondit Jamie.

— C'est-à-dire ?

— Tony m'a plaqué.

— Oh merde. Désolée. » Par-dessus l'épaule de Jamie, Katie vit une femme qui ressemblait beaucoup à Maman filer vers le couloir central de l'hôpital comme si elle avait un chien invisible à ses trousses.

« En plus, ce n'était pas une gouge, reprit Jamie. Il a essayé de *couper son cancer*, semble-t-il. Avec des ciseaux.

— Ça paraît plus logique », répondit Katie.

Jamie eut l'air un peu déçu :

« Je m'attendais à une autre réaction de ta part. »

Alors Katie lui raconta son séjour à la maison, les crises de panique et *L'Arme fatale*.

« Oh, j'ai oublié, ajouta Jamie. Il est venu ici.

— Qui ?

— Le jules de Maman.

— Comment ça, il est venu ici ?

— Il l'a déposée, si j'ai bien compris. Il faisait plutôt profil bas. Ça se comprend. Je suis tombé sur lui en arrivant.

— Alors, à quoi il ressemble ? »

Jamie haussa les épaules.

« Tu le trouves baisable ? » demanda-t-elle.

Jamie leva les sourcils et elle se rendit compte qu'avec tout ce qui s'était passé, elle avait un peu perdu les pédales.

« Partager un amant bisexuel vieillissant avec ma propre mère, remarqua Jamie. Tu ne crois pas que la vie est déjà assez compliquée comme ça ? » Il s'interrompit. « Fringant. Bronzé. Pull à col roulé. Un peu trop d'after-shave. »

Elle se pencha en avant et lui prit les mains.

« Tu vas bien ? »

Il rit.

« Ouais. Étonnamment bien. »

Elle comprit parfaitement ce qu'il voulait dire. Et sur le moment, elle trouva qu'en effet tout allait vraiment bien. Assis tous les deux ensemble, tranquillement. L'œil du cyclone.

« Alors, vous vous mariez ? demanda Jamie.

— Si je le savais ! Maman est enchantée. Évidemment. Du coup, forcément, j'ai assez envie d'épouser

Ray juste pour la faire chier. » Elle resta silencieuse un moment. « Ça devrait être simple, non ? Enfin merde, on aime quelqu'un ou on ne l'aime pas. Ce n'est pas la théorie des quanta, quand même. Mais je n'en sais rien, Jamie. Absolument rien. »

Un jeune Asiatique en costume bleu foncé franchit la double porte et s'approcha de l'accueil. Il avait l'air sobre, mais sa chemise était couverte de sang.

Elle se rappela tous ces dessins animés où on voit des garçons assis dans la salle d'attente d'un hôpital avec une casserole sur la tête et elle se demanda s'il était vraiment possible de se coincer une casserole sur la tête.

Couper son cancer aux ciseaux. Parfaitement logique à bien y réfléchir. Un traitement un peu énergique pour de l'eczéma en revanche.

L'Asiatique tomba. Pas mollement. Rigide. Comme un râteau ou comme la grande aiguille d'une horloge très rapide. Il fit un grand bruit en touchant le sol. C'était drôle et pas drôle en même temps.

On l'emporta sur une civière.

Ray et Jacob réapparurent.

Jacob dit :

« Il… Il y avait un… Papy ronflait. »

Ray demanda :

« Vous n'auriez pas vu votre mère par hasard ?

— Pourquoi ? demanda Jamie.

— Elle était un peu bizarre, et puis elle s'est tirée. »

Jacob regarda Jamie.

« Fais apparaître la pièce.

— Plus tard, d'accord ? » Il se leva et ébouriffa les cheveux de Jacob. « Je vais essayer de la retrouver. »

Dix minutes plus tard, ils repartaient pour le village.

Ils prirent Maman dans leur voiture. Katie s'assit derrière avec Jacob. Visiblement, Maman n'était pas enchantée d'être devant avec Ray, mais Katie éprouva un plaisir pervers à les voir s'évertuer à entretenir une conversation mondaine.

En plus, elle aimait bien être derrière avec Jacob. Les enfants. Pas de responsabilité. Les adultes s'occupent de tout. Comme l'été, en Italie, quand le moteur de l'Alfa Romeo avait pété près de Reggio Emilia et qu'ils s'étaient arrêtés au bord de la route et qu'un type aux moustaches stupéfiantes était venu et avait dit qu'il était *completamente morte* ou un truc comme ça et que Papa avait carrément vomi dans l'herbe, sauf que sur le moment c'était juste un nouvel exemple de comportement parental étrange et une odeur atroce, et Jamie et elle étaient restés assis sur le bas-côté à jouer avec les jumelles et le petit puzzle de bois avec les flocons de neige, à boire du soda à l'orange sans se soucier de rien.

74.

À genoux sur les marches avec une cuvette d'eau savonneuse, Jamie était en train d'éponger le sang de son père sur la moquette.

Ça ne se passait pas comme ça dans les livres et dans les films. Au moment capital, il y avait de la musique d'orchestre, tout le monde savait où trouver un garrot et il n'y avait jamais de camionnette de glacier qui passait dehors. Alors que dans la vraie vie, tu avais mal aux genoux, la lavette se désagrégeait entre tes mains et il fallait te rendre à l'évidence, toutes les traces ne partiraient pas.

Jamie était arrivé le premier à la maison et quand Katie et Ray s'étaient arrêtés à côté de lui, leur mère avait bondi par la portière du passager comme si la voiture était en feu, ce qui était un peu curieux. Il y avait eu un moment de panique parce qu'il allait de soi que Jacob ne pouvait pas entrer dans la maison à cause du sang (d'après la description de Ray, ça tenait plus du seau de peinture renversé que de quelques taches par-ci par-là). Mais la panique s'exprima exclusivement par gestes, pour que Jacob n'ait pas idée de ce qui se passait.

Jamie comprit alors où Katie voulait en venir quand elle disait que Ray assurait. Il sortit une tente du coffre et expliqua à Jacob qu'ils allaient dormir au jardin tous les deux parce qu'il y avait un crocodile dans la maison et que si Jacob avait vraiment de la chance il ne serait même pas obligé de rentrer pour se laver et pourrait faire pipi dans le massif de fleurs.

Ce n'était pas une raison, bien sûr. On n'épouse pas quelqu'un parce qu'il assure. On épouse quelqu'un parce qu'on est amoureux. En plus, quelqu'un qui assure tout le temps n'est pas forcément très sexy. Assurer, c'est un machin de père.

Encore que, si Ray avait été leur père, il serait évidemment allé voir un médecin. Ou aurait utilisé les outils qu'il fallait et n'aurait pas laissé un truc à moitié attaché.

Jamie lessivait encore l'escalier quand Katie surgit devant lui.

« Tu ne crois quand même pas qu'il avait l'intention de le garder, si ? » Elle brandissait une barquette de glace vide.

« C'était quoi, au juste, d'ailleurs ? demanda Jamie.

— Hanche gauche, précisa Katie, faisant mine d'écarter des branches de ciseaux près de la poche de son jean.

— C'était gros ?

— Comme un hamburger. Il paraît. Je n'ai pas vu la plaie. Et puis… bon, la salle de bains est faite. Maman a fini la cuisine. Laisse-moi terminer ça et va voir dehors ce que fabriquent Ray et Jacob.

— Tu préfères nettoyer du sang sur une moquette plutôt que d'aller parler à ton fiancé ?

— Si tu as l'intention d'être désagréable, débrouille-toi tout seul.

— Pardon. Marché conclu.

— En plus, reprit Katie, je suis au regret de devoir te faire savoir que les femmes sont bien meilleures ménagères que les hommes. »

Le ciel était couvert et il faisait très sombre dans le jardin. Jamie dut rester trente secondes sur la terrasse avant de commencer à distinguer quelque chose.

Ray avait planté la tente assez loin au fond du jardin. Aussi loin que possible de la famille de Katie. Quand Jamie s'approcha, une voix désincarnée s'éleva :

« Salut Jamie. »

Ray était assis, tournant le dos à la maison. Sa tête n'était qu'une silhouette, son expression était indéchiffrable.

« Je t'ai apporté du café. » Jamie lui tendit la tasse.

« Merci. »

Ray était assis sur un matelas pneumatique. Il se poussa, laissant l'autre extrémité à Jamie.

Jamie s'assit. Le matelas était tiède. De petits ronflements haletants provenaient de l'intérieur de la tente.

« Alors, qu'est-ce qu'il s'est fait au juste ? demanda Ray.

— Merde, dit Jamie. Personne ne t'a rien dit ? Désolé. »

Alors Jamie raconta toute l'histoire et Ray laissa échapper un long sifflement.

« Complètement cinglé. »

Il avait l'air impressionné, et pendant quelques secondes Jamie fut étrangement fier de son père.

Ils restèrent assis sans rien dire.

C'était comme ce truc aux boums d'ados. Sans « *Hi, Ho, Silver Lining* ». Et Jamie n'était pas seul au jardin. Pourtant c'était bien. Ray avait été banni pour d'obscurs motifs et se retrouvait parmi les exclus, lui aussi.

En plus, Jamie ne le voyait pas, si bien qu'il ne prenait pas autant de place que d'habitude.

Ray dit :

« Je me suis tiré.

— Comment ça ?

— Katie est allée prendre un café avec Graham. Je les ai suivis.

— Ouh là, ce n'est pas un truc à faire, ça.

— Je l'aurais tué, franchement, continua Ray. J'ai balancé une poubelle dans la rue. Je me suis bien rendu compte que j'avais tout foutu en l'air. Alors je me suis dégonflé. Je suis allé passer la nuit chez un collègue. » Il s'interrompit. « C'était encore pire que de la suivre au café, évidemment. »

Jamie ne savait pas quoi dire. C'était déjà assez difficile de parler à Ray au grand jour. Sans le secours du langage corporel, c'était presque impossible.

« En fait, expliqua Ray, Graham n'y était pour rien. C'était juste un…

— Catalyseur ? proposa Jamie, heureux d'avoir l'occasion de participer à la conversation.

— Un symptôme, corrigea Ray poliment. Katie ne m'aime pas. Je crois qu'elle ne m'a jamais aimé. Mais elle fait de gros efforts. Parce qu'elle a peur que je la vire de la maison.

— Mmm, mmm, fit Jamie.

— Je n'ai pas l'intention de la virer.

— Merci. » Le mot était mal venu. Mais il aurait été encore plus mal venu de se reprendre.

« Le truc, c'est qu'on n'épouse pas quelqu'un qu'on n'aime pas.

— C'est sûr », approuva Jamie, pourtant il y avait manifestement des gens qui le faisaient.

Ils restèrent assis un moment, écoutant un train qui passait au loin (pourquoi ne les entendait-on que la nuit ?). Le moment était étrangement agréable. Avec Ray un peu penaud. Et Jamie qui ne pouvait pas le voir. Alors Jamie lança :

« Mon Dieu, le fameux Graham », d'un ton vaguement narquois comme s'il s'adressait à un ami.

Il entendit Ray broncher. Même dans le noir.

« Tu l'as rencontré, poursuivit Jamie. Tu sais comment il est.

— J'ai essayé de me faire discret », expliqua Ray.

Jamie but son café à petites gorgées. « Bon, il faut reconnaître qu'il est franchement beau gosse. » Ce n'était sans doute pas la chose à dire. « Mais ça s'arrête là. Il est atrocement chiant. Superficiel. Faible. Et pas très intelligent, en fait. Ce qu'il y a, c'est qu'on ne le remarque pas tout de suite. Parce qu'il est mignon, relax, plein d'assurance. Alors on a tendance à croire qu'il ira loin. » Il se retourna, jeta un coup d'œil en direction de la maison et remarqua une vitre brisée qui avait été soigneusement remplacée par un rectangle de bois. « Il bosse pour une société d'assurances… Il n'y a pas beaucoup de métiers qui me fassent trouver le mien passionnant. »

Jamie aimait bien parler à Ray dans le noir, comme ça. L'étrangeté, l'intimité. Ça rendait les choses plus faciles. Au point que Jamie baissa sa garde et se laissa aller à un fantasme sexuel fugace mais extrêmement précis à propos de Ray et ne se rendit compte de ce qu'il faisait qu'au bout de trente secondes, et c'était comme de marcher sur une limace dans la cuisine la nuit, parce que ce n'était pas le truc à faire à bien des égards.

Ray demanda :

« Ta mère n'est pas vraiment ravie de m'accueillir dans la famille, si ? »

Jamie pensa *Et merde* et répondit :

« Pas trop. Mais elle bavait d'admiration devant Graham. C'est te dire si elle n'est pas excellent juge en matière de caractère. » Avait-il bien joué ? Il aurait aimé voir la figure que faisait Ray. « Bien sûr, le jour où Graham s'est tiré en laissant Katie et Jacob en plan, elle a décrété que c'était un suppôt de Satan. »

Ray se taisait.

Une lumière s'alluma à l'étage, sa mère apparut brièvement à la fenêtre de la chambre et regarda vers le jardin obscur. Elle avait l'air petite et triste.

Jamie dit « Accroche-toi », et il se rendit compte qu'il avait envie que Ray et Katie restent ensemble sans trop savoir pourquoi. Parce qu'il fallait absolument que quelque chose tourne bien alors que tout allait mal ? Ou parce qu'il commençait à apprécier ce type ?

« Merci, c'est sympa », répondit Ray.

Et Jamie s'interrompit avant d'ajouter :

« Tony m'a plaqué.

— Et tu aimerais qu'il revienne… »

Jamie eut envie de dire *oui*, mais la simple perspective de prononcer ce mot lui serra la gorge et il ne se sentait pas assez proche de Ray pour ça. « Mmm-mmm.

— C'est ta faute ou la sienne ? »

Jamie décida de se lancer. Une sorte de pénitence. Comme de plonger dans une piscine glacée. Le genre de truc qui vous forge le caractère. Pourvu qu'il ne pleure pas. Il s'était déjà suffisamment ridiculisé cette semaine. « J'avais envie d'être avec quelqu'un. Et en même temps, j'avais envie de rester seul.

— Pour que tu puisses, euh, baiser avec d'autres mecs ?

— Non, même pas. » Curieusement, il n'avait pas envie de pleurer. Au contraire. C'était peut-être le noir qui faisait ça, mais il trouvait plus facile de discuter de ça avec Ray qu'avec n'importe quel membre de sa famille. Katie comprise. « Je refusais les compromis. Je ne voulais pas partager. Je ne voulais pas avoir à faire de sacrifices. Et c'est crétin. Je le comprends aujourd'hui. » Il s'interrompit. « Quand on aime quelqu'un, il faut donner un peu de mou.

— Bien vu, approuva Ray.

— J'ai tout foutu en l'air, poursuivit Jamie. Et je ne sais pas comment arranger les choses.

— Accroche-toi, toi aussi », dit Ray.

Jamie chassa un insecte de son visage.

« Ce qu'il y a de con…, reprit Ray.

— Qu'est-ce qu'il y a de con ?

— Je l'aime. Elle n'est pas toujours marrante, mais je l'aime. Je sais bien que je ne suis pas particulièrement intelligent. Et qu'il m'arrive de faire des conneries. Mais je tiens à elle. Vraiment. »

La porte de la cuisine s'ouvrit comme sur un signal et Katie apparut, portant une assiette.

« Vous êtes où ? » Elle traversa la pelouse précautionneusement et marcha sur quelque chose. « Merde. » Elle se baissa pour ramasser une fourchette qu'elle avait laissée tomber.

« On est là », répondit Jamie.

Elle les rejoignit. « Le dîner est servi à l'intérieur. Vous ne voulez pas aller manger un morceau pendant que je m'occupe de Jacob ?

— Donne-moi ça, proposa Ray. Je vais rester.

— Si tu veux », dit Katie. On aurait dit qu'elle avait eu sa dose de conflits pour la journée. Elle tendit l'assiette à Ray. « Spaghettis bolognaise. Tu es sûr que tu ne veux pas une portion d'adulte ?

— Ça ira très bien. »

Katie se mit à quatre pattes et glissa la tête dans la tente. Elle serra Jacob contre elle et l'embrassa sur la joue. « Dors bien, banane. » Puis elle se releva et se tourna vers Jamie. « Viens. Il vaudrait mieux aller tenir compagnie à Maman. »

Elle reprit le chemin de la maison.

Jamie se leva. Il posa la main sur l'épaule de Ray et la tapota. Ray ne réagit pas.

Il traversa le gazon humide jusqu'à la maison éclairée.

75.

Katie savait qu'il y aurait une scène au dîner. Elle le sentait. En mettant les choses au pire, on arriverait peut-être à une dispute combinée sur son mariage, la santé mentale de Papa et l'amant de Maman.

À mi-chemin des spaghettis à la bolognaise, Maman dit qu'elle espérait de tout cœur que Papa n'aurait plus d'accidents aussi stupides. Elle avait l'air traquée et Katie était certaine qu'elle savait parfaitement que l'histoire de la gouge était du flan mais qu'elle voulait s'assurer qu'elle était la seule à le savoir. Il y eut un de ces silences embarrassés où l'on entend les moindres bruits de mastication et les raclements de vaisselle, puis Jamie sauva les meubles en lançant : « Et s'il recommence, espérons qu'il fera ça au jardin », ce qui leur permit de détendre l'atmosphère par un petit rire forcé.

Ils étaient en train de débarrasser quand Maman mit les pieds dans le plat.

« Alors, ce mariage, il va se faire, oui ou non ? »

Katie serra les dents.

« Je n'en sais rien, c'est bon ?

— Il faudrait quand même que tu te décides assez vite, tu sais. C'est bien joli tout ça, mais ça va m'obliger à passer quelques coups de fil pas très agréables, et je préférerais ne pas laisser traîner les choses plus longtemps que nécessaire. »

Katie posa les mains à plat sur la table pour se calmer.

« Qu'est-ce que tu veux que je te dise ? Je ne sais pas. Les choses sont un peu difficiles en ce moment. »

Jamie s'arrêta sur le seuil avec les assiettes.

« Enfin, tu l'aimes ou tu ne l'aimes pas ? » demanda Maman.

Alors Katie craqua.

« Putain merde, et qu'est-ce que tu sais de l'amour, toi ? »

Maman fit la tête de quelqu'un qui s'est pris une gifle.

Jamie intervint :

« Allons. Allons. Pas de concours de hurlements. S'il vous plaît.

— Toi, va te faire foutre », lança Katie.

Maman se rassit, ferma les yeux et dit :

« Bon, si tu en es là, je pense qu'on peut supposer sans trop de risque qu'il n'y aura pas de mariage. »

Jamie avait les mains qui tremblaient. Il reposa les assiettes sur la table. « Katie. Maman. On pourrait en rester là, vous ne croyez pas ? La journée a déjà été assez pénible comme ça, non ?

— Tu peux me dire en quoi ça te regarde ? » rétorqua Katie. Elle savait que c'était puéril et méchant, mais elle avait besoin de compassion, pas d'un sermon.

Alors Jamie craqua lui aussi, ce que Katie n'avait pas vu depuis très longtemps.

« Ça me regarde, oui. Tu es ma sœur. Et toi, tu es ma mère. Et à vous deux, vous êtes en train de tout foutre en l'air.

— Jamie… », fit Maman, comme s'il avait six ans.

Jamie l'ignora et se tourna vers Katie.

« Je viens de passer les vingt dernières minutes dehors avec Ray. C'est un type vraiment sympa et il se donne un mal de chien pour te faciliter les choses. »

Katie remarqua :

« On dirait que tu as changé ton fusil d'épaule.

— Ferme-la et écoute un peu, continua Jamie. Il supporte ce merdier. Et il t'offre un toit aussi longtemps que tu le voudras même si tu ne l'aimes pas, parce qu'il tient à toi et qu'il tient à Jacob. Il t'accompagne jusqu'ici et il accepte de dormir au jardin parce qu'il sait parfaitement que Maman et Papa ne l'aiment pas…

— Je n'ai jamais dit ça, répliqua faiblement Maman.

— J'ai aussi passé un moment avec Papa aujourd'hui et on a parlé. Il y a vraiment quelque chose qui cloche chez lui et il n'a pas eu d'accident avec cette putain de gouge à la con. Il s'est découpé en morceaux avec des ciseaux, et toi, tu espères que ça va se tasser. Je peux te dire que tu te fourres le doigt dans l'œil. Il faut que quelqu'un l'écoute, ou bien un beau jour, il va mettre la tête dans le four et on se sentira plutôt merdeux d'avoir fait comme si tout allait bien. »

Katie était tellement abasourdie de voir Jamie changer de rôle qu'elle n'entendit pas ce qu'il disait. Personne ne parla pendant plusieurs secondes, puis Maman se mit à pleurer tout doucement.

Jamie dit :

« Je vais prendre le dessert au jardin », et il sortit, laissant les assiettes sur la table.

76.

Jean monta, se coucha sur le lit et pleura jusqu'à ne plus avoir de larmes.

Elle se sentait affreusement seule.

À cause de Jamie surtout. Katie, encore, elle pouvait la comprendre. Elle traversait une période difficile. Et puis Katie se disputait avec tout le monde, à propos de tout. Mais Jamie ! Quelle mouche l'avait piqué ? N'avait-il donc aucune idée de ce qu'elle avait subi aujourd'hui ?

Elle ne comprenait plus les hommes de sa famille.

Elle s'assit, prit un mouchoir en papier dans la boîte posée sur sa table de chevet et se moucha.

Encore que, pour être honnête, elle n'était pas sûre de les avoir jamais compris.

Elle se rappelait Jamie à cinq ans. S'enfermant dans sa chambre *pour être tranquille.* Maintenant encore, quand elle les entendait parler, il lui arrivait d'avoir l'impression d'être en Espagne. Tu as les bases. L'heure. La direction de la plage. Mais il y a tout un niveau de sens qui t'échappe parce que tu ne parles pas correctement la langue.

Ça n'aurait pas été si grave si elle avait pu lui faire un câlin de temps en temps. Seulement il n'était pas du genre à faire des câlins. Pas plus que George.

Elle s'approcha de la fenêtre, repoussa les rideaux et regarda dans le jardin obscur. Il y avait une tente quelque part dans les ombres sous les arbres, tout au fond.

L'idée d'échanger sa place contre celle de Ray lui parut soudain très attrayante, passer la nuit là-bas dans un sac de couchage avec Jacob.

Loin de la maison. Loin de sa famille. Loin de tout.

77.

Quand George revint à lui, ils étaient partis. Jean, Katie, Jamie, Jacob, Ray. Pour tout avouer, il en éprouva un certain soulagement. Il était affreusement fatigué, et sa famille pouvait être pénible. Surtout en groupe.

Il commençait à se dire qu'il lirait bien quelques pages et se demandait comment mettre la main sur une revue correcte quand un grand type en veste de toile usée écarta le rideau. Il était complètement chauve et tenait une écritoire à pince sous le bras.

« Monsieur Hall ? » Il remonta des lunettes à monture métallique sur son crâne luisant.

« Oui.

— Joel Foreman. Psychiatre.

— Je croyais que vous rentriez tous chez vous à cinq heures, observa George.

— Si seulement. » Il feuilleta quelques papiers fixés sur l'écritoire. « Malheureusement, les gens ont tendance à devenir de plus en plus fous au fil du temps, d'après mon expérience en tout cas. Automédication, le plus souvent. Ce qui n'est pas votre cas, j'en suis certain.

— Évidemment, dit George. J'ai tout de même pris des antidépresseurs. » Il préféra ne pas parler de la codéine et du whisky.

« Quel parfum ?

— Comment cela, quel parfum ?

— Leur nom ?

— Lustral, répondit George. Pour tout vous avouer, ils me mettent dans un état épouvantable. »

Le docteur Foreman était un de ces types qui savent blaguer sans sourire. Il ressemblait à un méchant dans un film de James Bond. C'était déconcertant.

« Larmes, insomnie et anxiété, suggéra le docteur Foreman. Ça me fait toujours rigoler quand je lis ça dans les Effets Secondaires Possibles. Si j'étais vous, je les flanquerais à la poubelle.

— Entendu.

— Il paraît que vous vous êtes lancé dans la chirurgie amateur ? »

George expliqua, lentement et méticuleusement, d'un ton posé agrémenté d'une petite touche d'humour désabusé comment il s'était retrouvé à l'hôpital.

« Des ciseaux. Une approche concrète du problème, observa le docteur Foreman. Et comment vous sentez-vous maintenant ?

— Mieux que depuis fort longtemps, répondit George.

— Parfait, reprit le docteur Foreman. Vous continuerez tout de même à voir votre psychologue référent. » La phrase n'était pas formulée comme une question.

« Oui.

— Parfait, répéta le docteur Foreman, enfonçant la pointe de son stylo dans le papier de l'écritoire avec un petit moulinet final. Parfait. »

George se détendit. L'examen était terminé, et à moins qu'il ne se trompe lourdement, il l'avait réussi. « Il y a encore une semaine, je me disais qu'un petit séjour dans un établissement quelconque ne me ferait pas de mal. Oublier le monde. Ce genre de choses. »

Le docteur Foreman ne réagit pas immédiatement, et George se demanda s'il avait livré une information susceptible de modifier son jugement médical. Comme d'écraser le pied de l'examinateur en faisant marche arrière juste après avoir passé son permis de conduire.

Le docteur Foreman remit l'écritoire sous son bras. « Si j'étais vous, j'éviterais les hôpitaux psychiatriques. » Il claqua des talons. Mi-Salut au drapeau, mi-Magicien d'Oz. George se demanda si le docteur Foreman n'était pas lui-même un peu dérangé. « Parlez à votre psychologue. Nourrissez-vous correctement. Couchez-vous de bonne heure. Faites régulièrement de l'exercice.

— À propos, dit George, savez-vous où je pourrais trouver quelque chose à lire ?

— Je vais voir ce que je peux faire. » Et sans laisser à George le temps de préciser quel genre de lecture il souhaitait, le psychiatre lui serra la main et disparut derrière le rideau.

Une demi-heure plus tard, un brancardier vint le conduire dans un autre service. George se sentit insulté par le fauteuil roulant, jusqu'au moment où il chercha à se lever. C'était moins la douleur en soi que l'impression qu'il y avait quelque chose qui clochait complètement au niveau de son abdomen et la crainte que, s'il se levait, ses entrailles ne sortent par l'entaille qu'il s'était faite au début de la journée. Quand il se rassit, il avait le visage et les bras couverts de sueur.

« Vous allez vous tenir tranquille maintenant ? » demanda le brancardier.

Deux infirmières arrivèrent et on le hissa sur la chaise.

On le transporta jusqu'à un lit vide, dans une salle commune. Un minuscule Asiatique parcheminé dormait à sa gauche dans un enchevêtrement de tubes et de fils. À sa droite, un adolescent écoutait de la musique avec des écouteurs. Sa jambe était en traction et il avait apporté à l'hôpital l'essentiel de ses possessions : une pile de CD, un appareil photo, une bouteille de sauce HP, un petit robot, des livres, un gros marteau gonflable…

George était allongé sur le lit et contemplait le plafond. Il aurait donné n'importe quoi pour une tasse de thé et un biscuit.

Il s'apprêtait à attirer l'attention de l'adolescent dans l'espoir d'établir un recoupement possible de leurs goûts littéraires quand le docteur Foreman surgit au pied de son lit. Il tendit deux livres de poche à George en disant : « Laissez-les aux infirmières quand vous les aurez finis, d'accord ? Sinon, vous aurez affaire à moi. » Il esquissa un bref sourire, puis fit demi-tour et s'éloigna, échangeant quelques mots avec une des infirmières dans une langue qui n'était ni de l'anglais ni aucune langue connue de George.

George retourna les livres. *Le Port de la trahison* et *Les Tribulations de la « Muscade »*.

Le choix était incroyablement heureux. George avait lu *Maître à bord* l'année précédente et avait eu l'intention d'en essayer d'autres. Il se demanda s'il n'avait pas dit quelque chose pendant qu'il était inconscient.

Il lut à peu près quatre-vingts pages du *Port de la trahison*, mangea le dîner réglementaire ramolli composé de bœuf en daube, de légumes bouillis, d'une pêche au sirop et de crème anglaise avant de sombrer dans un sommeil sans rêve, avec pour seule interruption un passage complexe et prolongé aux toilettes à trois heures du matin.

Au réveil, on lui donna un bol de corn-flakes, une tasse de thé et une brève leçon sur les soins à apporter à sa plaie. L'infirmière de service lui demanda s'il avait des toilettes de plain-pied et une femme qui pouvait l'aider à se déplacer dans la maison. On lui prêta un fauteuil roulant qu'il devrait rapporter dès qu'il pourrait marcher seul et on lui remit son certificat de démobilisation.

Il appela Jean et lui annonça qu'il pouvait rentrer. Elle parut plutôt déçue par la nouvelle, ce qui l'irrita légèrement jusqu'à ce qu'il se rappelle ce qu'il avait fait à la moquette.

Il lui demanda si elle pouvait lui apporter des vêtements.

Elle dit qu'elle viendrait le chercher dès que possible.

Il se rassit et lut encore soixante-dix pages du *Port de la trahison.*

Le capitaine Aubrey écrivait une lettre à propos de la tabatière porte-bonheur de Byrne quand George leva les yeux et vit Ray traverser la salle. Sa première pensée fut qu'il était arrivé quelque chose d'horrible au reste de la famille. En effet, l'attitude d'ordinaire excessivement familière de Ray avait cédé la place à une allure plutôt austère.

« Ray.

— George.

— Tout va bien ? » demanda George.

Ray déposa un sac de voyage sur le lit. « Vos vêtements.

— Je suis un peu étonné de vous voir, c'est tout. Je veux dire, je m'attendais à ce que soit Jean. Ou bien Jamie. Ne le prenez pas mal. Je suis un peu gêné qu'ils vous aient chargé de cette corvée. » Il essaya de se redresser. Ça faisait mal. Très.

Ray lui tendit la main et tira doucement George jusqu'à ce qu'il soit assis au bord du lit.

« Tout va bien, alors ? » demanda George.

Ray laissa échapper un soupir de lassitude. « *Bien* ? Je n'irais pas jusqu'à dire ça. *Un foutu merdier*. Voilà qui serait plus proche de la réalité sans doute. »

Était-il possible que Ray fût ivre ? À dix heures du matin ? George ne percevait pas d'odeur d'alcool, pourtant Ray n'avait pas l'air parfaitement maître de lui. Et c'était ce type-là qui était censé le reconduire à la maison.

« Vous savez quoi ? demanda Ray en s'asseyant au bord du lit, à côté de George.

— Quoi donc ? dit George tout doucement, peu désireux de connaître la réponse.

— Je pense que vous êtes sans doute le plus sain d'esprit dans cette famille. À part Jamie. Il a l'air d'avoir la tête sur les épaules, lui au moins. Et il est homosexuel. »

Le petit Asiatique les regardait. George croisa les doigts, espérant qu'il parlait mal anglais.

« Il est arrivé quelque chose, à la maison ? demanda George en hésitant.

— Jean et Katie se sont crêpé le chignon au petit déjeuner. Elles se sont mises à hurler. J'ai suggéré que tout le monde se calme un peu, et je me suis fait dire de *j'ouvre les guillemets* aller me faire foutre *je ferme les guillemets*.

— Par Jean ? demanda George, vaguement incrédule.

— Par Katie.

— Et elles se sont disputées à propos de quoi ? » George commençait à regretter d'avoir réussi le test du docteur Foreman. L'idée de passer quelques jours de plus à l'hôpital lui semblait soudain assez séduisante.

« Katie ne veut pas se marier, dit Ray. Ce qui doit vous soulager, j'imagine. »

George ne savait absolument pas quoi répondre. Il envisagea un instant de tomber du lit pour que quelqu'un vienne à la rescousse, mais se ravisa.

« Alors j'ai proposé de venir vous chercher. Je préférais ça à rester là-bas. » Ray prit une profonde inspiration. « Désolé. Je n'aurais pas dû m'en prendre à vous. La situation a été un peu tendue ces derniers temps. »

Ils restèrent assis côte à côte quelques instants, comme deux vieux messieurs sur le banc d'un parc.

« Bon, dit Ray. Il vaudrait mieux y aller, ou ils vont finir par se demander ce qu'on fabrique. » Il se leva. « Il vous faut un coup de main pour vous habiller ? »

Pendant une fraction de seconde, George crut que Ray allait commencer à lui retirer son pyjama d'hôpital et cette perspective était tellement troublante qu'il émit un petit glapissement audible. Mais Ray se contenta de tirer le rideau autour du lit de George et de se mettre en quête d'une infirmière.

78.

Katie était lessivée.

On espère que les crises résoudront les problèmes, les ramèneront à leurs justes proportions. Quand ils étaient arrivés à Peterborough, elle avait pensé rester quelques jours, une semaine peut-être, juste Jacob et elle. Surveiller Papa, s'assurer qu'il n'avait pas l'intention de continuer ses découpages. Donner un coup de main à Maman. Être une bonne fille et racheter son départ précipité de la dernière fois.

Mais quand Papa était rentré avec Ray et avait fait savoir à la ronde qu'ils pouvaient tous rentrer chez eux, elle avait été soulagée. Encore vingt-quatre heures sous le même toit, et ils allaient tous s'étriper.

Le fauteuil roulant lui avait fait un choc, pourtant Papa était curieusement plein d'allant. Maman elle-même donnait l'impression d'avoir plus envie de s'occuper de lui toute seule que de partager la maison avec ses enfants.

Au moment de partir, Katie serra les dents et s'excusa. Maman dit :

« Oublions tout ça, veux-tu ? »

Et Papa en rajouta :

« Merci d'être venue. J'ai été vraiment content de te voir », alors que c'était la première fois qu'il n'était pas endormi en sa présence.

Ce qui rappela à Jacob qu'il n'avait pas donné à Papy ses pastilles de chocolat. Ray sortit chercher le paquet dans la boîte à gants et Papa fit mine de l'ouvrir et d'en manger quelques-unes en déclarant qu'elles étaient délicieuses, alors que le chauffage de la voiture les avait fait fondre et qu'elles s'étaient transformées en une sorte de porridge brun.

Ils rejoignirent les voitures et partirent. Ray et Jacob jouèrent à Espion et demi pendant une demi-heure et elle découvrit qu'elle se réjouissait de retrouver la maison qu'elle avait été tellement impatiente de quitter quelques jours plus tôt.

Une fois arrivés, Ray et Jacob installèrent le train électrique par terre au salon pendant qu'elle préparait le dîner. Elle donna son bain à Jacob et Ray le coucha.

Aucun d'eux n'avait la force de se disputer, et ils passèrent les quelques journées suivantes à jouer les parents modèles pour ne pas inquiéter Jacob. Elle les voyait tous les deux se métamorphoser peu à peu en ceux qu'ils faisaient semblant d'être, le problème qu'ils étaient censés résoudre glissant lentement à l'arrière-plan, pendant qu'ils se transformaient en une équipe dont le boulot était d'élever un enfant et de tenir un ménage bien qu'ils n'aient rien en commun, de discuter des courses à faire au supermarché et de ce qu'ils feraient pendant le week-end, d'aller se coucher, d'éteindre la lumière, de se tourner chacun de son côté et d'essayer de ne pas rêver à la vie qu'ils auraient pu mener.

79.

Jean prit un congé.

Au moment où George était sorti de l'hôpital, elle ne savait pas à quoi s'attendre. En fait, il avait l'air étonnamment normal. Il s'excusa pour tous les ennuis qu'il avait causés et annonça qu'il se sentait beaucoup mieux que depuis un certain temps.

Elle lui demanda s'il avait envie de parler de ce qui s'était passé, mais il lui soutint qu'elle n'avait pas à s'inquiéter. Elle lui demanda de la prévenir s'il recommençait à éprouver la même chose et il la rassura : cela ne recommencerait pas. Elle ne tarda pas à se dire que le docteur Parris avait beaucoup exagéré et que ses craintes les plus paranoïaques étaient infondées.

Il souffrait encore beaucoup, manifestement. Mais il était décidé à ne pas se servir du fauteuil roulant. Alors elle passa l'essentiel de la semaine à l'aider à sortir du lit et à se recoucher, à entrer et sortir de son bain salé et à lui tenir la main pendant qu'il descendait l'escalier, puis à faire l'aller-retour jusqu'au cabinet médical pour qu'il fasse changer son pansement.

Au bout de trois ou quatre jours, il se déplaçait seul, et au début de la deuxième semaine il pouvait conduire, alors elle reprit son travail, lui demandant de ne pas hésiter à l'appeler s'il avait besoin d'elle.

Elle téléphona au fleuriste, au traiteur et à la société de location de voitures et annula tout. Le fleuriste se montra très grossier, alors elle décida de dire au traiteur et aux gens des voitures que sa fille était tombée gravement malade et ils se montrèrent tellement compréhensifs qu'elle se sentit encore plus mal à l'aise que s'ils l'avaient insultée.

Elle n'eut pas le courage de téléphoner aux invités pour leur annoncer que le mariage était annulé et décida d'attendre un peu.

Tout allait bien. Franchement, tout allait bien. Quelques jours plus tôt encore, elle avait eu l'impression que leurs vies se désagrégeaient. Maintenant, elles reprenaient lentement leur cours normal. Elle n'aurait pas pu en demander davantage.

Mais il y avait des soirs où, assise à la table de la cuisine, elle pensait à la lessive, aux repas à préparer et au ménage et sentait quelque chose de sombre et de lourd peser sur elle. Le simple fait de se lever pour brancher la bouilloire était alors aussi difficile que de traverser à pied une étendue d'eau profonde.

Elle était déprimée. Et elle n'était pas habituée à cet état. Elle s'inquiétait. Elle se débrouillait. Elle se fâchait. Mais elle n'avait jamais le cafard plus de quelques heures d'affilée.

Ce n'était pas charitable, pourtant elle ne pouvait s'empêcher de souhaiter que George aille plus mal. Qu'il ait un peu plus besoin d'elle. Or en un rien de temps il s'était remis à son atelier, posant des briques et sciant du bois.

Elle avait l'impression d'être perdue en mer. George était sur son île, là-bas. David sur une autre. Et Katie.

Et Jamie. Tous avec de la terre ferme sous les pieds. Pendant ce temps, elle dérivait entre eux, la marée l'entraînant de plus en plus loin.

La semaine suivante, elle se rendit chez David et se gara à deux pas. Elle allait sortir de la voiture quand elle se rendit compte qu'elle n'y arrivait pas. Quand ils avaient commencé à sortir ensemble, c'était comme le début d'une nouvelle vie, quelque chose de nouveau et d'excitant, une évasion. Elle voyait à présent les choses telles qu'elles étaient, une liaison comme les autres, sordide et bon marché, une solution égoïste pour essayer de rattraper sa vie gâchée.

Elle s'imagina, assise dans la salle des professeurs de St John's, en train de boire du thé et de manger des biscuits aux raisins avec Sally, Bea et Mlle Cottingham, et elle eut l'impression, pour la première fois, de porter une sorte de tache, qu'elles pourraient, en la regardant, dire ce qu'elle avait fait.

C'était idiot ; elle le savait. Elles n'étaient pas meilleures que les autres. Elle savait, par exemple, que le fils de Bea avait des problèmes, une histoire de drogue. Mais elle trouvait que ce n'était pas bien de faire l'amour avec David l'après-midi et d'apprendre à lire à des enfants le lendemain matin. Si elle avait dû choisir entre les deux, elle aurait choisi David sans hésiter, mais ça paraissait encore pire.

Elle repartit et téléphona à David plus tard dans la soirée pour s'excuser. Il se montra charmant, plein de compassion et dit qu'il comprenait très bien ce qu'elle traversait. Mais ce n'était pas vrai. Elle l'entendait à sa voix.

80.

George était allongé sur le lit, pantalon baissé, pendant qu'on lui refaisait son pansement.

L'infirmière stagiaire était plutôt jolie, dans le genre dodu. Il avait toujours aimé les femmes en uniforme. Samantha, elle s'appelait. Gaie aussi, sans être bavarde.

En vérité, ces séances allaient lui manquer quand elles prendraient fin dans quelques semaines. C'était comme de se faire couper les cheveux. À cette différence près qu'il s'était toujours fait couper les cheveux par un vieux Chypriote et que c'était beaucoup moins douloureux.

L'infirmière décolla le grand sparadrap qui recouvrait la plaie. « Bien, monsieur Hall. C'est le moment de serrer les dents. »

George se cramponna aux montants du lit.

L'infirmière tira l'extrémité du pansement. Les cinquante premiers centimètres de ruban rose vinrent facilement. Puis cela résista. George chercha des anagrammes de *bandage* dans sa tête. L'infirmière tira d'un coup sec et les restes du bandage se détachèrent de la plaie, lui faisant dire quelque chose qu'il n'aurait jamais dit devant une dame en temps ordinaire. « Je suis désolé.

— Vous êtes tout excusé. »

L'infirmière brandit le pansement souillé. On aurait cru un gros marron trempé dans du sang et de la crème au citron. Elle le laissa tomber dans la petite poubelle à couvercle pivotant posée près du lit. « Je vais vous en chercher un propre. »

George se laissa aller en arrière et ferma les yeux.

Il aimait assez la douleur maintenant qu'il y était habitué. Il savait à quoi s'attendre, combien de temps cela durerait. Et quand elle refluait, il avait l'esprit étrangement clair pendant cinq ou dix minutes, comme si son cerveau avait été nettoyé au tuyau d'arrosage.

Dans une chambre voisine, il entendit quelqu'un dire : « Scoliose de la colonne vertébrale. »

Il était soulagé pour le mariage. C'était triste pour Katie. Après tout, peut-être était-ce aussi un soulagement pour elle. Ils n'avaient pas pu parler beaucoup pendant sa visite. À vrai dire, ils ne parlaient pas souvent de ce genre de choses. Mais Ray lui avait paru un peu bizarre à l'hôpital, ce qui ne faisait que confirmer ses doutes sur cette relation.

De toute façon, George était heureux que la maison ne soit pas envahie par un chapiteau plein d'étrangers. Il se sentait encore trop fragile pour apprécier la perspective d'avoir à se lever pour prononcer un discours.

Jean semblait plutôt soulagée, elle aussi.

Pauvre Jean. Il lui avait vraiment fait passer un mauvais quart d'heure. Elle avait l'air vaguement perturbée ces derniers jours. Elle se faisait encore du souci pour lui, évidemment. Avoir cette moquette sous le nez n'arrangeait sans doute rien.

Mais il ne gardait plus le lit, ils discutaient et il était capable de faire quelques corvées dans la maison. Quand il serait un peu plus d'aplomb, il l'inviterait à dîner dehors. Il avait entendu dire du bien de ce nouveau restaurant d'Oundle. Du très bon poisson, apparemment.

« Voilà, dit Samantha. C'est fini pour aujourd'hui.

— Merci, répondit George.

— Venez, je vais vous aider à vous asseoir. »

Il achèterait des fleurs à Jean en rentrant. Il n'avait pas fait cela depuis longtemps. Cela lui remonterait le moral.

Puis il appellerait l'installateur de moquette.

81.

Jamie attendait un acheteur potentiel dans l'appartement de Prince's Avenue, celui où il avait rencontré Tony pour la première fois.

Les actuels propriétaires partaient s'installer à Kuala Lumpur. C'étaient des gens soigneux, sans enfants, Dieu merci. Pas de dessins expressionnistes abstraits au bic sur les plinthes, pas d'éboulis de jouets sur le parquet de la salle à manger (Shona faisait visiter à un couple le F4 de Finchley, quand la femme s'était tordu la cheville sur une moto-dino des Power Rangers). Ils bossaient à la City et, à en juger par ce qu'il voyait, ils n'étaient pas souvent chez eux. On aurait pu lécher la cuisinière. Mobilier Ikea. Des repros falotes dans des cadres en acier brossé. Sans âme, mais vendable.

Il passa dans la cuisine, effleura la peinture du bout des doigts et se rappela avoir observé Tony, pinceau en main, avant même qu'ils se soient adressé la parole, quand il était encore un bel étranger.

Jamie voyait maintenant, avec une lucidité impitoyable, ce qu'il avait fait.

Il avait attendu le bon moment. Il s'était tenu à l'écart. Il s'était construit un petit univers où il se sentait en sécurité. Et cet univers s'éloignait sur son orbite, détaché de tous. Il y faisait froid et noir et il ne savait pas du tout comment l'obliger à se rapprocher du soleil.

Il y avait eu un moment à Peterborough, peu après le coup de poing de Katie, où il avait compris qu'il avait besoin d'eux. De Katie, de sa mère, de son père, de Jacob. Il leur arrivait de le rendre cinglé. Mais ils avaient été avec lui tout le temps. Ils faisaient partie de lui-même.

Maintenant, il avait perdu Tony et était à la dérive. Il lui fallait un endroit où aller quand il avait des ennuis. Il lui fallait quelqu'un qu'il puisse appeler au petit jour.

Il avait tout foutu en l'air. Ces scènes épouvantables à la salle à manger. Sa mère qui disait : « Tu ne sais rien. » Elle avait raison. Ils étaient des étrangers. Il avait fait d'eux des étrangers. Exprès. De quel droit prétendait-il leur dicter leur vie ? Il avait tout fait pour qu'ils n'aient pas le droit de lui dire comment il devait vivre, lui.

Un coup de sonnette.

Merde.

Il inspira profondément, compta jusqu'à dix, brancha son cerveau de vendeur et alla ouvrir la porte à un type manifestement coiffé d'un postiche.

82.

Katie venait de finir la vaisselle.

Jacob était au lit. Ray était assis à la table de la cuisine en train de changer les piles du téléphone sans fil. Elle se retourna et s'adossa à l'évier, en s'essuyant les mains à un torchon.

Ray remit en place le couvercle du téléphone. « On ne peut pas continuer comme ça. »

Elle dit : « Je sais », et ça faisait du bien d'aborder le sujet au lieu de se chamailler à propos des tours de garderie et des sachets de thé qu'on avait oublié d'acheter.

Ray poursuivit : « N'importe quelle solution me conviendra. » Il se balança sur sa chaise et reposa le téléphone sur son socle. « À condition que ça ne nous oblige pas à nous rapprocher de ta famille. »

Pendant une fraction de seconde, elle se demanda si elle devait se vexer. Mais non, parce que Ray avait raison, ils s'étaient conduits de façon abominable. Soudain, elle trouva ça franchement drôle et se rendit compte qu'elle riait. « Je suis désolée de t'avoir imposé tout ça.

— C'était… instructif », remarqua Ray.

À voir son expression, elle ne savait pas trop s'il était amusé ou pas vraiment, alors elle arrêta de rire.

« J'ai dit à ton père qu'il me faisait l'effet d'être le plus sain d'esprit de toute la famille. » Ray posa une des piles usées en équilibre sur son extrémité. « Ça lui a un peu foutu la trouille. » Il posa l'autre pile sur son extrémité près de la première. « J'espère qu'il va bien.

— Croisons les doigts.

— Jamie est un chic type, fit Ray.

— Ouais.

— On a bien discuté. Au jardin.

— De quoi ? demanda Katie.

— De toi et moi. De Tony et lui.

— Mmm mmm. » Mieux valait s'abstenir de demander des détails.

« J'avais toujours pensé, tu sais, que comme il est homo il devait être un peu bizarre.

— Tu ferais sans doute mieux de ne pas lui dire des trucs pareils. »

Ray leva les yeux vers elle. « Je suis peut-être con. Mais pas à ce point.

— Désolée. Je ne voulais pas dire…

— Allez, viens », dit Ray. Il recula sa chaise.

Elle s'approcha de lui et s'assit sur ses genoux, il referma les bras autour d'elle et ça y était. Comme si le monde se retournait d'un coup.

C'était là qu'elle devait être.

Elle sentit tous les muscles de son corps se détendre. Elle lui effleura le visage. « J'ai été horrible avec toi.

— Tu as été atroce, confirma Ray. Mais je t'aime quand même.

— Tiens-moi bien fort. »

Il la serra contre lui, elle enfonça la tête dans le creux de son épaule et pleura.

« Ça va aller, dit Ray en lui frottant doucement le dos. Ça va aller. »

Comment avait-elle pu être aussi aveugle ? Il avait vu sa famille dans toute son horreur et avait pris les choses avec bonne humeur. Malgré l'annulation du mariage.

Mais il n'avait pas changé. Il était comme toujours. L'être le plus gentil, le plus solide, le plus honorable qu'elle ait jamais connu.

C'était sa vraie famille. Ray et Jacob.

Elle se sentit idiote, soulagée, coupable, heureuse, triste et un peu étourdie à cause de tout ce qu'elle éprouvait en même temps. « Je t'aime.

— C'est bon. Tu n'es pas obligée de le dire.

— Non. Je le pense. Je le pense vraiment.

— Il vaudrait mieux ne rien dire pendant un petit moment, tu ne crois pas ? Les choses ont une fâcheuse tendance à devenir trop compliquées quand on se met à discuter.

— Je ne discute pas », répliqua Katie.

Il leva son visage vers lui, posa un doigt sur ses lèvres pour l'empêcher de parler et l'embrassa. C'était la première fois qu'ils s'embrassaient pour de vrai depuis des semaines.

Il l'emmena à l'étage et ils firent l'amour jusqu'à ce que Jacob fasse un cauchemar à propos d'un chien bleu très en colère, ce qui les obligea à s'interrompre plutôt brusquement.

83.

En rentrant du travail, Jamie téléphona à Tony. Pas de réponse. Il l'appela sur son portable et lui laissa un message en lui demandant de le rappeler.

Il nettoya la cuisine et dîna en regardant un film qui parlait d'un alligator géant dans un lac du Maine. Pas de nouvelles de Tony.

Il le rappela le lendemain matin. Pas de réponse. Il téléphona sur son portable à l'heure du déjeuner et laissa un nouveau message, aussi simple et direct que possible.

Après le boulot, il alla nager pour éviter d'attendre devant le téléphone. Il fit soixante longueurs et sortit avec une sensation d'épuisement et de détente qui dura cinq bonnes minutes.

Il essaya de rappeler en arrivant chez lui, en vain.

Il eut envie d'y passer et de frapper à la porte. Mais il commençait à penser que Tony le fuyait et il préférait éviter une nouvelle scène.

Ce n'était pas de la tristesse. Pas comme celle qu'il lui était déjà arrivé d'éprouver, du moins. C'était comme si quelqu'un était mort. Juste une chose avec laquelle il fallait vivre en espérant que la douleur s'atténuerait peu à peu.

Il continua à appeler, tous les matins et tous les soirs. Mais il n'attendait plus de réponse. C'était un rituel. Quelque chose qui donnait forme à ses journées.

Il s'était retiré dans une petite pièce quelque part au fond de sa tête, et s'était mis en pilote automatique. Se lever. Aller au travail. Rentrer à la maison.

Il imaginait qu'il traversait la rue sans regarder, qu'il se faisait renverser par une voiture et n'éprouvait aucune douleur, aucune surprise, rien, en fait, si ce n'est une sorte d'intérêt détaché pour ce qui arrivait à cette personne qui n'était plus lui.

Le lendemain, il eut un appel surprise de Ian et accepta d'aller prendre un verre. Ils s'étaient rencontrés dix ans plus tôt sur une plage de Cornouailles et avaient découvert qu'ils vivaient à quatre rues de distance à Londres. Il faisait des études de véto. Le pauvre type avait fait son *coming out* à vingt-cinq ans, avait été testé positif après quatre ans de monogamie, avait commencé à dégringoler et à se suicider lentement et onéreusement à grand renfort de cigarettes, d'alcool, de cocaïne et de sexe, jusqu'au jour où il avait perdu un pied dans un accident de moto et avait passé un mois à l'hôpital avant de disparaître au fin fond de l'Australie.

Jamie avait reçu une carte postale de wombat quelques mois plus tard annonçant que ça allait mieux, puis plus rien pendant deux ans. Maintenant, Ian était de retour.

Sa vie devait être encore plus merdique que celle de Jamie. Ou alors il supportait les choses stoïquement. En tout cas, quelques heures en sa compagnie feraient certainement paraître les ennuis de Jamie gérables par comparaison.

Jamie arriva en retard et fut soulagé de découvrir qu'il était le premier. Il était en train de commander une bière quand un type mince et bronzé, portant un T-shirt noir moulant et sans claudication apparente s'écria « Jamie » et le serra très fort dans ses bras.

Pendant un quart d'heure, vingt minutes, tout marcha comme sur des roulettes. Ian était arrivé à retourner complètement la situation, c'était super. Et ses histoires sur des maladies de chevaux bizarres et sur des araignées énormes étaient franchement marrantes. Puis Jamie lui raconta ce qui lui arrivait avec Tony, et Ian aborda le sujet de Jésus, ce qui n'était pas très fréquent dans les bars. Il n'était pas complètement accro à ce truc. Dans sa bouche, ça ressemblait plutôt à un régime à la mode. Mais associé à ce physique nouveau, c'était troublant. Et quand Ian sortit pisser, Jamie se surprit à observer deux types tout au fond de la salle, l'un déguisé en diable (combinaison de velours rouge, cornes, trident), l'autre en ange (ailes, gilet blanc, jupe bouffante) qui se rendaient visiblement à un bal costumé avec le cow-boy du bar (jambières de cuir, éperons). Jamie eut l'impression d'avoir imprudemment absorbé quelques substances illicites. Ou alors, c'étaient tous les autres consommateurs. Et il se rendit compte qu'il aurait dû se sentir chez lui ici, mais que ce n'était pas le cas.

Ian revint, il comprit que Jamie était mal à l'aise et changea de sujet pour aborder celui de sa propre vie amoureuse plutôt active, qui semblait contraire à tous les enseignements du christianisme tels que Jamie les concevait. Jamie commençait à éprouver cette incompréhension abasourdie des vieilles personnes quand on leur parle d'Internet, et il se demanda s'il n'avait pas perdu le fil des derniers rebondissements au sein des Églises.

Il rentra chez lui, après des adieux un peu laborieux à Ian, durant lesquels il promit de réfléchir sérieusement à l'éventualité d'assister à une réunion évangélique à King's Cross, et Ian le serra de nouveau très fort dans ses bras, mais Jamie comprit cette fois que c'était une étreinte chrétienne, rien de plus.

Plusieurs heures plus tard, il fit un rêve dans lequel il poursuivait Tony à travers une interminable enfilade de pièces, certaines appartenant à son ancienne école, d'autres à des propriétés qu'il avait vendues au cours des dernières années, il criait, mais Tony ne pouvait pas l'entendre, et Jamie ne pouvait pas courir à cause de minuscules créatures qui grouillaient par terre, comme des bébés oiseaux avec des visages humains qui miaulaient et couinaient quand on leur marchait dessus.

Quand il se réveilla finalement à sept heures, il se dirigea tout droit vers le téléphone pour appeler Tony. Il se reprit au dernier moment.

Il fallait régler ça. Il passerait chez Tony après le travail. Il lui dirait ce qu'il avait à lui dire. L'engueulerait de ne pas avoir répondu à ses appels. Verrait s'il avait déménagé. N'importe quoi. Simplement pour mettre fin à cette attente.

84.

David faisait installer une nouvelle chaudière, et Jean était assise avec lui dans le jardin de Fox and Hounds. Au début, elle avait trouvé ça risqué, mais David avait raison. Il n'y avait pas un chat, et ils étaient à quelques mètres de la voiture si jamais ils étaient obligés de s'esquiver.

Elle buvait un gin tonic, ce qui n'était pas dans ses habitudes en rentrant de l'école. Si George lui posait des questions, elle pourrait toujours dire que c'était la faute d'Ursula. Elle avait besoin de réconfort. Sa vie actuelle était un incroyable foutoir, et il fallait qu'elle fasse un peu de ménage.

Elle dit :

« Je ne sais pas combien de temps nous allons pouvoir continuer comme ça.

— Tu veux arrêter ? demanda David.

— Peut-être. Oui. » Cela paraissait tellement cruel, prononcé à haute voix. « Oh, je ne sais pas. Je ne sais plus.

— Qu'est-ce qui a changé ?

— George. Sa maladie. » Ça tombait sous le sens, non ?

« C'est tout ? »

Il n'avait pas l'air inquiet, et elle commençait à trouver son assurance agaçante. Comment arrivait-il à naviguer au milieu de tout ça ?

« Ce n'est pas rien, David, tu sais. »

Il lui prit la main.

« Ça me fait un autre effet qu'avant. J'ai l'impression que c'est mal.

— Tu n'as pas changé. Je n'ai pas changé. »

Que ça pouvait être exaspérant. Cette assurance des hommes. Ils assemblaient des mots comme des cabanes ou des étagères et on pouvait se tenir dessus, tellement ils étaient solides. Alors les sentiments qui vous terrassaient au petit jour se transformaient en fumée.

Il dit :

« Je ne veux pas te brusquer.

— Je sais. » Mais elle n'en était pas si sûre.

« Si tu étais malade, gravement malade, je t'aimerais quand même. Si j'étais gravement malade, j'espère que tu m'aimerais quand même. » Il la regarda dans les yeux. Pour la première fois, il avait l'air triste et ça la rassura. « Je t'aime, Jean. Ce ne sont pas que des mots. Je suis sincère. J'attendrai s'il le faut. Je supporterai tout. Parce que l'amour, c'est ça. Je sais que George est malade. Et je sais que ça te complique les choses. Il va tout de même falloir vivre avec et trouver une solution. Je ne sais pas comment nous y arriverons, mais nous y arriverons. »

Elle se surprit à rire.

« Qu'est-ce qu'il y a de drôle ?

— Moi, dit-elle. Tu as évidemment raison. Et ça me fait enrager. Mais tu as quand même raison. »

Il lui serra la main.

Ils restèrent assis quelques instants sans rien dire. David pêcha quelque chose qui était tombé dans son panaché et un gros véhicule agricole passa bruyamment de l'autre côté de la haie.

« Je m'en veux horriblement, dit-elle.

— Pourquoi ?

— À cause du mariage. »

Il eut l'air soulagé.

« J'étais tellement perturbée par ce qui arrivait à George que je… Katie a dû vivre des moments épouvantables. Décider de se marier. Puis annuler le mariage. Alors qu'ils continuent à vivre ensemble. J'aurais dû faire preuve d'un minimum de compassion. Et on a passé notre temps à se chamailler.

— Il faut dire que tu avais un paquet de choses sur le dos.

— Je sais, mais…

— Le mariage est annulé, c'est toujours ça », lança David.

Ce n'était pas très gentil.

« C'est quand même bien triste.

— Moins triste que d'épouser quelqu'un qu'on n'aime pas. »

85.

Ils allaient se marier.

Katie était excitée comme jamais. Cette fois, elle savait qu'elle faisait ce qu'il fallait. Ils s'occuperaient de tout. Ce serait vraiment leur mariage. Et au fond d'elle-même elle se réjouissait à l'idée que la nouvelle allait en faire chier certains.

Elle allait devoir demander à Ray s'il était d'accord, et ça l'inquiétait. La croirait-il ? Accepterait-il de courir le risque qu'elle recommence à hésiter ?

Et puis elle se dit *Merde*. Que pouvait-on faire d'autre quand on aimait quelqu'un et qu'on voulait l'épouser ? Et puisque les invitations avaient déjà été envoyées, autant ne pas perdre de temps.

Alors elle respira un grand coup et fit sa demande. À genoux. Pour pouvoir prendre les choses à la blague si ça tournait mal.

Le visage de Ray s'illumina.

« Bien sûr que je veux t'épouser. »

Elle en fut tellement surprise qu'elle ne put s'empêcher d'essayer de le faire changer d'avis. « Tu es sûr ?

— Hé. » Il la prit par les épaules.

« Quoi ?

— J'ai dit oui. J'ai dit que je voulais t'épouser.

— Je sais, mais…

— Tu sais quoi ? demanda Ray.

— Non.

— Te revoilà.

— Ce qui veut dire ?

— Toi. La toi d'avant, dit-il.

— Alors tu veux vraiment qu'on se marie ? Dans quinze jours ?

— Seulement si tu me promets de ne plus me poser la question.

— Je te le promets. »

Ils se regardèrent fixement pendant cinq secondes environ, le temps d'assimiler. Puis ils sautèrent en l'air comme des gosses.

Elle pensait que Maman serait furieuse. Qu'elle en ferait tout un plat. Mais elle parut étrangement résignée. Apparemment, elle n'avait même pas encore trouvé le temps de prévenir les invités que le mariage était annulé. Peut-être s'était-elle doutée dès le début qu'ils en arriveraient là.

Katie annonça qu'ils s'occupaient de tout. Il lui fallait simplement les numéros de téléphone. Maman n'aurait rien à faire. « Et c'est Ray et moi qui paierons. Après tout ce qu'on vous a fait subir, c'est la moindre des choses.

— Bon, si tu insistes, dit Maman. Mais je ne sais pas comment ton père le prendra.

— Ça lui fera faire des économies », plaisanta Katie, mais Maman ne rit pas. « Comment va-t-il, d'ailleurs ?

— Il a l'air d'aller bien. » Ça n'avait pas l'air de beaucoup la réjouir.

« Tant mieux. » Peut-être que Maman n'était pas très en forme, c'est tout. « Voilà une bonne nouvelle. »

Le fleuriste se montra franchement grossier. Ils arriveraient encore à exécuter la commande, mais ce serait plus cher. Katie répondit qu'ils se fourniraient chez quelqu'un de plus sympa. Elle raccrocha, pleine d'une indignation vertueuse et réconfortante qu'elle n'avait pas éprouvée depuis longtemps et pensa *Conneries de fleurs.* Ray proposa qu'ils aillent cueillir un bouquet le matin du mariage et ils trouvèrent ça très drôle tous les deux.

Le traiteur fut plus compréhensif. En fait, il avait l'air de croire qu'elle venait de sortir de l'hôpital, ce qui obligea Katie à ajuster le tir rapidement, et quand elle marmonna quelque chose à propos d'analyses finalement négatives, il y eut des exclamations enthousiastes à l'autre bout du fil. « Nous serons enchantés de nous occuper du repas. »

Le pâtissier qui devait livrer le gâteau n'était même pas au courant que le mariage était annulé et la prit manifestement pour une folle.

86.

Quand George tendit le bouquet à Jean, elle pleura. Il ne s'y attendait pas. En plus, elle ne pleurait pas parce que les fleurs étaient particulièrement belles, cela paraissait évident (il avait été obligé de les acheter au petit supermarché près de l'arrêt de bus et il voyait bien lui-même qu'elles n'étaient pas de qualité supérieure).

Peut-être était-elle encore bouleversée par sa mésaventure dans la baignoire. Ou à cause de la moquette (les installateurs ne viendraient que la semaine suivante). Ou à propos de la dispute qu'elle avait eue avec Katie et Jamie. Ou de l'annulation du mariage. Ou de l'annulation de l'annulation du mariage. Ou parce que Katie et Ray organisaient tout eux-mêmes et qu'elle n'avait plus son mot à dire. Les possibilités étaient multiples. Et l'expérience lui avait appris que les femmes pouvaient être bouleversées par des choses auxquelles la plupart des hommes ne pensaient pas.

Il préféra ne pas chercher à percer le mystère.

Pour sa part, le mariage lui inspirait des sentiments de lassitude résignée. Il verrait bien comment les choses se passaient et aviserait le moment venu. Si Katie et Ray rataient leur affaire, au moins, c'étaient eux qui payaient.

La perspective de prononcer un discours l'inquiétait moins qu'avant. Il se sentait plus fort maintenant, et le problème ne paraissait plus aussi insurmontable.

Si seulement il avait su que cela ne durerait pas avec Graham, il aurait gardé une copie du discours qu'il avait écrit pour son premier mariage.

Peut-être pourrait-il faire un petit abrégé biographique. Raconter comment la petite casse-cou d'il y a trente ans s'était transformée en… en quoi ? *Jeune femme accomplie ? Jeune femme accomplie et mère admirable ? La femme que vous voyez devant vous ?* Aucune de ces expressions ne lui convenait tout à fait.

La meilleure fille du monde ? C'était peut-être un peu exagéré.

Ma fille préférée. Voilà. Un soupçon d'humour. Élogieux, sans être sentimental.

Peut-être devrait-il répéter son discours devant Jean. Pour tout avouer, il avait toujours eu du mal à trouver le ton juste. Une note sérieuse. Une touche d'ironie. Voilà pourquoi il avait toujours évité de faire des discours aux fêtes de départ et à Noël. Il y avait toujours de meilleurs orateurs que lui qui ne demandaient qu'à s'en charger.

Il ne parlerait pas du premier mariage ni des incartades juvéniles les plus graves. Personne ne trouverait particulièrement amusant que Katie ait renversé du café dans un radiateur électrique, provoquant une explosion qui avait arraché le papier peint. Ou bien ? Difficile d'en juger.

Il leur raconterait qu'elle voulait devenir pilote de course et parlerait du matin où elle lui avait emprunté les clés de la voiture, avait desserré le frein à main de la Vauxhall Chevette et était rentrée dans la porte du garage, évitant de justesse de couper Jamie en deux.

En tout cas, il attendrait deux ou trois jours avant l'événement pour rédiger son texte. Pas question de tenter le sort. Sa fille était parfaitement capable d'annuler le mariage une seconde fois.

Autre sujet à éviter.

Il appela le restaurant d'Oundle et réserva une table. Jean était encore patraque et, de toute évidence, avait besoin d'un remède plus énergique qu'un bouquet. La rumeur était exacte. Le poisson était effectivement excellent. George prit de la daurade aux épinards et aux pignons accompagnée d'une de ces petites flaques de sauce nouvelle cuisine. Jean commanda la truite.

Un petit nuage noir planait au-dessus d'elle pendant qu'ils mangeaient le plat principal. Et quand le dessert arriva, il renonça à toute prudence et lui demanda ce qui n'allait pas.

Elle mit vraiment très longtemps à répondre. Ce que George comprenait fort bien. Il avait souffert récemment de quelques vacillations mentales qu'il n'était pas facile de verbaliser.

Finalement, Jean parla.

« À l'hôpital.

— Oui ?

— J'ai dit quelque chose à Katie.

— Oui ? » George se détendit un peu. C'était un problème mère-fille. Forte fièvre, brève durée.

« J'ai été franchement stupide.

— Je suis sûr que non.

— Je lui ai dit que j'étais soulagée, poursuivit Jean. Que le mariage soit annulé.

— Bon.

— Je lui ai dit que nous n'avions pas été très chauds à propos de Ray, depuis le début.

— Ce qui est parfaitement vrai.

— Elle l'a rapporté à Ray. J'en suis sûre. Je l'ai lu dans ses yeux quand je l'ai vu. »

George rumina cela pendant une minute ou deux. Quand les hommes avaient des problèmes, ils voulaient qu'on leur propose une solution, mais quand les femmes avaient des problèmes, elles voulaient qu'on leur dise qu'on les comprenait. C'était un truc que David lui avait expliqué chez Shepherds, l'été où le fils de Pam avait rejoint cette fameuse secte.

Il dit : « Tu as peur que Ray te déteste.

— Qu'il nous déteste, en fait. » L'humeur de Jean s'améliora visiblement.

« Tu sais, je pense qu'il a toujours su que nous ne voyions pas les choses comme lui.

— Ce n'est pas tout à fait la même chose que de l'entendre dire clairement.

— Tu as raison. Et, à bien y réfléchir, il s'est comporté un peu bizarrement quand il est venu me chercher à l'hôpital.

— Comment ça ? » Jean avait de nouveau l'air inquiète.

« Mon Dieu… » George passa en revue les souvenirs de cette entrevue pour s'assurer qu'ils ne contenaient rien qui pût troubler Jean. « Il a dit que c'était un foutu merdier.

— On ne peut pas lui donner tort.

— Il a dit que j'étais la personne la plus saine d'esprit de la famille. J'imagine que c'était une plaisanterie. » Elle était manifestement plus drôle que George ne l'avait cru parce que Jean se mit à rire tout bas. « J'ai trouvé ça un peu méchant pour vous, je dois dire. » Il prit la main de Jean. « C'est bon de te voir rire. Ça fait longtemps que je ne t'ai pas vue rire. »

Elle recommença à pleurer.

« Je vais te dire ce que je vais faire. » Il lui lâcha la main. « Je vais appeler Ray. Voir si je peux arranger les choses.

— C'est une bonne idée, tu crois ?

— Fais-moi confiance. »

Il ne savait pas si c'était une bonne idée. Ni si on pouvait lui faire confiance. À vrai dire, il ne savait pas très bien pourquoi il avait lancé une proposition aussi téméraire. Mais il était impossible de faire marche arrière. Et s'il pouvait faire quelque chose pour rendre Jean plus heureuse, cela valait la peine d'essayer.

87.

En rentrant du travail, Jamie trouva sur son répondeur un message de Katie annonçant que le mariage aurait lieu. Elle avait l'air absolument radieuse. Sa gaieté le rendit plus optimiste qu'il ne l'avait été depuis un bon bout de temps. Et si la chance était en train de tourner pour tout le monde ?

Il faillit la rappeler tout de suite, mais il avait une autre affaire à régler d'abord.

Il se gara à deux pas de chez Tony et se concentra. Il fallait éviter de merder une fois de plus.

Un lundi soir à sept heures. S'il y avait une heure du jour ou de la nuit où Tony devait être chez lui, c'était maintenant.

Qu'allait dire Jamie ? Ce qu'il éprouvait semblait tellement évident. Mais quand il essayait de mettre des mots dessus, c'était maladroit, peu convaincant et sentimental. Si seulement tu pouvais soulever un couvercle au sommet de ton crâne et dire « Regarde ».

Ridicule.

Il frappa à la porte et se demanda si Tony avait vraiment déménagé parce qu'une jeune femme qu'il n'avait encore jamais vue lui répondit. Elle avait de longs cheveux bruns et portait un pantalon de pyjama d'homme avec des Doc Martens délacées. Elle tenait une cigarette allumée dans une main et un livre de poche tout esquinté dans l'autre.

« Je cherche Tony.

— Ha ha, fit-elle. Tu dois être l'infâme Jamie.

— *Infâme* ? Quand même pas.

— Je me demandais quand tu allais te pointer.

— Nous nous connaissons ? » demanda Jamie, essayant de prendre un ton plus littéral que distant. Il commençait à éprouver la même chose qu'avec Ian. Ne pas comprendre exactement ce qui se passe.

La femme fit passer le livre de poche dans la main qui tenait la cigarette et lui tendit l'autre. « Becky. La sœur de Tony.

— Salut », dit Jamie en lui serrant la main. À bien y réfléchir, il avait déjà aperçu son visage sur des photos et s'en voulut de ne pas s'y être intéressé davantage sur le moment.

« Celle que tu as toujours évitée, remarqua Becky.

— Ah bon ? » demanda Jamie. En fait, il avait moins cherché à l'éviter que refusé de faire un effort délibéré. « Mais, je croyais que tu habitais… » Merde. Il n'aurait pas dû commencer cette phrase. Elle le laissa s'empêtrer. « Très loin d'ici.

— Glasgow. Puis Sheffield. Tu entres ou tu préfères qu'on reste debout sur le pas de la porte ?

— Tony est là ?

— Parce que s'il n'est pas là, tu n'entres pas ? »

Jamie eut le sentiment très net que Tony n'était pas chez lui et que Becky allait le cuisiner, mais le moment semblait mal choisi pour se montrer désagréable avec un membre de la famille de Tony. « Si, si, je veux bien entrer.

— Parfait, dit Becky en refermant la porte derrière lui.

— Alors, il est là ? »

Ils montèrent les marches qui conduisaient à l'appartement.

« Il est en Crète, répondit Becky. Je garde la maison. Je travaille au Centre artistique de Battersea.

— Pfff, fit Jamie.

— Ce qui veut dire ? demanda Becky.

— Ce qui veut dire que j'ai essayé de l'appeler je ne sais combien de fois. J'ai cru qu'il m'évitait.

— Tu n'avais pas tort.

— Oh. »

Jamie s'assit à la table de la cuisine, puis songea que c'était l'appartement de Becky, temporairement du moins, que Tony et lui ne sortaient plus ensemble et qu'il n'aurait pas dû s'installer comme chez lui, aussi automatiquement. Il se releva, Becky le regarda bizarrement et il se rassit.

« Un verre de vin ? » Becky lui brandit une bouteille sous le nez.

« Volontiers », dit Jamie, ne voulant pas se montrer grossier.

Elle remplit un verre. « Je ne réponds pas au téléphone. Ça simplifie beaucoup la vie.

— C'est sûr. » Jamie avait encore la tête pleine de tout ce qu'il avait voulu dire à Tony, et rien de tout cela ne convenait plus vraiment. « Le Centre artistique de Battersea. Ils font des peintures, des expos, tout ça… »

Becky jeta à Jamie un regard méprisant et remplit un autre verre. « C'est un théâtre. Je travaille au théâtre. » Elle prononça le mot *théâtre* très lentement, comme si elle parlait à un petit enfant. « Je suis directrice.

— Super », dit Jamie. Son expérience personnelle du théâtre se limitait à une soirée forcée pour aller voir *Miss Saigon* qui ne lui avait pas plu. Mieux valait ne pas en faire part à Becky.

« Tu n'écoutais pas vraiment quand Tony te parlait de sa famille, ou quoi ? »

Jamie avait du mal à se rappeler une conversation au cours de laquelle Tony lui aurait précisé ce que faisait sa sœur. Peut-être Tony ne le lui avait-il jamais dit. Ça aussi, il valait sans doute mieux le garder pour lui. « Alors… quand est-ce qu'il rentre ?

— Je ne sais pas trop. Dans une quinzaine de jours sans doute. Il est parti sur un coup de tête, ou presque. »

Jamie fit un rapide calcul mental. Deux semaines. « Merde.

— Pourquoi merde ? »

Jamie se demanda si Becky était toujours aussi caustique ou s'il avait droit à un traitement de faveur. Il préféra y aller doucement. « J'aurais voulu qu'il vienne à un truc. Un mariage. Le mariage de ma sœur. Elle se marie.

— En général, c'est ce que les gens font, à leur mariage. »

Jamie commençait à comprendre pourquoi Tony n'avait pas fait plus d'efforts pour lui présenter sa sœur. Cette femme-là aurait pu en remontrer à Katie. « On s'est disputés.

— Je sais.

— C'était ma faute.

— C'est ce que j'ai cru comprendre.

— C'est-à-dire que je me disais que si j'arrivais à le convaincre de venir au mariage…

— J'ai l'impression que c'est ce mariage qu'il a voulu fuir. En allant en Crète.

— Ah. »

Becky écrasa sa cigarette dans le petit cendrier de verre posé au milieu de la table, et Jamie se concentra sur la façon dont la fumée s'élevait et se brisait en petites spirales pour distraire son attention de ce silence inconfortable.

« Il t'aimait, reprit Becky. Tu sais ça, non ?

— Ah bon ? » Quelle réaction stupide. Mais il était trop sonné pour s'en inquiéter.

Tony l'aimait. Merde, pourquoi ne l'avait-il jamais dit ? Jamie avait toujours cru que Tony était exactement comme lui, qu'il ne voulait pas se lancer, pas s'engager.

Tony l'aimait. Il aimait Tony. Bordel, il avait vraiment le chic pour tout foutre en l'air.

« Tu ne t'en étais pas rendu compte, c'est ça ? » demanda Becky.

Jamie était sans voix.

« Putain, fit Becky. Ce que vous pouvez être débiles, vous, les mecs. »

Jamie fut sur le point de rétorquer que si Tony le lui avait dit, rien de tout ça ne serait arrivé. Seulement ça ne faisait pas très adulte. En plus, il savait parfaitement pourquoi Tony ne le lui avait jamais dit. Parce qu'il n'avait jamais laissé Tony le lui dire, parce qu'il ne voulait pas que Tony le lui dise, parce qu'il était terrorisé à l'idée que Tony le lui dise. « Comment est-ce que je peux le joindre ?

— Aucune idée. Il est chez un copain qui a un machin en multipropriété là-bas.

— Gordon.

— Ça doit être ça. Il espérait que son portable marcherait.

— Il ne marche pas. J'ai essayé.

— Moi aussi.

— Il me faut une cigarette », dit Jamie.

Becky sourit pour la première fois. Elle lui donna une cigarette et la lui alluma. « Tu es dans un drôle d'état, hein ?

— Écoute. Si jamais il appelle…

— Il ne l'a pas fait.

— Non. Mais si jamais…

— Ça m'a l'air sérieux, dis donc », remarqua Becky.

Jamie prit son courage à deux mains. « Je l'aime. Je ne l'avais pas compris jusqu'à… Oui, bon, jusqu'à ce que Tony me plaque. Et puis ma sœur a annulé son mariage. Mon père a fait une espèce de dépression et s'est retrouvé à l'hosto. Alors on est tous allés à Peterborough. Et pour finir, on s'est engueulés, tous autant qu'on est. C'était horrible. Vraiment horrible. Et finalement, le mariage aura quand même lieu.

— Ça risque d'être une vraie partie de plaisir, non ?

— Et j'ai compris que Tony était le seul être au monde qui…

— Oh, mon Dieu. Surtout, ne pleure pas. S'il te plaît. Les mecs qui pleurent, ça me prend la tête. Bois encore un coup. » Elle vida la bouteille dans son verre.

« Pardon. » Jamie essuya ses yeux vaguement humides et fit cul sec.

« Apporte-moi une invitation, conseilla Becky. Ajoute un truc un peu nunuche. Je la mettrai en haut de sa pile de courrier. Ou sur son oreiller. Je verrai. S'il rentre à temps, je lui botterai le cul pour qu'il y aille.

— C'est vrai ?

— Oui. » Elle alluma une autre cigarette. « J'ai connu ses copains d'avant. Des connards. À mon humble avis. On ne se connaît pas depuis très longtemps, toi et moi, mais crois-moi, le progrès est indéniable.

— Ryan avait l'air sympa. » En esprit, Jamie présentait Becky à Katie et se demandait si elles deviendraient copines pour la vie ou si ce serait la combustion spontanée.

« Ryan. Putain. Quel trou du cul. Misogyne. Tu sais, du genre à dire qu'on ne peut pas bosser avec des femmes parce qu'elles ne sont pas assez solides et qu'elles se tirent pour avoir des gosses. Ils ne sont sans doute même pas gay. Pas pour de vrai. Tu connais ces types-là. Ils ne supportent tout simplement pas l'idée de coucher avec une femme. Il détestait les gosses, en plus. Ce que je ne supporte pas, moi. Enfin, d'où est-ce qu'ils s'imaginent que viennent les adultes, bordel ? On veut des chauffeurs de bus et des médecins ? Il faut bien des enfants. Je remercie le ciel de ne pas être la pauvre conne qui a passé un sacré bout de sa vie à lui torcher le cul. Il n'aimait pas les chiens non plus. Ni les chats. Ne fais jamais confiance à un type qui n'aime pas les animaux. C'est ma devise. Tu n'aurais pas envie de partager un curry avec moi, par hasard ? »

88.

Jean appela David. La chaudière était réparée et il avait de nouveau la maison à lui, alors elle s'arrêta en rentrant de la librairie.

Elle lui raconta où en était le mariage et il rit. Gentiment. « Aïe, aïe, aïe. Espérons que la journée elle-même sera moins mouvementée que les préparatifs.

— Tu viens toujours ?

— Tu as envie que je vienne ?

— Oui, dit-elle. Oui, j'aimerais bien. » Elle ne pourrait pas le toucher. Mais si Jamie et Ray se disputaient ou si Katie changeait d'avis au milieu de la cérémonie, ce serait rassurant de pouvoir jeter un coup d'œil dans la salle et d'apercevoir le visage de quelqu'un qui comprenait ce qu'elle éprouvait.

Il la serra dans ses bras, lui fit une tasse de thé, l'installa dans le jardin d'hiver et lui parla du plombier excentrique qui avait réparé la chaudière. (« Polonais, apparemment. Un diplôme d'économie. Il dit qu'il est venu à pied en Angleterre. Un monastère allemand. La cueillette des fruits en France. Une allure de fripouille, quand même. Je ne sais toujours pas si c'était du lard ou du cochon. »)

C'était bon de bavarder, mais elle se rendit compte qu'elle voulait se rendre au seul endroit où elle pouvait encore oublier, fût-ce fugitivement, qui elle était et ce qui se passait dans le reste de sa vie. C'était un peu effrayant, de vouloir quelque chose aussi fort. Ce qui ne l'empêchait pas de le vouloir.

Elle lui prit la main, retint son regard et attendit qu'il comprenne ce qu'elle avait en tête sans avoir besoin de le formuler tout haut.

Il lui rendit son sourire, leva un sourcil et dit :

« Montons, tu veux ? »

89.

George avait manqué sa deuxième séance de psychothérapie parce qu'il était à l'hôpital. Aussi redoutait-il sa prochaine entrevue avec Mme Endicott, un peu comme il avait redouté jadis d'être envoyé chez M. Love expliquer pourquoi il avait balancé le cartable de Jeffrey Brown sur un toit.

Mais elle écouta respectueusement son histoire et lui posa quelques questions très précises sur l'objectif qu'il avait cherché à atteindre et sur ce qu'il avait éprouvé à différentes étapes du processus, et George eut l'impression très nette que, s'il avait annoncé qu'il avait mangé sa femme en tourte, Mme Endicott lui aurait demandé avec quelle sauce il l'avait servie, et il ne savait pas trop si c'était une bonne chose ou non.

Cela commençait à l'ennuyer. Il expliqua qu'il se sentait beaucoup mieux à présent et elle lui demanda en quoi précisément il se sentait mieux. Il décrivit ses sentiments à propos du mariage de Katie, et Mme Endicott lui demanda quelle était sa définition du « détachement bouddhiste ».

À la fin de la séance, quand Mme Endicott dit qu'elle se réjouissait de le revoir la semaine suivante, George émit un « hein hein » ambigu, parce qu'il n'était pas très sûr de revenir la semaine suivante. Il n'aurait pas été surpris que Mme Endicott saute sur cette ambiguïté délibérée, mais leurs quarante-cinq minutes d'entretien étaient écoulées, et manifestement ils pouvaient recommencer à se conduire normalement.

90.

Jamie revint tard de chez Tony. Trop tard en tout cas pour téléphoner à des gens qui ont des enfants. Il décida donc de faire un saut chez Katie et Ray le lendemain pour aller chercher une invitation et leur présenter personnellement ses félicitations.

Il aimait bien Becky. Elle s'était adoucie devant le curry au micro-ondes, sans revenir pourtant sur son opinion des agents immobiliers. Il aimait bien les râleuses, dans l'ensemble. D'avoir grandi avec Katie, sans doute. Ce qu'il ne supportait pas du tout, c'étaient les gracieuses inclinaisons de la tête, les petits mouvements pour remettre une mèche en place et le mohair rose (pourquoi ces machins-là plaisaient au contraire aux joueurs de rugby et aux monteurs d'échafaudages, voilà un mystère qu'il ne résoudrait jamais). Il se demanda un instant si elle était lesbienne. Puis il se rappela une histoire de Tony à propos de Becky et d'un garçon qui avaient cassé l'abattant des toilettes de leurs parents pendant une fête. Encore que les gens pouvaient changer, bien sûr.

Il parlait de la relation en montagnes russes de Katie et de Ray et fit tant et si bien qu'il persuada Becky que

Ray était un candidat tout à fait acceptable à la castration, ce qui l'obligea à manœuvrer habilement pour lui faire comprendre que c'était un type plutôt bien, ce qui fut nettement plus difficile parce que, à bien y réfléchir, il était très difficile de mettre le doigt sur ce qui avait changé.

Elle parla de leur enfance à Norwich. Des cinq chats. De l'allergie de leur mère au ménage. De la dévotion pathologique de leur père pour les trains à vapeur. De l'accident de voiture en Écosse. (« On est sortis à quatre pattes sans une égratignure, on s'est retournés, l'arrière de la voiture était arraché et il y avait un demi-chien sur la route, pour de vrai. J'ai fait un certain nombre de cauchemars après ça. J'en fais encore aujourd'hui. ») Du garçon qui était placé chez eux et était obsédé par les couteaux. De la fois où Tony et un copain avaient mis le feu à un avion miniature à piles, l'avaient lancé depuis la fenêtre de la chambre et l'avaient vu virer lentement sur l'aile au bout du jardin avec des flammes spectaculaires, avant de se retourner et d'aller se poser dans la maison en construction d'à côté…

Jamie avait déjà entendu la plupart de ces histoires, sous une forme ou une autre. Mais cette fois, il écoutait vraiment.

« Atroce.

— Non, pas vraiment, dit Becky. C'est seulement la façon dont Tony le raconte.

— Je croyais que vos parents l'avaient viré. Après cette histoire avec …

— Carl. Carl Waller. Ouais. Mais Tony voulait se faire virer.

— Vraiment ?

— C'était une bénédiction pour lui, d'être homo. » Becky alluma une cigarette. « Ça lui permettait d'être rebelle sans avoir à se shooter à l'héro ou à voler des bagnoles. »

Jamie digéra ça lentement. Presque deux mille kilomètres entre eux, et il se sentait plus proche de Tony que jamais. « Mais Tony et toi. Vous ne vous voyiez plus trop, si ? Pourtant, c'est toi qui lui gardes son appart.

— On s'est retrouvés quand je me suis installée à Londres. Il y a quelques semaines. Tout d'un coup, on s'est rendu compte qu'on s'aimait bien. »

Jamie se mit à rire. De soulagement, en fait. Que Tony puisse commettre le même genre d'erreurs que lui.

« Qu'est-ce qu'il y a de si drôle ? demanda Becky.

— Rien, dit Jamie. C'est simplement… C'est super. C'est franchement super. »

La chance avait vraiment l'air de tourner pour tout le monde. Il y avait peut-être quelque chose dans l'air.

Le lendemain soir, quand il arriva chez Katie, Ray et elle lui ouvrirent la porte ensemble, ce qui lui parut symbolique et il leur dit « Félicitations » avec toute la sincérité qu'il n'avait pas su mobiliser la première fois.

Ils le firent entrer dans la cuisine, après un minuscule grognement de bienvenue de Jacob qui était au salon, profondément absorbé par une vidéo de *Sam le Pompier*.

Katie semblait un peu sonnée. Comme ces gens qu'on interviewe aux infos après les avoir hélitreuillés pour les sortir d'une catastrophe épouvantable.

Ray avait l'air différent, lui aussi, mais il était difficile de dire si ce n'était pas simplement parce que Jamie avait changé d'avis à son sujet. De toute évidence, Katie et lui s'entendaient mieux. Ils se touchaient, pour commencer, ce qu'il ne les avait encore jamais vus faire. Et, en effet, quand *Sam le Pompier* fut terminé et que Jacob entra en trottinant à la recherche d'un pack de jus de pomme, il sentit comme une tension œdipienne dans l'air (« Arrête de faire des câlins à Maman... », « C'est moi qui veux faire des câlins à Maman... »). Jamie se dit que Katie et Ray n'étaient tombés amoureux qu'après avoir vécu toutes les merdes que la plupart des gens réservent pour la fin de leur relation. C'était une façon de faire comme une autre.

Jamie demanda une invitation pour Tony, et Ray eut l'air anormalement enthousiaste à l'idée qu'il vienne.

« C'est un peu une bouteille à la mer, expliqua Jamie. Il est en Grèce et on ne peut pas le joindre. J'espère simplement qu'il rentrera à temps.

— Nous pourrions essayer de le localiser, proposa Ray avec un dynamisme jubilatoire qui paraissait légèrement hors de propos.

— Il vaut sans doute mieux laisser ça entre les mains des dieux, dit Jamie.

— À toi de voir. »

À cet instant, Katie hurla « Jacob » et ils se retournèrent pour le voir vider délibérément son pack de jus de pomme sur le sol de la cuisine.

Ray l'obligea à s'excuser avant de le traîner dehors pour jouer au jardin, dans l'idée de lui montrer que les beaux-pères peuvent servir à autre chose qu'à monopoliser les mères.

Ça faisait dix minutes que Jamie et Katie bavardaient à propos du mariage, quand Katie reçut un coup de fil de la maison. Elle réapparut quelques instants plus tard, l'air vaguement troublée.

« C'était Papa.

— Comment va-t-il ?

— Il avait l'air d'aller bien. Mais il voulait parler à Ray. Il n'a pas voulu me dire pourquoi.

— Il voulait sûrement jouer les mâles et exiger de payer la facture.

— Tu dois avoir raison. Je lui ai dit que Ray le rappellerait. On verra bien.

— Je ne parierais pas sur les chances de Papa, dit Jamie.

— Bon. Alors, demanda Katie, que vas-tu écrire à Tony ? »

91.

George n'aurait pas dû se mettre nu devant la glace.

Il était passé au cabinet médical pour la dernière fois. La plaie avait cicatrisé et ne nécessitait plus de soins quotidiens. Il suffisait qu'il retire le pansement de la veille après le petit déjeuner, qu'il reste dix minutes dans un bain chaud et salé, qu'il sorte, se sèche avec douceur et refasse son pansement.

Il prenait les comprimés et se réjouissait plutôt à l'idée du mariage. Puisque Katie et Ray prenaient tout en main, il ne lui restait pas grand-chose à faire. Prononcer un bref discours à la cérémonie n'était quand même pas le bout du monde.

Cette histoire de miroir tenait de la bravade stupide, de la volonté d'affirmer que ses problèmes étaient réglés et qu'il n'avait pas l'intention de les laisser lui dicter sa conduite plus longtemps.

Mais ses motifs n'avaient plus grande importance maintenant.

Il sortit du bain, se sécha, rentra le ventre, tira les épaules en arrière et se mit au garde-à-vous devant le lavabo.

Ce fut la nuée de points rouges sur son biceps qui attira d'abord son attention, ceux qu'il avait découverts dans la chambre d'hôtel et avait réussi à oublier. Ils étaient plus grands et plus nombreux que dans son souvenir.

Il fut pris de nausée.

La seule chose à faire était évidemment de s'éloigner rapidement du miroir, de s'habiller, d'avaler deux comprimés de codéine et d'ouvrir une bouteille de vin. Mais il en était incapable.

Il entreprit d'examiner sa peau dans le détail. Ses bras. Son thorax. Son ventre. Il se retourna pour regarder par-dessus son épaule et inspecter son dos.

C'était une très mauvaise idée. Autant observer une boîte de Petri dans un laboratoire. Chaque centimètre carré recélait un nouvel objet de terreur. Des grains de beauté brun foncé, ridés comme des raisins secs, des taches de rousseur rassemblées en archipels couleur chocolat, des bosses ternes de teintes chair, certaines flasques, d'autres pleines de sérosité.

Sa peau était devenue un zoo de formes de vie extraterrestres. S'il les regardait d'assez près, il pourrait les voir bouger et grandir. Il essaya de s'en abstenir.

Il aurait dû retourner voir le docteur Barghoutian. Ou un autre médecin, plus compétent.

Il avait eu l'arrogance d'imaginer qu'il résoudrait tous ses problèmes à l'aide de longues promenades et de mots croisés. Et pendant tout ce temps, la maladie avait bien ri, elle s'était répandue, avait renforcé son emprise et donné naissance à d'autres maladies.

Il ne détourna les yeux du miroir qu'au moment où sa vision se troubla et où ses genoux ployèrent, le précipitant sur le sol de la salle de bains.

À cet instant, l'image de sa propre peau nue, encore très nette dans son esprit, se métamorphosa en une autre peau, celle des fesses de ce type qui montaient et descendaient entre les cuisses de Jean dans leur chambre.

Il les entendait à nouveau. Ces bruits de bêtes. La chair ridée qui tremblotait et ballottait. Ce qu'il n'avait pas vu, mais n'imaginait que trop aisément. L'organe de cet homme entrant et sortant de Jean. La succion et le glissement. Les replis roses.

Dans cette maison. Dans son propre lit.

Il en percevait même l'odeur. Une odeur de toilettes. Intime, moite.

Il était en train de mourir. Et personne ne le savait.

Sa femme couchait avec un autre homme.

Et il devait prononcer un discours au mariage de sa fille.

Il se cramponnait au barreau inférieur du porte-serviettes chauffant, comme un homme qui lutte pour ne pas être emporté par une inondation.

C'était comme avant. En pire. Il n'y avait plus de sol au-dessous de lui. La salle de bains, la maison, le village, Peterborough… tout s'était détaché, déchiqueté et envolé, ne laissant que l'espace infini, juste un porte-serviettes et lui. Comme s'il était sorti du vaisseau spatial pour découvrir que la terre avait disparu.

Il redevenait fou. Et cette fois, il n'y avait pas d'espoir. Il s'était cru guéri. Mais il avait échoué. Il ne pouvait plus compter sur personne. Il allait rester dans cet état jusqu'à sa mort.

La codéine. Il lui fallait de la codéine. Il ne pouvait rien faire pour le cancer. Ni pour Jean. Ni pour le mariage. La seule chose qu'il pouvait faire, c'était émousser un peu tout cela.

En s'agrippant au porte-serviettes, il entreprit de se remettre debout. Lorsqu'il se redressa, la chair tendre de son ventre fut exposée et il la sentit qui démangeait et se tortillait. Il attrapa une serviette de toilette et en entoura son abdomen. Il fit glisser ses mains sur le bord de la baignoire et se releva.

Il pouvait faire cela. Ce n'était pas compliqué. Avaler les comprimés et attendre. Il n'y avait rien d'autre à faire.

Il ouvrit l'armoire à pharmacie et sortit le paquet. Il avala d'un coup quatre comprimés avec de l'eau qu'il prit au robinet de la baignoire pour éviter le miroir au-dessus du lavabo. Était-il dangereux d'en prendre quatre d'un coup ? Il n'en avait aucune idée et cela lui était bien égal.

Il rejoignit la chambre en titubant. Il laissa tomber la serviette et, malgré ses mains tremblantes, réussit tant bien que mal à enfiler ses vêtements. Il grimpa sur le lit, remonta la couette sur sa tête et commença à se réciter des comptines jusqu'à ce qu'il se rappelle que c'était ici que cela s'était passé, exactement ici, à l'endroit précis où il avait posé sa tête. Il eut envie de vomir. Il fallait faire quelque chose, n'importe quoi, pour rester en mouvement et s'occuper en attendant que les médicaments commencent à faire leur effet.

Il rejeta la couette, se leva et prit plusieurs profondes inspirations pour se calmer avant de descendre.

Supposant que Jean était occupée ailleurs, il avait l'intention d'attraper une bouteille de vin et de filer à l'atelier. Si la codéine ne marchait pas, il pouvait toujours se saouler. Jean penserait ce qu'elle voudrait, il n'y attachait plus aucune importance.

Mais Jean n'était pas occupée ailleurs. Il était encore dans l'escalier quand elle surgit de l'autre côté de la rampe, brandissant le combiné et disant d'un ton exaspéré : « Ah, tu es là. Je t'ai appelé. Ray voudrait te parler. »

George se figea, comme un animal repéré par un oiseau de proie, espérant que s'il restait immobile il se confondrait avec le paysage.

« Tu le prends, oui ou non ? » demanda Jean en agitant le téléphone dans sa direction.

Il vit sa main se tendre pour attraper le combiné tandis qu'il descendait les dernières marches. Jean portait un gant de caoutchouc et tenait un torchon. Elle lui passa le téléphone, secoua la tête et disparut dans la cuisine.

George approcha le téléphone de son oreille.

Dans sa tête, les images s'enchaînaient à en donner le vertige, l'une plus grotesque que l'autre. La figure du clochard sur le quai de la gare. Les cuisses nues de Jean. Sa propre peau malade.

Ray dit : « George. Ici Ray. Katie m'a dit que vous vouliez me parler. »

C'était comme ces coups de fil qui vous réveillent la nuit. On a du mal à se rappeler ce qu'on est censé faire.

Il n'avait plus la moindre idée de ce qu'il avait voulu dire à Ray.

Était-ce la réalité, ou était-il en proie à une forme d'hallucination ? Était-il encore allongé sur son lit, à l'étage ?

« George ? répéta Ray. Vous êtes là ? »

Il essaya de dire quelque chose. Un petit miaulement sortit de sa bouche. Il écarta le combiné de sa tête et le regarda. La voix de Ray sortait toujours par les petits trous. George ne voulait pas que cela continue.

Méticuleusement, il reposa le téléphone sur son support. Il se retourna et entra dans la cuisine. Jean chargeait la machine à laver et il n'avait pas l'énergie d'affronter la discussion qui s'engagerait inévitablement s'il franchissait la porte avec une bouteille de vin.

« Ça a été rapide, dis-moi, observa Jean.

— Faux numéro », répondit George.

Il était au milieu du jardin en chaussettes quand il se rendit compte que Jean aurait eu du mal à se laisser prendre à ce brillant subterfuge.

92.

Jamie s'assit avec une tasse de thé, son meilleur stylo et du papier à lettres qu'il avait trouvé au fond du tiroir du bureau. Du beau papier, comme celui qu'on lui faisait prendre pour les lettres de remerciements quand il était petit.

Il se mit à écrire.

Cher Tony,
Je t'aime et je voudrais que tu viennes au mariage. Je suis allé à Peterborough la semaine dernière. Papa a fait une dépression et s'est retrouvé à l'hôpital après s'être découpé en morceaux avec des ciseaux (je t'expliquerai ça plus tard). Quand j'étais à l'hôpital, je suis tombé sur le type avec qui Maman a une liaison (je t'expliquerai ça plus tard aussi). Katie et Maman ont fait une scène d'enfer à propos du mariage. Il a été annulé. Mais il aura quand même lieu (je t'expliquerai…

Il arracha la feuille du bloc, la chiffonna et recommença. Il avait fallu beaucoup d'énergie à Tony pour quitter sa famille. Ce n'était pas le moment de faire le malin en s'étendant sur les défauts de la sienne.

Cher Tony,
Je t'aime et je voudrais que tu viennes au mariage.
Je suis allé à Peterborough la semaine dernière et je me suis rendu compte que ma famille, c'est toi...

Trop gnangnan.

Cher Tony,
Je t'aime.
Le mariage a été annulé, puis rétabli.
Dieu sait ce qui va se passer ce jour-là, mais je voudrais que tu sois avec moi...

Bordel. Voilà qu'il vendait ça comme un événement à grand spectacle.

Pourquoi était-ce aussi difficile ?

Il emporta son thé dehors, s'assit sur le banc et alluma une cigarette. Des enfants jouaient dans un jardin voisin. Sept, huit ans. Ça lui rappela son enfance. Les pataugeoires et les courses de haies olympiques par-dessus des tuteurs en bambou. Les courses de bicyclettes et les arbres d'où on sautait. Encore deux ou trois ans, et ils fumeraient des cigarettes ou chercheraient un bidon d'essence. Mais pour le moment, c'était un bruit agréable. Comme le ronronnement d'une tondeuse, ou des gens qui jouent au tennis.

C'était horriblement difficile parce qu'il ne pouvait pas dire les choses à Tony directement. Quand on parle à quelqu'un, on voit sa réaction, ce qui permet de rectifier légèrement le tir. C'est comme quand on vend une maison. (« C'est un quartier très cosmopolite. – Nous l'avons remarqué, merci. – Désolé. Jargon d'agent immobilier. On a du mal à s'en défaire, vous savez. »)

En plus, Tony avait changé en son absence. À en croire tout ce que Becky lui avait dit. Quand il imaginait Tony maintenant, il voyait quelqu'un de moins monolithique, de plus vulnérable, de plus proche de lui-même.

Jamie avait changé, lui aussi.

Bordel, c'était comme aux échecs.

Non. Quel con.

Il essayait de reconquérir Tony. Ç'aurait été sympa qu'il vienne au mariage, mais s'il le manquait, qu'est-ce que ça pouvait bien faire ? Il rentrerait de Grèce tôt ou tard.

À bien y réfléchir, si le mariage tournait à la catastrophe, ce serait peut-être aussi bien que Tony ne soit pas là.

Problème réglé.

Il écrasa sa cigarette et rentra.

Cher Tony,

S'il te plaît, viens au mariage. Parle à Becky. Elle sait tout.

Je t'aime. Je t'embrasse.

Jamie

Il mit la lettre dans une enveloppe, ajouta un des plans photocopiés, l'adressa aux bons soins de Becky, la timbra et la mit à la boîte avant d'avoir eu le temps de changer d'avis.

93.

En d'autres circonstances, George se serait peut-être suicidé. Deux nuits de suite, il avait rêvé du noyé de Peterborough et, dans son rêve, la rivière l'appelait, attirante comme un immense édredon, et même en rêve il avait une envie effrayante de lâcher prise, de s'enfoncer dans le froid et dans le noir et de tout annuler pour de bon. Mais il ne restait plus que six jours avant le mariage, et il aurait été discourtois de faire une chose pareille à sa fille.

Si bien que, pour le moment, il devait trouver le moyen de faire passer les jours, l'un après l'autre, jusqu'à ce qu'il puisse décemment accomplir un geste radical sans gâcher l'atmosphère de fête. Il faudrait sans doute attendre encore un peu après le retour de Katie et Ray de voyage de noces.

Après s'être examiné dans la glace, il s'était dit qu'il allait succomber à une sorte de défaillance organique. Il paraissait inconcevable que le corps puisse résister à la pression d'une panique persistante sans que quelque chose ne se rompe ou n'arrête de fonctionner. Au début, ce fut une peur de plus qui vint s'ajouter aux autres peurs, celle du cancer, celle de perdre irrémédiablement la raison, de s'effondrer au mariage, devant tous les invités. Mais au bout de vingt-quatre heures, il avait envie que cela arrive. Une attaque. Une crise cardiaque. Quelque chose. Peu lui importait de survivre ou non, pourvu qu'il sombre dans l'inconscience et soit déchargé de toute responsabilité.

Il n'arrivait pas à dormir. Dès qu'il se couchait, il sentait sa peau muter sous son pyjama. Il restait immobile, attendant que Jean s'endorme, puis se relevait, reprenait de la codéine et se servait un whisky. Il regardait les émissions bizarres que la télévision diffuse aux petites heures du jour. Des documentaires du centre de formation permanente sur les glaciers. Des films des années quarante en noir et blanc. Des informations agricoles. Il pleurait et marchait en rond sur la moquette du salon.

Le lendemain, il alla à l'atelier et s'inventa des tâches inutiles pour se fatiguer et s'occuper l'esprit (deux hommes installaient la nouvelle moquette dans la maison). Poncer les cadres des fenêtres. Balayer la dalle de béton. Déplacer toutes les briques de trop, une par une, jusqu'à l'autre bout de l'atelier. Faire toute une série de petites constructions dans le style de Stonehenge.

Il avait beaucoup de mal à manger. Quelques bouchées et il avait la nausée, comme sur les ferries par mauvais temps. Il se força à avaler une petite tartine beurrée pour rassurer Jean et dut monter vomir dans les toilettes.

Il commença à perdre l'esprit au milieu de la deuxième journée. Il se leva de table à la fin du déjeuner, laissant son dessert intact, disant qu'il fallait absolument qu'il aille quelque part. Il ne savait pas très bien où. Il se rappelait avoir quitté la maison par la porte d'entrée. Puis il n'avait aucun souvenir de ce qui s'était passé pendant un très long moment. Il avait le cerveau plein de bruit blanc, un peu comme celui de la télévision quand elle n'arrive pas à capter une chaîne, en plus fort et en nettement plus insistant. Ce n'était pas agréable, mais c'était mieux que d'être penché sur la lunette des toilettes pendant que la tartine remontait, mieux aussi que d'être au lit et de sentir les lésions se multiplier et se fondre les unes dans les autres.

Peut-être avait-il pris le bus. Il n'en conservait aucune image précise.

Quand il reprit conscience, il se trouvait au cabinet médical, devant le bureau de la secrétaire. Une femme assise devant un écran d'ordinateur disait : « Je peux faire quelque chose pour vous ? » Le ton de sa voix donnait à penser qu'elle lui avait déjà demandé la même chose plusieurs fois.

Elle se pencha en avant et répéta la question, plus lentement et plus gentiment, comme quand on se rend compte que la personne à qui on s'adresse ne cherche pas à vous faire perdre votre temps mais souffre d'une vraie déficience mentale.

« Je veux voir le docteur Barghoutian », dit George.

Oui, puisqu'il était là, l'idée paraissait judicieuse. C'était peut-être même pour cela qu'il était venu.

« Vous avez rendez-vous ?

— Je ne crois pas, répondit George.

— Je crains que le docteur Barghoutian ne soit très pris aujourd'hui. S'il s'agit d'une urgence, vous pourriez voir un autre médecin.

— Je veux voir le docteur Barghoutian.

— Je suis désolée. Le docteur Barghoutian a d'autres patients. »

George n'arrivait pas à retrouver les mots qu'on utilise pour exprimer poliment son désaccord. « Je veux voir le docteur Barghoutian.

— Je suis vraiment désolée, mais… »

Le trajet avait manifestement épuisé toute l'énergie de George (peut-être était-il venu au cabinet à pied). Il n'avait pas la moindre idée de ce qu'il voulait dire au docteur Barghoutian, pourtant tout son être semblait s'être concentré sur la nécessité d'entrer dans cette petite pièce. Puisque c'était impossible, il n'arrivait pas à imaginer ce qu'il pourrait faire à la place. Il se sentait affreusement seul et avait bizarrement froid (ses vêtements étaient mouillés ; peut-être pleuvait-il, dehors). Il s'accroupit par terre, se recroquevilla dans l'angle situé entre la moquette et le panneau de bois du bureau de la secrétaire et pleura un petit peu.

Il serrait ses genoux contre lui. Il ne bougerait plus. Il resterait là pour toujours.

Quelqu'un posa une couverture sur lui. Ou bien il rêvait que quelqu'un posait une couverture sur lui.

Il se rappelait avoir lu quelque part que, juste avant de mourir de froid, on éprouvait une agréable sensation de chaleur et de réconfort et que c'était le signe que la fin approchait.

Sauf que la fin n'approchait pas. Et qu'il n'allait pas rester pour toujours dans cette position, parce que quelqu'un disait « Monsieur Hall… ? Monsieur Hall… ? », et quand il ouvrit les yeux il vit le docteur Barghoutian accroupi devant lui. George était si loin qu'il lui fallut plusieurs secondes pour trouver qui c'était et pourquoi le docteur Barghoutian était là, lui aussi.

On l'aida à se relever et on le fit passer dans le couloir puis dans le cabinet de consultation du docteur Barghoutian, où on l'aida à s'asseoir sur une chaise.

Il fut incapable de parler pendant plusieurs minutes. Le docteur Barghoutian n'avait pas l'air exagérément inquiet, il se renversa contre le dossier de son siège et dit :

« Quand vous serez prêt. »

George prit son courage à deux mains et se mit à parler. En temps normal, il aurait été gêné de constater qu'il était incapable de faire des phrases, à présent cela lui était bien égal. Il ressemblait à un personnage de bande dessinée qui rampe pour rejoindre une oasis. « Cancer… Je meurs… Vraiment effrayé… Mariage de ma fille… »

Le docteur Barghoutian le laissa poursuivre ainsi pendant un certain temps. La pression à l'intérieur du crâne de George se relâcha et sa maîtrise de la syntaxe commença à revenir. « Je veux aller à l'hôpital… Je veux aller dans un hôpital psychiatrique… S'il vous plaît… Il faut qu'on s'occupe de moi… Quelque part où je serai en sécurité… »

Le docteur Barghoutian le laissa s'enliser et s'arrêter. « Ce mariage, il a lieu samedi, c'est bien cela ? »

George hocha la tête en signe d'acquiescement.

Le docteur Barghoutian tapota son crayon contre ses dents plusieurs fois. « Bien, bien. Voilà ce que nous allons faire. »

George se sentit mieux en l'entendant prononcer ces mots.

« Vous allez revenir me voir lundi matin. »

George se sentit beaucoup plus mal. « Mais… »

Le docteur Barghoutian leva son crayon. George s'interrompit.

« Je vais vous prendre un rendez-vous chez un dermatologue. Et si votre angoisse persiste, nous envisagerons un soutien psychiatrique plus sérieux. »

George se sentit de nouveau un peu mieux.

« En attendant, je vais vous prescrire du Valium, d'accord ? Prenez-en autant qu'il le faudra. Je vous suggère tout de même d'éviter le champagne au mariage. À moins que vous ne teniez à rouler sous la table. »

Le docteur Barghoutian rédigea son ordonnance. « Bon. Je suis sûr que vous serez nettement plus calme lors de notre prochain rendez-vous. Si jamais ce n'était pas le cas, nous aviserions. »

Ce n'était pas la solution qu'avait espérée George. Mais la perspective d'un nouveau rendez-vous lundi et la promesse d'un soutien psychiatrique plus sérieux étaient réconfortantes.

Il trouverait bien le moyen d'éviter le dermatologue.

« Bon. Est-ce que vous vous sentez capable de rentrer chez vous ? Voulez-vous que ma secrétaire appelle votre femme et lui demande de venir vous chercher ? »

L'idée qu'on puisse téléphoner à Jean et lui annoncer qu'il avait fait une crise au cabinet médical le ramena à la raison plus efficacement que tout le reste. « Non merci. Vraiment. Ça ira. »

Il remercia le docteur Barghoutian, se leva et s'aperçut qu'il était, effectivement, enveloppé dans une légère couverture verte.

« Lundi matin, dix heures, dit le docteur Barghoutian en lui tendant l'ordonnance. Je vais demander à la secrétaire de le noter. Et n'oubliez pas de passer chez le pharmacien avant de rentrer chez vous. »

Il sortit du cabinet, traversa la rue pour entrer à la pharmacie, observa le dessin du carrelage pour éviter de poser les yeux sur la moindre brochure, fit trois fois le tour du parc, alla chercher ses médicaments, avala deux Valium et prit un taxi pour rentrer chez lui.

Il s'était demandé ce qu'il pourrait bien dire à Jean pour expliquer cette absence imprévue, mais, en arrivant chez lui, il aperçut un petit sac à dos Batman dans l'entrée et comprit que Katie était là avec Jacob pour mettre au point les derniers préparatifs et, quand ils revinrent du jardin tous les trois, Jean ne broncha pas lorsqu'il expliqua qu'il était allé faire une longue promenade et avait perdu toute notion du temps.

Jacob cria :

« Papy, Papy, attrape-moi. »

George n'était pas d'humeur à courir après des enfants. Il répondit :

« Nous pourrons peut-être jouer à quelque chose de plus calme un peu plus tard », et se rendit compte qu'il était sincère. Manifestement, le Valium faisait de l'effet. Une réalité qui se confirma quand il monta et s'effondra sur son lit où il sombra dans un profond sommeil.

94.

Katie avait rendez-vous chez le coiffeur.

Elle ne savait plus très bien quand cette décision avait été prise. Ses cheveux n'avaient pas besoin de grand-chose d'autre que d'une légère retouche avec les ciseaux de la salle de bains et d'un bon après-shampooing. Elle avait dû se mettre en pilote automatique quand elle avait fait son emploi du temps.

Encore heureux qu'elle n'ait pas prévu de demoiselles d'honneur.

Quand elle annonça à Ray qu'elle allait annuler le rendez-vous, il lui demanda pourquoi et elle expliqua qu'elle ne voulait pas avoir l'air de sortir d'un catalogue de robes de mariée. Ray répondit : « Allons. Fais-toi un peu bichonner pour une fois. » Alors elle se dit *Pourquoi pas ? Nouvelle vie, nouvelle coiffure*, et se fit couper les cheveux très court. Comme un garçon. Les oreilles dégagées pour la première fois depuis sept ans.

Ray avait raison. C'était agréable de se faire bichonner. Mais c'était bien plus que cela. Celle qu'elle voyait dans la glace n'était plus simplement la mère d'un petit garçon. C'était une femme qui prenait son destin en main.

Maman poussa les hauts cris.

Ce n'était pas tellement sa coiffure. C'était l'association entre la coiffure, l'annulation de la commande de fleurs et son refus d'arriver à la mairie en limousine.

« Ce qui m'inquiète, c'est que…

— C'est que quoi ? demanda Katie.

— Ce qui m'inquiète, c'est que ce ne soit pas un… pas un mariage comme il faut.

— Parce que je n'ai pas assez de cheveux ?

— Tu es vraiment pénible. »

Sans doute, pourtant Maman était… Bizarre qu'il n'y ait pas de mot pour ça, vu la fréquence avec laquelle les parents le faisaient. Traduire toutes les inquiétudes par une seule : qu'on ne fasse pas les choses comme il faut. Qu'on ne mange pas comme il faut. Qu'on ne s'habille pas comme il faut. Qu'on ne se conduise pas comme il faut. Comme si les convenances étaient la solution à tous les maux.

« Écoute, Maman, ce mariage-là sera certainement beaucoup plus comme il faut que le précédent.

— Alors, Ray et toi…

— Nous nous entendons mieux que jamais.

— On ne peut pas dire que tu sois d'un enthousiasme débordant.

— Nous nous aimons, voilà tout. »

Maman cilla, puis changea de sujet, exactement comme Jacob quand il entendait ce mot.

« À propos, ton père et Ray…

— Oui, quoi ?

— Ils se sont disputés ?

— Quand ça ?

— L'autre jour. Au téléphone. » Maman semblait très préoccupée par cette éventualité.

Katie se creusa la tête, en vain.

« Ray a appelé. Il voulait parler à ton père. Mais ensuite, ton père a prétendu que c'était un faux numéro. Je me suis demandé s'il y avait eu un problème. »

Un barbu surgit dans l'encadrement de la porte pour demander comment il fallait placer les cordes de tente.

Katie se leva.

« Écoute Maman, si ça peut te faire plaisir, appelle donc des fleuristes. Vois s'il y en a un qui peut nous arranger quelque chose comme ça, au dernier moment.

— D'accord, dit Maman.

— Mais pas Buller's.

— D'accord.

— Je me suis engueulée avec eux, expliqua Katie.

— D'accord. »

Katie accompagna le barbu au jardin. Le poteau central avait été planté tout au fond du jardin et cinq autres types en sweat-shirt vert bouteille étaient en train de hisser de grandes toiles couleur crème. Jacob courait et sautait dans les rouleaux de corde et autour des piles de chaises comme un chiot enragé, plongé dans quelque fantasme compliqué de superhéros, et Katie se rappela le sentiment de magie qu'inspirait, quand on était petit, la métamorphose d'un espace familier. Un canapé retourné. Une pièce remplie de ballons.

Puis Jacob glissa, renversa une table à tréteaux, se coinça le doigt dans la charnière des pieds et cria beaucoup, alors elle le releva, le câlina, le porta jusqu'à la chambre à coucher, sortit le Savlon et les sparadraps Maisie Mouse, et Jacob fut très courageux et cessa de pleurer, et Maman monta pour annoncer que tout était réglé avec le fleuriste.

Elles s'assirent sur le lit l'une à côté de l'autre pendant que Jacob transformait son robot rouge en dinosaure puis le retransformait en robot.

« Alors, comme ça, on va enfin rencontrer le copain de Jamie », dit Maman, et la pause qui précéda le mot *copain* était tellement infime qu'elle en fut presque imperceptible.

Katie contempla ses mains, répondit « Ouais », et eut beaucoup de peine pour Jamie.

Il commençait à se faire tard. Elle alla en ville avec Jacob chercher le gâteau et déposer la cassette à la mairie. Elle aurait voulu commencer par un petit extrait des *Royal Fireworks* puis enchaîner directement avec *I Feel Good* dès que le mariage serait prononcé, mais la dame au téléphone avait déclaré avec un soupçon de condescendance qu'ils « ne faisaient pas d'enchaînements », et Katie s'était dit que, de toute façon, ce serait trop compliqué. Il y aurait bien une grand-tante pour s'évanouir et ils seraient obligés de la mettre en position latérale de sécurité pendant que James Brown continuerait à glapir comme un chien en rut. Ils avaient donc décidé de prendre ce machin de Bach pour deux violons du CD de compile que Papa lui avait donné pour Noël.

Ils firent un saut chez Sandersons et chez Sticky Fingers pour chercher les chopes personnalisées et les chocolats belges format industriel pour Ed et Sarah, puis rentrèrent à la maison, évitant de justesse d'écrabouiller le gâteau, quand une bande de gamins balança un ballon de foot devant le capot.

Ils s'installèrent pour dîner, tous les quatre, Maman, Papa, Jacob et elle, et c'était sympa. Pas de disputes. Pas de bouderies. Pas de sujets périlleux qu'on esquivait prudemment.

Elle coucha Jacob, aida Maman à faire la vaisselle et, soudain, une averse diluvienne s'abattit. Maman se tracassa à propos du mauvais temps, comme font les parents. Katie monta dans les combles, ouvrit la fenêtre qui donnait sur le jardin et resta là à regarder le chapiteau craquer et les toiles claquer, et le vent gronder comme le ressac dans les arbres noirs.

Elle adorait les orages. Le tonnerre, les éclairs, la pluie battante. Quelque chose à voir avec ce rêve de gamine où elle vivait dans un château.

Elle se rappela son précédent mariage. Graham qui avait été pris d'une étrange allergie au shampooing qu'elle s'était fait la veille. Les poches de glace. Les antihistaminiques. La camionnette qui avait arraché l'aile de la Jag de l'oncle Brian. La bonne femme complètement dérangée qui s'était pointée au milieu de la réception en chantant.

Elle se demanda ce qui allait déconner cette fois puis se dit qu'elle était idiote. Comme Maman avec la pluie. La crainte de n'avoir aucune raison de se plaindre.

Elle referma la fenêtre, essuya avec sa manche l'eau qui s'était déposée sur le rebord et descendit voir s'il restait un peu de vin dans la bouteille.

95.

George se rendit compte que le docteur Barghoutian n'était pas si bête après tout.

C'était bien, le Valium. Vraiment très bien. Il descendit, se prépara une tasse de thé et fit quelques parties de cartes avec Jacob.

Quand Katie partit en ville, il se faufila derrière le chapiteau pour jeter un coup d'œil à l'atelier et vit que, le fond du jardin étant désormais bloqué, l'atelier était devenu un refuge secret comme les aiment les enfants et que, pour tout avouer, il appréciait, lui aussi. Il sortit la chaise pliante et resta assis pendant une dizaine de minutes très agréables jusqu'à ce qu'un des ouvriers passe de l'autre côté du chapiteau et se mette à uriner dans un massif de fleurs. George se dit qu'il était plus poli de toussoter pour indiquer sa présence que de regarder quelqu'un uriner en silence, alors il toussa, l'homme s'excusa et s'esquiva, mais George eut l'impression que son petit refuge secret avait été plus ou moins violé et il regagna la maison.

Il rentra, se prépara un sandwich au jambon et à la tomate et le fit descendre avec un verre de lait.

Le seul problème du Valium était qu'il n'encourageait pas la réflexion rationnelle. Ce ne fut qu'après le dîner, quand les effets des deux comprimés pris dans l'après-midi commencèrent à s'émousser, qu'il fit un peu d'arithmétique. Il n'y avait que dix comprimés dans le flacon au départ. S'il continuait à ce rythme, il n'en aurait plus un seul avant même le mariage.

Il commença à se dire que si le docteur Barghoutian n'était pas idiot, il n'était pas non plus très généreux.

Il fallait qu'il arrête tout de suite de prendre des comprimés. Et qu'il évite d'en prendre demain.

L'étiquette du petit flacon brun mettait en garde contre la consommation d'alcool pendant le traitement. Et puis merde. Quand il pourrait enfin se rasseoir après avoir prononcé son discours, il viderait le premier verre qui lui tomberait sous la main. Tant mieux s'il tombait immédiatement dans le coma.

Le problème était de tenir jusqu'à samedi.

Dès maintenant, assis sur le canapé avec Jacques Loussier sur la chaîne et le *Daily Telegraph* plié sur ses genoux, il la sentait venir, comme ils avaient vu cette tempête venir de la mer à Saint Ives quelques années auparavant, un mur gris de lumière épaissie à cinq cents mètres, l'eau noire au-dessous, tout le monde debout à regarder, sans se rendre compte de la vitesse avec laquelle elle approchait jusqu'à ce qu'il soit trop tard, et puis courant et hurlant tandis que la grêle s'abattait à l'horizontale sur la plage comme une fusillade.

Son corps commençait à s'emballer et à bouillonner, les aiguilles de tous les cadrans oscillant vers le rouge. La peur revenait. Il avait envie de se gratter la hanche. Mais s'il restait un peu de cancer, il ne s'agissait surtout pas de le déranger.

Il était très tentant de reprendre du Valium.

Dieu tout-puissant. On pouvait dire ce qu'on voulait de la raison et de la logique, du bon sens et de l'imagination, mais dans les moments de crise le seul talent dont on eût vraiment besoin, c'était la faculté de ne penser absolument à rien.

Il se leva et passa dans le couloir. Il restait un peu de vin du dîner. Il finirait la bouteille et prendrait deux comprimés de codéine.

Mais quand il entra dans la cuisine, la lumière était éteinte, la porte du jardin ouverte et Katie était sur le seuil à observer la pluie battante, en train de boire au goulot.

« Ne fais pas ça, lança George un peu plus fort qu'il ne l'aurait voulu.

— Désolée, répondit Katie. Je croyais que tu étais couché. De toute façon, j'avais l'intention de la terminer. Comme ça, tu ne risques pas d'attraper mes microbes. »

George ne voyait pas comment dire « Passe-moi cette bouteille » sans avoir l'air cinglé.

Katie buvait. « Qu'est-ce que je peux aimer la pluie. »

George resta là à la regarder. Elle lampait toujours son vin. Au bout d'un moment, elle se retourna et vit qu'il l'observait. Il se rendait compte que son comportement était bizarre. Mais il avait besoin de compagnie.

« Scrabble, dit-il.

— Comment ? demanda Katie.

— Je me demandais si tu aurais envie de faire une partie de Scrabble avec moi. » D'où sortait-il cela ?

Katie hocha la tête lentement d'un côté à l'autre, pesant le pour et le contre. « D'accord.

— Parfait, dit George. Va chercher la boîte sous l'escalier. Je vais juste prendre un comprimé de codéine en haut. J'ai mal à la tête. »

En montant l'escalier, George se rappela leur dernière partie de Scrabble. Elle s'était enlisée dans un débat très vif à propos de l'utilisation parfaitement légale par George du mot *dzo*, un hybride de vache et de yak.

Oh et puis, au moins, cela lui occuperait l'esprit.

96.

C'était usant, tout ça.

Pendant le tiers des heures où il était éveillé, Jamie réussissait à ne pas du tout penser à Tony. Pendant un autre tiers, il imaginait que Tony revenait à temps et qu'ils se retrouvaient tous les deux dans diverses scènes mélodramatiques. Le dernier tiers était consacré à des considérations larmoyantes, où il se voyait aller tout seul à Peterborough, où il était accueilli par trop de compassion ou pas du tout et devait faire bonne figure pour Katie.

Il avait l'intention de partir de bonne heure vendredi après-midi pour éviter la circulation. Jeudi soir, il mangea un gratin de pâtes de la supérette et une salade de fruits devant une vidéo du *Blair Witch Project*, un film nettement plus terrifiant qu'il ne l'aurait cru, au point qu'il dut arrêter la cassette en plein milieu, aller tirer tous les rideaux et fermer la porte d'entrée à clé.

Il s'attendait à faire des cauchemars. Si bien qu'il fut un peu surpris de faire un rêve érotique à propos de Tony. Il ne s'en plaignait pas. C'était à la hussarde, du genre fraîchement sorti de prison. Ce qui était légèrement dérangeant, tout de même, c'est que ça se passait dans le salon de ses parents, pendant une sorte de cocktail. Tony le coinçait sur le canapé, la tête dans les coussins, lui enfonçait trois doigts dans la bouche et le baisait sans la moindre amorce de préliminaires. Avec des détails bien plus précis qu'ils ne sont censés l'être en rêve. La courbure de la bite de Tony, les taches de peinture sur ses doigts, le motif de plante grimpante du tissu des coussins pressés contre le visage de Jamie en très gros plan, le bruit des conversations, le cliquetis des verres à pied. Si précis même qu'à plusieurs moments, le lendemain matin, il se rappela ce qui s'était passé et fut pris de sueurs froides l'espace d'une seconde, le temps de se rappeler que ce n'était pas vrai.

97.

Jean ne se rendit pas compte de la gravité de la situation avant d'être descendue et d'avoir traversé la pelouse sous la bruine en robe de chambre.

De l'eau stagnait sous le chapiteau. Or soixante-dix personnes étaient censées y prendre leur repas le lendemain.

Elle ne put s'empêcher de penser que si c'était elle qui avait organisé ce mariage, ce ne serait pas arrivé. Pourtant, elle n'avait évidemment pas plus d'influence sur la météo que Katie et Ray.

Elle se sentait… vieille. Oui, vieille.

Ce n'était pas seulement la pluie. C'était George, aussi. Cela faisait plusieurs semaines qu'il avait l'air plutôt en forme. Et puis après le dîner, tout avait dérapé. Il ne voulait pas parler. Il ne voulait pas donner de coup de main. Et elle ne savait absolument pas pourquoi.

Elle aurait dû être inquiète, pas en colère. Elle le savait. Mais comment continuer à s'inquiéter quand on ne savait même pas quel était le problème ?

Elle retourna à la cuisine se faire du café et des toasts.

Katie et Jacob apparurent une demi-heure plus tard. Elle expliqua à Katie dans quel état était le chapiteau et faillit se fâcher quand Katie refusa de céder à la panique.

Katie ne comprenait pas. Évidemment, ce n'était pas son jardin. Si les gens étaient obligés de patauger dans la boue, c'était à Jean qu'ils le reprocheraient. C'était peut-être égoïste de penser une chose pareille, pourtant c'était vrai.

Elle essaya de chasser cette idée de son esprit. « Alors, petit bonhomme… » Elle ébouriffa les cheveux de Jacob. « Qu'est-ce que je peux t'offrir pour ton petit déjeuner ?

— Je veux des œufs, dit Jacob.

— Je veux des œufs, quoi ? reprit Katie, plongée dans le journal.

— Je veux des œufs s'il te plaît, se corrigea Jacob.

— Brouillés, au plat ou à la coque ? demanda Jean.

— C'est quoi au plat ? demanda Jacob.

— Il les veut brouillés, dit Katie distraitement.

— Va pour brouillés. » Jean l'embrassa sur le haut du crâne. Au moins, elle pouvait faire quelque chose pour quelqu'un.

98.

Maman avait raison. Une règle tacite de l'univers interdisait manifestement qu'un mariage se déroule sans catastrophe. Ou qu'il neige à Noël. Ou l'accouchement sans douleur.

Elle téléphona aux gens du chapiteau. Aucun problème. Ils passeraient un peu plus tard dans la journée avec des serpillières et des radiateurs.

Puis Tante Eileen et Oncle Ronnie arrivèrent, leur labrador dans leur sillage. Parce que la dame qui leur gardait habituellement le chien était à l'hôpital. Malheureusement, Jacob détestait les chiens. On l'enferma donc au jardin pour que Jacob se tienne tranquille. Alors, le chien se mit à hurler et à essayer de creuser un tunnel sous la porte de derrière.

Puis le traiteur appela pour dire qu'il allait falloir changer le menu parce qu'il y avait eu une panne de courant et qu'un de leurs congélateurs n'avait pas fonctionné de toute la nuit. Sadie appela pour dire qu'elle venait de rentrer de Nouvelle-Zélande, qu'elle avait trouvé l'invitation et est-ce qu'elle pouvait venir ? Brian et Gail appelèrent pour dire que l'hôtel avait égaré leur réservation et, apparemment, quelqu'un était censé régler le problème à leur place. La mariée, par exemple. Ou les parents de la mariée.

Elle décida de ne plus répondre au téléphone, monta et trouva Papa enfermé dans la salle de bains, sans doute pour échapper à Eileen et Ronnie, alors elle alla aux toilettes des combles, fit pipi, tira la chasse, entendit le broyeur se mettre en marche et vit l'eau monter jusqu'à un centimètre du bord de la lunette. Elle fut prise d'une envie de meurtre et, au lieu d'appeler le numéro indiqué sur l'autocollant, elle se dit : « Je vais essayer encore un coup », et tira la chasse une seconde fois avec des résultats prévisibles.

Deux secondes plus tard, elle était à genoux par terre, retenant tant bien que mal une mare de pisse diluée avec une digue de serviettes de toilette crème en marmonnant « Putain de bordel de merde… », moment auquel Jacob arriva derrière elle et lui fit remarquer qu'elle disait des gros mots.

« Jacob, peux-tu aller chercher Mamie et lui demander de m'apporter des sacs-poubelles ?

— Ça sent dégueu.

— Jacob, s'il te plaît, va chercher Mamie ou tu n'auras jamais d'argent de poche, jamais, jamais, tu m'entends ? »

Mais quelqu'un avait fait entrer le labrador dans la maison, alors Jacob refusait de s'approcher du rez-de-chaussée. Elle descendit elle-même et trouva Maman et Papa dans le couloir en train de se disputer parce que Papa ne fichait rien, tout ça dans un chuchotement fébrile, sans doute pour qu'Eileen et Ronnie n'entendent pas. Katie annonça que les cabinets avaient débordé. Maman dit à Papa de s'en occuper. Papa refusa. Et Maman dit à Papa quelque chose de très peu distingué dont Katie manqua une partie parce que Ray apparut à l'autre bout du couloir en disant :

« J'espère que je ne vous dérange pas. C'est ta tante qui m'a ouvert. »

Maman sursauta d'horreur, s'excusa abondamment de se disputer une fois de plus en présence de Ray, lui demanda s'il avait envie d'une bonne tasse de thé et Katie lui rappela que les cabinets débordaient toujours et elle en avait vraiment ras le bol parce que Ray avait passé la nuit dernière à Londres à organiser un machin secret, Papa profita de l'inattention générale pour s'éclipser, Ray monta l'escalier quatre à quatre, Maman dit qu'elle allait mettre de l'eau à chauffer, Katie alla chercher quelques sacs-poubelles à la cuisine pour trimballer les serviettes pleines de pisse jusqu'à la machine à laver, remarqua en chemin les traces de pattes boueuses sur la moquette de la salle à manger et jeta une lavette à Ronnie en lui disant de nettoyer les saloperies de son foutu chien, ce qu'il dut faire parce que c'était un bon chrétien.

Le type du broyeur dit qu'il serait là dans une heure, Eileen et Ronnie emmenèrent Rover faire une longue promenade malgré la pluie et tout parut s'arranger jusqu'à ce que Katie sorte sa robe de la valise pour lui donner un coup de fer, découvre qu'un quart de litre de lait hydratant à la noix de coco avait été absorbé par l'ourlet et jure si fort qu'Eileen et Ronnie l'entendirent probablement à plusieurs champs de distance. Alors Ray leva les mains et dit : « Frappe-moi », ce qu'elle fit, à plusieurs reprises et pendant un bon bout de temps, jusqu'à ce que Ray déclare : « Ça suffit, ça commence à faire mal maintenant. »

Il lui proposa d'aller en ville s'acheter une nouvelle robe et elle était sur le point de lui répliquer vertement que s'il s'imaginait qu'un peu de shopping suffisait à régler tous les problèmes féminins quand il dit calmement : « Achète-toi une nouvelle robe. Va dans un café. Assieds-toi avec un bouquin et une tasse de café et reviens dans deux heures, le temps que j'aie tout arrangé ici. » Alors elle l'embrassa, attrapa son sac et partit sans demander son reste.

99.

George avait eu la naïveté de croire que quand Katie et Ray disaient qu'ils s'occuperaient de tout, cela signifiait qu'il n'aurait rien à faire.

Jean ne comprenait pas que s'il prenait la voiture pour aller chercher les fleurs en ville, il risquait fort de continuer jusqu'à Aberdeen. Elle ne comprenait pas qu'il avait besoin de rester assis quelque part calmement, à en faire le moins possible.

Et puis les toilettes des combles débordèrent et l'agitation devint franchement fébrile, alors il alla s'allonger dans la chambre. Mais Jean entra chercher des draps et des serviettes pour Ronnie et Eileen et elle fut très grossière avec lui. Alors il s'enferma dans la salle de bains jusqu'à ce que Jean le flanque dehors parce qu'il fallait qu'on puisse se servir des toilettes. Moment auquel George comprit que ces complications n'allaient faire que croître pendant toute la durée du lendemain, et qu'il n'allait pas tarder à craquer.

Il avait fait preuve d'un irréalisme coupable. Il lui était absolument impossible de parler de tout et de rien avec ces gens, et plus encore de se lever pour prononcer un discours.

Il ne voulait pas être une source d'embarras pour Katie.

De toute évidence, il ne pourrait pas assister à son mariage.

100.

Jean s'était trompée au sujet de Ray.

Moins d'une heure après son arrivée, il avait tout remis sur les rails. Katie avait été expédiée en ville. Un type venait réparer les toilettes et Eileen et Ronnie avaient été envoyés chercher les fleurs, avec leur foutu chien.

Chose curieuse, il semblait même avoir de l'influence sur le temps. Elle était en train de lui préparer une tasse de thé quand elle regarda par la fenêtre et vit que la pluie avait cessé et que le soleil pointait le bout de son nez. Une demi-heure plus tard, les gens du chapiteau arrivèrent pour sécher l'intérieur et il était au jardin à leur donner des ordres comme si c'était lui le patron de la boîte.

Bien sûr, il lui arrivait d'être un peu culotté. Pas tout à fait notre genre, sans doute. Mais elle commençait à se demander si *notre genre* était forcément ce qu'il y avait de mieux ; après tout, sa famille n'avait pas l'air tout à fait de taille à organiser un mariage. Peut-être qu'un peu de culot ne serait pas de trop.

Elle se surprit à penser que Katie était peut-être plus raisonnable qu'ils ne l'avaient cru.

Au milieu de l'après-midi, son frère et sa femme débarquèrent et proposèrent de les emmener dîner dehors, George et elle.

Elle expliqua que George n'était pas en grande forme.

« Dans ce cas, si ça lui est égal, tu n'as qu'à venir sans lui », suggéra Douglas.

Elle était en train d'esquisser un refus poli quand Ray intervint :

« Allez-y. Nous veillerons à ce qu'il y ait quelqu'un pour garder le fort. »

Et pour la première fois, elle se félicita que Katie épouse cet homme.

101.

Jamie arriva au village et sentit son estomac se nouer comme chaque fois qu'il rentrait à la maison. La famille. Comme s'il avait toujours quatorze ans. Il s'arrêta en face de la maison, coupa le contact et se concentra.

Le secret, c'était de te rappeler que tu étais adulte maintenant, que tout le monde était adulte, que tu n'avais plus à mener les combats de tes quatorze ans.

Bordel, si seulement Tony avait été là.

Il jeta un coup d'œil vers la maison et vit l'Oncle Douglas sortir par la grille latérale avec sa femme. Mary. Ou bien Molly. Il ferait mieux de tirer ça au clair avant de mettre les pieds dans le plat.

Il se laissa glisser sur son siège pour ne pas être vu et attendit qu'ils soient montés dans leur voiture.

Putain, qu'est-ce qu'il détestait les tantes. Leur rouge à lèvres. Leur odeur de lavande. Leurs histoires hilarantes sur la fois où tu avais fait pipi dans ta culotte pendant la messe de minuit.

Ils démarrèrent.

Qu'est-ce qu'il allait dire à propos de Tony ?

C'était le problème, évidemment. Tu quittes la maison. Mais tu ne deviens jamais adulte. Pas vraiment.

Tu merdes autrement, c'est tout, et c'est encore plus compliqué.

À cet instant, Katie arriva et se rangea à côté de lui. Ils sortirent de leurs voitures en même temps.

« Salut toi », dit Katie. Ils s'embrassèrent. « Tony n'est pas là ?

— Non. »

Elle lui frotta les bras. « Je suis vraiment désolée.

— Écoute, j'allais justement te poser la question. Qu'est-ce que tu as raconté à Maman, au juste ?

— Rien.

— Parfait.

— Dis-leur la vérité, c'est tout, dit Katie.

— Ouais. »

Katie le regarda dans les yeux. « Ils seront sympas. Il faut qu'ils soient sympas. C'est moi la reine du week-end. Et personne n'a intérêt à moufter, compris ?

— Compris, acquiesça Jamie. Super, ta nouvelle coupe, à propos.

— Merci. »

Ils se dirigèrent vers la maison.

102.

Katie entra à la cuisine avec Jamie et trouva la Bienheureuse Sainte Eileen assise devant la table au milieu d'une petite jungle.

« Nous sommes allés chercher tes fleurs », dit Eileen en se levant.

Katie crut un instant que c'était une sorte de cadeau personnel.

« Bonjour, mon chéri », fit Maman en embrassant Jamie.

Eileen se tourna vers Jamie :

« Nous n'avons pas vu ce jeune homme depuis… ma foi, je ne sais combien de temps.

— Très longtemps, confirma Jamie.

— Bien… reprit Maman, l'air un peu gêné. Et où est Tony ? »

Katie comprit que Maman serrait les dents, s'apprêtant à voir surgir le petit copain de son fils devant son évangélique de sœur qui ne s'attendait à rien. Elle fut prise de pitié pour Jamie et Maman. Il ne suffisait manifestement pas d'être la reine du week-end pour pouvoir tout arranger.

« Il ne viendra pas, j'en ai peur », répondit Jamie. Katie vit qu'il prenait sur lui. « On a eu quelques problèmes.

En résumé, il est parti pour la Crète. Il paraît que c'est super en cette saison. »

Katie donna discrètement une petite tape dans le dos de Jamie.

« Je suis désolée », fit Maman, et elle avait vraiment l'air sincère.

Puis Eileen demanda « Qui est Tony ? » d'un air innocent, les yeux écarquillés, jetant un froid parfaitement perceptible.

« De toute façon, poursuivit Maman, en se frottant les mains et en ignorant ostensiblement sa sœur, nous avons du pain sur la planche.

— Tony est mon petit copain », expliqua Jamie.

Et Katie se dit que si tout se passait de travers, si la mairie brûlait ou si elle se cassait la cheville en chemin, la tête que fit Eileen à ce moment-là aurait suffi à tout racheter.

Elle donnait l'impression d'attendre les instructions de Dieu sur l'attitude à prendre.

Quant à ce que pensait Maman, ce n'était pas facile à dire.

« Nous sommes homosexuels », précisa Jamie.

Là, il poussait le bouchon un peu loin, se dit Katie. Elle l'entraîna vers le couloir. « Allons, viens. »

Un type surgit à la porte de la cuisine et annonça : « Je viens réparer les toilettes. »

103.

Jamie et Katie montèrent dans la chambre et s'effondrèrent sur le lit à la renverse. Ils riaient trop pour expliquer pourquoi à Ray et à Jacob. Et vraiment, c'était comme s'ils avaient toujours quatorze ans. En bien, cette fois.

Puis Jamie eut envie de pisser, alors il traversa le palier et au moment où il sortait des toilettes son père surgit et dit :

« Jamie, il faut que je te parle. »

Pas de bonjour. Pas d'amabilités. Juste un chuchotement de conspirateur et une main sur le coude de Jamie.

Il suivit son père dans la chambre de ses parents et se percha sur le fauteuil.

« Jamie, écoute… »

Jamie était encore en ébullition après la scène de la cuisine et la voix calme et mesurée de son père avait quelque chose de rassurant.

« Le cancer, annonça son père, avec une légère grimace d'embarras. Il est revenu. »

Jamie comprit qu'il se passait quelque chose d'assez grave, et il se redressa sur son siège. « Le cancer est revenu ?

— J'ai peur, Jamie. Très peur. De mourir. Du cancer. Presque tout le temps. Pas agréable. Pas agréable du tout. Je n'arrive pas à dormir. Je n'arrive pas à manger.

— Tu en as parlé à Maman ?

— Je l'agace un peu, tu sais, reconnut son père. Je ne peux pas beaucoup l'aider. J'ai besoin de rester tranquille quelque part au calme. Tout seul. »

Jamie eut envie de se pencher pour caresser son père, comme on caresse un chien inquiet. C'était une impulsion bizarre, un geste pas très raisonnable sans doute. Il demanda :

« Y a-t-il quelque chose que je puisse faire pour t'aider ?

— En fait, oui, répondit son père, visiblement rasséréné. Le problème, vois-tu, c'est que je ne peux pas aller au mariage.

— Comment ?

— Je ne peux pas aller au mariage.

— Mais tu es obligé d'y aller, répliqua Jamie.

— Tu crois ? demanda son père faiblement.

— Bien sûr que oui. Tu es le père de la mariée. »

Son père réfléchit. « Oui, bien sûr. Tu as absolument raison, c'est évident. »

Il y eut un bref instant de silence, puis son père se mit à pleurer.

Jamie n'avait encore jamais vu son père pleurer. Il n'avait jamais vu aucune personne âgée pleurer. Sauf à la télévision, pendant les guerres. Ça lui donnait mal au cœur, ça lui faisait peur, ça le rendait triste, et il dut lutter contre la tentation de dire à son père qu'il n'avait pas besoin d'aller au mariage. Mais s'il faisait ça, Katie ne leur adresserait plus la parole ni à l'un ni à l'autre jusqu'à leur dernier jour.

Jamie se leva de son fauteuil et s'accroupit devant George. « Papa. Écoute. » Il frotta l'avant-bras de son père. « Nous sommes tous avec toi. Et nous serons tous là pour te tenir la main. Quand tu seras sous le chapiteau, tu pourras t'enfiler quelques verres de vin… Tout ira bien, je te le promets. »

Son père hocha la tête.

« Je vais parler à Maman, poursuivit Jamie. Lui expliquer que tu as besoin de calme et de tranquillité. »

Il se leva. Son père était dans un monde à lui. Jamie lui toucha l'épaule. « Ça ira ? »

Son père leva les yeux. « Merci.

— Appelle-moi si tu as besoin de quelque chose. »

Jamie sortit de la chambre, refermant soigneusement la porte derrière lui, et se mit à la recherche de sa mère.

Il descendait l'escalier quand il jeta un coup d'œil dans son ancienne chambre et remarqua des valises sur le lit. Parce qu'il avait l'esprit obnubilé par la santé mentale de son père, il ne s'attarda pas sur la signification de ces bagages jusqu'à ce qu'il rencontre sa mère dans l'entrée, tenant une pile de gants de toilette propres.

« Maman, écoute, je viens de parler à Papa et…

— Oui ? »

Jamie s'interrompit, essayant de trouver ce qu'il voulait dire et comment le formuler. Pendant ce temps, une autre partie de son cerveau réfléchissait à la présence des valises et il s'entendit dire :

« Ces valises, dans ma chambre…

— Eh bien quoi ?

— Qui est-ce qui dort là ?

— Eileen et Ronnie, répondit sa mère.

— Et moi… ?

— Nous t'avons trouvé un *bed and breakfast* très sympa à Yarwell. »

Ce fut à cet instant que Jamie piqua une crise, ce qui n'était pas dans ses habitudes. Il savait que ce n'était pas le moment, mais il n'y pouvait rien.

104.

Jean cherchait Jamie. Pour rattraper la scène de la cuisine. Pour lui dire qu'elle regrettait infiniment que Tony ne vienne pas au mariage.

Elle tomba sur lui alors qu'il descendait l'escalier. Manifestement, personne ne l'avait prévenu qu'Eileen et Ronnie logeaient dans sa chambre.

Jean s'apprêtait à lui expliquer qu'elle avait passé une longue matinée plutôt embarrassante à la bibliothèque municipale pour essayer de trouver un *bed and breakfast* un peu spécial, où Tony et lui ne se sentiraient pas mal à l'aise. Elle était plutôt fière d'elle et pensait que Jamie lui en serait reconnaissant. Mais de toute évidence, il n'était pas d'humeur reconnaissante.

« Tu ne voulais pas que Tony et moi dormions à la maison, c'est ça ?

— Mais non, Jamie.

— Je suis ton fils, merde.

— Je t'en prie, Jamie, pas si fort. De toute façon, puisque Tony ne vient pas…

— Ça règle tous tes problèmes, hein, c'est ça ? »

Une porte s'ouvrit et ils se turent.

Ray, Katie et Jacob apparurent au sommet de l'escalier. Heureusement, ils n'avaient apparemment pas entendu l'algarade.

« Ah, Jamie, s'écria Ray, c'est justement toi que nous cherchions.

— J'ai colorié un Power Ranger, annonça Jacob en brandissant un magazine.

— Nous voudrions te demander une faveur, dit Katie.

— Quel genre de faveur ? » demanda Jamie, visiblement agacé d'être interrompu en pleine dispute.

Ray expliqua :

« Nous sortons dîner, Katie et moi, et Jean passe la soirée avec son frère. Nous nous demandions si tu accepterais de garder Jacob.

— Ce serait très volontiers, le seul problème, c'est que je ne dors pas ici ce soir, répondit Jamie, en se tournant vers Jean avec un sourire sarcastique.

— Peut-être que ton père pourrait s'occuper de Jacob, répliqua Jean, essayant de détourner l'attention de Jamie. Il serait grand temps qu'il remonte ses manches et se rende utile.

— Alors ça non, bordel ! s'écria Jamie.

— Jamie, reprit Jean. Quel vocabulaire !

— C'est vilain-vilain, fit observer Jacob.

— Je m'occuperai de Jacob, se ravisa Jamie. Désolé. Oubliez ce que j'ai dit. Je n'ai pas réfléchi. Désolé. Aucun problème. Viens, petit bonhomme, on va regarder ton Power Ranger.

— C'est un Yellow Ranger », précisa Jacob.

Et ils montèrent l'escalier tous les deux.

« Qu'est-ce qui s'est passé ? demanda Katie.

— Rien, rien, dit Jean. Alors, où allez-vous dîner tous les deux ? Ou bien c'est une surprise ? »

105.

Au milieu du repas, Ray commença à regarder sa montre.

Katie lui fit remarquer qu'un monsieur bien élevé ne se conduisait pas aussi mal lorsqu'il dînait aux chandelles avec sa fiancée. Ray s'excusa, mais pas tout à fait assez. Il avait l'air de trouver ça drôle alors que ça ne l'était pas, et Katie fut déchirée entre l'envie de se mettre en colère pour de bon et une vague réticence à faire une scène en public la veille de leur mariage.

Quelques minutes avant neuf heures, Ray se pencha au-dessus de la table, lui prit les deux mains et dit : « Je t'ai apporté un cadeau. »

Katie répondit « Ah oui ? » avec un peu d'indifférence à cause de l'affaire de la montre, mais aussi parce que Ray n'était pas très brillant en matière de cadeaux.

Ray resta muet.

« Alors… ? » demanda Katie.

Ray leva le doigt, pour dire *Attends* ou *Tais-toi*. Et c'était bizarre, ça aussi.

« Bon », fit Katie.

Ray tourna les yeux vers la fenêtre, alors Katie tourna, elle aussi, les yeux vers la fenêtre, Ray compta : « Cinq, quatre, trois, deux, un… » et il ne se passa strictement rien pendant quelques secondes, Ray murmura : « Merde » et, tout d'un coup, des feux d'artifice s'élevèrent depuis le champ situé à côté du restaurant, des serpentins blancs pétillants, des oursins violets, des étoiles jaunes, des saules pleureurs de lumière verte incandescente. Et ces *whamp*, comme si quelqu'un frappait avec un club de golf dans des cartons, qui la ramenèrent aux feux de bois et aux patates grillées dans du papier alu et à l'odeur de fumée des cierges magiques.

Tous les clients du restaurant regardaient, et chaque explosion était suivie d'un petit *ooh* ou *aah* venu d'un endroit de la salle, et Katie dit : « Alors, c'est…

— Ouais.

— Putain, Ray, c'est super !

— Je t'en prie, fit Ray qui ne regardait pas du tout le feu d'artifice, mais son visage en train de regarder le feu d'artifice. C'était ça, ou un flacon de Chanel *N° 5*. J'ai pensé que tu préférerais ça. »

106.

Jean ne voyait pas souvent Douglas et Maureen. En partie parce qu'ils habitaient Dundee. Et en partie parce que… eh bien, pour être honnête, il était un peu comme Ray. En pire. D'abord, il dirigeait une société de transports routiers. Un de ces grands types qui tirent une vanité excessive de leur manque de manières.

Mais son opinion sur les gens comme Ray avait évolué au cours des dernières vingt-quatre heures et, ce soir, elle trouvait la compagnie de Douglas plutôt agréable.

Elle avait déjà bu deux ou trois verres de vin quand Maureen lui demanda ce qu'avait George et elle pensa *Et puis merde* et répondit qu'il souffrait de stress.

À quoi Maureen répondit :

« Douglas est passé par là il y a quelques années. »

Douglas termina son cocktail de crevettes et posa le bras autour des épaules de Maureen, la laissant parler à sa place.

« Il a eu un vertige sur la voie express juste au nord d'Édimbourg. Quand il est revenu à lui, il était à 110 et frôlait la glissière de sécurité sur la bande médiane. Scanner cérébral. Analyses sanguines. Le médecin a dit que c'était la tension.

— Alors on a vendu un des semi-remorques et on s'est tirés au Portugal pendant trois semaines, expliqua Douglas. J'ai laissé Simon diriger la boîte. Il y a des moments où il faut savoir lâcher prise. C'est ça, le truc. »

Jean faillit dire :

« Je n'ai jamais su ça. » Mais ils savaient qu'elle ne l'avait pas su. Et ils savaient tous pourquoi. Parce que ça ne l'avait jamais intéressée. Elle se sentit coupable et dit :

« Je suis vraiment désolée. J'aurais dû vous proposer de dormir à la maison.

— Avec Eileeen ? demanda Maureen en levant les sourcils.

— À sa place, répondit Jean.

— J'espère qu'elle n'amènera pas ce foutu chien au mariage », dit Douglas, et ils éclatèrent tous de rire.

Et Jean se demanda un instant si elle devait leur parler des ciseaux, avant de décider qu'il ne fallait tout de même pas pousser trop loin.

107.

Jamie n'avait encore jamais fait de baby-sitting. Enfin, pas vraiment.

Il s'était occupé de Jacob de temps en temps quand il était bébé. Pendant une heure ou deux. Quand il dormait, le plus souvent. Il l'avait même changé une fois. En réalité, ce n'était pas la peine. Il s'était trompé sur l'odeur et quand il avait retiré la couche, elle était vide. Mais il n'avait pas pu supporter l'idée de remettre en place quelque chose qui contenait de l'urine.

Il ne ferait plus jamais de baby-sitting. Pas avant que Jacob ait douze ans en tout cas.

Il prit cette décision dès que Jacob l'appela à la salle de bains parce qu'il avait fini son caca et que Jamie le regarda se laisser glisser des toilettes un peu trop tôt, traînant la section terminale sur le siège au bord duquel elle resta suspendue comme une stalactite de chocolat mouillé.

Pas du caca de bébé. Des fèces humaines. Avec un léger soupçon de crotte de chien.

Jamie s'arma d'une manique rudimentaire de papier toilette et se boucha le nez.

Évidemment, il existait des boulots pires que ça (dératiseur, astronaute...), mais Jamie ne s'était jamais rendu compte qu'être parent figurait vraiment tout en bas du tableau.

Jacob était infiniment fier de son exploit et le reste des activités de la soirée (œufs brouillés sur toast, *La Promenade de Mr Gumpy*, un bain avec beaucoup, beaucoup de mousse) fut ponctué du récit maintes fois réitéré de son aventure aux toilettes.

Jamie n'eut pas l'occasion de parler à sa mère de l'état d'esprit de son père. Après tout, ça valait peut-être mieux. Une personne de moins à se faire de la bile. Quand il partirait cette nuit, il demanderait à Ray de monter la garde.

Son père passa le reste de la soirée dans sa chambre. Jamie monta le voir de temps en temps. Il avait l'air bien.

Quand Jacob fut enfin couché, Jamie se détendit devant *Mission impossible* (pour une raison inconnue, il y avait tout une pile de cassettes d'action sous la télé).

À la moitié du film, Jamie appuya sur « pause », alla pisser et vérifier ce que faisait son père. Il n'était pas dans sa chambre. Ni à la salle de bains. Il n'était dans aucune des pièces, ni en haut, ni au rez-de-chaussée. Jamie refit tout le tour de la maison, vérifiant l'intérieur des placards et le dessous des lits, pétrifié à l'idée que son père ait pu faire une bêtise.

Il était sur le point d'appeler la police quand il jeta un coup d'œil dans le jardin obscur et vit son père, debout au milieu de la pelouse. Il ouvrit la porte et sortit. Son père vacillait légèrement.

Jamie s'approcha et se posta à côté de lui. « Ça va ? »

Son père leva les yeux vers le ciel. « Quand tu penses que tout ça va disparaître un jour. »

Il avait bu. Jamie le sentait. Vin ? Whisky ? Difficile à dire.

« La musique. Les livres. La science. Tout le monde parle de progrès, mais… » Il regardait toujours en l'air.

Jamie posa la main sur le bras de son père pour l'empêcher de tomber à la renverse.

« Un million d'années et il n'y aura plus qu'un gros rocher vide. Pas la moindre trace que nous avons existé un jour. Personne pour remarquer qu'il n'y a pas de trace. Personne pour chercher des traces. Juste… l'espace. Et d'autres gros rochers. Tournant sur eux-mêmes. »

Jamie n'avait pas entendu quelqu'un parler comme ça depuis une défonce mémorable avec Scunny, à la fac. « Tu ferais peut-être mieux de rentrer.

— Je ne sais pas si c'est terrifiant ou rassurant, reprit son père. Que tout soit oublié, tu vois. Toi. Moi. Hitler. Mozart. Ta mère. » Il baissa les yeux et se frotta les mains. « Quelle heure est-il, à propos ? »

Jamie regarda sa montre. « Dix heures vingt.

— On va rentrer. »

Jamie guida doucement son père vers la lumière de la porte de la cuisine.

Il s'arrêta sur le seuil et se tourna vers Jamie. « Merci.

— De quoi ?

— De m'écouter. Je crois qu'autrement, je ne m'en sortirais pas.

— Je t'en prie », dit Jamie, fermant la porte à clé tandis que son père se dirigeait vers l'escalier.

Quand tout le monde fut rentré, Jamie prit Ray à l'écart et lui expliqua que son père était un peu à côté de ses pompes. Il lui demanda s'il pouvait veiller au grain pendant la nuit et ne rien dire à Katie. Ray lui assura qu'il n'y avait pas de problème.

Puis il monta dans sa voiture et se rendit au *bed and breakfast* de Yarwell, où la porte fermée à clé fut ouverte par un individu immense de sexe indéterminé, enveloppé dans un caftan et qui avait l'air très irrité que Jamie n'ait pas appelé pour prévenir qu'il arriverait tard.

108.

Le lendemain matin, Jean se réveilla, fit ses ablutions et regagna paisiblement leur chambre.

George était assis au bord du lit avec l'expression de chien battu qu'il avait depuis quelques jours. Elle essaya de l'ignorer. Si elle ouvrait la bouche, elle allait se mettre en colère.

Elle était peut-être insensible et démodée, mais elle trouvait que, tout de même, le jour du mariage de sa fille, on devrait être capable de tirer un trait sur ses ennuis personnels.

Elle était en train d'enfiler sa combinaison quand il dit : « Je suis désolé. » Elle se retourna et vit qu'il était sincère.

« Je suis vraiment désolé, Jean. »

Elle ne savait pas quoi répondre. Que tout allait bien ? Tout n'allait pas bien. Elle le voyait.

Elle s'assit, lui prit la main et la serra. Peut-être n'y avait-il rien d'autre à faire.

Elle se rappela les enfants, quand ils étaient petits et qu'elle leur apprenait à dire « Désolé » lorsqu'ils s'étaient battus ou avaient cassé quelque chose. Pour eux, ce n'était qu'un mot. Une façon de régler le problème.

Mais quand on entendait quelqu'un dire « Désolé » pour de vrai, on se rendait compte de la force que ça avait. La formule magique, qui ouvrait la porte de la caverne.

« Il y a quelque chose que je peux faire ? demanda-t-elle.

— Je ne crois pas », répondit George.

Assise à côté de lui sur le lit, elle posa le bras autour de ses épaules. Il ne bougea pas.

Elle dit :

« On va te sortir de là. »

Quelques secondes plus tard, Katie frappait à la porte. « Maman… ? Tu crois que tu pourrais me donner un coup de main ?

— Juste une minute. »

Elle finit de s'habiller, embrassa George et dit :

« Tout se passera bien. Je te le promets. »

Et elle alla s'occuper du reste de la famille.

109.

Jamie se leva et alla aux toilettes.

Il y avait des housses en tricot bleu layette sur les rouleaux de papier de cabinet de réserve et des plaques murales peintes à la main, souvenirs de la Costa Brava.

Il s'était réveillé plusieurs fois dans la nuit, perturbé par une série de rêves dans lesquels il n'arrivait pas à empêcher des catastrophes effroyables d'arriver à son père. Dans l'un d'eux, Jamie regardait par une fenêtre de l'étage et voyait son père, réduit à la moitié de sa taille normale et saignant à flots, traîné à travers le jardin par un loup. Jamie était donc plutôt fatigué, et quand il imagina le genre de petit déjeuner qui devait l'attendre au rez-de-chaussée (bacon tiède avec des petits nodules de tendons blancs, thé macéré avec lait entier...), il n'eut pas la force d'affronter cette épreuve

Il dormirait sur le canapé du salon cette nuit. Ou sous le chapiteau.

Il fit ses bagages, vérifia que la voie était libre et descendit l'escalier sur la pointe des pieds. Il ouvrait la porte quand l'homme-femme corpulent apparut à la porte de la cuisine en disant : « Voulez-vous un petit déjeuner... ? » et Jamie prit ses jambes à son cou.

110.

Katie était allongée sur un transat sur la terrasse en attique. Barcelone s'étalait à ses pieds. Mais la terrasse était celle de leur chambre d'hôtel de San Gimignano. Et elle voyait la mer, ce qui n'était pas possible à San Gimignano. Le soleil était levé et il y avait dans l'air une odeur à mi-chemin entre l'ambre solaire et une très très bonne crème à la vanille. Jacob dormait, était resté chez Papa et Maman en Angleterre ou était généralement absent sans que cela l'angoisse. En fait, c'était un hamac, pas un transat.

Puis Ray marcha sur le chevalier Playmobil et hurla, et Jacob hurla parce que Ray avait cassé le chevalier Playmobil et Katie fut parfaitement réveillée, elle se mariait aujourd'hui et c'était certainement un moment à savourer paisiblement, ce qui était manifestement impossible parce que, dès qu'elle se fut brossé les dents et débarbouillée, les gens du traiteur se pointèrent en bas en se demandant quelle superficie de la cuisine ils pouvaient coloniser, et elle dut secouer un peu Maman et ensuite Jacob fit la tête parce que Ronnie avait fini les Bran Flakes et qu'au lieu de s'excuser et de proposer d'aller en acheter à l'épicerie du village il jugea bon d'infliger à Jacob un petit sermon sur le fait qu'on ne pouvait pas toujours avoir tout ce qu'on voulait dans la vie, or c'était exactement comme ça que Ronnie s'était conduit. Et puis Ed arriva et marcha dans le monumental tas de merde que leur foutu chien avait laissé au beau milieu de l'allée et il fallut se rendre à l'évidence, les choses allaient continuer sur cette lancée pendant une bonne partie de la journée.

111.

Jamie roulait tellement vite que ses pneus crissèrent à la sortie de l'impasse.

Ce qu'il venait de faire continua à le tracasser jusqu'à la grande route, où il ralentit et se rappela que c'était vraiment un *bed and breakfast* de merde, que le propriétaire était aussi grossier que bizarre (une femme ou un transsexuel masculin aurait parié Jamie, mais pas très cher tout de même), et que Jamie ne logeait là que parce qu'il avait été ignominieusement foutu à la porte de sa propre chambre (il avait oublié de payer, merde. Il réglerait ça plus tard). Alors il cessa d'avoir honte et fut indigné, ce qui était plus sain.

Puis il s'imagina en train de raconter toute l'histoire à Katie (sans oublier les protège-rouleaux de PQ et les crissements de pneus) et de se demander à haute voix quels guides sa mère avait bien pu consulter au juste à la bibliothèque et l'indignation se mua en amusement, ce qui était encore plus sain.

Quand il s'arrêta devant chez ses parents, il était plutôt content de lui. Il n'était pas du genre à s'enfuir. Il était du genre à ranger les chambres d'hôtel et à rester jusqu'à la fin du film même quand il était mauvais, et il lui arrivait de dire aux autres que Tony était simplement un très bon ami. Ce qui n'était pas bon pour l'âme.

Avant, il détestait quand Tony râlait dans les restaurants ou prenait un malin plaisir à tenir Jamie par la main dans des lieux publics. Mais maintenant Tony n'était pas là et Jamie comprenait à quel point c'était important. Il songea qu'être quelqu'un de bien comportait deux volets. L'un consistait à penser aux autres. L'autre à se foutre complètement de ce que les autres pensaient. Renvoyer à la cuisine du pain naan rassis. S'embrasser avec la langue sur le pont de Backfriars.

Ce fil de pensées atteignit un crescendo au moment où il entra dans la cuisine où, comme par hasard, Eileen et Ronnie prenaient leur petit déjeuner. À cet instant, Jamie sentit la présence de Tony à ses côtés, sinon physiquement du moins mentalement, et il comprit que quoi qu'Eileen et Ronnie puissent penser à son sujet (qu'il fallait le sauver, le castrer, le mettre sous les barreaux), dans le fond, il les paralysait. Du coup, il se sentit comme Batman, qui avait l'air méchant mais qui, en vrai, était bon.

Alors il lança : « Salut, Eileen. Salut, Ronnie », et leur adressa un grand sourire. « J'espère que vous avez bien dormi. »

Puis il leur tapota l'épaule à tous les deux et pivota sur ses talons, l'air de la cuisine gonfla sa cape noire et il plana majestueusement à travers la salle à manger dans ses bottes et sa combinaison noires assorties, franchissant l'entrée pour s'arrêter devant les toilettes du rez-de-chaussée.

Et ce fut comme s'il était monté dans une machine à voyager dans le temps à court rayon d'action parce que, quand il tira la chasse et remit les pieds dans l'entrée, on se serait cru dans le hall de la gare d'Euston, avec Eileen qui courait dans un sens, sa sœur et sa mère dans l'autre, Jacob transformé en chasseur bombardier, le chien chrétien qui hurlait et deux femmes étonnamment rousses qu'il ne reconnaissait pas debout sur le seuil de la cuisine, vêtues d'uniformes blancs.

Katie dit : « Salut Jamie » et disparut.

Ray descendit l'escalier, s'approcha et chuchota :

« Ton père n'a pas bronché de la nuit.

— Merci, répondit Jamie. Je vais aller lui dire bonjour.

— Comment était le *bed and breakfast* ? demanda Ray.

— Pas terrible.

— Katie m'a dit que ta chambre avait été réquisitionnée par les joyeux chrétiens, dit Ray. Ils ont dû l'exorciser. »

Jamie arriva sur le palier et se rendit compte qu'il avait été distrait et n'avait pas réagi à la plaisanterie de Ray, ce qui avait sans doute paru grossier. Tant pis. Son père était plus important pour le moment.

Il frappa à la porte de la chambre.

« Entrez », dit son père. Son ton était d'une gaieté rassurante.

Jamie entra et le trouva assis, tout habillé, au bord du lit.

« Ah, c'est toi, fit son père. Parfait. » Il claqua les mains sur ses genoux dans un esprit prêt-pour-l'action.

« Comment ça va ? demanda Jamie.

— J'ai changé d'avis, annonça son père.

— À quel sujet ?

— Absolument impossible d'assister au mariage.

— Attends un peu, dit Jamie.

— Bien sûr, je pourrais aller à l'hôtel, poursuivit son père. Mais, pour tout t'avouer, j'en ai eu mon compte ces derniers temps. »

Jamie ne savait pas trop comment réagir à cela. Son père avait l'air parfaitement sain d'esprit. Sauf que de toute évidence il ne l'était pas.

« Je ne peux évidemment pas prendre la voiture, parce que ta mère en aura besoin pour aller à la mairie. Et si je pars à pied d'ici, je risque fort de croiser quelqu'un qui me reconnaîtra. » Son père sortit une carte d'état-major qu'il avait dissimulée sous le matelas. « Mais tu as une voiture, toi. » Il déplia la carte et posa le doigt sur Folksworth. « Si tu me déposais dans le coin, je pourrais prendre des sentiers de randonnée sur quinze ou vingt kilomètres sans traverser de grande route.

— En effet, acquiesça Jamie.

— Et si tu pouvais fourrer dans le coffre mon grand imper et une thermos de thé, ce serait parfait. » Son père replia la carte d'état-major et la glissa sous le matelas. « Avec quelques biscuits aussi, si possible.

— Des biscuits, répéta Jamie.

— Quelque chose de simple. Des petits-beurre. Ce genre de choses. Pas de chocolat.

— Des petits-beurre. »

Son père prit la main de Jamie et la serra. « Merci. Je me sens beaucoup mieux.

— Parfait, dit Jamie.

— Tu ferais bien de descendre retrouver les autres, déclara son père. Il vaut mieux qu'ils ne se doutent de rien, n'est-ce pas ?

— Oui », dit Jamie.

Il se leva et se dirigea vers la porte. Il se retourna brièvement. Son père regardait par la fenêtre en se balançant d'un pied sur l'autre.

Arrivé sur le palier, Jamie referma la porte derrière lui, dévala l'escalier, attrapa son portable, s'enferma aux toilettes une seconde fois et téléphona au cabinet médical. Son appel fut transféré au service de garde. Il expliqua que son père perdait l'esprit. Il expliqua le coup des ciseaux, le mariage, le projet d'évasion et les larmes. On lui annonça qu'un médecin passerait dans trois quarts d'heure au plus tard.

112.

Jean trouva Ray sous le chapiteau où il surveillait quelques réaménagements de dernière minute du plan de table (un de leurs amis avait glissé et s'était cassé les dents de devant contre un lavabo le matin même).

« Ray ? demanda-t-elle.

— Je peux faire quelque chose pour vous ?

— Je suis désolée de vous déranger, reprit Jean, mais je ne sais pas à qui d'autre parler.

— Allez-y.

— C'est George. Je me fais du souci pour lui. Il m'en a parlé ce matin. Il n'est vraiment pas dans son assiette.

— Je sais, dit Ray.

— Vous savez ?

— Jamie m'a expliqué hier qu'il était mal fichu. Il m'a demandé d'avoir l'œil sur lui.

— Il ne m'a rien dit.

— Il ne voulait sans doute pas vous inquiéter. De toute façon, Jamie est allé discuter avec George ce matin. Pour vérifier que tout allait bien. »

Elle sentit le soulagement se répandre dans tout son corps. « C'est vraiment très gentil de votre part.

— C'est Jamie que vous devriez remercier.

— Vous avez raison, approuva Jean. C'est ce que je vais faire. »

L'occasion se présenta quelques minutes plus tard quand elle se heurta à Jamie dans l'entrée, alors qu'il sortait précipitamment des toilettes d'en bas.

« Aucun problème », dit Jamie.

Il avait l'air plutôt distrait.

113.

George se cramponna au bord des toilettes et gémit.

Cela faisait maintenant vingt minutes que Jamie était parti. Plus de temps qu'il n'en fallait pour préparer du thé et des biscuits.

George commença à pressentir que son fils ne l'aiderait pas.

Il se balançait d'avant en arrière comme les ours blancs du zoo où ils étaient allés une fois avec les enfants. Amsterdam. Ou Madrid, peut-être.

Faisait-il fuir les gens ? Il avait essayé de parler à Jean ce matin, mais elle était allée repasser un pantalon ou essuyer le derrière de quelqu'un.

Il se mordit l'avant-bras, fort, juste au-dessus du poignet. La peau était étonnamment coriace. Il mordit plus fort. Ses dents traversèrent la peau et autre chose. Il ne savait pas quoi. Ça avait fait un bruit de céleri.

Il se leva.

Il allait devoir se débrouiller seul.

114.

Les Jumelles Rousses les avaient chassées de la cuisine, alors Katie et Sarah s'étaient réfugiées sous l'auvent du chapiteau. Sarah se détournait pour souffler la fumée de sa cigarette en direction du jardin pour ne pas empoisonner l'atmosphère nuptiale.

Un adolescent balayait les planches séchées. Des bouquets étaient disposés dans des vases sur des guéridons de fer forgé tarabiscotés. Un type s'accroupissait pour vérifier l'alignement des tables, comme s'il se préparait pour un coup de billard particulièrement délicat.

« Et Ray..., demanda Sarah.

— Il est super, en fait », répondit Katie.

Une femme sortait des couverts d'une caisse en plastique et les tenait à la lumière avant de les disposer sur les tables.

« Je suis désolée, dit Sarah.

— De quoi ?

— D'avoir pensé que tu faisais peut-être une erreur.

— Parce que tu as pensé que je faisais une erreur ? demanda Katie.

— Arrête. Je me sens déjà assez morveuse. Tu es mon amie. Je voulais être sûre. Maintenant, je le suis. » Sarah s'interrompit. « C'est un mec sympa.

— Ouais.

— Je crois que même Ed est peut-être un mec sympa. » Elle se retourna pour regarder la pelouse. « Enfin, peut-être pas sympa. Mais correct. Mieux en tout cas que le con bourré que j'ai rencontré chez toi. »

Katie se retourna aussi et aperçut Ed qui jouait à l'avion avec Jacob, le faisant tourner en le tenant par les bras.

« Regarde, cria Jacob. Regarde.

— Ed, cria Katie. Fais attention. »

Ed tourna les yeux vers elle, paniqua un peu, desserra sa prise et lâcha la main gauche de Jacob, qui glissa sur l'herbe mouillée dans son pantalon de l'Ours Rupert qu'il devait mettre pour le mariage.

« Pardon », cria Ed qui releva Jacob en le hissant par un poignet comme un lapin tué d'un coup de fusil.

Jacob poussa un cri perçant et Ed essaya de le remettre sur ses pieds.

« Putain de merde », murmura Katie, en se dirigeant vers lui tout en se demandant si les Jumelles Rousses les autoriseraient à se servir de la machine à laver.

À ce moment-là, elle leva les yeux et vit son père faire des flexions-extensions, bras et jambes écartés, ce qui était franchement bizarre.

115.

Pour bien faire, Jamie aurait dû être avec son père, dans sa chambre. Mais on ne voyait pas la rue de la chambre. Et Jamie ne voulait surtout pas que le médecin arrive à l'improviste.

Si le médecin pouvait régler le problème de son père, ils arriveraient peut-être à éviter de flanquer la trouille à tout le monde.

Alors Jamie s'accouda au rebord de la fenêtre du salon, feignant de lire le magazine du *Telegraph*. À ce moment-là seulement il commença à se demander si on n'allait pas finir par interner son père, une éventualité à laquelle il n'avait absolument pas pensé en passant ce coup de fil.

Bon sang, il aurait mieux fait d'en parler à quelqu'un avant d'essayer d'arranger les choses tout seul.

On ne vous internait quand même pas si vous n'aviez pas tenté de vous suicider, si ? Ou de tuer quelqu'un. À vrai dire, les connaissances de Jamie en la matière venaient presque exclusivement de séries télévisées.

Il n'était pas exclu que le médecin ne puisse rien faire du tout.

Beaucoup de médecins étaient des bons à rien, c'était clair. Rien de tel que de passer trois ans avec des étudiants en médecine pour ébranler votre foi dans la profession. Ce Markowicz, par exemple. Bourré jusqu'aux yeux, puis s'étranglant dans son vomi.

Un type sortit d'une Range Rover bleue. Petite sacoche noire. Merde.

Jamie sauta du canapé, traversa l'entrée en slalomant et sortit en trombe pour l'intercepter avant qu'il ne fasse une apparition en fanfare.

« Vous êtes le médecin ? » Jamie avait l'impression de jouer dans un film à la con. *Apportez les serviettes chaudes !*

« Docteur Anderson. » L'homme lui tendit la main. C'était un de ces longs types filiformes, qui sentent le savon.

« C'est pour mon père, annonça Jamie.

— Bien, dit le docteur Anderson.

— Il fait une sorte de dépression.

— Nous pourrions peut-être aller bavarder quelques instants avec lui. »

Le docteur Anderson se retourna pour traverser la rue. Jamie l'arrêta. « Avant qu'on entre, il faut que je vous explique quelque chose. Ma sœur se marie aujourd'hui. »

Le docteur Anderson se tapota le nez en disant :

« Motus et bouche cousue. »

Ce qui ne rassura pas franchement Jamie.

Ils montèrent dans la chambre de ses parents. Malheureusement, son père n'y était pas. Jamie proposa au médecin de s'asseoir sur le lit et d'attendre.

Jamie était en train de vérifier s'il n'était pas au salon quand il songea que sa mère risquait d'entrer dans sa chambre et de trouver un étranger assis sur son lit. Il aurait dû enfermer le docteur Anderson dans les toilettes du rez-de-chaussée.

Son père n'était pas dans la maison. Il interrogea Eileen. Il interrogea les dames du traiteur. Il interrogea le témoin, dont il avait oublié le nom. Il alla voir derrière le chapiteau et, en revenant, il prit conscience qu'il avait cherché partout, ce qui voulait dire que son père s'était sauvé, ce qui n'était vraiment, vraiment pas bien et il piqua un sprint à travers la pelouse en disant : « Merde, merde, merde, merde, merde… » pour lui-même, mais quand même assez fort et, en chemin, il tomba sur Katie, qu'il ne voulut pas inquiéter alors il rit et dit la première chose qui lui passa par la tête, c'est-à-dire « Le pigeon s'est envolé », un vers que Tony récitait parfois et que Jamie n'avait jamais vraiment compris et que Katie ne comprendrait pas non plus, mais Jamie était déjà à mi-chemin des escaliers. Il fit irruption dans la chambre et le docteur Anderson sauta sur ses pieds dans une posture de défense très forces spéciales.

« Il est parti, annonça Jamie. Je n'arrive pas à le trouver. » Et il dut s'asseoir sur le lit et enfoncer sa tête entre ses genoux parce qu'il était pris de vertige.

« Bien, répondit le docteur Anderson.

— Il voulait que je le conduise dans un champ, poursuivit Jamie. Pour qu'il n'ait pas besoin d'assister au mariage. » Il se redressa, se sentit tout flageolant et remit la tête entre ses genoux. Jetant un coup d'œil de biais, il aperçut un fragment de carton rose sous le matelas. Il tendit la main et sortit la carte d'état-major. Son père était parti sans elle.

« Qu'est-ce que c'est que ça ? demanda le docteur Anderson.

— C'est là qu'il voulait aller, expliqua Jamie, en dépliant la carte et en posant le doigt sur Folksworth.

Il a peut-être pris un taxi. Il faut que j'aille le chercher. »

Le docteur Anderson sortit une petite carte de visite de sa poche de veste et la tendit à Jamie. « Je ne suis pas vraiment censé faire ça. Mais si vous le trouvez, appelez-moi, d'accord ?

— Merci. » Jamie glissa la carte dans sa poche de pantalon. « Je ferais mieux de filer. »

Ils croisèrent Ray dans l'escalier.

Le docteur Anderson sourit et dit : « Je suis le photographe.

— Bien, bien », murmura Ray, l'air un peu intrigué, se demandant sans doute ce que Jamie et le photographe pouvaient bien fabriquer ensemble au premier étage.

Jamie se tourna vers le docteur Anderson. « C'est bon, il est au courant.

— Dans ce cas, je suis médecin, corrigea le docteur Anderson.

— Papa a disparu, annonça Jamie. Il faut que j'aille le chercher. Je t'expliquerai plus tard. » Puis il se rappela que c'était aussi le jour du mariage de Ray. « Je suis vraiment désolé pour tout ça.

— S'il se pointe, je t'appelle tout de suite », dit Ray.

116.

Jean était en train de s'habiller et de se demander où diable George avait bien pu passer quand quelqu'un sonna à la porte d'entrée. Comme visiblement personne ne prenait la peine d'aller répondre, elle extirpa ses bonnes chaussures du fond du placard, descendit et ouvrit la porte.

« Alan Phillips, se présenta le monsieur. Le père de Ray. Voici ma femme, Barbara. Vous êtes certainement Jean.

— Bonjour, Jean. Enchantée », dit Barbara.

Jean les fit entrer et prit leurs manteaux.

« Quel plaisir de faire votre connaissance, après tout ce temps ! s'exclama Alan. Je regrette que les choses se soient faites à la dernière minute. »

Elle avait imaginé un homme plus grand, plus hâbleur. Puis elle se rappela que Katie avait parlé d'une fabrique de chocolat, ce qui avait paru drôle sur le coup, mais assez naturel maintenant. C'était le genre d'homme qu'on voyait bien jouer au train électrique ou cultiver des œillets. « Installez-vous.

— Quelle jolie maison », s'écria Barbara, et elle avait l'air sincère, ce que Jean trouva très touchant.

Ils avaient quelque chose d'un peu guindé tous les deux, et Jean en fut soulagée (dans ses moments de pessimisme noir, elle avait imaginé, eh bien… il y avait des choses qu'il valait mieux oublier). D'un autre côté, ce n'était pas le genre de gens qu'on pouvait planter là au salon pendant qu'on allait faire autre chose.

Où étaient-ils tous passés ? George, Jamie, Eileen, Ronnie. Ils semblaient s'être volatilisés.

« Puis-je vous offrir une tasse de thé ? » demanda Jean. On aurait dit qu'elle parlait à M. Ledger, le type qui s'occupait de l'entretien de la chaudière. « Ou préférez-vous du café ? » Elle arriverait bien à dénicher la cafetière.

« Oh, dit Barbara. Ne vous tracassez pas pour nous.

— Rien de plus facile, protesta Jean bien que, pour être honnête, le moment ne fût pas très bien choisi.

— Dans ce cas, du thé pour tous les deux, ce serait vraiment très gentil de votre part, répondit Barbara. Alan prend un demi-sucre. »

Une fois de plus, Jean fut sauvée par Ray qui revenait de la voiture où il était allé chercher un tout petit bonhomme en plastique jaune.

« Barbara. Papa. » Il embrassa Barbara sur la joue et serra la main de son père.

« J'allais faire du thé pour vos parents, expliqua Jean.

— Je m'en occupe, proposa Ray.

— C'est très gentil à vous », dit Jean, radieuse.

Ray allait prendre le chemin de la cuisine quand elle demanda discrètement : « Vous ne sauriez pas par hasard où est George ? Pure curiosité. Et Jamie, d'ailleurs. »

Ray marqua une assez longue pause, ce qui la troubla vaguement. Il allait répondre quand Ed surgit de la cuisine, en train de manger un petit pain. Ray dit :

« Ed.

— Monsieur et madame Phillips », rétorqua Ed, la bouche pleine.

Alan et Barbara se levèrent.

« Ed Hobday, s'écria Alan. Ça alors ! Je ne vous avais pas reconnu. »

Ed essuya les miettes de sa bouche et leur serra la main.

« Plus gros, mais plus sage.

— Mais non, voyons, protesta Barbara. Vous vous êtes juste un peu remplumé. »

Ray effleura l'épaule de Jean et dit tout doucement :

« Venez à la cuisine avec moi. »

117.

En arrivant au bout du village, George commença à se sentir un peu plus calme.

Il était au milieu du champ près de la ligne de chemin de fer, quand il aperçut Eileen et Ronnie qui arrivaient dans sa direction. Ils traînaient leur chien pour lui faire franchir le tourniquet, et il était à peu près sûr qu'ils ne l'avaient pas vu. Il se glissa dans un creux à côté d'un buisson d'aubépine, disparaissant ainsi de leur champ de vision.

Le chien aboyait.

Il ne pouvait pas revenir sur ses pas sans se montrer, et un talus couvert de ronces l'empêchait de traverser la voie elle-même. Il sentit sa poitrine se serrer.

Son bras saignait encore là où il s'était mordu.

Les aboiements se rapprochèrent.

Il s'allongea et se laissa rouler dans le petit fossé d'écoulement, là où l'herbe descendait avant de passer sous la barrière. Il avait un manteau vert. S'il restait parfaitement immobile, ils ne le trouveraient peut-être pas.

On était bien, dans le fossé, c'était étonnamment confortable. Et il était intéressant de regarder la nature de tout près. Il n'avait plus fait cela depuis qu'il était petit. Il devait y avoir quarante ou cinquante espèces de plantes à portée de sa main. Il ne savait le nom d'aucune. Sauf les orties. En admettant que ce soient des orties. Et le cerfeuil sauvage. Si c'était du cerfeuil sauvage.

Six ans plus tôt, pour Noël, Katie lui avait donné un bon pour un livre (un cadeau de paresseuse, mais c'était toujours mieux que ces ridicules verres à vin suédois qu'on s'accrochait autour du cou avec une ficelle). Il s'en était servi pour acheter le *Livre de la flore et de la faune britanniques* du Reader's Digest, dans l'intention d'apprendre au moins le nom des arbres. Il n'avait retenu qu'une chose, c'est qu'une colonie de wallabies vit à l'état sauvage dans les Cotswolds.

Il songea soudain qu'il n'était pas obligé d'aller quelque part pour éviter le mariage. Il y avait même plus de risques d'attirer l'attention en marchant. Mieux valait rester allongé ici, ou encore un peu plus loin dans les broussailles. Il pourrait réapparaître quand la nuit serait tombée.

Puis Eileen dit « George… » et il espéra qu'elle s'en irait s'il ne bougeait pas.

Mais elle ne partit pas. Elle répéta son nom, puis devant son absence de réaction, elle se mit à crier : « Ronnie. Viens vite. »

George roula sur le dos pour montrer qu'il était encore en vie.

Eileen demanda à George ce qui s'était passé. George expliqua qu'il était allé se promener et s'était tordu la cheville.

Ronnie l'aida à se relever et George fit semblant de boiter et ce fut assez supportable pendant quelques minutes parce que, si le fossé était réconfortant, l'idée de passer seul les dix heures à venir ne l'était pas. Pour tout avouer, il était plutôt soulagé de se trouver en compagnie d'autres êtres humains.

Mais Eileen et Ronnie le reconduisaient à la maison, ce qui était une chose impossible, et au fur et à mesure qu'ils se rapprochaient il eut l'impression que quelqu'un lui enfonçait un sac-poubelle noir sur la tête.

Quand ils arrivèrent sur la grand-route, il faillit prendre ses jambes à son cou. Tant pis si le chien était dressé à l'attaque. Tant pis pour l'embarras que ne manquerait pas de susciter une course-poursuite avec Ronnie à travers le village (il gagnerait certainement ; une telle quantité d'adrénaline circulait dans son organisme qu'il aurait pu dépasser un zèbre). C'était la seule solution.

Non.

Il y en avait une autre, tellement évidente qu'il ne comprenait pas comment il avait pu l'oublier. Il prendrait du Valium. Il prendrait tous les comprimés de Valium dès qu'il serait à la maison.

Et si quelqu'un avait jeté le flacon ? Et si quelqu'un avait balancé les comprimés dans les toilettes ? Ou les avait cachés pour éviter qu'un enfant ne les avale par mégarde ? Il se mit à courir.

« George, cria Ronnie. Ta cheville. »

Il ne savait absolument pas de quoi parlait ce type.

118.

Quand Jean arriva à la cuisine, Ray se tourna vers elle et dit : « Il y a un petit problème.

— De quel genre ? demanda Jean.

— George, répondit Ray.

— Oh, mon Dieu ! » Elle dut s'asseoir très rapidement. Qu'est-ce que George avait bien pu se faire, cette fois ?

« Il semblerait qu'il ait disparu », annonça Ray.

Elle allait s'évanouir. Devant les employées du traiteur. Devant Ray. Elle inspira profondément et le visage de George passa fugitivement devant la fenêtre comme une apparition surnaturelle. Elle crut qu'elle perdait la tête.

La porte de la cuisine s'ouvrit brutalement et George fit irruption. Elle poussa un petit cri, mais il ne se rendit compte de rien, traversa l'entrée en trombe et se précipita dans l'escalier.

Jean et Ray se dévisagèrent pendant quelques secondes.

Elle entendit Ed s'écrier :

« C'était, si j'ai bien vu, le père de Katie. »

Ray dit :

« Je vais aller voir ce qu'il fabrique. »

Elle resta assise une ou deux minutes pour reprendre ses esprits. Puis la porte s'ouvrit brutalement une seconde fois. C'était Eileen et Ronnie avec leur satané labrador qui racontaient Dieu sait quoi à propos de George qu'ils avaient cru mort puis qui leur avait fichu une trouille bleue et elle lança d'un ton sec :

« Vous allez faire sortir ce foutu chien de ma cuisine, oui ou non ? », ce qui n'était pas très diplomatique.

119.

Katie se maquilla et laissa Sarah négocier avec Jacob.

« Je crois qu'il faut vraiment que tu viennes.

— Veux rester ici, grommela Jacob.

— Tu seras tout seul, déclara Sarah.

— Veux rester ici », grommela Jacob.

Ce n'était pas encore une colère, juste une demande d'attention. Pourtant il fallait empêcher que ça ne dégénère. Sarah avait probablement plus de chances de réussir que Katie. Inconnue. Moins de prise sur elle.

« Veux rentrer à la maison, geignit Jacob.

— Il va y avoir une fête, expliqua Sarah. Il va y avoir du gâteau. Il faut simplement attendre quelques heures. »

Quelques heures ? Sarah n'était pas une pro des enfants et de la mesure du temps. Jacob était parfaitement incapable de faire la différence entre la semaine dernière et l'extinction des dinosaures.

« Je veux un biscuit.

— Jacob… » Sarah lui prit la main et la caressa. Si ç'avait été Katie, il l'aurait peut-être mordue. « Je sais bien que tu n'as pas tes jouets, ni tes cassettes, ni tes copains. Et je sais que tout le monde est occupé et n'a pas le temps de jouer avec toi pour le moment…

— Je te déteste, dit Jacob.

— Mais non, répondit Sarah.

— Si, dit Jacob.

— Non, dit Sarah.

— Si, dit Jacob.

— Non », dit Sarah qui avait apparemment épuisé son répertoire.

Par bonheur, l'attention de Jacob fut distraite par l'arrivée de Ray qui s'affala sur le lit. « Oh, bordel !

— Qu'est-ce qui se passe ? demanda Katie.

— Je ne sais pas s'il faut te le dire.

— Vas-y, l'encouragea Katie. Je manque cruellement de divertissements.

— Je ne suis pas très sûr que ce soit du registre du divertissement, poursuivit Ray d'un ton sinistre qui était plutôt inquiétant.

— Dans ce cas, raconte-moi ça plus tard, fit Katie. Quand certaines personnes ne seront plus dans les parages. »

Sarah se leva. « Bien, jeune homme. On va jouer à cache-cache. Si tu me trouves en moins de dix minutes, tu auras gagné vingt pence. »

Jacob sortit de la chambre presque instantanément. Finalement, Sarah s'en sortait mieux avec les enfants que Katie ne l'aurait cru.

« Alors ? demanda Katie.

— De toute façon, tu vas bien finir par l'apprendre, dit Ray en s'asseyant.

— Apprendre quoi ?

— Ton père a foutu le camp.

— Foutu le camp ? » Katie interrompit sa séance de maquillage.

« Il était un peu patraque. Tu sais, comme la dernière fois qu'on est venus. Un peu tendu à cause du mariage, sans doute. Jamie a fait venir un médecin…

— Un médecin… » Katie sentit son cerveau s'emballer.

« Mais quand il est arrivé, ton père avait disparu. Alors, Jamie est parti à sa recherche.

— Et où est Papa maintenant ? » Katie commençait à se sentir un peu patraque, elle aussi.

« Oh, il est rentré. Il paraît qu'il est juste allé faire un tour et qu'il est tombé sur Eileen et Ronnie. C'est peut-être vrai. Mais j'étais à la cuisine quand il est revenu et je peux te dire que c'est tout juste s'il n'a pas franchi le mur du son.

— Il va bien ? demanda Katie.

— Ça a l'air. Son généraliste lui a prescrit du Valium.

— Il ne va pas en prendre plus qu'il ne faut, ou je ne sais quoi…

— Je ne pense pas, dit Ray. Il en a pris deux. Le simple fait de tenir le flacon avait l'air de le rassurer.

— Putain, murmura Katie, et elle prit plusieurs profondes inspirations, attendant que ses battements de cœur ralentissent. Pourquoi est-ce qu'on ne m'a rien dit ?

— Jamie ne voulait pas t'inquiéter.

— Je devrais aller lui parler.

— Reste ici. » Ray se leva, s'approcha d'elle et se mit à genoux. « Le mieux est sans doute de faire comme si tu ne savais rien. »

Katie prit la main de Ray. Elle ne savait pas s'il fallait rire ou pleurer. « Putain. C'est quand même notre mariage, non ? »

Alors Ray dit quelque chose de sage. Qui la prit par surprise. « Nous ne sommes que les petits personnages au sommet du gâteau. Les mariages, c'est un truc pour les familles. Toi et moi, on a tout le reste de notre vie pour être ensemble. »

Alors, Katie pleura un petit peu.

Ray s'écria :

« Merde. Jamie. Il est encore en train de chercher ton père. Tu as son numéro de portable ? »

120.

Quand George arriva dans sa chambre, il éprouva une telle bouffée de soulagement qu'il sentit ses intestins se relâcher légèrement.

Mais tout d'un coup il fut incapable de se rappeler où il avait caché le Valium et la panique le submergea, telle une marée, épaisse, froide, soudaine et il eut beaucoup de mal à respirer.

Il savait qu'il savait où était le flacon. Ou plutôt, il savait qu'il avait su où il était dix minutes plus tôt. Pourquoi aurait-il oublié une chose pareille ? Il savait aussi que c'était à un endroit parfaitement logique. Il s'agissait juste de trouver la case de son cerveau où il avait stocké cette information. Mais il avait la tête complètement à l'envers et elle était agitée de violents tremblements, si bien que le contenu d'autres compartiments se répandait et se mettait en travers.

Il se tenait devant la fenêtre, un peu tassé pour mieux respirer.

Sous le lit… ? Non. Dans la commode… ? Non. Derrière la glace… ?

Le flacon était à la salle de bains. Il ne l'avait pas caché. Pourquoi l'aurait-il caché ? Il n'avait aucune raison de le faire.

Il courut à la salle de bains, ses intestins se relâchant à nouveau légèrement. Il ouvrit l'armoire à pharmacie. Le flacon était sur l'étagère du haut, derrière les sparadraps et les cure-dents.

Il tourna le bouchon, continua à tourner et sentit la panique l'envahir à nouveau jusqu'à ce qu'il comprenne que c'était un bouchon de sécurité et qu'il fallait presser dessus. Il appuya et tourna et faillit tout lâcher en apercevant Ray dans la glace, debout derrière lui, à quelques pas seulement, dans la salle de bains, qui disait :

« George ? Ça va ? J'ai frappé, mais vous ne m'avez pas entendu. »

George fut à deux doigts de vider tout le contenu du flacon et de l'avaler d'un coup, craignant que Ray ne veuille l'en empêcher.

« George ? demanda Ray.

— Oui ?

— Vous allez bien ?

— Oui. Très bien, répondit George.

— Vous aviez l'air un peu nerveux quand vous êtes passé à la cuisine.

— Ah bon ? » George mourait d'envie d'avaler les comprimés.

« Jamie s'est fait du souci pour vous. »

George secoua doucement le flacon pour faire tomber deux comprimés dans la paume de sa main et les avala négligemment. Comme des cacahuètes à une réception.

« Il paraît que vous n'êtes pas dans votre assiette.

— C'est du Valium, expliqua George. C'est le médecin qui me l'a prescrit. Pour me détendre.

— Très bien, dit Ray. Vous n'avez pas l'intention de repartir faire un tour ? Aujourd'hui, je veux dire. Avant le mariage.

— Non », répondit George avec un petit rire forcé. Ce dialogue était-il censé être amusant ? Il ne savait pas trop. « Je suis désolé de vous avoir inquiétés.

— Ce n'est rien, le rassura Ray.

— Je viendrai au mariage, vous pouvez être tranquille », continua George. Il avait un besoin urgent d'aller aux toilettes.

« Très bien. C'est parfait. Bon, je ferais bien d'aller me préparer.

— Merci », dit George.

Ray partit et George verrouilla la porte, baissa son pantalon, s'assit sur le trône, vida ses intestins et prit les six comprimés restants, qu'il avala avec de l'eau pas très appétissante du verre à dents en s'empêchant de penser au dépôt qu'il y avait au fond.

121.

Jean demanda à Eileen d'excuser son accès de colère et Eileen répondit : « Je te pardonne », d'un ton qui donna immédiatement envie à Jean de lui lancer une nouvelle grossièreté.

Ronnie dit : « J'espère que George va bien. »

Et Jean comprit que c'était sa faute. Elle l'avait trouvé au bord du lit avec une mine effroyable, il voulait manifestement lui parler, mais Katie avait passé la tête par la porte et elle avait été accaparée par tous les problèmes d'organisation et n'avait pas pris le temps de lui demander ce qui n'allait pas.

« Je reviens tout de suite », lança-t-elle, et elle fila à l'étage en adressant un sourire poli à Ed, Alan et Barbara par la porte du salon.

Ils n'avaient toujours pas eu leur thé.

Oh et puis tant pis, elle avait des choses plus importantes à faire.

Quand elle entra dans la chambre, George était assis sur le lit, en train d'enfiler ses chaussettes. Elle s'assit à côté de lui. « Je suis désolée, George.

— De quoi ?

— D'être partie aussi vite, ce matin.

— Tu avais des choses à faire, dit George.

— Comment te sens-tu, maintenant ?

— Beaucoup mieux. »

Il avait effectivement l'air bien. Peut-être Ray avait-il exagéré les choses. « Ton bras.

— Ah oui. » George leva le bras. Il avait une large entaille au niveau du poignet. « J'ai dû m'accrocher à un barbelé. »

À première vue, ça ressemblait à une morsure. Le chien ne l'avait quand même pas attaqué ? « Je vais m'occuper de ça avant que tu fourres du sang sur tes vêtements. »

Elle passa à la salle de bains, chercha la petite boîte à pharmacie et lui fit un pansement pendant qu'il restait assis patiemment sur le lit. Elle aurait bien aimé faire plus de choses de ce genre pour lui. L'aider, de façon concrète.

Elle colla un second sparadrap pour maintenir le petit bandage en place. « Voilà.

— Merci. » George glissa sa main dans la sienne.

Elle la serra. « Je suis désolée de n'avoir pas su mieux t'aider.

— Mais non, protesta George.

— Je sais que tu n'as pas été en forme, poursuivit Jean. Et je sais… que parfois je ne fais pas assez attention à toi. Ce n'est pas bien. C'est juste que… c'est un peu dur, tu sais.

— Eh bien, tu n'as plus à t'en faire pour moi, déclara George.

— Comment ça ? demanda Jean.

— Tu n'as plus à t'en faire pour moi aujourd'hui, rectifia George. Je me sens beaucoup mieux.

— Voilà une bonne nouvelle. »

Et c'était vrai. Il avait l'air tout à fait détendu, bien plus détendu que tous ces derniers temps. « Mais si quelque chose recommence à t'inquiéter, préviens-moi, d'accord ?

— Ça va aller.

— Je suis sérieuse. Tu n'as qu'un mot à dire et je lâcherai immédiatement ce que je suis en train de faire. Je t'assure.

— Merci », fit George.

Ils restèrent assis quelques instants, puis un téléphone sonna.

« Ce n'est pas notre téléphone », remarqua George.

Il avait raison. « Attends. » Jean se leva et passa dans le couloir. La sonnerie venait d'un portable posé sur le bord de la fenêtre.

Elle le prit, appuya sur le petit bouton vert et l'approcha de son oreille. « Allô ?

— Jamie ? fit une voix d'homme. Désolé. J'ai dû me tromper de numéro.

— Ray ? demanda Jean.

— Jean ? fit Ray.

— Oui. C'est vous, Ray ?

— Où êtes-vous ? demanda Ray.

— Sur le palier, répondit Jean, un peu intriguée.

— J'essayais de joindre Jamie, expliqua Ray.

— Il n'est pas là, dit Jean, qui avait toujours trouvé les téléphones portables vaguement déconcertants.

— Désolé. » Et Ray raccrocha.

Elle regarda sa montre. Il leur restait vingt minutes avant de partir. Il fallait qu'elle aide George à finir de se préparer et qu'elle commence à rallier les troupes.

Elle reposa le téléphone, ouvrit le placard du couloir pour chercher son foulard et faillit avoir une crise cardiaque en apercevant Sarah entre les manteaux, qui la regardait.

« Cache-cache », chuchota Sarah.

122.

Katie annonça à Maman que Jamie cherchait toujours Papa. Maman paniqua. Katie la rassura : Jamie savait où était la mairie. Peut-être était-il déjà en route. Maman cessa de paniquer.

Ils étaient tous devant la maison. L'air était plein d'effluves d'après-rasage, de parfum, de fumée de cigarette d'Oncle Doug et de naphtaline des beaux manteaux. Si Jamie manquait le mariage, est-ce que c'était triste ou drôle ? Elle ne savait pas trop.

Sarah et Jacob étaient assis l'un à côté de l'autre sur le mur. Il n'avait pas trouvé sa cachette, mais elle lui avait quand même donné les vingt pence. S'il avait été un peu plus grand, Katie aurait dit qu'il avait le béguin.

« Raclures de derrière de chien, lança Sarah.

— Caca de cheval, répliqua Jacob, en riant comme un dément.

— Raclures de derrière de chien et énorme cruche de pipi de vieille dame », renchérit Sarah.

Katie s'approcha de Papa. « Comment ça va ? » Elle essaya de garder un ton neutre pour qu'il ne se doute pas de tout ce qu'elle savait.

Il se tourna vers elle, lui prit les mains et la regarda droit dans les yeux, manifestement au bord des larmes. Il dit : « Ma merveilleuse, merveilleuse petite fille », ce qui la fit pleurer aussi et ils s'étreignirent brièvement, ce qu'ils n'avaient pas fait depuis bien longtemps.

Puis Maman regarda sa montre, renonça officiellement à attendre son fils, la tension se relâcha et tout le monde se dirigea vers les voitures.

123.

Jamie aurait dû rentrer. Mais à quoi bon ? Il n'y aurait pas de mariage si son père n'était pas là. Il ne serait donc pas en retard.

Il se trouvait sur un chemin boueux de Washingley, ayant sillonné, courant comme un poulet sans tête, tous les sentiers situés juste au sud de Folksworth. Il avait de la boue plein le pantalon, avait déchiré sa manche de veste à des barbelés et se sentait nul à chier.

C'était à lui que son père s'était confié. C'était lui qui avait été incapable d'empêcher son père de faire précisément ce qu'il avait annoncé qu'il ferait. C'était lui qui avait foutu en l'air le mariage de sa sœur.

Il comprit alors que c'était stupide de chercher son père comme ça. Il pouvait être parti dans n'importe quelle direction.

Il fallait qu'il explique à tout le monde ce qui s'était passé. Il fallait prévenir la police. Il fallait qu'il s'excuse. Il retourna à sa voiture, posa un sac en plastique sur le siège du conducteur, monta et rentra à la maison.

Dès son arrivée, il comprit que quelque chose clochait. Il n'y avait pas de voitures. Il se rangea et se dirigea vers la porte d'entrée. Elle était fermée. Il sonna. Pas de réponse. Il regarda par la fenêtre. La maison était vide.

Peut-être Ray leur avait-il dit ce qui s'était passé. Ils étaient peut-être tous partis à la recherche de son père. Ils l'avaient peut-être trouvé. Ils étaient peut-être tous à l'hôpital.

Il essaya de ne pas penser à tout ça.

Il avait perdu son portable. Il fallait qu'il entre dans la maison. Ne serait-ce que pour trouver un téléphone et un pantalon sec. Il décida de passer par la porte latérale. De l'intérieur, le chien se jeta contre la porte, aboyant et grattant le bois avec ses griffes. Il tourna la clenche. Elle était fermée.

Oh et puis, de toute façon, son pantalon était déjà fichu…

Il agrippa le poteau, glissa son pied dans une des rainures du mur de pierre et se hissa. Il n'avait pas fait ça depuis pas mal d'années et il lui fallut trois tentatives avant de réussir, mais finalement il se retrouva inconfortablement à califourchon au sommet du portail.

Il regardait vers le jardin, se demandant comment affronter au mieux la longue chute et le chien cinglé qui l'attendaient quand quelqu'un demanda :

« Je peux vous aider ? »

Il tourna la tête et aperçut, au-dessous de lui, un homme âgé qu'il reconnaissait vaguement. L'homme portait un pull en shetland et une paire de cisailles.

« Tout va bien, merci, répondit Jamie, dont la présence au sommet du portail rendait pourtant le chien complètement hystérique.

— Tu ne serais pas Jamie par hasard ? demanda l'homme aux cisailles.

— Si », confirma Jamie. Il commençait à avoir mal à l'entrejambe.

« Désolé, s'excusa l'homme. Je ne t'avais pas reconnu. Ça fait un sacré bout de temps que je ne t'ai vu. Tu étais encore presque un gamin. Je suis Derek West, le voisin d'en face.

— Ah oui », dit Jamie. Il fallait qu'il y aille, malgré le risque de se casser une cheville, d'écrabouiller le chien de sa tante ou de se faire dévorer vivant. Il déplaça légèrement son centre de gravité.

« Tu ne devrais pas être au mariage ? s'étonna l'homme.

— Si. » Ce type était manifestement crétin.

« Ils sont partis il y a à peu près cinq minutes.

— Pardon ?

— Ils sont partis il y a à peu près cinq minutes. »

Il fallut à Jamie quelques secondes pour assimiler l'information. « Ils allaient à la mairie ?

— Où voudrais-tu qu'ils aillent ? » demanda l'homme.

Il commença à entrevoir la vérité. « Mon père était avec eux ?

— Je suppose.

— Vous l'avez vu ?

— Je ne les ai pas cochés sur une liste, tu sais. Non. Attends. Si, je l'ai vu. Je me souviens qu'il a trébuché sur le trottoir. Et que ta mère l'a fait monter du côté du passager. C'est elle qui a pris le volant. Je l'ai remarqué parce que d'habitude, quand ils partent ensemble, c'est ton père qui conduit. Je me suis même demandé s'il n'était pas souffrant. Il va bien ?

— Merde », s'écria Jamie.

Ce qui réduisit M. West au silence.

Jamie fit repasser son centre de gravité de l'autre côté et sauta par terre, déchirant sa veste pour la seconde fois. Il courut jusqu'à sa voiture, fit tomber ses clés, ramassa ses clés, monta et démarra en trombe.

124.

Jean se sentait atrocement mal.

L'absence de Jamie était la goutte d'eau qui fait déborder le vase. Tout allait de travers. George. Eileen et Ronnie. Alan et Barbara. C'était le jour du mariage de Katie. Un jour exceptionnel. Tout aurait dû marcher comme sur des roulettes. Tout aurait dû être nimbé de romantisme.

Puis il se passa quelque chose dans la voiture.

Il y avait des travaux sur la route à quatre voies, et ils s'étaient arrêtés à l'endroit où la circulation était réduite à une voie. George se tourna vers elle :

« Je crois que je n'ai pas été un très bon mari.

— Ne sois pas ridicule », répondit Jean.

George regardait droit devant lui, à travers le pare-brise. Il y avait des gouttelettes de pluie sur la vitre. « Je suis quelqu'un d'assez froid. D'assez raide. J'ai toujours été comme ça. Je le vois bien aujourd'hui. »

Elle ne l'avait jamais entendu parler ainsi. Était-ce une nouvelle crise de folie ? Elle ne savait absolument pas quoi penser.

Elle mit les essuie-glaces en marche.

« Et je comprends bien que cette froideur, cette raideur ont été à l'origine d'un grand nombre de mes problèmes récents. » George fit tomber une petite peluche de la porte de la boîte à gants.

Devant eux, les voitures avançaient. Jean embraya et repartit.

George posa la main sur la sienne. Cela compliquait un peu les changements de vitesse.

« Je t'aime », murmura George.

Ils ne s'étaient pas dit ce mot depuis longtemps. Elle avait une boule dans la gorge.

Elle jeta un coup d'œil de côté et vit que George la regardait en souriant.

« Je t'ai rendu la vie drôlement difficile ces derniers temps.

— Ce n'est pas la peine de t'excuser.

— Mais je vais changer. J'en ai assez d'avoir peur. J'en ai assez de me sentir seul. »

Il posa la main sur la cuisse de Jean, s'inclina contre son dossier et ferma les yeux.

Elle comprit alors que sa liaison touchait à son terme. Que David et elle ne feraient peut-être plus jamais l'amour. Mais que c'était bien comme ça.

Vivre avec George n'était pas très palpitant. Mais qu'est-ce qui lui disait que les choses ne suivraient pas le même chemin si elle vivait avec David ?

Le secret était peut-être d'arrêter de chercher un pâturage où l'herbe soit plus verte. Le secret était peut-être de tirer le meilleur parti de ce qu'on avait. Si George et elle parlaient un peu plus. S'ils partaient en vacances un peu plus souvent…

La pluie avait cessé. Jean arrêta les essuie-glaces et la mairie surgit à droite de la route.

Elle mit son clignotant et s'arrêta sur le parking.

125.

George passait un moment remarquablement plaisant.

Ils rangèrent la voiture et il se dirigea avec Jean vers la voûte de pierre à l'arrière de la mairie, où tout le monde se rassemblait pour des photographies.

« Viens, Papa. » Katie le prit par l'autre bras et le guida sur le petit sentier.

Il était le père de Katie. C'était agréable d'être le père de Katie.

Il donnait sa fille en mariage. C'était aussi un sentiment agréable. Parce qu'il la donnait à un chic type. *La donner*. Quelle curieuse expression. Un peu désuète. *La partager*. Ce serait mieux. Un peu étrange aussi, pourtant.

Où était Jamie ?

Il posa la question à Katie.

« Il est parti te chercher », répondit Katie, avec un sourire sibyllin.

Pourquoi Jamie le cherchait-il ? Il était sur le point de poser la question quand le photographe fit avancer Katie et elle se mit à parler à Ray. George prit mentalement note de l'interroger plus tard.

Le photographe ressemblait beaucoup au témoin de Ray. Comment s'appelait-il, de nouveau ? Après tout, peut-être était-ce vraiment le témoin de Ray. Peut-être n'avaient-ils pas pris de photographe officiel.

« Allons, disait le photographe. Qu'est-ce que c'est que ces têtes d'enterrement ? »

Il avait un très petit appareil photographique. Ce n'était sans doute pas un vrai photographe.

Ed. Il s'appelait Ed.

George sourit.

Ed prit quatre photos, puis demanda à Katie et à Ray de se placer devant l'arcade.

Au moment où ils s'écartaient, le monsieur qui se trouvait à côté de George se présenta. George lui serra la main. Le monsieur s'excusa de ne pas l'avoir salué plus tôt. George lui dit que cela n'avait aucune importance. Le monsieur lui présenta son épouse. George lui serra également la main. Ces gens avaient l'air très sympathiques.

Une femme sortit de la mairie. George la prit d'abord pour une hôtesse de l'air.

« Si vous voulez bien entrer… »

George s'écarta pour laisser passer les dames, puis il entra dans la mairie avec les hommes.

Peut-être ces gens si sympathiques étaient-ils les parents de Ray. Cela expliquerait pourquoi on les avait photographiés tous ensemble. Il poserait la question à Jean quand ils seraient assis.

126.

Ils étaient en voiture, à mi-chemin de la mairie, quand Katie regarda par la vitre et vit un clochard pisser contre un arrêt de bus dans Thorpe Road, ce qui n'était pas un spectacle très fréquent et on aurait pu y voir un signe de Dieu qui visiblement a) avait le sens de l'humour b) était d'accord avec Ray : si tu espères que la journée se déroulera dans la dignité et l'efficacité, tu peux être sûre que quelqu'un va tout faire foirer. Mieux valait être encore ensemble dans vingt ans et en rire, que se féliciter que la cérémonie se soit déroulée sans anicroche et se séparer douze mois plus tard.

Pauvre Jamie. Au moins, il aurait une bonne histoire à raconter.

Peut-être pourraient-ils passer chez lui après Barcelone. Échanger une nouvelle fois leurs vœux, pour lui. Apporter des confettis. Ça plairait à Jacob.

Une fine bruine commença à éclabousser le pare-brise. Aucune importance. Neige, grêle, pluie battante. On se marie malgré son mariage, pas à cause de lui. Elle tourna la tête vers Ray et il lui fit un grand sourire sans quitter la route des yeux.

Et pendant les quelques minutes qui suivirent, ce fut comme s'ils étaient dans une petite bulle complètement coupée du monde. Puis la mairie surgit à l'horizon, ils franchirent la grille et la foule des invités ressemblait à des poissons exotiques contre la brique beige du bâtiment.

Ils s'arrêtèrent au parking, sortirent, la bruine avait cessé et Papa et Maman quittaient la voiture garée à côté de la leur. Papa regarda en l'air avec une telle intensité que Katie leva les yeux, s'attendant à voir une montgolfière ou une nuée d'oiseaux, mais il n'y avait strictement rien dans le ciel.

Maman prit Papa par le coude et le pilota en direction de la voûte de pierre, à l'arrière du bâtiment.

Sarah chantait : « Vive le vent, vive le vent, Batman pue des pieds », en balançant Jacob au-dessus d'une flaque, « la Batmobile perd une roue, le Joker se casse la jambe. »

Ray la prit par le bras, ils suivirent Maman et Papa, furent repérés par l'Oncle Douglas qui fumait sous le vent et tout le monde poussa de bruyantes acclamations.

Ils arrivèrent à l'arcade et Sandra courut vers elle et la prit dans ses bras, puis Mona courut vers elle et la prit dans ses bras, et l'Oncle Doug écarta sa cigarette allumée et dit : « Tu es bien sûre de ce que tu fais, ma grande ? », et elle était sur le point de lâcher une rosserie spirituelle (l'Oncle Doug était un peu du genre pince-fesses) quand elle vit qu'il était sérieux, alors elle s'en abstint.

Mona monopolisait déjà Ray pour un interrogatoire express car elle ne le connaissait pas encore, et la foule se dispersa. Elle vit Jenny en fauteuil roulant, ce qui lui fit un choc, Katie se baissa pour l'embrasser et

Jenny dit : « Une petite rechute, désolée », et Katie comprit soudain pourquoi elle avait besoin d'une seconde invitation. Jenny dit « Je te présente Craig » et Katie serra la main du jeune homme debout derrière le fauteuil en espérant que c'était une vraie relation, parce que ce serait super, mais ce n'était pas le moment de poser des questions.

Puis Ed les rassembla tous pour les photos, et Katie prit position à côté de Ray en regardant tout le monde, et elle avait l'impression d'être devant un radiateur électrique avec toute cette chaleur qui irradiait vers eux, encore qu'Eileen et Ronnie aient eu l'air un peu pincé, sûrement parce que ce n'était pas une église et qu'on s'amusait.

Puis l'officier d'état civil sortit, c'était une dame qui portait un tailleur bleu marine assez mal coupé et une de ces cravates en mousseline de soie que tout le monde sauf elle avait arrêté de porter depuis la fin de la Seconde Guerre mondiale, et on les fit entrer dans le bâtiment qui ressemblait au cabinet de son médecin à Londres. Peinture crème, dépliants utiles et moquette résistante à l'usure. Mais il y avait un grand vase de fleurs et la dame était tout à fait joviale. Elle dit : « Si l'heureux couple veut bien m'accompagner pendant que les invités suivent ma collègue… »

L'officier d'état civil leur rappela rapidement le déroulement de la cérémonie. Puis ils entendirent les premières mesures du double concerto pour violon de Bach et on aurait cru une musique de film. Calèche, grande demeure, redingotes. Katie se dit : Merde pour l'enchaînement, on aurait dû leur coller James Brown tout du long. Mais il était trop tard pour changer.

Ils bifurquèrent vers la grande salle située au bout du couloir, attendirent dehors que l'officier d'état civil soit entrée et ait dit : « Puis-je vous demander de vous lever pour l'arrivée des mariés ? » Ils entrèrent dans la salle où tout se passait, et elle était très jolie et toute rose avec des rideaux de velours. Maman lui sourit. Katie lui rendit son sourire. Papa avait l'air d'examiner attentivement un vieux billet de Dieu sait quoi qu'il avait trouvé dans sa poche.

Quand ils arrivèrent devant, Katie vit, posé sur une table, un coussin de soie ourlé de faux diamants cousus sur de petits pompons. Pour les alliances, sans doute.

« Asseyez-vous, je vous prie », dit l'officier d'état civil.

Tout le monde s'assit.

« Mesdames et messieurs, bonjour, dit l'officier d'état civil. Puis-je commencer par vous souhaiter la bienvenue ici, à la mairie de Peterborough, pour le mariage de Katie et de Ray. Cette journée marque un nouveau début dans leur vie commune… »

Elle ferma les yeux pendant la lecture de Sarah et fredonna vaguement dans sa tête pour ne pas avoir à écouter vraiment. (« Ton ami est la réponse à tes besoins. Il est le champ que tu sèmes avec amour et que tu récoltes avec reconnaissance… ») Elle se demanda s'ils pourraient faire un petit gâteau de mariage pour la seconde cérémonie dans la cuisine de Jamie. Fourré aux dattes et aux noix. Avec un petit Batman en sucre dessus pour Jacob.

« Car c'est dans la rosée des petites choses que le cœur trouve son aurore et sa fraîcheur. »

Sarah s'assit, l'officier d'état civil se leva et dit : « J'ai le devoir de vous informer que la salle dans laquelle nous nous trouvons aujourd'hui a été dûment approuvée en vertu de la loi pour la célébration de mariages. Vous êtes ici pour assister à l'union dans les liens du mariage de Ray Peter Jonathon Phillips et de Katie Margaret Hall. Si quelqu'un dans l'assistance est informé de l'existence d'un empêchement légal au mariage de ces deux personnes, qu'il ou elle le déclare maintenant. »

Quelque chose se passa alors dans le cœur de Katie, et elle comprit que ce n'était pas simplement l'union de deux personnes, ni même de deux familles. Elle avait l'impression de donner la main à quelqu'un qui avait vécu cela avant elle, comme elle l'avait ressenti à la naissance de Jacob, l'impression de faire partie d'un groupe, d'être l'élément d'un projet plus vaste, une brique de cette grande voûte qui s'élève derrière toi depuis les ténèbres et se recourbe au-dessus de ta tête pour redescendre vers l'avenir, et elle aidait à la maintenir forte et solide, elle aidait tous ceux qui se trouvaient dessous.

L'officier d'état civil leur demanda, à Ray et à elle, de se lever et de se prendre par la main, il y avait des larmes dans les yeux de Katie, et la dame dit : « Avant que vous soyez unis dans les liens du mariage ici et aujourd'hui, j'ai le devoir de vous rappeler le caractère solennel et contraignant des vœux que vous allez prononcer… », mais Katie n'écoutait plus vraiment. Elle était tout en haut, à regarder vers le bas, et la salle pleine de monde était si petite qu'elle tenait dans la paume de sa main.

127.

Jean entendit un petit grincement à l'instant précis où Katie et Ray commençaient à prononcer leurs vœux. Elle se retourna et vit Jamie se glisser dans la pièce et s'installer derrière cette gentille dame en fauteuil roulant.

Tout était parfait, maintenant.

« Pour laquelle moi, Katie Margaret Hall, dit Katie.

— Ne pourrais être unie par les liens du mariage, poursuivit l'officier d'état civil.

— Ne pourrais être unie par les liens du mariage, répéta Katie.

— À Ray Peter Jonathon Phillips », dit l'officier d'état civil.

Jean se tourna pour regarder Jamie une seconde fois. Mon Dieu, mais que lui était-il arrivé ? On aurait dit qu'on l'avait traîné à reculons à travers une haie.

« À Ray Peter Jonathon Phillips », dit Katie.

Une petite chape de découragement s'abattit sur Jean.

« Voici le moment solennel, annonça l'officier d'état civil, où Ray et Katie vont prononcer leurs vœux de mariage devant vous, leurs témoins, leurs familles et leurs amis. »

Jean se rappela qu'elle n'avait pas le droit d'être découragée. Pas maintenant. Jamie avait fait quelque chose de bien. Et tous ces gens étaient des gens bien. Ils comprendraient.

« Je vais vous demander de vous lever, dit l'officier d'état civil, pour vous joindre à la célébration de ce mariage. »

Tout le monde se leva.

Ils rentreraient à la maison, Jamie se changerait et tout redeviendrait parfait.

« Ray, demanda l'officier d'état civil, voulez-vous prendre Katie pour épouse, partager votre vie avec elle, l'aimer, la soutenir et la réconforter quoi que l'avenir vous réserve ?

— Je le veux, répondit Ray.

— Katie, demanda l'officier d'état civil, voulez-vous prendre Ray pour époux, partager votre vie avec lui, l'aimer, le soutenir et le réconforter quoi que l'avenir vous réserve ?

— Je le veux », dit Katie.

Plusieurs rangées derrière elle, Jean entendit Douglas murmurer : « Ça roule ma poule. »

128.

George regarda autour de lui et éprouva une étrange affection pour tous ces gens.

Ce n'était pas un sentiment qu'il éprouvait communément aux réunions familiales.

Il serra la main de Jean. Il était amoureux de sa femme. Cela le réchauffait de l'intérieur.

Tout allait être différent désormais.

De toute façon, qu'y avait-il d'effrayant dans la mort ? Cela arrivait à tout le monde, tôt ou tard. Elle faisait partie de la vie. Comme d'aller dormir, le réveil en moins.

Et voilà Jamie qui arrivait, en retard, comme tous les enfants.

Jamie était homosexuel. Qu'y avait-il de mal à cela ? Rien du tout. Pourvu que les règles d'hygiène soient respectées.

Et son mari était à côté de lui. Son petit copain. Son compagnon. Comment disait-on ? Il poserait la question à Jamie plus tard.

Non. C'était l'homme qui poussait le fauteuil roulant de la handicapée. Empâté. Ébouriffé. Barbu. Certainement pas homosexuel, à bien y réfléchir.

Même Douglas et Maureen étaient sympathiques, en définitive. Un peu vulgaires. Un peu bruyants. Mais tout le monde a ses défauts.

Et puis il y avait des lumières fluorescentes dans la pièce, ce qui faisait que quand on tendait la main et qu'on l'agitait de gauche à droite à la bonne fréquence, on avait l'impression d'avoir six doigts. Bizarre, non ? Comme de faire tourner une roue de bicyclette jusqu'à ce qu'elle paraisse immobile.

129.

Jamie demanda à la dame de l'accueil où avait lieu le mariage et il la vit parcourir du regard son bureau à la recherche d'une arme. Il baissa les yeux, s'aperçut qu'il avait du sang sur les mains et entreprit d'expliquer que son père avait fait une fugue, pourtant elle n'eut pas l'air franchement plus détendue pour autant. Il prit donc la voix qu'il réservait aux clients difficiles et dit : « En cet instant précis, ma sœur, Katie Hall, épouse Ray Phillips dans ce bâtiment et si je n'assiste pas à ce mariage, vous aurez des nouvelles de mon avocat. »

Mon avocat ? C'était qui, ce mec ?

Elle le crut ou eut trop peur pour l'affronter seule. Quand il s'éloigna à la recherche de la salle des mariages, elle ne bougea pas de sa chaise.

Il s'arrêta au bout du couloir, entrouvrit une porte et aperçut une femme qui ressemblait vaguement à Tante Maureen et un décolleté qui appartenait indéniablement à la femme d'Oncle Brian. Alors il se glissa à l'intérieur et l'officier d'état civil proclama : « … constitue un gage formel et public de votre amour l'un pour l'autre. Je vais maintenant vous demander, chacun à votre tour… »

Son père se tenait à côté de sa mère, arborant un sourire débonnaire, et Jamie éprouva un curieux mélange d'exaltation et de déception, ayant imaginé pendant tout le trajet qu'il serait le centre de l'attention et découvrant que ce n'était pas le cas, si bien qu'au lieu de faire des bonds en tous sens et de raconter à tout le monde son aventure ridicule, il était obligé de la boucler et de se tenir tranquille.

Cela explique sans doute le large sourire et le grand signe de la main qu'il adressa à Katie quand il croisa son regard, ce qui lui fit enfiler l'alliance au mauvais doigt, mais heureusement c'était plus rigolo qu'autre chose. Et quand Jacob se précipita vers elle pour se jeter dans ses bras, il ne put s'empêcher de se précipiter, lui aussi, vers elle pour se jeter dans ses bras, et l'officier d'état civil eut l'air un peu contrariée, mais un certain nombre d'autres invités en firent autant et elle fut bien obligée de se résigner.

Ils rejoignirent le parking en groupe et une amie de Katie lui demanda ce qu'il avait bien pu fabriquer pour se mettre dans un état pareil, alors il répondit : « J'ai eu une panne de voiture. J'ai dû prendre un raccourci. » Ils rirent ensemble et Jamie se dit qu'au milieu de cette ambiance de carnaval il pourrait sans doute raconter qu'il s'était fait attaquer par un léopard et que personne ne broncherait, bien que sa mère tînt absolument à ce qu'il fasse un brin de toilette dès que possible.

« Comment va Papa ? demanda-t-il.

— En pleine forme », répondit-elle, ce qui inquiéta légèrement Jamie parce qu'il ne se rappelait pas avoir jamais entendu sa mère tenir des propos aussi positifs à propos de son père, même quand il avait toute sa tête.

Il s'approcha donc de son père et lui demanda comment il se sentait et son père lui dit : « Tu es très bizarrement coiffé », ce qui était théoriquement exact, mais n'était pas le genre de réponse que Jamie attendait.

Jamie lui demanda s'il avait bu.

« J'ai pris du Valium, expliqua son père. Prescrit par le docteur Barghoutian. Aucun risque.

— Combien ?

— Combien de quoi ?

— Combien de Valium ?

— Huit, dix. Suffisamment. Mettons les choses comme ça.

— Putain, siffla Jamie.

— Je serais très heureux de faire la connaissance de ton petit ami, dit George. Est-ce la bonne formule ?

— Tu as l'intention de faire un discours à la réception ?

— Un discours ? demanda George.

— Tu saignes », remarqua Jamie.

George leva la main. Du sang dégoulinait de sa manche. « Tiens, oui, c'est curieux. »

130.

George était assis sur le siège des toilettes du haut pendant que Jamie lui changeait son pansement et l'aidait à enfiler une chemise blanche propre.

Il se rappelait, maintenant. Jean lui avait déjà fait un pansement un peu plus tôt dans la journée. Il s'était coupé à des barbelés. Il ne savait pas très bien dans quelles circonstances il était entré en contact avec une clôture de barbelés.

« Si je comprends bien, tu n'as pas préparé de discours », observa Jamie.

Évidemment. Il se rappelait, maintenant. Katie se mariait aujourd'hui.

« Papa ?

— Quoi ?

— Ton discours, répéta Jamie. Tu as préparé un discours ?

— Pour quoi faire ? »

Jamie se passa la main sur le visage. « Bon. Écoute. Katie s'est mariée ce matin… »

George haussa les sourcils. « Je ne suis pas complètement crétin.

— Il y a une réception au jardin, poursuivit Jamie. À la fin du repas, la coutume veut que le père de la mariée prononce un petit discours.

— Elle épouse Ray, c'est bien ça ? demanda George.

— Oui. Exactement. Écoute, voilà ce que nous allons faire.

— Qu'est-ce que nous allons faire ?

— Je vais parler à Ed.

— Qui est Ed ? » demanda George. Ce nom ne lui disait rien du tout.

« Papa, reprit Jamie. Écoute-moi bien, tu veux ? Ed est le témoin de Ray. Après le repas, il annoncera que tu vas porter un toast. Alors tu te lèveras et tu porteras un toast. Puis tu t'assiéras.

— D'accord, répondit George en se demandant pourquoi Jamie en faisait tout un plat.

— Tu arriveras à porter un toast ?

— Tout dépend de la personne à qui je suis censé porter un toast », dit George, plutôt satisfait d'avoir repéré le piège.

Jamie expira une grande quantité d'air, comme s'il s'apprêtait à soulever un poids très lourd. « Tu te mets debout. Tu dis : *Je voudrais porter un toast à Katie et Ray. Je voudrais souhaiter la bienvenue à*… Non. C'est trop compliqué. »

George se dit que Jamie était un peu confus, lui aussi.

« Tu te mets debout, reprit Jamie. Tu dis : *À Katie et Ray.* Tu t'assieds.

— Je ne fais pas de discours.

— Non, confirma Jamie. Un simple toast : *À Katie et Ray.* Et tu te rassieds.

— Pourquoi est ce que je ne fais pas de discours ? » demanda George qui commençait à se demander pourquoi il était censé suivre les instructions de quelqu'un d'aussi confus.

Jamie se passa de nouveau la main sur le visage. « Katie et Ray préfèrent que ce soit court et simple. »

George assimila l'information. « Très bien.

— Tu te mets debout, répéta Jamie. Tu dis…

— *À Katie et Ray.*

— Tu t'assieds.

— Je m'assieds.

— Parfait », approuva Jamie.

George resta sur les toilettes quelques minutes encore après le départ de Jamie. Il était légèrement contrarié de se voir ainsi privé de l'occasion de parler longuement. Mais quand il essaya d'imaginer ce qu'il pourrait dire s'il parlait longuement, ses idées devinrent un peu floues. Mieux valait sans doute suivre la voie de moindre résistance.

Il se leva, attendit que son esprit s'éclaircisse et descendit.

Quelqu'un lui tendit une coupe de champagne.

Était-il raisonnable de boire du champagne alors qu'il avait déjà pris du Valium ? Il n'avait pas grande expérience de ce genre de choses. Peut-être y avait-il parmi les invités un médecin à qui il pourrait poser la question.

Gail apparut devant lui. « Brian a beaucoup regretté que tu n'ailles pas en Cornouailles avec lui. »

Il était difficile de ne pas regarder ses seins.

« Il se réjouissait de jouer les boy-scouts, poursuivit Gail. Feu de camp. Sacs de couchage. » Elle frissonna. « J'y descends le mois prochain. Quand la douche électrique marchera et que les moquettes seront posées. »

Mais bon sang, que faisait ce type ici ?

À l'autre bout de la pièce.

George se demanda si c'était une hallucination.

« Ça va, George ? » demanda Gail.

Ce n'était pas une hallucination. C'était bien lui. David Symmonds. L'homme qui avait eu, sous ses propres yeux, une relation sexuelle avec Jean dans leur chambre. Et ce type-là venait jouer les pique-assiettes au mariage de Katie. Il n'avait donc aucun sens des convenances ?

Le monde reprenait sa netteté. Comme cette fameuse nuit à Glasgow. Trop ivre pour parler. Mais, en voyant les flammes dans le couloir, il s'était dégrisé instantanément.

« Tu as l'air un peu distrait », observa Gail.

Il n'allait tout de même pas tolérer une chose pareille. Il écarta Gail et se fraya un passage à travers la foule. Il allait dire à M. Symmonds de s'en aller.

Avec un peu de chance, il n'aurait pas besoin de le frapper.

131.

Jamie se pomponna et descendit, croisant les doigts et espérant que son père n'oublierait pas ses instructions.

Il fallait qu'il parle à Ed.

Que devrait dire Ed ? Que le père de Katie n'était pas très en forme ? Peut-être était-il inutile de s'étendre. *Le père de Katie voudrait à présent porter un toast.* Moins on en dit, mieux on se porte. Rester aussi près de la vérité que possible.

Il parcourut toute la maison à la recherche d'Ed, tout en songeant qu'il avait tellement envie que Tony soit là pour qu'il puisse rouspéter tout à son aise, sans avoir à réfléchir à ce qu'il disait et à qui il le disait. Et l'image de Tony était si présente dans sa tête que quand il sortit et aperçut Tony qui franchissait la grille à l'autre bout de la pelouse, cela lui parut la chose la plus naturelle au monde.

Il s'arrêta net. Tony s'arrêta net.

Tony portait son Levis, sa chemise bleue à fleurs vraiment sympa et une veste de daim que Jamie n'avait encore jamais vue. Il avait perdu cinq bons kilos et bronzé de plusieurs nuances. Il était absolument, foutrement superbe.

Soudain il comprit. Tony était venu. Au mariage. Et la foule parut s'écarter comme la mer Rouge et Jamie et Tony se regardaient de part et d'autre d'une longue haie d'invités. Ou peut-être n'était-ce qu'une impression.

Jamie avait envie de courir. Mais Tony n'était plus son copain. Ils ne s'étaient pas adressé la parole depuis cette horrible nuit sur les marches de l'appartement de Tony.

Sauf qu'il était là. Ce qui devait vouloir dire…

Jamie courait. Ou en tout cas, il marchait drôlement vite. Et en même temps, il voyait bien que c'était une scène de série à l'eau de rose parfaitement vulgaire, mais ça lui était bien égal et il sentait son cœur se gonfler dans sa poitrine.

Ils étaient dans les bras l'un de l'autre et la bouche de Tony avait un goût de chewing-gum à la menthe et de tabac, et Jamie vit la caméra tourner autour d'eux, il sentait les muscles du dos de Tony sous sa main et l'odeur du nouveau gel douche qu'il utilisait maintenant, il avait envie qu'il soit nu et c'était comme de rentrer à la maison au bout de mille ans et, dans le silence qui les entourait, il entendit une voix de femme dire paisiblement : « Alors, ça, je ne m'y attendais pas. »

132.

Jean était dans l'entrée et écoutait un jeune homme qui travaillait pour Ray. Mais le plus souvent, elle laissait son regard glisser sur la foule grandissante. À vrai dire, c'était un de ces hommes qui vous demandent seulement de vous taire, de hocher la tête et de faire de temps en temps un petit bruit approbateur.

C'était bon de laisser son regard glisser sur la foule grandissante. Elle se sentait assez responsable pour s'attribuer une part du mérite du plaisir manifeste qu'ils prenaient tous (Judy riait ; Kenneth était à jeun). Mais pas assez responsable pour avoir à imaginer toutes les catastrophes éventuelles et faire en sorte qu'elles n'arrivent pas.

Jamie se dirigeait vers la cuisine dans un costume bleu foncé très seyant sur une chemise blanche (l'estafilade sur sa joue lui donnait un petit côté viril).

Elle apercevait David qui bavardait avec le témoin de Katie et semblait un peu sur la défensive. Elle avait l'impression de le voir de très très loin.

« Il y a cinq ans, disait l'homme qui travaillait avec Ray, le signal de la télévision passait par voie aérienne et le signal téléphonique par voie terrestre. Dans cinq ans, le signal de la télévision passera par voie terrestre et le signal téléphonique par voie aérienne. »

Elle le pria de l'excuser et fila au jardin.

À cet instant, elle vit un jeune homme franchir la grille latérale, un fourre-tout vert foncé sur l'épaule. Veste de daim, chemise à fleurs. Son allure lui parut vaguement familière.

Elle se demandait si c'était un ami de Katie et de Ray, quand il lâcha son sac et quelqu'un se jeta dans ses bras et ils tournaient ensemble serrés l'un contre l'autre, tout le monde regardait et elle comprit que c'était Jamie, ce qui voulait dire que ce jeune homme était Tony, et ils s'embrassaient, devant tout le monde, bouche ouverte.

Sa première impulsion fut d'empêcher les gens d'assister à ce spectacle, en jetant quelque chose sur eux, une nappe par exemple, ou en criant très fort. Mais tout le monde les avait vus, maintenant (Brian avait, littéralement, la mâchoire qui pendait), et il aurait fallu au minimum une fusillade pour détourner leur attention.

Le temps s'arrêta. Plus rien ne bougeait dans le jardin, sauf Jamie et Tony, et la cendre qui tombait de la cigarette d'Ed.

Il fallait faire quelque chose. Tout de suite.

Elle se dirigea vers Jamie et Tony. Ils se séparèrent et Tony la regarda. Elle sentit la journée vaciller, comme une voiture au bord d'une falaise.

« Vous devez être Tony, dit-elle.

— En effet, confirma Tony, laissant très délibérément son bras autour de la taille de Jamie. Vous devez être la mère de Jamie.

— En effet. »

Il lui tendit sa main libre. « Enchanté de faire votre connaissance.

— Je suis enchantée aussi. » Elle tendit les bras pour l'embrasser, pour lui montrer qu'elle était sincère et pour montrer à tout le monde qu'il fallait lui faire bon accueil. Et Tony finit par lâcher Jamie, il la serra dans ses bras et l'embrassa.

Il était beaucoup plus grand qu'il n'en avait l'air de loin, et la scène était sans doute assez comique. Mais elle sentit l'atmosphère qui régnait dans le jardin se réchauffer et s'adoucir.

Elle n'avait pas l'intention de faire durer les embrassades plus de quelques secondes, pourtant elle fut obligée de garder le visage contre la chemise de Tony pendant un bon moment parce qu'elle pleurait, ce qui l'avait prise complètement au dépourvu, et si elle souhaitait que tout le monde sache qu'elle accueillait volontiers Tony dans sa famille, elle ne tenait pas à ce qu'on la voie sangloter désespérément dans les bras de quelqu'un qu'elle ne connaissait pas dix secondes plus tôt.

Puis elle entendit Katie crier d'une voie ravie : « Tony ! Putain de merde. Tu es venu ! », ce qui détourna l'attention générale.

133.

George s'arrêta près de David au fond de la salle à manger et se planta là, jambes écartées et poings serrés.

Malheureusement, David était tourné dans l'autre sens et ne savait pas que George était derrière lui. George ne voulait pas lui demander de se retourner, parce que lui demander quelque chose aurait laissé entendre que David était l'animal dominant. Comme chez les chiens. Or c'était George qui était censé être le dominant.

Il ne voulait pas non plus prendre David par l'épaule et l'obliger à faire demi-tour, parce que c'était le genre de choses que faisaient les gens dans les bagarres de bars et qu'il voulait éviter tout tapage inutile.

Il resta donc sur place, crispé, pendant quelques secondes, jusqu'à ce que la dame avec qui David parlait s'écrie « George » et que David se retourne, sourie et s'écrie « George », et sourie encore et fasse passer son petit cigare dans la main qui tenait son verre et tende l'autre à George pour qu'il la serre.

Et George se surprit à serrer la main de David en disant « David », ce qui ne faisait absolument pas partie du plan.

« Tu dois être drôlement fier, dit David.

— La question n'est pas là », fit remarquer George.

La dame s'éclipsa.

« Non, répondit David. Tu as raison. C'est ce que tout le monde dit. Mais c'est une attitude plutôt égoïste. Que Katie soit heureuse. Voilà ce qui compte. »

Mon Dieu, qu'il était retors. George commençait à comprendre comment il s'était insinué dans les bonnes grâces de Jean.

Penser qu'il avait travaillé pendant quinze ans avec ce type.

David leva un sourcil. « Sarah me disait à l'instant que Katie et Ray ont voulu tout payer. » Il balaya la pièce du bras comme s'il en était le propriétaire. « Très futé de ta part, George. »

C'était le moment ou jamais. « Je crains que… »

David l'interrompit : « Et à part ça, comment vas-tu ? » George commençait à avoir la tête qui tournait et David semblait tellement sincère et tellement bienveillant que George dut lutter contre l'envie de lui avouer qu'il s'était coupé avec des ciseaux et s'était retrouvé à l'hôpital après avoir découvert sa femme en pleine relation sexuelle avec un autre homme.

Il se rendit compte qu'il ne demanderait pas à David de s'en aller. Il n'en avait pas la force. Ni moralement, ni physiquement. S'il essayait d'expulser David, cela provoquerait certainement un sacré tohu-bohu et Katie serait embarrassée. Peut-être était-il préférable de ne rien faire. S'il y avait un jour où il convenait de tirer un trait sur ses sentiments personnels, c'était certainement aujourd'hui.

« George ? demanda David.

— Pardon ?

— Je te demandais comment ça allait, dit David.

— Bien, répondit George. Ça va bien. »

134.

Katie repoussa le saumon hors de portée.

Elle aimait assez l'idée de finir la soirée sans être complètement ballonnée et préférait garder un peu de place pour le tiramisu.

Ray lui caressait négligemment la jambe sous la table. À sa gauche, Maman et Alan parlaient d'hellébores et de crucifères ornementales. À sa droite, Barbara faisait partager à Papa les joies du caravaning. Papa avait l'air très heureux, ce qui voulait sans doute dire qu'il pensait à autre chose en même temps.

Leurs chaises dominaient les autres d'une quinzaine de centimètres. On se serait cru à la télé. Les serveuses en vestes blanches. Le cliquetis des couverts chicos. Le petit crissement de la toile.

C'était bizarre de voir David Symmonds assis à l'autre bout du chapiteau, en train de bavarder avec Mona et de se tamponner la commissure des lèvres avec sa serviette. Elle le montra à Ray et décida que désormais elle l'ignorerait, comme elle ignorait les aboiements du chien d'Eileen et de Ronnie qui avait été transféré dans un jardin voisin et en avait manifestement ras le bol.

Elle se lécha les doigts et nettoya les miettes au bord de son assiette.

Tony et Jamie se tenaient toujours ostensiblement par la main, à table. C'était mignon. Même Maman était de cet avis. Les parents de Ray ne semblaient pas l'avoir remarqué. Peut-être qu'ils n'y voyaient pas très clair. Ou peut-être qu'à Hartlepool tous les mecs se tenaient par la main.

Papa lui effleura le bras. « Alors, tout va bien ?

— Impec, dit Katie. Vraiment impec. »

Le tiramisu arriva. Pas terrible, pour tout dire. Mais les chocolats servis avec le café étaient fantastiques. Et quand Jacob vint se pelotonner sur ses genoux, il fut plus qu'un peu déçu de constater qu'elle avait déjà mangé les siens. (Barbara sacrifia vaillamment sa part au maintien de la paix.)

Puis quelqu'un tapa bruyamment sur la table, les bavardages s'interrompirent et Ed se leva. « Mesdames et messieurs, la tradition veut qu'aux mariages le témoin du marié se lève pour raconter des histoires cochonnes et des blagues salaces, et mette tout le monde extrêmement mal à l'aise.

— Ouais ! » hurla Oncle Douglas.

Un rire nerveux parcourut le chapiteau.

« Mais le mariage auquel vous assistez est un mariage moderne, poursuivit Ed. Je vais donc vous dire de gentilles choses sur Katie et de gentilles choses sur Ray. Je vais lire quelques télégrammes et transmettre des remerciements. Ensuite, Sarah, le témoin de Katie, se lèvera, vous racontera des histoires cochonnes et des blagues salaces, et mettra tout le monde extrêmement mal à l'aise. »

Un nouveau rire nerveux parcourut le chapiteau.

Jacob suçait son pouce et jouait avec l'alliance de Katie et Ray posa son bras autour de ses épaules et dit tout bas : « Je t'aime, ma femme. »

135.

George sirotait son vin doux à petites gorgées.

« Toujours est-il qu'elle a fait tomber le lobe de l'oreille, disait Sarah. Ce qui a obligé le policier à le chercher par terre, sous les sièges de devant. Je ne sais pas combien d'entre vous sont montés dans cette Panda, mais on aurait pu perdre un chien tout entier sur le plancher de cette bagnole. Il y avait de tout. Des trognons de pomme. Des paquets de clopes. Des miettes de biscuits. »

Judy tenait une serviette devant sa bouche. George se demanda si elle cherchait à réprimer une envie de rire ou si elle s'apprêtait à vomir.

L'amie de Katie parlait drôlement bien en public. Mais il avait un peu de mal à croire à cette histoire de Paul Harding. Était-il vraiment possible qu'un jeune homme soit sorti de la chambre de Katie par la fenêtre, soit tombé du toit de la cuisine et se soit cassé la cheville sans que George l'ait jamais su ? Après tout, peut-être. Manifestement, on lui avait caché un certain nombre de choses, ou alors il ne les avait tout simplement pas remarquées.

Il avala une autre gorgée de vin doux.

Jamie et Tony se tenaient toujours par la main. Il ne savait absolument pas comment il était censé réagir. Quelques mois plus tôt encore, il y aurait mis le holà pour éviter de scandaliser les autres. À présent, il était moins sûr de ses opinions, et moins sûr de son aptitude à éviter quoi que ce soit.

Son emprise sur le monde se délitait. Il appartenait aux jeunes, maintenant. À Katie, Ray, Jamie, Tony, Sarah, Ed. C'était normal.

Cela lui était égal de vieillir. C'était idiot de ne pas vouloir vieillir. Cela arrivait à tout le monde. Mais les choses n'en étaient pas moins douloureuses.

Si encore il inspirait un peu plus de respect. Après tout, peut-être était-ce de sa faute. Il se rappelait avoir passé un certain temps ce matin, allongé dans un fossé. Ce n'était sans doute pas une activité d'une dignité remarquable. Et si on ne se conduisait pas avec dignité, comment pouvait-on inspirer le respect ?

Il se pencha en avant, prit la main de Jacob et la serra doucement, songeant qu'ils se ressemblaient beaucoup tous les deux, tournant sur une orbite extérieure, à des milliers de kilomètres du centre lumineux où les décisions se prenaient et où l'avenir se façonnait. Mais ils se déplaçaient en sens inverse, bien sûr, Jacob s'approchant de la lumière, tandis que lui-même s'en éloignait.

La main de Jacob ne réagit pas. Elle resta molle et inerte. George comprit que son petit-fils dormait.

Il lâcha la main de Jacob et vida son verre.

La vérité était qu'il avait échoué. Sur presque tous les plans. Mariage. Paternité. Travail.

Il ne s'était jamais remis à la peinture.

Puis Sarah dit : « … quelques mots du père de la mariée », ce qui le prit complètement à l'improviste.

Heureusement, il y eut quelques applaudissements introductifs, qui lui permirent de reprendre ses esprits. Il se rappela la conversation qu'il avait eue avec Jamie avant le déjeuner.

Il se leva et regarda les invités qui l'entouraient. Il était plutôt ému. Mais il aurait eu du mal à définir ses sentiments. Ils étaient nombreux et tous différents, ce qui était légèrement déroutant.

Il leva son verre. « Je voudrais porter un toast. À Katie, ma merveilleuse fille. Et à son cher mari, Ray. »

Les mots « À Katie et Ray » lui revinrent en écho.

Il allait se rasseoir, quand il se ravisa. Il songea soudain qu'il était en train de donner une espèce de représentation d'adieu, que plus jamais il n'aurait soixante ou soixante-dix personnes suspendues à ses lèvres. Ne pas profiter de cette occasion tenait de l'aveu de défaite.

Il se redressa.

« Nous passons l'essentiel du temps qui nous est accordé sur cette planète convaincus que nous vivrons éternellement… »

136.

Jean se cramponna à la table.

Si elle avait été plus près, elle aurait pu tendre le bras, attraper George par la manche et l'obliger à se rasseoir, mais Katie et Ray étaient sur son passage et tout le monde les regardait. Elle ne voyait pas comment intervenir sans aggraver les choses.

« Comme certains d'entre vous le savent peut-être, je n'ai pas été très en forme ces derniers temps… »

Seigneur Dieu, il allait leur raconter qu'il s'était blessé exprès, qu'il était allé à l'hôpital et avait consulté un psychiatre. Et il allait le faire devant tous les gens qu'ils connaissaient, à peu de chose près. Par rapport à ça, le baiser fougueux de Jamie et Tony serait de la petite bière.

« Nous nous réjouissons tous à l'idée de prendre notre retraite. Pouvoir enfin nous occuper un peu mieux du jardin. Lire tous les livres qu'on nous a offerts pour Noël et pour nos anniversaires et que nous n'avons jamais eu le temps de lire. » Il y eut deux ou trois rires. Jean ne voyait pas ce qu'il y avait de drôle. « Peu après avoir pris ma retraite, je me suis découvert une petite tumeur sur la hanche. »

Wendy Carpenter était en pleine chimiothérapie. Et Kenneth s'était fait retirer un machin dans la gorge en août dernier. Dieu sait ce qu'ils pouvaient bien penser.

« J'ai pris conscience que j'allais mourir. »

Jean se concentra sur le sucrier et essaya de faire comme si elle était dans ce bel hôtel de Paris.

137.

Jamie regardait son père pleurer devant soixante-dix personnes et éprouvait quelque chose qui ressemblait fort à une crise d'appendicite.

« Moi. Jean. Alan. Barbara. Katie. Ray. Nous allons tous mourir. » Vers le fond du chapiteau, un verre roula de la table et se brisa. « Mais nous refusons de l'admettre. »

Jamie jeta un regard de biais. Tony avait les yeux rivés sur son père. Il était comme électrocuté.

« Nous ne comprenons pas à quel point c'est important. Ce… cet endroit. Les arbres. Les gens. Les gâteaux. Et puis, on nous le retire. Et nous comprenons notre erreur. Mais il est trop tard. »

Dans un jardin voisin, le chien d'Eileen aboya.

138.

George avait un peu perdu le fil.

Le vin doux ne lui avait pas aiguisé l'esprit. Il avait été beaucoup plus sentimental qu'il ne l'avait voulu. Il avait parlé du cancer, ce qui n'était pas tellement convenable pour une fête. S'était-il ridiculisé ?

Mieux valait sans doute conclure son discours aussi rapidement et aussi élégamment que possible.

Il se tourna vers Katie et lui prit la main. Jacob somnolait sur ses genoux, ce qui rendit son geste plus maladroit que prévu. Tant pis.

« Mon adorable fille. Mon adorable, adorable fille. » Que cherchait-il à dire, au juste ? « Toi, Ray, et Jacob. Jamais. Ne considérez jamais rien comme acquis. »

Voilà qui était mieux.

Il lâcha la main de Katie, jeta un dernier regard à la ronde avant de se rasseoir et aperçut David Symmonds, assis à l'angle opposé. Il avait été tourné dans l'autre sens pendant le repas. Ce qui avait épargné à George de le voir manger.

L'idée qu'il s'était peut-être ridiculisé et, qui plus est, sous les yeux de David Symmonds lui traversa l'esprit.

« Papa », dit Katie en lui touchant le bras.

George était pétrifié, à mi-chemin entre position assise et position debout.

Cet homme avait l'air tellement content de lui, tellement éclatant de santé, tellement fringant.

Les images revinrent. Celles qu'il avait essayé de bannir si longtemps. Les fesses flasques de cet homme qui montaient et descendaient dans la pénombre de la chambre. Les tendons de ses jambes. Ce scrotum de poulet.

« Papa ? » demanda Katie.

George ne pouvait plus le supporter.

139.

Jean poussa un cri. En partie parce que George avait entrepris de grimper sur la table. En partie parce qu'il avait renversé une cafetière et que le liquide brun et brûlant coulait dans sa direction. Elle recula d'un bond et quelqu'un d'autre cria. George sauta de la table et se dirigea vers l'autre extrémité du chapiteau.

Elle se tourna vers Ray. « Je vous en prie, faites quelque chose. »

Ray resta figé un instant, puis il se leva et suivit George.

Il arriva trop tard.

Jean vit où allait George.

140.

George s'arrêta devant David.

Un silence très, très profond régnait sous le chapiteau.

George visa et balança son poing vers le visage de David. Malheureusement, David bougea la tête au dernier moment, George manqua son but et fut obligé de s'agripper à l'épaule de quelqu'un pour éviter d'être déséquilibré.

Par chance, quand David se redressa pour s'enfuir, il se prit les pieds dans sa chaise et tomba lourdement à la renverse, faisant de grands moulinets des deux bras comme s'il cherchait à échapper à George en dos crawlé à travers la nappe.

Ce qui donna à George une nouvelle occasion de le frapper. Mais c'était beaucoup plus difficile que cela n'en avait l'air au cinéma, et George manquait d'entraînement en la matière. Aussi son second coup de poing toucha-t-il David à la poitrine, ce qui n'était pas satisfaisant.

La chaise se trouvait dans le passage. Voilà ce qui n'allait pas. George la repoussa d'un coup de pied. Il se pencha, attrapa David par les revers de sa veste et lui flanqua un coup de tête.

Après cela, il fut assez difficile de préciser qui frappa qui. Il y eut beaucoup de sang, et George était à peu près sûr que c'était celui de David, ce qui était parfait.

141.

L'image que Jamie garda à l'esprit fut celle d'un tiramisu et de la cuiller qui l'accompagnait dégringolant du ciel au ralenti à hauteur d'yeux. Son père et David Symmonds étaient tombés à la renverse sur la table. L'extrémité la plus proche d'eux s'était effondrée et l'autre était montée en flèche comme une balançoire, projetant en l'air toute une série d'objets (une des amies de Katie était très fière d'avoir rattrapé une fourchette).

La suite ressembla davantage à un accident de voiture. Chaque détail parfaitement distinct, détaché et lent. Plus de douleur abdominale. Juste une série de tâches à accomplir pour éviter d'autres lésions.

Ray s'inclina et entreprit de séparer le père de Jamie de David Symmonds. Le visage de David Symmonds était couvert de sang. Jamie fut plutôt impressionné qu'un homme de l'âge de son père soit capable de faire autant de dégâts.

Jamie et Tony échangèrent un regard, prirent une de ces résolutions instantanées et tacites, et décidèrent d'aller donner un coup de main. Ils se levèrent et sautèrent de l'autre côté de la table, ce qui aurait fait assez

Starsky et Hutch, si un petit pain beurré n'était pas resté collé à la jambe de pantalon de Jamie.

Ils arrivèrent ensemble à l'autre bout du chapiteau. Tony s'agenouilla à côté de David parce qu'il avait pris des cours de secourisme et que David semblait le plus mal en point. Jamie alla parler à son père.

Au moment où il arriva, Ray lui disait : « Mais bon sang, pourquoi avez-vous fait ça ? » Son père était sur le point de répondre quand le cerveau de Jamie passa en vitesse supersonique et il lui vint à l'esprit que personne ne savait pourquoi son père avait fait ça. Sauf Katie et lui, son père et sa mère. Et David, évidemment. Et Tony, parce que Jamie lui avait raconté toute l'histoire avant le déjeuner. Si sa mère avait quitté le chapiteau en toute hâte, c'est parce qu'elle était sûre que tout le monde allait apprendre ce qui s'était passé. Mais si Jamie faisait vite, il pourrait sans doute mettre l'incident sur le compte d'un coup de folie médicamenteuse. De toute façon, après le discours qu'il avait fait, personne ne pouvait ignorer que son père n'était pas dans son état normal.

Alors quand il dit : « Parce que… », Jamie plaqua sa main sur sa bouche pour l'empêcher de parler et son geste fut peut-être un peu brutal à en juger par le bruit de claque qu'il fit et à l'air surpris que prirent son père et Ray mais, au moins, son père se tut.

Jamie s'approcha de son oreille et chuchota : « Ne dis rien. »

Son père dit : « Nnnnn. »

Jamie se tourna vers Ray et dit : « Rentre avec lui. Fais-le monter. Dans sa chambre. Débrouille-toi pour qu'il y reste, d'accord ? »

Ray répondit : « Ça marche », comme si Jamie lui avait demandé de trimballer un sac de pommes de terre. Il remit le père de Jamie sur ses pieds et le guida hors du chapiteau.

Jamie se dirigea vers Tony.

David était en train de dire : « Ce type est complètement cinglé. »

Jamie intervint : « Je suis absolument navré de ce qui s'est passé. » Puis il se tourna vers Tony et lui demanda calmement : « Emmène-le au salon et fais venir une ambulance. »

Tony répondit : « Je ne pense pas qu'il ait besoin d'une ambulance.

— Alors un taxi, n'importe quoi. Qu'il fiche le camp d'ici, c'est tout.

— Ah oui, d'accord, je vois », dit Tony. Il mit la main sous le bras de David. « Allons, venez mon vieux. »

Jamie se leva, fit demi-tour et se rendit compte que tout cela n'avait duré que quelques secondes et que les autres invités étaient restés plantés comme des piquets, sans voix, même l'Oncle Douglas, ce qui était une première. Ils attendaient manifestement une explication, ou une sorte de communiqué, et c'était de Jamie qu'ils l'attendaient. Mais il fallait d'abord qu'il parle à sa mère, alors il dit : « Je reviens tout de suite » et sortit du chapiteau. Il la trouva à l'autre bout de la pelouse, en train de se faire consoler par une femme qu'il ne reconnut pas, pendant que Ray et Tony poussaient son père et David à l'intérieur de la maison, chacun surveillant de près son protégé pour éviter tout contact entre eux.

Sa mère pleurait. La femme qu'il ne reconnaissait pas la serrait dans ses bras.

Jamie dit : « Je voudrais parler à ma mère en tête à tête. »

La femme plus âgée répliqua : « Je suis Ursula. Une de ses amies.

— Retournez sous le chapiteau », fit Jamie. La femme ne bougea pas. « Désolé. J'ai été impoli. Et je n'en avais pas l'intention. Mais je voudrais vraiment que vous partiez d'ici très rapidement. »

La femme recula en disant : « D'accord » sur le ton conciliant qu'on prend avec les psychopathes pour éviter de les pousser à bout.

Jamie prit sa mère par les deux bras et la regarda bien en face. « Ça va s'arranger.

— Je peux tout expliquer », bredouilla sa mère. Elle pleurait toujours.

« Ce n'est pas la peine.

— Si. Cet homme, celui que ton père a frappé…

— Je sais », interrompit Jamie.

Sa mère se tut un instant puis lâcha : « Oh mon Dieu. »

Elle avait les jambes en coton et Jamie dut la retenir quelques secondes pour l'empêcher de tomber. « Maman… ? »

Elle reprit son équilibre en posant la main sur le bras de Jamie. « Comment est-ce que tu l'as appris ?

— Je t'expliquerai plus tard, dit Jamie. Heureusement, personne d'autre ne le sait. » Il ne se rappelait pas s'être jamais senti aussi viril et capable. Il fallait agir vite avant que le charme ne se rompe. « Nous allons y retourner. Je vais faire un discours.

— Un discours ? » Sa mère avait l'air pétrifiée.

Jamie était lui-même un peu nerveux.

« De quoi est-ce que tu as l'intention de leur parler ? demanda sa mère.

— De Papa, répondit Jamie. Fais-moi confiance. »

Heureusement, sa mère paraissait hors d'état de protester et quand il la prit par les épaules et lui fit traverser la pelouse, elle n'opposa aucune résistance.

Ils passèrent sous l'auvent de toile, les conversations s'interrompirent instantanément et ils regagnèrent leurs places lentement, au milieu d'un silence très lourd, leurs chaussures claquant sur le plancher.

Jacob était assis sur les genoux de Katie. Quand Jamie et sa mère arrivèrent devant la table, Jacob dit : « Papy, il s'est bagarré », et par-dessus son épaule Jamie entendit quelqu'un réprimer un gloussement de panique.

Jamie caressa doucement la tête de Jacob, fit asseoir sa mère et se tourna vers les invités. Leur nombre semblait avoir doublé par magie au cours des quelques dernières minutes. Son esprit se vida et il se demanda s'il allait se ridiculiser comme son père.

Puis son cerveau se reconnecta et il prit conscience qu'après ce que son père avait fait, il lui suffirait d'aligner deux mots pour que tout le monde soit formidablement soulagé.

Il dit : « Je suis désolé pour tout ça. Ce n'était pas au programme. »

Personne ne rit. Évidemment. Il fallait être un peu plus sérieux.

« Mon père a été un peu patraque ces derniers temps. Vous avez dû vous en rendre compte. »

Fallait-il parler du cancer ? Oui. Pas moyen de l'éviter.

« Vous serez certainement soulagés d'apprendre qu'il n'a pas de cancer. »

C'était plus périlleux qu'il ne l'avait prévu. L'atmosphère sous le chapiteau était franchement lugubre. Il jeta un coup d'œil à sa mère. Elle avait les yeux baissés et serrait sa serviette sur ses genoux comme pour en faire une balle aussi petite que possible.

« Mais il a été très déprimé. Et angoissé. Surtout à cause du mariage. Surtout à l'idée de faire un discours au mariage. »

Cette fois, il avait trouvé son rythme de croisière.

« Il a un médecin très sympa. Ce médecin lui a prescrit du Valium. Et il en a pris un peu beaucoup ce matin. Pour être plus détendu. J'ai vaguement l'impression qu'il a dû forcer la dose. »

Cette fois encore, personne ne rit, mais il entendit une sorte de bourdonnement assourdi qui semblait prometteur.

« J'espère que maintenant, il est dans sa chambre et qu'il va cuver tout ça tranquillement. »

Ce fut à cet instant que Jamie songea qu'il ne devait pas seulement expliquer le discours maladroit de son père, mais aussi le coup de boule qu'il avait donné, devant tout le monde, à l'amant de sa mère. Ce qui allait être nettement plus périlleux. Il s'interrompit. Assez longtemps. L'atmosphère se refroidit.

« Je ne sais absolument pas pourquoi mon père a frappé David Symmonds. Pour tout dire, je ne suis même pas sûr que mon père ait su que c'était David Symmonds qu'il frappait. »

Il avait l'impression de dévaler une pente à skis à une vitesse bien trop rapide à travers une forêt d'arbres aux troncs solides, plantés trop serrés.

« Ils ont travaillé ensemble chez Shepherds il y a quelques années. Je ne sais pas s'ils se sont revus depuis. Je pense que la morale de l'histoire est que si on ne s'entend pas avec quelqu'un au boulot, il n'est pas vraiment judicieux de l'inviter au mariage de votre fille et de vous bourrer au préalable de médicaments vendus exclusivement sur ordonnance. »

À ce moment-là, Dieu merci, le bourdonnement sourd se transforma en rire franc. De la part de la plus grande partie du public, du moins. (Eileen et Ronnie semblaient avoir été congelés.) Et Jamie se rendit compte qu'il était enfin arrivé en terrain plus sûr.

Il se tourna vers Katie et vit Jacob assis sur ses genoux, les bras de sa mère autour de lui, la tête enfouie contre sa poitrine. Pauvre petit bonhomme. Il allait lui falloir un sacré débriefing quand tout serait fini.

« Mais c'est un grand jour pour Katie et Ray », reprit Jamie, en élevant la voix et en essayant de prendre un ton optimiste.

« Bravo ! Bravo ! » cria Oncle Douglas en levant son verre.

À voir la réaction plutôt étonnée des invités, il était clair que beaucoup d'entre eux avaient oublié qu'ils assistaient à un mariage.

« Malheureusement, le marié s'occupe actuellement du père de la mariée… »

Ray apparut sur le seuil de l'auvent.

« Ah non, je me trompe… »

Tous les yeux se tournèrent vers Ray, qui se figea sur place et eut l'air légèrement surpris de se trouver ainsi au centre de l'attention.

« Alors, pour Katie et Ray, je vous suggère de tirer un trait sur ce qui s'est passé au cours des dix dernières minutes et de les aider à célébrer leur mariage. Katie et Ray… » Il attrapa un verre à moitié plein posé sur la table devant lui. « Nous vous souhaitons une très heureuse journée. Et espérons que le reste de votre vie commune sera un peu moins mouvementé. »

Tout le monde leva son verre et il y eut un moment d'acclamations confuses, Jamie se rassit et tout le monde se tut, Sarah commença à applaudir, alors tout le monde se mit à applaudir aussi et Jamie ne savait pas trop si les applaudissements s'adressaient à Katie et à Ray ou si on le félicitait pour son numéro, dont il était plutôt fier.

En fait, il était tellement emporté par le soulagement général qu'il fut très surpris en se tournant vers sa mère de constater qu'elle pleurait toujours.

Elle se tourna vers Katie et murmura : « Je suis tellement, tellement désolée. Tout est de ma faute. » Elle s'essuya les yeux à une serviette, se leva et dit : « Il faut que j'aille parler à ton père », et Katie demanda : « Tu es sûre… », mais elle était déjà partie.

Ray surgit à côté d'eux et déclara flegmatiquement :

« Je me réjouis vraiment à l'idée de partir pour Barcelone. »

Jacob dit :

« Papy, il s'est bagarré. »

Ray répondit :

« Je sais, j'étais là. »

Katie commença :

« Le type qu'il a frappé. C'était…

— Je sais, intervint Ray. Ton père m'a expliqué. Avec des détails plutôt crus. C'est une des raisons pour lesquelles je me réjouis vraiment, pour Barcelone. À propos, il fait une petite sieste. Ça m'étonnerait qu'il ait l'intention de faire irruption en bas. »

Soudain, Jamie comprit avec une évidence flagrante ce qui lui avait échappé jusqu'alors. Son père savait tout depuis le début. À propos de sa mère et de David Symmonds.

Il avait la tête qui tournait.

Il se tourna vers Katie. « Alors, Maman savait que Papa savait que Maman et David Symmonds… ?

— Non, dit Katie, encore plus flegmatiquement que Ray. Il semblerait que Papa ait choisi le jour de notre mariage pour lui annoncer la bonne nouvelle.

— Putain, lança Jamie. Pourquoi est-ce qu'ils ont invité ce type ?

— Ça, c'est une des questions que j'ai bien l'intention de leur poser plus tard. En admettant qu'ils ne se soient pas entre-tués.

— Tu crois qu'on devrait… » Jamie se leva.

« Non, répliqua Katie d'un ton acerbe. Laisse-les se débrouiller tout seuls. »

Ray alla vérifier que ses propres parents avaient survécu à l'épreuve et Tony arriva avec une bouteille de champagne ouverte et deux verres. Il s'assit sur la chaise que Jean avait libérée et se tourna vers Katie : « C'est le premier mariage auquel j'assiste. Je dois dire que c'est beaucoup plus divertissant que je ne l'avais imaginé. »

Ce que Jamie jugea plutôt risqué, vu l'humeur de Katie. Mais il connaissait manifestement le terrain, peut-être parce qu'il avait Becky pour sœur. En effet, Katie lui prit la bouteille de champagne des mains, en but une énorme gorgée au goulot et demanda : « Et tu sais ce qu'il y a d'encore mieux ?

— Quoi donc ? demanda Tony.

— Que tu sois là.

— Ça, c'est vraiment gentil, répondit Tony. Mais je n'avais pas prévu que mon entrée se ferait souffler la vedette de façon aussi spectaculaire.

— Putain, lança Katie. Qu'est-ce que je peux avoir envie de danser.

— Une femme comme je les aime, observa Tony.

— Et David… ? demanda Jamie.

— Parti chercher sa voiture, répondit Tony. Je crois qu'il préférait éviter une seconde rencontre. Ce qui était sans doute raisonnable, vu les circonstances. »

À cet instant, un type chargé d'un gros baffle portant l'inscription « Top Sounds » arriva sur le seuil du chapiteau, tel un ange souffrant d'une légère surcharge pondérale.

Mais Jamie était plus inquiet pour son père que Katie et moins enthousiaste à l'idée de laisser ses parents se débrouiller seuls, alors il s'excusa auprès de Tony et se dirigea vers la maison, s'arrêtant en chemin pour rassurer plusieurs amis et connaissances, oui, son père allait bien, tout en espérant que c'était vrai.

Il frappa à la porte de la chambre. De l'autre côté, les voix indistinctes se turent. Il attendit, puis frappa à nouveau.

« Qui est-ce ? demanda son père.

— C'est moi, Jamie. Je voulais simplement m'assurer que tout allait bien. » Il y eut un bref silence. Évidemment, tout n'allait pas bien. Quelle réflexion idiote. « C'est simplement que les gens s'inquiètent. C'est assez naturel.

— J'ai bien peur d'avoir fait un sacré gâchis », remarqua son père.

Que répondre à cela ? Il n'était pas facile de dialoguer à travers une porte.

« Peux-tu dire à Katie et à Ray que je suis affreusement désolé de les avoir embarrassés comme cela ? demanda son père.

— Je vais le faire », dit Jamie.

Il y eut un bref silence.

« Comment va David ? demanda son père.

— Ça va, répondit Jamie. Il est parti.

— Tant mieux », fit son père.

Jamie se rendit compte qu'il n'avait pas entendu sa mère parler. Il paraissait peu probable qu'il lui soit arrivé quelque chose de grave, mais il préférait s'en assurer. « Maman ? »

Pas de réponse.

« Maman…

— Ça va », lança sa mère avec dans la voix une pointe d'irritation, ce qui était étrangement rassurant.

Jamie était sur le point d'ajouter que s'ils avaient besoin de quelque chose… Puis il se demanda ce que ce *quelque chose* pourrait être (du vin ? une part de gâteau de mariage ?) et décida de mettre fin à la conversation. « Bon, j'y vais. »

Pas de réponse.

Il redescendit donc l'escalier, traversa la pelouse, rassurant encore d'autres gens sur l'état de santé de son père. La musique avait commencé. Il se glissa sous le chapiteau et s'assit à côté de Tony qui discutait lattes et placoplâtre avec Ed.

Ed s'esquiva, Jamie prit une cigarette dans le paquet posé devant Tony et l'alluma, Tony lui versa un verre de vin et ils regardèrent ensemble l'Oncle Douglas danser comme un bœuf blessé, et la musique était super parce qu'elle remplissait tous les petits intervalles pendant lesquels les gens pouvaient être tentés de s'interroger sur les implications de ce qui s'était passé plus tôt, alors que si on savait précisément ce qui s'était passé plus tôt, on avait tout intérêt à essayer de ne pas écouter les paroles trop en détail (« Un amour sensass », « Félicitations », « Reste avec ton homme »…).

Tout au long des deux semaines qui venaient de s'écouler, il avait eu désespérément envie de parler à

Tony. Maintenant, il lui suffisait d'être assis à côté de lui, de le toucher, de respirer le même air que lui. La dernière fois qu'ils avaient été ensemble, ils étaient comme deux individus distincts. Entre-temps, et inexplicablement, ils étaient devenus un… quoi ? Un *couple* ? Le terme ne semblait pas approprié maintenant que c'était enfin de lui qu'il s'agissait.

Après tout, c'était peut-être bien d'être quelque chose dont on ignorait le nom.

Ils parlèrent à Mona des périls qu'il y a à baiser avec son patron (ce qu'elle avait eu l'imprudence de faire). Ils parlèrent aux parents de Ray, lesquels étaient étrangement peu troublés par le caractère fort peu orthodoxe de la réception (le frère de Ray était en prison, apparemment, ce que Katie avait omis de mentionner, et la police avait trouvé un jour l'ex-mari de Barbara endormi dans une benne). Ils parlèrent à Craig, le travailleur social gay qui s'occupait de Jenny et n'était théoriquement pas censé entretenir de conversations personnelles avec les gens quand il était de service, mais, rien à foutre, Jenny était bourrée et elle et ce type atrocement ennuyeux du bureau de Ray s'entendaient comme larrons en foire.

Une demi-heure plus tard environ, sa mère entra sous le chapiteau. Et ce fut un peu comme quand la reine arrive quelque part, tout le monde s'arrêta de danser et se tut, pris de panique en se demandant comment se comporter. Sauf que le type de Top Sounds ignorait ce qui s'était passé, alors Kylie Minogue continua à chanter *The Locomotion* très très fort.

Jamie s'apprêtait à bondir de son siège et à courir la mettre à l'abri de cette attention importune, mais Ursula (qui avait fait une « Locomotion » étonnamment athlétique avec une bande d'amis de Katie et de

Ray) se précipita pour la prendre dans ses bras, et Jamie ne voulut pas lui couper l'herbe sous le pied une seconde fois. Quelques secondes plus tard, Douglas et Maureen l'avaient rejointe et sa mère se retrouva bientôt assise à une table d'angle, entourée de gens qui ne demandaient qu'à s'occuper d'elle.

Si bien que quand son père surgit sous le chapiteau quelques minutes plus tard, il fit un peu moins sensation. Cette fois encore, Jamie se demanda s'il devait aller veiller sur lui. Mais son père se dirigea droit sur Katie et Ray et leur présenta sans doute des excuses pour sa conduite précédente, excuses qui furent, semble-t-il, favorablement accueillies parce que l'entrevue se termina par des embrassades, après quoi son père fut, lui aussi, conduit à une table par Ed avec lequel il donna l'impression de nouer une solide amitié intergénérationnelle. (Jamie apprit plus tard qu'Ed avait fait une dépression quelques années plus tôt et avait passé plusieurs mois sans mettre le nez dehors.) C'était un peu bizarre que ses parents soient assis à des tables différentes. Mais il aurait été encore plus bizarre qu'ils s'asseyent ensemble, ce qu'ils n'avaient jamais fait, à aucune réception, si bien que Jamie décida de ne plus s'inquiéter pour eux jusqu'au lendemain.

Quand Jamie et Tony sortirent un peu plus tard, le jour déclinait et quelqu'un avait allumé des flambeaux plantés sur des tiges de bambou tout autour de la pelouse, ce qui était vraiment féerique. Finalement, et malgré tout, la journée s'était passée aussi bien que possible.

Ils jouèrent à cache-cache avec Jacob et trouvèrent Judy à la cuisine dans tous ses états, parce que Kenneth s'était enfermé dans les toilettes du bas, proche du coma. Alors ils dénichèrent un tournevis, dévissèrent la serrure et déposèrent Kenneth sur le canapé du salon en position latérale de sécurité avec une couverture sur lui et un seau à proximité sur la moquette, avant d'entraîner Judy dehors puis sur la piste de danse.

Et ce fut l'heure de mettre Jacob au lit, alors Jamie lui lut *La Soupe au potiron* et *Pagaille à la gare*, il redescendit et dansa avec Tony sur *Three Times a Lady* de Lionel Richie. Jamie rit, Tony lui demanda pourquoi et Jamie se contenta de le serrer contre lui et de le bécoter au milieu de la piste de danse pendant trois grandes minutes, et trois grandes minutes avec la bite de Tony pressée contre lui étaient plus qu'il n'en pouvait supporter et, maintenant qu'il était assez saoul, il entraîna Tony à l'étage, lui dit de ne pas faire de bruit ou il le tuerait, et ils allèrent dans son ancienne chambre et Tony le baisa sous les yeux de Grande Girafe et devant le coffret de l'intégrale de *Docteur Dolittle*.

142.

Katie était soulagée que Jacob ait été assis sur ses genoux à ce moment-là.

Ray, Jamie et Tony paraissaient gérer la situation et elle n'avait rien d'autre à faire qu'à serrer Jacob dans ses bras et à espérer que le spectacle ne le perturbait pas trop.

En fait, il était singulièrement impassible. Il n'avait jamais vu deux adultes se battre pour de vrai. Apparemment, Papy et cet homme étaient pour lui comme des Power Rangers. Encore que Katie ait du mal à se rappeler du vrai sang sur une cassette des Power Rangers et que Papa n'ait pas fait de saut périlleux ni donné de coup de pied de karaté.

Elle ne savait absolument pas ce qu'elle aurait fait si Jacob n'avait pas été sur ses genoux. De toute évidence, Papa souffrait atrocement et, de toute évidence, ils auraient dû accorder plus d'attention à sa fugue et à son Valium. D'un autre côté, on devrait être capable d'attendre la fin du déjeuner pour emmener quelqu'un dans la rue et lui casser la gueule au lieu de foutre en l'air le repas de mariage de sa fille, même si on se sent horriblement mal.

Et, de toute évidence, Maman était horrifiée de découvrir que Papa était au courant, pour David Symmonds. Mais bordel, pourquoi est-ce qu'elle avait invité ce type au mariage ?

Tout bien pesé, Katie préférait ne pas avoir à définir ce qu'elle pensait de la situation ni à réconforter l'un ou l'autre de ses parents, car elle aurait bien pu tourner au Power Ranger, elle aussi.

C'était Jamie qui les avait tirés d'affaire. (*Le héros du jour*, comme l'avait fort justement remarqué Ray.) Elle n'avait pas la moindre idée de ce qu'il allait dire quand il s'était levé pour prononcer son discours (Jamie avoua plus tard qu'il n'en avait pas la moindre idée non plus) et elle était inquiète, mais moins que Maman qui était arrivée à déchirer pour de bon sa serviette en tissu pendant que Jamie parlait, visiblement convaincue qu'il allait expliquer à tout le monde dans le détail pourquoi Papa s'était comporté comme il l'avait fait.

L'histoire de la querelle de bureau était un coup de génie. En fait, cette thèse plut tellement que, plus tard dans la soirée, Katie entendit plusieurs versions entièrement différentes des raisons pour lesquelles Papa en voulait à son ancien collègue. Selon Mona, David avait fait circuler des rumeurs pour l'empêcher d'obtenir le poste de directeur. Selon l'Oncle Douglas, David était alcoolique. Katie choisit de ne pas démentir. D'ici à la fin de la soirée, il aurait probablement assassiné un de leurs ouvriers et enterré son cadavre dans le bois voisin.

La conduite de ses parents la fit quand même râler, ce qui ne servit à rien. Ray se contenta de rire, de la prendre dans ses bras et de dire : « On ne peut pas essayer de s'amuser un peu, malgré ta famille ? »

En signe de bonne volonté et comme c'était leur mariage, elle décida de lui donner raison. Pas à haute et intelligible voix, quand même. Mais en s'abstenant de le contredire.

Il lui suggéra de se saouler, ce qui n'était pas une mauvaise idée parce que quand Papa réapparut pour s'excuser, elle était tellement bourrée qu'elle avait presque oublié ce qui s'était passé. De toute façon, elle s'en fichait pas mal, si bien qu'elle put l'embrasser, ce qui était probablement la solution la plus diplomatique de toutes.

À onze heures, ils étaient assis en cercle au bord de la pelouse. Ray, Jamie, Tony, Sarah, Mona et elle. Ils parlaient du frère de Ray qui était en prison. Jamie se plaignit qu'on lui ait caché si longtemps cette information palpitante. Alors Ray lui jeta un regard légèrement parental, car franchement, ce n'était pas un sujet de ragot amusant, et il expliqua à tout le monde la drogue, les voitures volées et l'argent et aussi le temps dépensé et le chagrin de ses parents pour essayer de le ramener sur le droit chemin.

Sarah dit :

« Merde alors. »

Et Ray conclut :

« Et on finit par se rendre compte que les problèmes des autres sont les problèmes des autres. »

Complètement ivre, Katie le serra dans ses bras et dit :

« Tu n'as pas seulement une jolie gueule, tu sais.

— Jolie ? dit Tony. Je n'irais pas jusque-là. Une sacrée gueule, peut-être. Virile, c'est sûr. »

Ray avait descendu suffisamment de bière à ce moment-là pour le prendre comme un compliment.

Et Katie fut un peu triste que Jamie et Tony ne les accompagnent pas à Barcelone.

143.

Jean s'arrêta au milieu de l'escalier et s'agrippa à la rampe. Elle était dans les vapes, comme cela lui arrivait parfois au sommet des grands immeubles.

Tout était soudain très clair.

Sa liaison avec David était terminée. Quand George l'avait frappé, c'était pour George qu'elle s'était inquiétée. Qu'il soit devenu fou. Qu'il se ridiculise devant toutes leurs connaissances.

Elle ne savait même pas si David était encore dans la maison.

Si seulement elle en avait pris conscience hier, ou la semaine précédente. Elle aurait pu prévenir David. Il ne serait pas venu au mariage et rien de tout cela ne serait arrivé.

Depuis combien de temps George savait-il ? Était-ce la raison de sa déprime ? De cette chose horrible qu'il s'était faite sous la douche ? Était-ce de sa faute ?

Peut-être était-ce aussi la fin de son couple.

Elle longea le palier et frappa à la porte de la chambre. Un grognement lui répondit.

« George. C'est moi. »

Nouveau grognement.

Elle ouvrit la porte et entra dans la chambre. Il était allongé sur le lit, à moitié endormi.

Il murmura : « Oh, c'est toi » et se redressa lentement pour s'asseoir.

Elle se jucha sur le fauteuil. « George, écoute…

— Je suis désolé », dit George. Il avait la voix un peu pâteuse. « C'était impardonnable. Ce que j'ai fait sous le chapiteau. À ton… À ton ami. À David. Je n'aurais vraiment pas dû faire ça.

— Non, protesta Jean. C'est moi qui… » Elle avait du mal à parler.

« J'avais peur. » George ne l'écoutait pas. « Peur de… Franchement, je ne sais même pas vraiment de quoi j'avais peur. De vieillir. De mourir. De mourir du cancer. De mourir en général. De faire ce discours. Tout est devenu flou. J'ai plus ou moins oublié que tout le monde était là.

— Tu le sais depuis quand ?

— Quoi donc ?

— Eh bien, que… » Elle ne pouvait pas le dire.

« Oh, ça, reprit George. Peu importe, en fait.

— Il faut que je le sache. »

George réfléchit un bon moment. « Le jour où je devais aller en Cornouailles. » Il tanguait un peu.

« Comment ? demanda Jean, intriguée.

— Je suis rentré. Et je vous ai vus. Ici. Sur le lit. Ça m'a brûlé la rétine. Comme on dit. »

Jean se sentit mal.

« J'aurais dû en parler tout de suite. Vider l'abcès, tu vois.

— Je suis désolée, George. Tellement désolée. »

Il posa les mains sur ses genoux pour garder l'équilibre.

Elle dit :

« Qu'est-ce qui va se passer maintenant ?

— Comment ça ?

— Pour nous deux.

— Je ne sais pas trop. Ce n'est pas une situation à laquelle je suis habitué. »

Jean se demanda si George cherchait à faire de l'humour.

Ils restèrent assis en silence un moment.

Il les avait vus nus.

En train de coucher ensemble.

De faire l'amour.

Elle avait l'impression d'avoir un charbon ardent dans la tête, qui la brûlait et l'ébouillantait, et elle ne pouvait strictement rien faire pour y remédier parce qu'elle ne pouvait en parler à personne. Pas à Katie. Pas à Ursula. Il faudrait qu'elle vive avec, voilà tout.

Jamie frappa à la porte. Ils échangèrent quelques mots avec lui et il repartit.

Elle eut mauvaise conscience de ne pas l'avoir remercié. Il avait été formidable de faire ce discours, elle le comprenait maintenant. Elle le lui dirait plus tard.

Elle regarda George. Il était très difficile de savoir ce qu'il pensait. Ou même s'il pensait. Il tanguait toujours légèrement. Il n'avait pas l'air en grande forme.

« Et si je te faisais un café ? proposa Jean. Et si je nous faisais un café à tous les deux ?

— Ça me paraît une excellente idée », répondit George.

Elle alla chercher deux cafés dans une cuisine miséricordieusement déserte.

George vida sa tasse en une longue gorgée.

Elle avait besoin de parler de David. Elle avait besoin d'expliquer que tout était fini. D'expliquer pourquoi c'était arrivé. Mais elle était presque sûre que George n'avait aucune envie d'aborder le sujet.

Au bout de quelques minutes, il dit :

« Le saumon était très bon, j'ai trouvé.

— Oui, approuva Jean, qui avait pourtant bien du mal à se rappeler comment était le saumon.

— Et les amis de Katie m'ont paru très sympathiques. J'en ai sans doute déjà rencontré quelques-uns, mais je ne suis pas très physionomiste.

— Ils ont l'air sympathiques, c'est vrai, renchérit Jean.

— Quelle tristesse, cette jeune femme en fauteuil roulant, reprit George. Je l'ai trouvée très jolie. Quel gâchis.

— Oui, répondit Jean.

— Quoi qu'il en soit », dit George. Il se leva.

Jean l'aida.

« Il vaut mieux descendre, déclara George. Cela ne sert à rien. De rester ici. L'atmosphère doit être un peu tendue, là-bas.

— Tu as raison..

— Merci pour le café. Je me sens un peu plus d'aplomb. » Il s'arrêta à la porte. « Et si tu descendais la première ? Il faut que j'aille au petit coin. » Et il disparut.

Alors Jean descendit et se dirigea vers le chapiteau. George avait raison à propos de l'atmosphère, parce que tout le monde semblait l'attendre, ce qui la mit très mal à l'aise. Mais Ursula s'approcha d'elle et la prit dans ses bras, Douglas et Maureen la conduisirent à une table et lui servirent un second café et un verre de vin. Quelques minutes plus tard, George descendit et s'assit à une autre table, et Jean essaya de se concentrer sur ce que disaient Ursula, Douglas et Maureen, mais c'était plutôt difficile. Parce qu'elle avait l'impression qu'elle venait de s'éloigner d'un bâtiment en flammes.

Elle observa Jamie et Tony et la seule chose qui lui vint à l'esprit était que le monde avait bien changé. Son propre père avait couché avec la voisine pendant vingt ans. Maintenant, son fils dansait avec un autre homme et c'était sa vie à elle qui volait en éclats.

Elle avait l'impression d'être comme le type dans cette histoire de fantômes à la télé, celui qui n'avait pas compris qu'il était mort.

Elle alla présenter ses excuses à Katie et à Ray. Elle remercia Jamie pour son discours. Elle présenta ses excuses à Jacob qui ne comprit pas vraiment pourquoi elle s'excusait. Elle dansa avec Douglas. Et elle réussit à discuter tranquillement en tête à tête avec Ursula.

La douleur s'apaisa au fil de la soirée et l'alcool fit son effet. Peu après minuit, alors que les invités commençaient à se disperser, elle se rendit compte que George avait disparu. Alors elle dit bonsoir à tout le monde, monta et trouva George au lit, profondément endormi.

Elle essaya de lui parler, mais il dormait comme une souche. Elle se demanda si elle avait le droit de se coucher dans le même lit que lui. Mais elle n'avait pas d'autre endroit où aller. Alors elle se déshabilla, enfila sa chemise de nuit, se brossa les dents et se glissa à côté de lui.

Elle regarda le plafond et pleura un petit peu, sans bruit, pour ne pas réveiller George.

Elle perdit la notion du temps. La musique s'arrêta. Les voix s'évanouirent. Elle entendit des pas dans l'escalier. Puis le silence.

Elle regarda le réveil sur la table de chevet. Il était une heure et demie.

Elle se leva, enfila ses pantoufles et son peignoir et descendit. La maison était vide. Il régnait une odeur de fumée de cigarettes, de vin éventé, de bière et de poisson cuit. Elle ouvrit la porte de la cuisine et sortit dans le jardin. Elle avait l'intention de rester un moment sous le ciel nocturne pour s'éclaircir les idées. Mais il faisait plus froid qu'elle ne l'avait cru. Il recommençait à pleuvoir et il n'y avait pas d'étoiles.

Elle rentra, monta, se coucha et resta allongée là jusqu'à ce que le sommeil la gagne enfin.

144.

George s'éveilla, satisfait et détendu, d'un long sommeil profond et sans rêve. Il resta allongé quelques instants à regarder le plafond. Il y avait dans le plâtre autour de la lampe une mince fissure qui ressemblait à une petite carte de l'Italie. Il avait envie d'aller aux toilettes. Il glissa les jambes hors du lit, enfila ses pantoufles et sortit de la chambre d'un pas souple.

Au milieu du palier, il se rappela ce qui s'était passé la veille. Il se sentit mal et fut obligé de se cramponner quelques instants à la rampe, le temps de retrouver son calme.

Il retourna dans la chambre pour parler à Jean. Mais elle dormait toujours profondément, le visage tourné contre le mur, émettant un léger ronflement. Il se dit qu'elle allait avoir une journée difficile et qu'il valait mieux qu'elle ne la commence pas par un réveil forcé. Il retourna donc dans le couloir et referma doucement la porte derrière lui.

Il sentait des odeurs de pain grillé, de bacon et de café et d'autres, moins agréables. Plusieurs mégots de cigarette flottaient dans une tasse à café à moitié pleine sur le rebord de la fenêtre. À bien y réfléchir, il était légèrement groggy. Sans doute le contrecoup du Valium et de l'alcool.

Il fallait qu'il parle à Katie.

Il alla à la salle de bains se soulager, puis descendit.

La première personne qu'il vit en arrivant à la porte de la cuisine ne fut cependant pas Katie, mais Tony. Il en fut légèrement déconcerté. Il avait oublié Tony.

Tony construisait une sculpture rudimentaire en forme de chien avec des bouts de toast pour distraire Jacob. Jamie et lui avaient-ils passé la nuit à la maison ? Cela n'avait aucune importance pour le moment, George s'en rendait bien compte. Et il était mal placé pour donner des leçons de morale à qui que ce fût. Ce qui n'empêchait pas son cerveau de lui paraître un peu exigu, et cette question avait tendance à l'obstruer.

Quand il entra dans la cuisine, la conversation s'interrompit et tous les regards se tournèrent vers lui. Katie, Ray, Jamie, Tony, Jacob. Il avait eu l'intention de prendre Katie à part pour lui parler tranquillement. De toute évidence, il fallait y renoncer.

« Salut, Papa, lança Jamie.

— George », dit Ray.

Ils avaient l'air vaguement coincés.

Il s'arma de courage. « Katie. Ray. Je tiens à m'excuser de mes agissements d'hier. J'ai honte de moi. Cela n'aurait jamais dû arriver. » Personne ne pipa mot. « S'il y a quoi que ce soit que je puisse faire pour me racheter… »

Tout le monde regardait Katie. George remarqua qu'elle tenait un couteau à pain.

Ray demanda :

« Tu n'as pas l'intention de poignarder ton père, quand même ? »

Personne ne rit.

Katie baissa les yeux vers le couteau. « Oh, pardon. Non. »

Elle reposa le couteau, et il y eut un silence embarrassé.

Puis Tony se leva et écarta sa chaise pour que George puisse s'asseoir, il plia un torchon sur son bras comme un garçon de café et dit :

« Nous pouvons vous proposer du café frais, du thé, du jus d'orange, un toast complet, des œufs brouillés, des œufs à la coque… »

George se demanda si c'était un genre de blague homosexuelle, mais aucun des autres ne riait, alors il prit la proposition pour argent comptant, s'assit, remercia Tony et répondit qu'il aimerait bien du café noir et des œufs brouillés si ce n'était pas trop compliqué.

« J'ai un chien en toast », dit Jacob.

Lentement, la conversation reprit. Tony raconta sa chute de vélomoteur en Crète. Ray expliqua comment il avait organisé le feu d'artifice pour Katie. Jacob annonça que son chien-toast s'appelait Toasty, puis il lui croqua la tête et rit aux éclats.

Au bout d'une vingtaine de minutes, les hommes partirent faire leurs bagages et George se retrouva seul avec sa fille.

Katie se tapota le front et lui demanda comment ça allait *là-haut*. Il se tapota le front et dit que ça allait plutôt bien *là-haut*. Il expliqua que les événements de la veille avaient balayé les toiles d'araignée. Bien sûr, il lui restait des problèmes à régler, mais la panique avait disparu. Il souffrait d'eczéma. Il le comprenait maintenant.

Elle s'interrompit, lui frotta le bras et prit soudain un air plutôt sérieux. George eut peur qu'elle se mette à parler de Jean et de David Symmonds. Il n'avait pas envie de parler de Jean et de David Symmonds. Il ne demandait qu'à éviter cc sujet pour le restant de ses jours.

Il prit la main de Katie et la serra brièvement. « Allons. Tu ferais mieux d'aller préparer tes affaires.

— Oui, répondit Katie. Tu as sans doute raison.

— File, dit George. Je m'occupe de la vaisselle. »

Jean se réveilla enfin une demi-heure plus tard. Elle avait l'air meurtrie et épuisée, comme quelqu'un qui est à l'hôpital et vient de subir une opération. Elle n'était pas très loquace. Il lui demanda si ça allait. Elle répondit que oui. Il décida de ne pas insister.

Au milieu de la matinée, ils se retrouvèrent tous dans l'entrée pour les adieux. Katie, Ray et Jacob partaient pour Heathrow, Jamie et Tony retournaient à Londres. C'était un peu triste, et la maison lui parut étrangement silencieuse après leur départ.

Heureusement, les employés du traiteur arrivèrent dix minutes plus tard pour récupérer tout leur matériel, suivis de Mme Jackson et d'une jeune femme avec une boucle d'oreille à la lèvre qui commencèrent à faire le ménage dans toute la maison.

Une fois l'aspirateur passé au salon, Jean et lui se réfugièrent sur le canapé avec une théière et une assiette de sandwiches, pendant que la cuisine était récurée. George s'excusa une fois de plus pour sa conduite et Jean l'informa qu'elle ne reverrait pas David.

George dit « Merci ». La réponse lui paraissait courtoise.

Jean se mit à pleurer. George était un peu embarrassé. Il posa la main sur son bras. Cela ne sembla pas faire le moindre effet, alors il la retira.

Il dit :

« Je ne vais pas te quitter, tu sais. »

Jean se moucha dans un mouchoir en papier.

« Et je ne vais pas te demander de t'en aller », ajouta George, pour qu'elle sache exactement où elle en était.

C'était ridicule, de toute façon. Que ferait-il s'il partait ? Ou si Jean partait ? Il était trop vieux pour commencer une vie nouvelle. Ils étaient trop vieux tous les deux.

« Tant mieux », dit Jean.

Il lui proposa un autre sandwich.

On démonta le chapiteau dans l'après-midi et George put travailler deux heures à l'atelier avant le dîner. Il se rendit compte qu'il serait déçu quand le bâtiment serait fini. Bien sûr, il aurait un endroit où peindre et dessiner. Mais il lui faudrait d'autres projets pour meubler son temps et, à en juger par sa lutte avec le ficus, il ne devait pas attendre de vraie satisfaction de ses activités artistiques avant plusieurs mois.

Il pourrait aller à la piscine deux ou trois fois par semaine. L'idée paraissait raisonnable. Un peu d'exercice le maintiendrait en forme et l'aiderait à dormir.

À bien y réfléchir, peut-être que Jean aurait envie de l'accompagner. Cela pourrait lui remonter un peu le moral. Elle avait toujours aimé les piscines quand ils partaient en vacances en famille. Il y avait de ça pas mal d'années, bien sûr, et peut-être serait-elle gênée à l'idée de se mettre en maillot de bain en public. Les femmes, il le savait, se souciaient plus que les hommes de ce genre de choses. Il pouvait toujours lui faire la proposition, on verrait bien.

Ou bien un long week-end à Bruges. C'était une autre possibilité. Il avait lu récemment quelque chose à ce sujet dans le journal. C'était en Belgique, si ses souvenirs étaient exacts, on pouvait donc y aller sans prendre l'avion.

Il frissonna. Il faisait froid et la nuit tombait. Il rangea soigneusement les matériaux de construction et retourna à la maison. Il se changea et descendit à la cuisine.

Jean préparait des lasagnes. Il se fit un bol de café, s'assit devant la table et commença à feuilleter *TV Guide*.

« Tu pourrais me passer la casserole en alu qui est dans le tiroir ? » demanda Jean.

George se pencha en arrière, attrapa la casserole et la lui tendit. Alors qu'il faisait ce geste, il sentit une faible bouffée du parfum floral qu'utilisait Jean. Ou peut-être était-ce ce shampooing à l'orange de Sainsbury's. Tout à fait agréable.

Elle le remercia et il baissa les yeux vers *TV Guide*. Il regarda une photographie de deux jeunes femmes soudées par la tête. Ce n'était pas une image tellement plaisante et il ne se sentit pas très bien. Il commença à lire. La Quatre allait diffuser un documentaire sur ces femmes. Il s'achèverait par les images d'une opération chirurgicale visant à les séparer. L'opération était risquée, apparemment, et l'une des deux jeunes femmes, ou peut-être les deux, y succomberait peut-être. L'article ne révélait pas le résultat de l'intervention.

Le sol de la cuisine s'inclina très légèrement.

« Qu'est-ce que tu veux avec tes lasagnes ? demanda Jean. Des petits pois ou des brocolis ?

— Pardon ? demanda George.

— Petits pois ou brocolis ?

— Brocolis, répondit George. Nous pourrions peut-être ouvrir une bouteille de vin.

— Brocolis et vin, ça marche », dit Jean.

George baissa les yeux vers *TV Guide*.

Il était temps de mettre un terme à toutes ces bêtises.

Il tourna la page et se leva pour aller chercher un tire-bouchon.

Chronique de la vie étudiante *made in* USA

(Pocket n° 12807)

Élève brillante issue d'une famille modeste aux principes rigoureux, Charlotte Simmons est admise à la prestigieuse Dupont University. Mais à sa grande surprise, elle découvre que la quête du plaisir y prime sur celle du savoir, et que le succès se mesure moins au tableau d'honneur qu'au tableau de chasse. Livrée à elle-même dans ce monde clos aux règles impitoyables, la jolie et naïve Charlotte saura-t-elle résister à la tentation de devenir elle aussi une des reines de la fête ?

Il y a toujours un Pocket à découvrir

Composé par Nord Compo
à Villeneuve-d'Ascq

Impression réalisée sur Presse Offset par

CPI
Brodard & Taupin

46884 – La Flèche (Sarthe), le 18-04-2008
Dépôt légal : mars 2008
Suite du premier tirage : avril 2008

POCKET – 12, avenue d'Italie - 75627 Paris cedex 13

Imprimé en France